BARBARA TAYLOR BRADFORD

Triumph der Träume

Roman

Aus dem Amerikanischen
von Gabriele Weber-Jaric

WILHELM HEYNE VERLAG
MÜNCHEN

Titel der Originalausgabe
THE TRIUMPH OF KATIE BYRNE

Umwelthinweis:
Dieses Buch wurde auf
chlor- und säurefreiem Papier gedruckt.

Redaktion: lüra – Klemt & Mues GbR

Taschenbuchausgabe 10/2004

Printed in Germany 2004
Umschlaggestaltung: Hauptmann und Kampa Werbeagentur,
München–Zürich, nach einer Idee
von Nele Schütz Design, München
Gesetzt aus der Trump Mediaeval
Satz: hanseatenSatz-bremen, Bremen
Druck und Bindung: GGP Media GmbH, Pößneck
http://www.heyne.de

ISBN: 3-453-72038-5

Dieses Buch widme ich meinem Mann Bob in Liebe
und mit Dank, weil er aus allem stets
etwas Besonderes macht.

Inhalt

Teil I

Trennung

Connecticut 1989

... brich ab den letzten Seufzerkuss, der unsere Seelen ergreift und sie verhaucht.

John Donne

Der Feigling tut es mit dem Kuss.

Oscar Wilde

Kapitel 1

Das Mädchen saß auf der Bühne auf einem Schemel und hatte den Oberkörper vorgeneigt, ein Ellbogen ruhte auf den Knien, eine Hand stützte den Kopf. Es glich Rodins Denker, jedoch in junger, weiblicher Gestalt.

Das Mädchen war schlicht gekleidet, in eine weite graue Wolltunika, die von einem groben Ledergurt gehalten wurde. Darunter trug es eine schwarze Strumpfhose und Ballerinas. Sein langes rotgoldenes Haar war zu Zöpfen geflochten und dicht um den Kopf festgesteckt. Es wirkte wie eine kupferne Kappe, die unter dem von der Decke herabstrahlenden Scheinwerferlicht gleichsam blank geputzt glänzte.

Das Mädchen hieß Katie Byrne.

Katie Byrne war siebzehn Jahre alt, und auf der Bühne zu stehen bedeutete ihr alles im Leben.

Gerade schickte sie sich an, vor ihren Lieblingszuschauern aufzutreten – einem Zweipersonenpublikum, das aus ihren besten Freundinnen Carly Smith und Denise Matthews bestand. Die beiden saßen auf unbequemen, wackligen Holzstühlen vor der groben Bretterbühne, die Katies Vater vor Jahren für sie gezimmert hatte. Und die befand sich in der alten Scheune von Denises Onkel Ted.

Denise und Carly waren etwa genauso alt wie Katie.

Die Mädchen kannten sich seit ihrer Kindheit und machten nahezu alles zusammen. Sie besuchten dieselbe Highschool, waren Mitglieder der Schauspielgruppe ihrer Schule und wohnten nicht weit voneinander entfernt in einem Ort namens Malvern, der im tiefsten Hinterland von Connecticut lag.

Katie hatte sich anlässlich der bevorstehenden Weihnachtsfeier der Schule entschieden, Shakespeares berühmtesten, jedoch auch schwierigsten Monolog vorzutragen: den des Hamlet. Und sie wusste: Es wurde Zeit, sich ernsthaft darauf vorzubereiten.

Carly und Denise erging es nicht anders, denn die beiden hatten sich aus Shakespeares Werk die anspruchsvollen Passagen der Desdemona und der Portia ausgewählt. Daher trafen sich die drei Freundinnen seit geraumer Weile täglich nach der Schule in der Scheune, um zu proben.

Katie hob den Kopf. Für einen Moment starrte sie ins Leere. Dann richtete sie ihre klaren blauen Augen mit eindringlichem Blick auf das andere Ende der Scheune, als sei dort etwas zu erspähen, das nur für sie sichtbar war. Sie holte tief Luft und setzte an: »Sein oder nicht sein, das ist die Frage – ob's im Geiste edler ist, die Geschosse und Pfeile des wütenden Geschickes zu erdulden, oder die Waffen gegen ein Meer von Plagen zu erheben und sie durch Widerstand zu enden. Sterben –«

Katie brach ab und sprang auf. Sie trat an den Bühnenrand, schüttelte wortlos den Kopf und schaute ihre Freundinnen Hilfe suchend an.

Normalerweise verfügte Katie über ein gesundes Maß an Selbstvertrauen, doch nun wirkte sie mit einem Mal unsicher und verkrampft.

»Ich schaffe es nicht!«, stöhnte sie.

»Unsinn, es klappt doch vorzüglich!«, widersprach

Carly. »Du bist großartig!« Sie stand auf und trat dichter an die Bühne. »Katie«, fügte sie beschwörend hinzu, »keiner spielt Shakespeare so wie du. Du bist die Beste, glaub mir.«

»Carly hat Recht«, bekräftigte Denise, die sich ebenfalls erhoben hatte und sich zu Carly gesellte. »Diese Art, wie du die Worte betonst und ihnen damit einen Sinn verleihst. Ich finde, dass es noch nie einen Hamlet gab, der es mit dir hätte aufnehmen können.«

Katie brach in schallendes Gelächter aus. »Vielen Dank für das Kompliment, Denny! Ich fürchte nur, es hat vor mir bereits ein paar recht gute Hamlets gegeben. Laurence Olivier und Richard Burton zum Beispiel – um nur zwei zu nennen. Die waren nicht gerade von Pappe. Ich möchte sogar behaupten, dass sie die größten klassischen Mimen der englischen Bühne waren. Außerdem natürlich Christopher Plummer, den ich derzeit für unübertroffen halte. Ich glaube, vieles hängt davon ab, ob man einen Text richtig versteht, ob man die Beweggründe und Absichten des Autors begreift. Die Betonung ergibt sich dann wie von selbst. Sicher, man muss wissen, ob man etwas flüssig vorträgt oder der Spannung zuliebe stockt, oder wann man Pausen machen muss, um zu atmen ...« Katie verstummte. »Warum erzähle ich euch das eigentlich alles?«, fragte sie. »Darüber haben wir doch schon mindestens hundert Mal gesprochen. Ihr wisst das ebenso gut wie ich.«

Sie kehrte zu ihrer Bank zurück, setzte sich, nahm abermals ihre Denkerhaltung ein und brütete für einen Moment vor sich hin.

Unabhängig von dem Urteil ihrer Freundinnen und dem Lob, mit dem die beiden sie stets überschütteten, war Katie bewusst, dass ihre Leistung an diesem Tag zu wünschen übrig ließ. Es fiel ihr schwerer als sonst, sich auf ihren Text zu konzentrieren. Sie wusste nicht genau, woran das lag, vermutete jedoch, dass es mit ihren Gewissensbissen zusammenhing. Sie hätte sich an diesem Nachmittag nicht mit den beiden Mädchen in der Scheune treffen dürfen. Sie wurde zu Hause dringend gebraucht, weil es ihrer Mutter nicht gut ging. Stattdessen hatte sie selbstsüchtig beschlossen, sich nach der Schule noch ein wenig Zeit für ihren Monolog zu nehmen. Und als wäre es damit nicht genug, hatte sie zudem ihre Freundinnen beschwatzt, für sie das Publikum zu spielen.

Dann konzentrier dich jetzt auch!, meldete sich eine eindringliche Stimme in ihrem Kopf. Katie holte mehrmals tief Luft und ließ danach die Stille, die sich in der Scheune breit gemacht hatte, auf sich wirken.

Es dauerte nicht lange, bis sie spürte, wie ihr Selbstvertrauen zurückkehrte. Sie atmete noch einmal durch und schickte sich erneut an, die berühmten Worte vorzutragen.

Carly, die ihr aufmerksam lauschte, wurde von Katies Stimme geradezu davongetragen. Es war eine Stimme, die einen wundervoll klaren, weichen Klang besaß und die Worte sanft und dennoch deutlich aussprach und formte. Eigentlich kein Wunder, dachte Carly, immerhin ist Katie die Fleißigste von uns dreien, sie trainiert ihre Stimme täglich. Jeder wusste, wie ernst Katie die Schauspielerei nahm, sie wollte unbedingt einmal ein Star werden. Katie übte weitaus eifriger und disziplinierter als sie und Denise, sie war mit der notwendigen Geduld gewappnet, gab nie auf, und sollte es an einer Stelle einmal hapern, förderte sie auf unerfindliche Weise immer wieder die Kraft zutage, noch einmal von vorn zu beginnen. Katie fühlte sich berufen und war zweifellos ein Naturtalent. Ohne dass sie viele Unterrichtsstunden genommen hatte, wusste sie, wie eine Figur darzustellen war, im Gegensatz zu ihr und Denise. Doch auch sie, Carly, wurde allmählich sicherer, und es unterliefen ihr weitaus weniger Fehler als früher, was nicht zuletzt an Katies Hilfestellung und ihrer ständigen Ermutigung lag.

Vor sieben Jahren hatten die drei Freundinnen mit dem Theaterspielen begonnen, als Zehnjährige träumten sie von einem Leben als große und berühmte Schauspielerinnen. Denises Onkel hatte ihnen schließlich die alte Scheune am äußersten Ende seines Grundstücks überlassen, an deren Stirnseite Katies Vater dann die einfache Theaterbühne errichtet hatte. Inzwischen waren die Mädchen fest entschlossen, im Anschluss an die Highschool nach New York zu gehen und dort an einer der besten Schauspielschulen zu studieren. Anschließend würden sie die Bühnenlaufbahn einschlagen – und am Broadway auftreten ... Natürlich war Katie diejenige, die ihnen am häufigsten in glühenden Farben ausmalte, wie es sein würde, wenn sie erst in New York wohnten. Sie sah ihre Namen bereits in riesigen Leuchtbuchstaben erstrahlen. Carly betete insgeheim, dass Katie Recht behielt und sich ihre Vorstellungen auch wirklich bewahrheiteten, doch bisweilen konnte sie nicht umhin, ernsthaft daran zu zweifeln.

Denise pflegte Carly damit aufzuziehen, denn sie war wie Katie fest davon überzeugt, dass eine glänzende Karriere vor ihnen lag. Als sie sich nun erneut auf ihren Holzstuhl sinken ließ, stieß sie Carly in die Seite und zwinkerte ihr zu, so als wollte sie sagen: Katie ist brillant, und wir zwei werden auch immer besser, was steht uns also noch im Weg? Denise stellte sich bereits die Wohnung vor, die sie in New York mieteten, die Menschen, die sie dort kennen lernten, und den Erfolg, den sie nach und nach einheimsten ... Ja, mit der Zeit würde alles so kommen, wie sie es sich gewünscht hatten!

Katie hatte sich inzwischen erhoben. Sie trat bis zum Rand der Bühne vor und deklamierte: »Sterben, schlafen – nichts weiter; und zu sagen, dass wir durch einen Schlaf das Herzeleid und die tausend naturgegebenen Erschütterungen enden, die Erbteil unseres Fleisches sind, 's ist eine Vollendung, inbrünstig zu erhoffen. Sterben, schlafen – schlafen, vielleicht träumen ...«

Fehlerfrei und ohne einmal ins Stocken zu geraten, fuhr Katie mit Shakespeares berühmtem Monolog fort. Ihre klare Stimme hob und senkte sich. Die Vorstellung war schlichtweg fantastisch! Katie spürte es selbst. Nach ihrem anfänglichen Zögern und der Unsicherheit hatte die Rolle von ihr Besitz ergriffen. Katie befand sich in einer anderen Welt.

Nachdem sie die letzten Zeilen gesprochen hatte, stand sie für einen Moment reglos da, die Augen noch immer in die Ferne gerichtet. Ehe ihr Blick auf Carly und Denise fiel, blinzelte sie mehrmals. Sie lächelte den beiden vergnügt zu und sprang mit einem Satz von der Bühne hinab.

Ihre Freundinnen klatschten Beifall und schlossen sie nacheinander in die Arme.

»Danke – vielen Dank!«, wehrte Katie lachend ab. »Aber findet ihr nicht, ich sollte morgen noch einmal üben, um sicher zu gehen, dass der Text auch sitzt?«, setzte sie ernsthaft hinzu.

Denise und Carly starrten sie ungläubig an.

»Warum denn das? *Du* brauchst keine weitere Probe!«, rief Denise schließlich entrüstet. »Im Gegensatz zu uns! Morgen musst du *uns* helfen. Ich komme mit der Desdemona überhaupt nicht klar, und Carly hat auch noch Probleme mit ihrer Portia, stimmt's Carly?«

»Und wie!«, gab Carly bekümmert zu. Bei den nächsten Worten änderte sich ihr Tonfall schlagartig, und sie erklärte mit aufrichtiger Begeisterung: »Aber du, Katie, du bist einfach eine Wucht!«

»Wir werden es nicht zulassen, dass du die Bühne morgen schon wieder in Beschlag nimmst«, verkündete Denise halb drohend, halb scherzhaft und ergänzte: »Morgen wirst du mit *uns* proben, mein Schatz, denn wir haben es bitter nötig. Wenn du dich weigerst, könnte es durchaus sein, dass du in New York mutterseelenallein eine berühmte Schauspielerin werden musst.«

»Niemals! Ihr kommt auf jeden Fall mit!«, erklärte Katie vehement und umarmte ihre Freundinnen stürmisch. Anschließend warf sie Denise einen liebevollen Blick zu. Denise war ein wundervoller Mensch und vermutlich die Klügste von ihnen. In der Regel fiel sie jedoch als Erstes durch ihr Äußeres auf, insbesondere durch ihr langes blondes Haar und ihre sanften, braunen Augen, die ihr zusammen mit der weichen, hellen Haut etwas Strahlendes verliehen. Ihr schlanker, biegsamer Körper mit den wohlgeformten Beinen machten sie überdies zum Inbegriff des amerikanischen Schönheitsideals.

Carly war ein vollkommen anderer Typ. Sie war zumeist still und in sich gekehrt, wirkte bisweilen sogar verträumt und weltfremd, was in auffälligem Gegensatz zu ihrer verführerischen Erscheinung stand. Als Katie sie nun betrachtete, musste sie insgeheim grinsen. Sie stellte fest, dass Carly selbst in ihrer unauffälligen Schultracht äußerst sexy aussah. Sie besaß feste, runde Brüste, eine schmale Taille und hübsch geschwungene Hüften – dazu kurze dunkle Locken und veilchenblaue Augen. Sie gab ein nahezu perfektes Ebenbild der jungen Elizabeth Taylor ab.

Katie spürte einmal mehr die tiefe Freundschaft, die sie mit den beiden Mädchen verband. Denise und Carly waren zweifellos ihre engsten Vertrauten.

»Entweder wir gehen zu dritt oder gar nicht«, betonte sie. »Deshalb stehe ich euch morgen selbstverständlich zur Verfügung. Andererseits seid ihr viel besser, als ihr glaubt. Oder tut ihr immer nur so schüchtern und bescheiden, weil ihr unbedingt gelobt werden wollt?«

Carly und Denise schauten sie entrüstet an. »Unsinn!«, beteuerte Denise. »Wir wissen einfach, wie viel Erfahrung uns noch fehlt.« Sie hakte sich bei Katie unter. »Kommt Prinz Hamlet, es ist Zeit für eure Belohnung.«

Die drei Mädchen setzten sich an den groben Holzbock, der mitten in der Scheune stand, um sich dort wie nach jeder Probe eine Cola zu genehmigen.

»Sag mal, Katie«, begann Carly, nachdem sie durstig die ersten Schlucke getrunken hatten, »glaubst du eigentlich wirklich, dass deine Tante Bridget in New York eine Wohnung für uns findet? Meinst du, das klappt?«

Katie nickte. »O ja, davon bin ich überzeugt. Abgesehen davon hat Tante Bridget mir versprochen, dass wir so lange wir möchten in ihrem Loft wohnen können.«

»Mann, sei doch nicht immer so pessimistisch, Carly!«, murrte Denise. »Miss Cooke ist doch auch sicher, dass wir in der Academy aufgenommen werden. Sie hat sogar versprochen, uns Empfehlungsschreiben auszustellen.« Sie tätschelte Carlys Arm. »Hör endlich auf, alles schwarz zu sehen und dir Sorgen zu machen!«

Carly stieß einen Seufzer aus. Sie lehnte sich zurück und nippte an ihrer Cola. Dann bemerkte sie nachdenklich: »Wenn ich mir vorstelle, dass wir im nächsten Jahr um diese Zeit bereits in New York sind, Schauspielunterricht nehmen und in Tante Bridgets superschickem Loft wohnen ...«

»O Carly!«, stöhnte Katie. »Tante Bridgets Loft ist nicht superschick, sondern eher gemütlich und kuschelig.« Sie warf einen Blick auf ihre Armbanduhr und sprang auf. »Du meine Güte!«, rief sie. »Ich werde wahnsinnig! Ich wusste ja gar nicht, wie spät es schon ist.« Sie stürzte auf die Nische neben der Bühne zu, die durch einen Vorhang von dem restlichen Raum abgetrennt war und den Mädchen als Umkleideraum diente. Ehe sie den Vorhang beiseite zerrte, wandte sie sich noch einmal um und rief: »Ich muss zusehen, dass ich zusammen mit meiner Mutter das Abendessen auf den Tisch bringe, sonst gibt's Ärger!«

Als Katie die Kostüme für die Desdemona und die Portia erblickte, die sich in kunterbuntem Durcheinander mit anderen Kostümen vor ihr auf einem Hocker türmten, fügte sie leicht zerknirscht hinzu: »Beim Aufräumen kann ich euch leider auch nicht mehr helfen, denn dann komme ich noch später.«

»Ist doch egal«, rief Carly aus dem Hintergrund. »Wen interessiert es schon, wie es da drin aussieht? Bis auf uns kommt doch ohnehin niemand hierher.«

»Onkel Ted sagt, inzwischen sei das ohnehin *unsere* Scheune«, ergänzte Denise. »Wir können hier tun und lassen, was wir wollen.« Sie schnappte sich die Ausgabe des *Othello,* die vor ihr auf dem Tisch lag, und begann darin zu blättern, bis sie zu der Stelle gelangte, die sie einzustudiert hatte.

Carly folgte Denises Beispiel und schlug mit ergebener Miene den *Kaufmann von Venedig* auf, um sich zum wiederholten Male Portias berühmter Rede über die Gnade zu widmen.

Innerhalb weniger Minuten kam Katie wieder hinter

dem Vorhang hervor. Sie trug jetzt ihre Schulkleidung und angelte nach ihrer Jacke. »Bis morgen Früh!«, rief sie und durchquerte eilig den Raum.

Denise lächelte ihr zu. Carly schaute von ihrem Text auf. »Bringst du mir dann deine lange schwarze Perücke mit, Katie?«, bat sie. »Ich glaube, die würde ganz gut zu Portia passen, meinst du nicht?«

»Doch, die sieht bestimmt toll aus. Ich gebe sie dir in der Schule.« Katie winkte den beiden zu, zog das große Scheunentor auf und trat hinaus.

Kapitel 2

Draußen verkroch sich Katie tiefer in ihrer Jacke und eilte fröstelnd den Hang hinauf, der zur Landstraße führte. In Gedanken war sie noch bei Carly und Denise. Die beiden spielten viel besser, als sie ahnten, ihnen fehlte lediglich das notwendige Selbstbewusstsein, dachte sie bei sich. Schließlich hatte selbst Miss Cooke, die Leiterin ihrer Theatergruppe, den beiden eine große Karriere prophezeit.

Während sich Katie den steilen Hang hochkämpfte, wanderten ihre Gedanken in die Zukunft, und sie malte sich zum wiederholten Male ihr neues Leben in New York aus. Sie konnte den Tag kaum erwarten und wusste, dass es Carly und Denise ähnlich erging.

Mit einem Mal blieb Katie stehen. Aus dem Augenwinkel hatte sie eine Bewegung wahrgenommen, ein hastiges Huschen oder Kriechen vor dem wild wuchernden Rhododendron, der sich den Hang hinaufzog. Sie wandte sich um und starrte auf die dunklen Umrisse der Blätter und Zweige. Als jene in einem Windstoß leise raschelten, kroch ein Schauer über Katies Rücken. Doch da war niemand.

Katie holte tief Luft und versuchte die Furcht, die sie ergriffen hatte, abzuschütteln. Gleich darauf lief sie weiter und redete sich ein, dass es sich bei dem seltsamen Schatten wohl um ein Reh gehandelt hatte. In den Wäldern von Litchfield gab es jede Menge Wild, und insbesondere die Rehe wurden täglich mutiger und frecher. Die angeknabberten Bäume in den Gärten der Umgebung einschließlich jener ihrer Mutter lieferten den besten Beweis dafür.

Dass sie weiterhin Angst hatte, merkte Katie jedoch daran, dass sie sich fortwährend umblickte. »Da ist nichts«, sagte sie laut. »Es gibt keinen Grund, sich zu fürchten. Und selbst wenn jemand dort war – das kann ja nur ein Nachbar gewesen sein.«

Es dauerte nicht lange, bis Katie die Hügelkuppe erreicht hatte, hinter der das Gelände in eine weite Fläche brachliegenden Landes mündete. Es reichte bis zu der Landstraße, die sich von New Milford nach Kent und in die kleineren, dahinter befindlichen Dörfer schlängelte.

Als Katie an der Landstraße ankam, blieb sie zunächst stehen, um einen Lastwagen vorbeifahren zu lassen. Danach rannte sie wie der Blitz auf die andere Straßenseite hinüber. Wenig später befand sie sich auch schon auf dem schmalen Weg, der die zahlreichen Äcker durchtrennte. Im Sommer wurden sie zu üppigen Feldern wogenden goldgelben Weizens. Sie umgaben die gesamte Dovecote Farm, ein großes Gehöft, das mit seiner malerischen roten Scheune, den Ställen und Silos als Wahrzeichen der Gegend galt.

Katie schaute zum Himmel hinauf, der die Farbe angelaufenen Silbers zeigte und kalt und abweisend wirkte. Die Abenddämmerung hatte sich niedergesenkt und die umliegenden Äcker in tiefes Schwarz getaucht. Katie erschauerte abermals und wünschte sich nichts sehnlicher, als so schnell wie möglich nach Hause zu kommen. Sie setzte sich in Trab, bis die ersten Nebelschwaden ihr die Sicht nahmen und sie gezwungen war, ihr Tempo zu drosseln. Wie Geisterarme stieg der Dunst aus dem Boden auf, Schleier, die Bäume und Hecken einhüllten und ihnen geheimnisvolle Formen verliehen.

Da Katie den Weg seit ihrer frühesten Kindheit kannte, bewegten sich ihre Füße wie von allein vorwärts, jedoch langsam und vorsichtig. Sie wollte auf keinen Fall auf dem unebenen Weg ins Stolpern geraten.

In der Ferne hörte Katie das Muhen von Kühen und noch ein wenig weiter weg das Bellen eines Hundes. Sie atmete auf und spürte, dass die starke Beklommenheit, die sie erfasst hatte, dank der vertrauten Geräusche abnahm, doch das unterschwellige Angstgefühl wollte nicht weichen. Zudem war die Luft noch kälter geworden, woraufhin Katie ihre Jacke enger um sich zog und unwillkürlich wieder schneller ausschritt. Ihr wurde bewusst, dass es inzwischen äußerst spät sein musste, und ihr Schuldgefühl nahm zu.

Dann hatte sie es endlich geschafft. Die Felder lagen hinter ihr. Aufatmend passierte Katie das letzte Stück Feldweg und erreichte die Straße, die zu den bewohnten Gebieten des Örtchens Malvern führte.

Malvern war 1799 gegründet worden und wurde stets als Ortschaft bezeichnet, obgleich es nicht einmal ein richtiges Dorf war. In Wirklichkeit handelte es sich lediglich um eine Ansiedlung aus verstreut liegenden Häusern, mehreren kleinen Geschäften, einem Friedhof, einer weißen Holzkirche, die auf dem Gipfel des Hügels thronte, und einem schlichten Gemeindehaus, das sich gleich daneben befand. Die Kirche kam Katie stets wie ein Wächter über die Häuser vor, die sich unter ihr in die Flanke des Hügels schmiegten.

Katie warf nun einen letzten Blick auf die nebelverhangenen Felder und wandte sich schnell wieder ab. Sie war froh, die gespenstische Leere hinter sich zu lassen, der etwas seltsam Finsteres angehaftet hatte.

Katie bog nun auf die Straße ein, die sich an dem Hügel entlang zur Kirche hochschlängelte. Nachdem sie den Gipfel erklommen hatte, blieb sie für einen Moment stehen und schaute auf die Häuser hinab, in deren Fenstern die ersten Lampen aufleuchteten. In die frische Abendluft mischte sich der Geruch von Holzfeuer und feuchtem Laub. Der Herbst hatte in diesem Jahr früh eingesetzt. Im Stillen freute sich Katie darüber, denn der Herbst war ihre liebste Jahreszeit. Dann färbte sich das Laub golden, kupferfarben und rot, ihre Großmutter buk Marzipankuchen und Zimttörtchen, und die Familie bereitete sich auf das Erntedankfest vor.

Bald schon feiern wir Weihnachten, fuhr es Katie durch den Kopf, als sie an den Nadelbäumen vorbeiwanderte, die die Straße säumten und ihren würzigen Duft verströmten. Und dann kommt Sylvester, und das neue Jahr beginnt – und danach dauert es nicht mehr lange, bis Carly, Denise und ich nach New York ziehen.

Wie schön die Landschaft aussah, seit sie die feuchten Felder verlassen hatte! Nun war sie gleich zu Hause. Dort angelangt würde sie mit ihrer Mutter den Tisch decken und das Abendbrot vorbereiten. Ein Lächeln glitt über Katies Gesicht. Sie liebte ihre Mutter mehr als jeden anderen Menschen auf der Welt!

Schnellen Schrittes lief Katie weiter.

Kapitel 3

Als Katie ihr Elternhaus vor sich auftauchen sah, überkam sie ein Gefühl der Freude.

Das Haus war von mittlerer Größe und stabil und solide gebaut. Es lag ein wenig abseits von der Straße, umgeben von einer weitläufigen Rasenfläche, die von Blumenrabatten und hohen Bäumen eingerahmt war.

Die Fenster im Erdgeschoss waren hell erleuchtet, und aus dem Schornstein stieg eine helle Rauchfahne in die Luft.

Katie sprang über die Steine, die über den Rasen führten. Dann blieb sie kurz stehen, um das Heimatgefühl noch ein wenig auszukosten.

Das Haus war im typischen Stil Neuenglands errichtet worden, mit weißen Holzschindeln, von denen sich dunkelgrüne Fensterläden und ein schwarzes Giebeldach abhoben. Das ursprüngliche Gebäude stammte aus dem Jahr 1880. Katies Vater hatte einen Teil der ursprünglichen Mauern bewahrt, andere hatte er eingerissen und die Zimmer erneuert oder umgebaut.

Katies Vater Michael Byrne hatte sich bereits als Junge für die Architektur Neuenglands interessiert und seine Neigung später zu seinem Beruf gemacht. Inzwischen war er als einer der erfolgreichsten Bauunternehmer der Gegend bekannt, sein Sohn Niall arbeitete mit im Geschäft, und zuweilen wussten sie sich vor Aufträgen kaum zu retten.

Ihm und Niall war es zu verdanken, dass Katies Elternhaus einen makellosen Anblick bot, denn Vater und Sohn widmeten ihm einen beträchtlichen Teil ihrer Freizeit. Zuweilen hatte Katie den Eindruck, die beiden hielten unentwegt einen Hammer oder eine Zange in der Hand und werkelten am Haus herum. Sogar ihr jüngerer Bruder Finian, der bereits als Zwölfjähriger als der Intellektuelle der Familie galt, ließ seine Bücher gelegentlich fallen und hantierte mit Farbeimer und Pinsel.

Von der Terrasse aus betrat Katie das Haus durch den Hintereingang, der unmittelbar zur Küche führte. In dem kleinen Vorraum schlug ihr ein Schwall warmer Luft entgegen, woraufhin sie die Tür rasch hinter sich zuzog. Sie hängte ihre Jacke auf den Garderobenhaken und steuerte auf die Küche zu, in der sich der größte Teil des Byrneschen Familienlebens abspielte. Seit Katie denken konnte, war dieser Raum der Mittelpunkt ihrer Welt, der Ort, wo sich alle trafen, beisammen saßen, ihre Mahlzeiten einnahmen oder einfach nur schwatzten.

Fast lautlos öffnete sie die Küchentür und blieb auf der Schwelle stehen. Sie ließ die warmen Farben auf sich wirken, die von der tief hängenden Deckenleuchte sowie von dem Feuer, das im Kamin loderte, ausgingen. Die Kupfer- und Messingteller an den Wänden schimmerten und taten ihr Übriges hinzu.

Wie heimelig die Geräusche waren, die an ihr Ohr drangen! Das knisternde, prasselnde Holzfeuer, die tickende Wanduhr, die gedämpfte Musik aus dem Radio. Und dann die Gerüche! Katie erschnupperte einen Schokoladenkuchen, ein frisch gebackenes Brot und einen würzigen Eintopf. Ihr lief das Wasser im Mund zusammen.

Denise und Carly war in dieser Hinsicht weniger Glück beschieden. Mehr als einmal pro Woche kehrte Carly abends in ein leeres Haus zurück, denn ihre Mutter arbeitete in einem Altenheim und hatte häufig Spätschicht. Carlys Vater war seit langem tot.

Denise befand sich in einer ähnlichen Lage. Sie war zwar keine Halbwaise, doch ihre Eltern betrieben im

Nachbarort Kent ein gut gehendes Restaurant, das ihre Anwesenheit oft bis in die späten Nachtstunden erforderte.

Katies Mutter hatte neben dem Haushalt ebenfalls einiges zu tun. Sie führte die Bücher ihres Mannes und erledigte den Schriftverkehr des Familienunternehmens. Ihr kleines Büro befand sich allerdings im Haus unterm Dach, sodass sie für ihre Kinder jederzeit erreichbar war.

Katies Mutter stand gerade am Herd. Als Katie die Tür ins Schloss zog, fuhr sie herum. »Sieh mal, wer da kommt!«, bemerkte sie. »Das gnädige Fräulein! Und wieder einmal zu spät!«

»Es tut mir Leid, Mom, wirklich! Wir haben geprobt, und dabei ist die Zeit wie im Flug vergangen.« Katie schlang die Arme um ihre Mutter. »Du bist die tollste, klügste, verständnisvollste Mutter der Welt«, flüsterte sie. »Ich mach's wieder gut. Ich koche weiter, decke den Tisch, wasche ab – ich tue, was immer du willst. Doch zuerst musst du schwören, dass du mir nicht böse bist.«

Maureen Byrne löste sich aus Katies Umarmung und trat ein Stückchen zurück. Sie schaute in die leuchtenden blauen Augen ihrer Tochter, die den ihren so ähnlich waren. »Was bist du doch für eine kleine Schmusekatze! Und eine Schmeichlerin«, erwiderte sie lächelnd. »Wie könnte ich dir je böse sein?«

»Wirklich nicht?«, fragte Katie.

»Nein, du kennst mich doch. Außerdem gibt es gar nicht mehr viel zu tun. Den Tisch könntest du noch decken.«

»Ich fühle mich trotzdem schrecklich«, antwortete Katie. »Ich habe dich im Stich gelassen. Und das, obwohl du noch gar nicht wieder auf dem Damm bist. Ich hätte früher nach Hause kommen sollen.« Katie biss sich auf die Unterlippe.

»Nun übertreib mal nicht gleich, Katie. So krank war ich nicht, und außerdem geht es mir schon wieder viel besser. Finian hat mir übrigens geholfen.« Ihre Stimme klang amüsiert. »Der Junge wird noch eine erstklassige Haushaltshilfe.«

Katie kicherte. Es war allseits bekannt, dass sich Fin gern vor der Hausarbeit drückte und großspurig behauptete, so etwas sei nichts für Männer. Sie ließ ihren Blick suchend in die Runde schweifen. »Wo steckt sie denn, deine Haushaltshilfe?«, fragte sie.

»Ich vermute, sie hat sich inzwischen ins Hinterzimmer verdrückt und sieht fern. Nachdem Fin so nett war, das Gemüse zu putzten, den Müll rauszutragen und die Töpfe zu scheuern, habe ich es ihm erlaubt. Nicht zu fassen, wie brav er sein kann – wenn er nur will!«

Katie grinste »Was glaubst du, warum sich Fin mit einem Mal dermaßen vorbildlich und tugendhaft benimmt? Ich wette, dass etwas dahinter steckt!«

»Nun, davon bin ich überzeugt«, entgegnete ihre Mutter. »Denkst du, ich kapiere es nicht, wenn er mir um den Bart geht?« Sie hob ihre Hände. »Wenn ich nur wüsste, was er bezweckt! Bei dem Kleinen bin ich immer auf alles gefasst. Na ja, noch werde ich mit ihm fertig. Fragt sich nur, wie lange ...«

»Fin tut nie etwas ohne Hintergedanken«, stimmte Katie ihrer Mutter zu. »Aber er ist eigentlich harmlos. Meistens will er ja nur in Ruhe gelassen werden, um zu lesen oder fern zu gucken.«

Katies Mutter hatte ihre Aufmerksamkeit auf den Herd gerichtet und gab frisch gehackte Zwiebeln in eine Pfanne. Sie wandte sich zu Katie um. »Deck den Tisch, Katie, anschließend können wir –« Sie brach ab, weil ein heftiger Hustenanfall sie schüttelte. Rasch legte sie den Pfannenwender zur Seite, wühlte in ihrer Schürzentasche nach einem Taschentuch und presste es auf ihren Mund.

Katie warf ihr einen besorgten Blick zu. »Ist alles in Ordnung, Mom?«, fragte sie. »Soll ich dir deine Medizin holen?«

Ihre Mutter wehrte stumm ab.

»Warum setzt du dich nicht hin?«, schlug Katie vor. »Ich mache allein weiter.«

Nach einer Weile murmelte ihre Mutter: »Geht schon wieder, Liebling. Mach nicht so viel Aufhebens darum.«

»Bitte setz dich hin, Mommy«, bat Katie. Sie begab sich zu dem Eckschrank, in dem das Geschirr aufbewahrt wurde, entnahm ihm die Teller, die sie an den Werktagen benutzten, und trug sie zu dem großen Tisch am Fenster, auf dem bereits eine rot-weiß karierte Decke lag. Anschließend stellte sie Gläser dazu und legte das Besteck auf.

Ihre Mutter hatte sich inzwischen von ihrem Hustenanfall erholt. »Jetzt könntest du noch eine Kanne Tee kochen, Katie,« sagte sie. »Ich glaube, ein Becher Tee mit Honig würde mir gut tun.«

»Kommt sofort, Gnädigste«, gab Katie eifrig zurück. »Bitte, nehmen Sie am Kaminfeuer Platz und ruhen Sie sich aus.«

Maureen sah zu, wie Katie umherhuschte, mit dem Wasserkessel hantierte und Teeblätter in eine Kanne gab. Sie liebte ihre Tochter abgöttisch. Gelegentlich musste sie sich zwingen, nicht zu nachsichtig mit ihr zu sein und sie nicht allzu sehr zu verwöhnen. Vor allem durfte sie es ihr nicht durchgehen lassen, die Hausarbeit als zweitrangig zu betrachten.

Obwohl wir weder den gleichen Charakter noch dieselben Interessen besitzen, sind wir uns ähnlich, dachte Maureen im Stillen. Katie ist strebsamer und ehrgeiziger, als ich es als junges Mädchen war, und sie wünscht sich ganz andere Dinge für ihre Zukunft. Das wäre mir niemals in den Sinn gekommen! Ihr soll die Welt zu Füßen liegen ... Sie will auf der Bühne stehen, im Rampenlicht, sie hungert nach Aufregung, Erfolg, Ruhm. Und sie wird es auch erreichen!

Für einen Moment wanderten Maureens Gedanken in ihre eigene Vergangenheit. Im Grunde habe ich das bekommen, was ich wollte, stellte sie mit Genugtuung fest, warum sollte es Katie anders ergehen? Ich wollte nie etwas anderes, als zu heiraten und eine Familie zu gründen, und das ist mir auch gelungen. Ich habe damals einen guten Mann gefunden, der mich liebt und den ich ebenso liebe. Ich habe wohlgeratene Kinder, ein gemütliches Heim, einen schönen Garten, und ich führe mit meiner Familie ein geruhsames Leben auf dem Land. Das war seit jeher mein Traum, und er ist in Erfüllung gegangen. Seit wir in Amerika leben, ist alles so gekommen, wie ich es mir vorgestellt hatte.

Im Jahr 1960 hatten Maureens Eltern Irland verlassen und waren mit ihren Kindern nach Amerika ausgewandert. Damals war Maureen im selben Alter gewesen wie Katie heute – gerade einmal siebzehn Jahre alt, ihre Schwester Bridget war neunzehn. Ihre Eltern, Sean und Catriona O'Keefe, hatten sich in New York niedergelassen, wo sie allesamt bereits nach kürzester Zeit Arbeit fanden.

Bridget beschloss, in einer Immobilienfirma anzufangen. Maureen wurde als Model entdeckt, und fortan führte sie mit ihrer hoch aufgeschossenen, schlanken Gestalt die elegante Garderobe der berühmten Modeschöpferin Pauline Trigère vor. Maureens Mutter nahm eine Anstellung als Einkäuferin im vornehmen Warenhaus *Bloomingdale's* an, und ihr Vater, ein gelernter Schreinermeister, fand Arbeit in einer Werkstatt für edle Designermöbel, in der er sich bald einen eigenen Namen machte.

Maureen lächelte versonnen. Sie liebte die Erinnerungen an ihre Zeit in New York. Wie gut, dass sie den Mut gefunden hatten, Irland zu verlassen und in Amerika einen Neuanfang zu wagen!

Erst später, als sie das hektische Leben in New York mehr und mehr als anstrengend empfanden, beschlossen Maureens Eltern, sich einen ruhigeren Ort zu suchen, wo die Landschaft ihrer geliebten irischen Heimat glich. Sie entdeckten ihn während eines Besuchs in Connecticut. »Das ist Gottesland!«, rief Maureens Mutter beim Anblick der grünen Hänge und Wiesen, und niemand hatte ihr widersprochen. Die Entscheidung wurde auf der Stelle gefällt: Hier war der Platz, an dem sie von nun an wohnen wollten. Hier würde ihr neues Zuhause sein.

Es dauerte jedoch noch über ein Jahr, bis es soweit war. Dann endlich zog Maureens Familie nach New Milford, wo sie ein hübsches und erschwingliches Haus fand. Bridget, die sich mit Leib und Seele ihrem Beruf verschrieben hatte, blieb die Woche über in New York, verbrachte ihre Wochenenden jedoch bei den anderen in Connecticut, die jeweils eine Stelle in der näheren Umgebung angenommen hatten.

Maureen war dreiundzwanzig, als sie und ihre Eltern aufs Land zogen. Sie hatte Michael Byrne gleich in den ersten Monaten nach ihrer Ankunft in New Milford kennen gelernt. Für beide war es Liebe auf den ersten Blick gewesen. Michael entsprach genau dem Mann, den sich Maureen immer erträumt hatte: hoch gewachsen, dunkelhaarig, gut aussehend, freundlich und verständnisvoll. Als sie fünfundzwanzig und Michael siebenundzwanzig war, heirateten sie, und die Ehe hatte sich bis heute bewährt.

Meine Güte, nun bin ich bereits seit zwanzig Jahren verheiratet, dachte Maureen bei sich und runzelte die Stirn. Wie schnell doch die Zeit vergeht! Ich kann kaum glauben, dass ich schon fünfundvierzig Jahre alt bin. Sie fühlte sich viel jünger und wusste, dass die meisten sie nicht älter als Mitte Dreißig schätzten. Als ihr einfiel, was sie noch alles tun und erleben wollte, seufzte Maureen auf. Ich muss das bald angehen, ehe ich zu alt dafür bin, und sie nahm sich vor, die seit langem geplante Irlandreise in allernächster Zukunft in Angriff zu nehmen.

Maureen ließ ihren Blick durch die Küche wandern. Katie stand am Herd und goss gerade kochendes Wasser in eine braune Teekanne. Wir mögen in unseren Interessen verschieden sein, dachte Maureen, doch wir sind eindeutig Mutter und Tochter. Die Ähnlichkeit war wirklich frappierend.

Maureen lehnte sich in ihrem Schaukelstuhl zurück. Ihr Blick verweilte noch immer auf Katie, das mittlere ihrer Kinder und ihre einzige Tochter. Tief in ihrem Inneren hatte sie stets geahnt, dass aus Katie etwas Besonderes werden würde, denn Katies eigenwilliges Wesen war von Anfang an erkennbar gewesen. Als Dreijährige hatte ihre Tochter bereits genau gewusst, was sie wollte, und hatte ihren Willen stets durchzusetzen verstanden. Dennoch war Katie niemals vorlaut oder gar frühreif. Maureen liebte es damals, sich auszumalen, wie Katie einmal als erwachsene Frau aussehen würde.

Wer weiß, ob sich nicht bei jedem von uns die Zukunft bereits in frühester Kindheit ankündigt?, überlegte Maureen. Bei manchen Menschen war es nicht derart offenkundig. Sie dachte an Nialls Kindheit zurück und dann an Finians. Die beiden waren ... nun, einfach völlig normale kleine Jungen gewesen, weder besonders selbstbewusst noch annähernd so bestimmt und unnachgiebig wie ihre Schwester.

Als Katie mit zwei Bechern Tee in den Händen zu ihr trat, wurden Maureens Gedanken jäh unterbrochen. Nachdem sie einen davon ihrer Mutter gereicht hatte, ließ sie sich in dem zweiten Schaukelstuhl vor dem Kamin nieder.

»Vielen Dank, mein Schatz«, sagte Maureen, trank einen Schluck und schaute ihre Tochter an. »Ihr habt also wieder einmal in der Scheune geprobt«, hob sie an. »Wie ist es denn gelaufen?«

»Gut«, erwiderte Katie. »Ich glaube, ich habe den Hamlet im Griff.« Nach einigem Nachdenken setzte sie hinzu: »Meine Güte, wenn ich mir überlege, dass ich den Monolog anfänglich für absolut einfach hielt, dann fasse ich mir an den Kopf! Das ist er nämlich ganz und gar nicht. Nicht, wenn man es richtig machen will.« Sie seufzte und schnitt eine Grimasse. »Na ja, ich sage jetzt, ich hätte ihn im Griff. Es gibt natürlich immer noch tausend Möglichkeiten, es besser zu machen.« Katie blickte grübelnd vor sich hin. »Wahrscheinlich kann man immer alles noch besser machen«, erklärte sie schließlich.

Maureen schmunzelte und überlegte, ob Katie wohl jemanden zitiert hatte. Zuweilen klangen die Reden ihrer Tochter wie die einer alten Frau, besonders wenn sie ihre Nase gerade in einen der Klassiker gesteckt hatte. »Wie steht es denn mit den anderen beiden? Wie kommen Carly und Denise zurecht?«

»Sie sind toll, Mom. Das Problem ist nur, dass sie es

nicht glauben. Ich hoffe aber, ich bringe sie noch dazu, auf ihre eigenen Fähigkeiten zu vertrauen. Es ist doch alles nur eine Frage des Selbstbewusstseins.«

Woran es dir nie gemangelt hat, ergänzte Maureen im Stillen. Laut sagte sie: »Du hättest sie zum Abendessen einladen sollen, Katie. Es ist doch stets genug für alle da. Dein Vater sagt ja sowieso immer, ich könnte eine ganze Armee verköstigen.«

»Beinahe hätte ich sie auch eingeladen, doch im letzten Moment fiel mir ein, dass dir das vielleicht zu viel werden könnte. Du warst schließlich krank.«

»Inzwischen geht es mir aber schon wieder besser, Schätzchen. Hör also auf, dir um deine Mutter Sorgen zu machen.«

Die Küchentür flog auf, und Finian kam hereingepoltert. »Hallo, Mom – hallo, Katie.«

»Hallo, Fin.«

»Finian. Ich heiße Finian!«, kam es vorwurfsvoll zurück.

»Oh, entschuldige vielmals, lieber Finian«, erwiderte Katie und unterdrückte ein Glucksen. Auf seinem vollen Namen zu bestehen, war seit kurzem eine von Fins Marotten.

»Ja, aber nur noch dieses eine Mal. Mein Name ist nun einmal Finian, und ihr könntet ruhig mal anfangen, euch das zu merken.« Fin warf seiner Mutter einen kurzen Seitenblick zu. »Kann ich dir irgendwie helfen, Mom?«

Maureen schüttelte den Kopf. »Nein, Fin ... äh, Finian. Aber nett, dass du fragst. Möchtest du auch einen Becher Tee?«

»Bloß nicht!«, erwiderte Fin und ging zum Kühlschrank. »Das ist etwas für Frauen. Männer trinken Cola!«

»Wie sieht es mit deinen Hausaufgaben aus, Finian?«,

erkundigte sich Maureen. »Oder ist das auch nur etwas für Frauen?«

Finian wandte sich um und setzte eine gekränkte Miene auf. »Die habe ich längst erledigt.«

»Ach ja? Und wann, wenn ich fragen darf?«

»Na, eben, bevor ich ferngesehen habe.« Finian zuckte lässig mit den Schultern. »War ohnehin nicht viel.«

Maureen hob ihre Brauen, zog es jedoch vor zu schweigen.

Mit einem Mal richtete sich Katie kerzengerade auf und schaute fassungslos in die Runde. »Ja, bin ich denn von allen guten Geistern verlassen?«, rief sie aufgebracht. »Ich habe meine Schultasche in der Scheune liegen gelassen. O Mom, meine Hausaufgaben! Was soll ich denn jetzt tun?« Sie sprang auf. »Ich muss zurück und sie holen.«

»Das kommt überhaupt nicht in Frage, Katie!«, widersprach Maureen. »Draußen ist es schon dunkel. Ich lasse dich zu dieser Stunde doch nicht mehr allein durch die Felder spazieren! Schlag dir das aus dem Kopf!«

»Aber ich brauche doch meine Schulbücher«, jammerte Katie.

»Das ist mir durchaus klar. Du musst halt warten, bis Niall nach Hause kommt. Er wird dich begleiten. Oder besser noch: Er nimmt den Kombi und fährt dich. Dann seid ihr wenigstens zum Abendessen wieder zurück. Fin, dreh bitte die Flamme unter dem Eintopf aus.« Maureen erhob sich. »Apropos Abendessen: Ich glaube, es wird höchste Zeit, dass ich das Brot aus dem Backofen hole.«

»Nenn mich bitte *Finian,* Mom!«, wiederholte Fin pikiert. »Das ist schließlich der Name, den du und Dad mir gegeben habt. Fin ist ein Name für Babys.«

Maureen wuschelte Fin durch die Haare. »Aber du bist doch unser Baby«, lachte sie.

Kapitel 4

Als Katie neben ihrem Bruder im Wagen saß, zog sie es vor, erst einmal zu schweigen. Sie hatte den Eindruck, dass sich Niall über ihre Schusseligkeit ärgerte. Verständlicherweise hatte er Besseres zu tun, als sie durch die Gegend zu kutschieren und ihre Schulsachen einzusammeln.

Als ihre Mutter Niall bat, sie zu fahren, schien ihn das allerdings nicht weiter genervt zu haben. Doch seit sie das Haus verlassen hatten und sich auf der Landstraße befanden, gab Niall keinen Ton mehr von sich und schaute stur und mürrisch geradeaus.

Katie warf ihrem Bruder mehrmals einen verstohlenen Seitenblick zu und überlegte, mit welchem Thema sie ihn aufheitern könnte, doch als sie sah, wie fest er die Lippen zusammenpresste, beschloss sie, den Mund zu halten. Vielleicht würde er ja von sich aus etwas äußern.

Dennoch hätte Katie gern gewusst, was Niall mit einem Mal die Sprache verschlagen hatte, denn normalerweise war er mitteilsam, diskutierte mit ihr über Gott und die Welt und vertraute ihr oftmals an, was ihn momentan beschäftigte. Umgekehrt war es nicht anders. Niall war lediglich zwei Jahre älter als sie, und sie hatten sich seit frühester Kindheit nahe gestanden. Finian hingegen war für sie beide stets der Kleine geblieben, mit dem sie mal herablassend, mal freundlich verfuhren, doch in ihren Zweierbund aufgenommen hatten sie ihn nie. Allerdings konnten sie nicht umhin, gelegentlich verwundert festzustellen, dass Fin das nicht im Geringsten zu stören schien.

Nach einem abermaligen Blick aus dem Augenwinkel fiel Katie auf, dass Niall weniger mürrisch, als vielmehr in sich gekehrt und abwesend wirkte. Sie fragte sich, ob er vielleicht ein Problem mit seiner derzeitigen Freundin Jennifer mit sich herumtrug.

Im Stillen seufzte Katie resigniert. Es war jedes Mal dasselbe: Die Frauen verliebten sich in Niall, was kein Wunder war, denn mit seinem schwarzen Haar, den grünen Augen und dem kantigen, männlichen Gesicht wirkte er ausgesprochen attraktiv. Leider haperte es jedoch ebenso regelmäßig mit seiner Gegenliebe.

Zuletzt war es Niall, der das Schweigen brach. »Du bist heute Abend so still, Katie. Hast du was? Ist dir eine Laus über die Leber gekrochen?«

Katie stieß ein überraschtes Lachen aus und erwiderte: »Hey, dasselbe könnte ich von dir behaupten! Du ziehst ein Gesicht wie zehn Tage Regenwetter. Ich dachte eher, dass *du* etwas hast.«

»Nein, es ist nichts ... das heißt, ich habe mir ein paar Gedanken gemacht. Über dich zum Beispiel.«

»Über mich? Warum denn das um alles in der Welt? Was ist denn plötzlich so interessant an mir?«

»Mir gingen lediglich deine New York-Pläne durch den Kopf. Glaubst du eigentlich im Ernst, Mom und Dad lassen dich so früh aus dem Haus?«

»Selbstverständlich!« Katie musterte ihren Bruder argwöhnisch und fügte hinzu: »Oder haben sie etwas zu dir gesagt? Haben sie etwas anderes angedeutet? Komm schon, Niall, rück raus mit der Sprache!«

Als Niall schwieg, fuhr Katie einschmeichelnd fort: »Bitte, Niall, sag mir, was du weißt! Wir haben doch noch nie Geheimnisse voreinander gehabt.«

»Mir gegenüber haben sie nichts erwähnt«, entgegnete Niall. »Doch ich weiß, dass der Gedanke sie nicht gerade glücklich macht.«

»Warum das denn?«

»Mein Gott, Katie, tu doch nicht so! Die Sache liegt ja wohl auf der Hand. Mom und Dad halten dich für zu jung, um allein in einer Großstadt zu leben.« Niall streifte seine Schwester mit einem prüfenden Blick. Danach wandte er seine Aufmerksamkeit erneut der Straße zu. »Ich bin sicher, es wäre ihnen lieber, wenn du das Ganze um ein, zwei Jahre verschieben würdest.«

»Mom hat mir gegenüber aber noch nie etwas Derartiges verlauten lassen, und Dad auch nicht«, begehrte Katie auf. »Und wieso fängst du mit einem Mal davon an?«, setzte sie hitzig hinzu. »*Du* hast damit doch gar nichts zu tun.«

»Du hast dich doch erkundigt, was los ist. Von allein hätte ich nicht davon angefangen. – Es ist so: Wir fahren gerade zur Scheune, wo du den größten Teil deiner Freizeit damit verbringst, dich auf deine Karriere als Schauspielerin vorzubereiten. Da musste ich eben noch einmal über alles nachdenken.«

»Aber ich gehe doch zusammen mit Carly und Denise nach New York! Und Tante Bridget ist auch da, wir werden erst mal bei ihr wohnen. Insofern ist doch alles nur halb so wild.«

»Liebe Güte, was glaubst du denn, wie lange ihr bei Tante Bridget unterkommen könnt? Sie hat einen anstrengenden Job und führt ihr eigenes Leben. Und sie hat *Freunde.* Sie ist kaum wild darauf, dass pausenlos drei Mädchen in ihrer Bude herumlungern ...«

Katie stand kurz davor, heftig aufzubrausen, doch sie besann sich eines Besseren. Sie schluckte ihre Antwort hinunter, atmete tief durch und lehnte sich in ihrem Sitz zurück. Sie überlegte, ob ihre Eltern nicht doch mit Niall geredet hatten und ob er es möglicherweise zugeben würde, wenn sie weiter in ihn drang. Schließlich fragte sie: »Sag mir die Wahrheit, Niall. Haben Mom und Dad mit dir über meinen Umzug nach New York gesprochen oder nicht?«

»Nein, Katie, das haben sie nicht. Ich schwöre dir bei allem, was mir heilig ist, dass sie das Thema mit keiner Silbe erwähnt haben. Ich habe dir lediglich gesagt, was *ich* davon halte. Doch abgesehen davon kann ich mir denken, was unsere Eltern empfinden. Es geht ihnen vor allem darum, dich zu beschützen. Sie wollen dein Bestes, genau wie ich.«

»Du bist ein Verräter«, grummelte Katie. »Bisher hast du noch nie einen Mucks in dieser Richtung von dir gegeben. Du hast immer gesagt, ich solle tun und lassen, was ich für richtig halte. Und jetzt spuckst du mit einem Mal ganz neue Töne. Ich hatte mein Leben lang nie etwas anderes vor, als Schauspielerin zu werden. Du weißt, dass nichts sonst für mich zählt.«

Niall stieß einen kleinen Seufzer aus. Eigentlich hätte er Katies Reaktion ahnen können. »Komm, lass uns nicht streiten, Schwesterherz«, beschwichtigte er Katie. »Es tut mir Leid, dass ich davon angefangen habe. Schwamm drüber! Vergiss alles, was ich gesagt habe. Wenn es soweit ist, werden Mom und Dad dich bestimmt ziehen lassen, vor allem, wenn Tante Bridget dir den Rücken stärkt. Dass du mit Denise und Carly zusammenwohnen wirst, gibt sicherlich einen weiteren Pluspunkt. Es ist ja nicht so, als wolltest du dich mutterseelenallein in New York herumtreiben und dich auf Teufel komm raus amüsieren.«

»Eben«, versetzte Katie trotzig. Schnell wechselte sie das Thema und fragte: »Wie geht es übrigens Jennifer? Mir ist aufgefallen, dass du sie in letzter Zeit kaum erwähnst.«

»Ich ziehe mich gerade ein wenig zurück«, murmelte Niall und stieß ein ungehaltenes Schnauben aus. »Sie wird mir zu anhänglich, wenn du es genau wissen willst, und ich fürchte, sie möchte geheiratet werden.«

»Von dir?«, fragte Katie erstaunt.

»Von wem denn sonst?«

»Na hör mal, es gibt ja auch noch andere Männer auf der Welt! Außerdem bist du doch viel zu jung zum Heiraten.«

»Na, siehst du! Warum begreift Jennifer das nicht?« Niall machte eine Pause und fügte hinzu: »Jennifer ist in Ordnung, versteh mich nicht falsch ... Ich möchte mich lediglich noch nicht binden. Abgesehen davon ist sie auch nicht die Richtige. Wenn schon, suche ich eine Frau fürs ganze Leben.«

Für einen Moment schwieg Katie, doch dann erwiderte sie: »Seltsam, und ich dachte einmal, die hättest du bereits gefunden.« Sie sah, dass sich Nialls Hände am Lenkrad verkrampften.

Katie nahm ihren ganzen Mut zusammen und fuhr fort: »Ich dachte, dass du an Denise interessiert wärst. Deine Blicke, wenn du sie anschautest ... Na ja, irgendwie war die Sache für mich klar. Vor ungefähr einem Jahr hätte ich geschworen, dass dir ein Licht aufgegangen ist und du endlich begriffen hast, was für ein außergewöhnlicher Mensch Denise ist.«

»Das war auch so ... Das Problem lag eher bei Denise. Sie ist wild entschlossen, nach New York zu gehen und berühmt zu werden. Das ist alles, was sie beschäftigt. Meiner Meinung nach will sie weder mich noch irgendeinen anderen Typen. Wie kommst du überhaupt jetzt darauf? Hat sie dir gegenüber etwas anderes angedeutet, als ich ... als wir ... letztes Jahr zusammen ausgingen?«

Katie schüttelte den Kopf. »Nein. Das habe ich dir damals doch schon gesagt. Sie fand dich sehr nett.« Katie runzelte die Stirn. »Aber das hat dir ja nicht gereicht. Dabei wäre das für den Anfang doch vielleicht –«

»Nein«, unterbrach Niall sie zornig, »das wäre nicht genug gewesen! Denise braucht keinen Freund, zumindest im Moment noch nicht. Später vielleicht, doch ich werde den Teufel tun und auf sie warten. In erster Linie möchte Denise ein Star werden. Sie will, dass ihr Name in riesiger Leuchtschrift am Broadway prangt.« Er schlug mit der Faust auf das Lenkrad. »Sie ist diejenige, die *mich* nicht wollte.«

»Meine Güte!«, murmelte Katie. »Ich wusste ja nicht, dass dir das dermaßen an die Nieren gegangen ist. Trotzdem – Denise sieht fantastisch aus, und sie ist ein liebenswerter Mensch. Dagegen kommt Jennifer Wilson nicht an. Auch wenn Denise dich abgelehnt hat, heißt das noch lange nicht, dass sie ihre Meinung nicht eines Tages noch einmal –«

»Lass es gut sein, Katie«, unterbrach Niall sie. »Vielleicht habe ich einfach keine Geduld.«

Als sie auf den Weg stießen, der zu Ted Matthews Grundstück führte, verlangsamte Niall das Tempo. Er lenkte den Wagen durch die Felder und ließ ihn den Hügel hinabrollen, in dessen Senke die Scheune inmitten einer Baumgruppe lag.

Während sie dem Gebäude entgegenholperten, bemerkte Niall: »Denise und Carly scheinen noch da zu sein. In der Scheune brennt Licht.«

Katie zuckte mit den Schultern und erklärte: »Sie bleiben häufig noch ein wenig länger. Meist proben sie und hören sich gegenseitig ab, und manchmal machen sie hier auch noch Hausaufgaben. Zu Hause erwartet sie ja niemand.«

»Ja, ich weiß.« Niall fuhr auf den Eingang der Scheune zu, brachte den Wagen zum Stehen und zog die Handbremse an.

Katie öffnete ihre Tür, sprang hinaus und knöpfte fröstelnd ihre Jacke zu. Als sie das Scheunentor erreichte, stellte sie überrascht fest, dass es offen stand.

Sie machte das Tor ein Stück weiter auf, betrat die Scheune und rief: »Carly! Denise! Wo steckt ihr? Warum macht ihr nicht die Tür zu, wenn es draußen so lausig kalt ist?«

Es kam keine Antwort. Die Scheune war leer.

Verdutzt hielt Katie inne. Ihr Blick schweifte durch den Raum, wobei ihr sofort das Durcheinander auffiel, das dort herrschte. Zwei Stühle waren umgestürzt und lagen auf der Seite. Der Schirm der alten Tonlampe hing schief und sah aus, als hätte jemand dagegen geschlagen. Und das blaue Tuch, das normalerweise auf dem Holzbock lag, war zu Boden gerutscht. Als Nächstes erblickte Katie die Mäntel ihrer Freundinnen an den Wandhaken sowie ihre Schultaschen auf dem Fußboden. Auch ihre war dabei, wenngleich sie sich nicht erinnern konnte, sie dort zurückgelassen zu haben. Sie hätte schwören können, dass sie ihre Tasche mitten im Raum liegen gelassen hatte. Doch nun standen alle drei Taschen ordentlich in einer Reihe nebeneinander. Merkwürdig!, dachte Katie bei sich.

Mit einem Mal stieg ein seltsames Angstgefühl in ihr hoch, und ihre Kehle wurde trocken.

Als Niall die Scheune betrat, fuhr sie erschrocken herum.

»Wo sind Denise und Carly?«, fragte er. Als er das Chaos ringsum wahrnahm, ergriff er automatisch Katies Arm.

»Ich weiß nicht«, murmelte Katie. Sie nagte an ihrer

Unterlippe. »Sie müssen doch hier irgendwo sein ... draußen vielleicht ...«

»Bei der Kälte und ohne Mäntel?«, gab Niall zurück und deutete auf die Haken.

Katie spürte, wie ihre Furcht stärker wurde. Etwas war vorgefallen, sie spürte es ganz deutlich. Mit leicht zitternder Stimme sagte sie: »Niall – ich habe Angst. Irgendetwas stimmt hier nicht.«

»Daran besteht kein Zweifel«, erwiderte Niall. »Die Mädels sind weg, und hier sieht es aus wie nach einem –« Er brach ab. »Komm, Katie«, sagte er dann, »wir sollten die beiden suchen. Irgendwo müssen sie ja sein. Ich hole meine Taschenlampe aus dem Auto.«

»Unter dem Holzbock ist eine Schublade. Da liegt eine Taschenlampe. Ich hebe sie dort für Notfälle auf ...«, sagte Katie abwesend.

»Dann hol sie! Los, mach schnell!«

Kapitel 5

Draußen verhüllten die Wolken den blassen Mond, sodass der Himmel äußerst düster wirkte. Unwillkürlich erschauerte Katie. Irgendetwas Unheilvolles lag in der Luft, und Katie schien es greifbar nahe.

Während sie zitternd auf Niall wartete, der zum Wagen gelaufen war, um seine Taschenlampe zu holen, drang die feuchte Luft durch ihre Jacke. Ohne dass sie es merkte, umklammerte sie ihre Lampe so fest, dass ihre Knöchel weiß hervortraten.

Als die Scheinwerfer an Nialls Auto aufflammten, zuckte Katie zusammen. Die Stelle, an der sie stand, war mit einem Mal hell erleuchtet, und für einen Moment schien es ihr, als würde sie zur Zielscheibe.

Niall kam zurück. Der Schein seiner Taschenlampe hüpfte vor ihm auf und ab. Als er bei Katie angelangt war, legte er beschützend seine Hand auf ihren Arm. »Hör zu, Katie«, erklärte er, »wir müssen dicht beieinander bleiben. Komm bloß nicht auf die Idee, allein loszuwandern und die Gegend zu durchstreifen. Hast du mich verstanden?«

»Ja, klar. Das würde ich mich gar nicht trauen«, antwortete Katie leise und trat einen Schritt näher. »Es gibt eigentlich nur zwei Möglichkeiten, Niall«, sagte sie. »Die beiden sind entweder aus irgendeinem Grund Hals über Kopf aufgebrochen, oder aber jemand hat sie mitgenommen.«

Niall musterte Katie zweifelnd. »Wer sollte sie denn deiner Meinung nach mitgenommen haben? Und wohin?«

»Keine Ahnung. Vielleicht war es Denises Onkel.«

»Und warum dann dieses Durcheinander?«

»Oder es war ein Eindringling«, rief Katie schrill. »Oder mehrere. Warum sagst du es nicht? Du denkst doch genau dasselbe.«

»Beruhige dich, Katie«, bat Niall und drückte beruhigend ihren Arm, doch Katie schüttelte seine Hand ab.

»Vielleicht sind sie gar nicht mehr hier«, sagte sie. »Sie könnten bereits weit fort sein, wenn jemand sie ... wenn sie *entführt* worden sind.«

»Nun mach aber mal halblang, und geh nicht gleich vom Schlimmsten aus«, forderte Niall. »Warum sollte jemand zwei Mädchen wie Denise und Carly entführen? Reiche Leute werden entführt, nicht aber zwei Mädchen aus einem kleinen Kaff in Connecticut.«

»Niall, du weißt ebenso gut wie ich, dass sich eine

Menge komischer Gestalten in unserer Gegend herumtreiben. Durchgedrehte Typen, Drogenabhängige, Sexualverbrecher, Verrückte ...«

Niall starrte sie an. Dann nickte er knapp und erwiderte. »Wir sollten keine Zeit verlieren. Komm, als Erstes schauen wir bei den Bäumen hinter der Scheune nach.« Er griff nach Katies Schulter und zog sie mit sich.

Mit einem Mal blieb Katie stehen. »Niall«, begann sie, »ob sie vielleicht vor jemandem weggerannt sind, was meinst du? Sie könnten versucht haben, zum Haus von Denises Onkel zu gelangen.«

»Durchaus möglich, aber ich will mich zuerst hier umschauen. Danach können wir immer noch bei Ted vorbeigehen und nachfragen.«

Gemeinsam umrundeten sie die Scheune, wobei sie die Lichtkegel ihrer Taschenlampen über die Büsche und Bäume wandern ließen und ein übers andere Mal die Namen der Mädchen riefen.

Niemand gab ihnen Antwort. Andererseits fehlten auch jegliche Anzeichen dafür, dass wirklich etwas vorgefallen war. Weder flach getretene Grasbüschel noch geknickte Zweige konnten Katie und ihr Bruder ausmachen – doch von den beiden Mädchen keine Spur.

Irgendwann hielt Niall inne und drehte sich zu Katie um. »Katie«, hob er an, »ich glaube auch, dass ein Fremder in der Scheune war. Jemand, den die beiden nicht erwarteten. Und dann –«

»Und wer immer das war«, fiel Katie ihm ins Wort, »er hat Denise und Carly verschleppt.« Ihre Stimme wurde abermals schrill. »Oder aber er hat sie bedroht, und sie konnten fliehen –«

»Psst«, machte Niall. »Es hat keinen Zweck, hysterisch zu werden. Lass mich einen Moment nachdenken.«

»Wir haben keine Zeit, nachzudenken –«

»Katie«, sagte Niall eindringlich, »wir müssen jetzt einen klaren Kopf behalten. Wir können nicht einfach blindlings drauflosrennen und kopflos die Gegend absuchen. Nehmen wir einmal an, deine Freundinnen sind geflüchtet, weil jemand hinter ihnen her war, dann sind sie – wie wir annehmen – zu Teds Farm hinübergerannt. Es ist zwar ein ganzes Stück bis dahin, doch es ist das nächste bewohnte Haus.«

»Ja – und weiter?«

»Andererseits«, fuhr Niall unbeirrt fort, »könnten sie sich auch für den Weg zur Landstraße entschieden haben.«

»Niemals!«, erwiderte Katie bestimmt. »Das ist vollkommen ausgeschlossen. Dort hoch zu laufen kostet viel zu viel Kraft. Wenn ein Fremder ihnen auf den Fersen war – jemand, der ihnen etwas antun wollte –, dann sind sie aus der Scheune nach draußen gestürzt und einfach losgerannt. Wahrscheinlich zu Denises Onkel. Wenn man es durch das Wäldchen geschafft hat, muss man nur noch flaches Land überqueren. Das ist der leichteste Weg.«

»Hmm, klingt einleuchtend. Dann lass uns in dem Wäldchen nachschauen! Vielleicht halten sich die beiden dort versteckt und trauen sich nicht hervor. Wenn wir sie dort nicht finden, rufen wir Ted von der Telefonzelle oben an der Straße aus an und fragen, ob sie bei ihm sind.«

Katie ergriff die Hand ihres Bruders. Die Angst schnürte ihr die Kehle zu. Die schlimmsten Schreckensbilder machten sich in ihrem Kopf breit. Plötzlich wurde ihr übel. Sie war davon überzeugt, dass nach ihrem Aufbruch etwas Furchtbares geschehen war, und sie betete inständig, dass Carly und Denise unversehrt waren und sich irgendwo in Sicherheit befanden.

Hand in Hand schlugen sie den Weg in das Wäldchen ein. Dort ließ Niall Katies Hand jedoch los, denn sie mussten hintereinander laufen, weil der Pfad, der den kleinen Nadelwald teilte, schmal und uneben war. Katie wollte sich an Nialls Jacke festhalten, doch ihr Bruder bestand darauf, dass sie vor ihm ging, damit er sie keine Sekunde aus den Augen verlor.

»Du befürchtest also auch, dass etwas Schlimmes geschehen ist und jemand hier lauert, nicht wahr?«, flüsterte Katie.

»Unsinn!«, hörte sie Niall hinter sich sagen. »Aber wir müssen das Schicksal ja nicht herausfordern.«

Immer wieder rief Katie: »Carly! Denise! Ich bin es, Katie. Seid ihr hier irgendwo?«

Bisweilen ertönte Nialls lautere Stimme. »Denise? Carly? Wo steckt ihr?«

Ringsumher blieb jedoch alles still.

Katie und Niall richteten ihre Taschenlampen auf die Bäume und spähten angestrengt in das Unterholz. Mit einem Mal blieb Katie stehen. Über die Schulter hinweg sagte sie leise: »Hast du das gehört, Niall?«

»Nein, was denn?«

»Vor uns hat etwas geraschelt und geknackt.«

»Ich habe nichts gehört. Wahrscheinlich war das ein Tier, ein Reh oder so.«

Katie hielt den Atem an und verharrte reglos auf der Stelle. Sie entsann sich plötzlich des dunklen Schattens, den sie auf ihrem Heimweg aus dem Augenwinkel wahrgenommen hatte. Ich hätte sie niemals allein zurücklassen dürfen!, dachte sie im Stillen.

Ob der Täter bei den Rhododendronbüschen gehockt und ihnen aufgelauert hatte? Katie schluckte heftig. In dem Fall wäre sie dicht an ihm vorbeigekommen ...

»Jetzt höre ich auch etwas«, murmelte Niall, rückte

noch dichter an Katie heran und legte seine Hand auf ihre Schulter.

Katie vernahm das Geräusch inzwischen noch deutlicher. Es schien lauter geworden zu sein und klang, als bräche etwas durchs Gestrüpp, und zwar in höchster Eile, sodass man die Zweige knacken hörte. Es musste sich um ein großes Tier handeln – sofern es überhaupt eins war.

»Wer ist da?«, rief Niall.

»Carly! Denise! Wir sind's, Katie und Niall«, brüllte Katie durch den Trichter, den sie mit ihren Händen formte.

Niemand antwortete, doch das Geräusch hörte schlagartig auf.

Tiefste Stille umfing sie.

Für einen Moment rührten sich weder Katie noch Niall. Stattdessen standen sie da und horchten stumm in die Dunkelheit. Nichts.

Katie holte tief Luft – und trat einen Schritt nach vorn.

Niall folgte ihr. »Das war gewiss nur ein Reh, Katie«, erklärte er noch einmal, doch er hörte sich nicht sehr überzeugt an.

Katie glaubte für keine Sekunde, dass es sich um ein Tier gehandelt hatte. Sie zwang sich, ihren wild hämmernden Herzschlag zu bändigen und schritt weiter aus.

Katie war diejenige, die Carly entdeckte. Der weiße Strahl ihrer Taschenlampe war über die Baumstämme geglitten, hatte sich auf den Erdboden gesenkt und den Körper ihrer Freundin erfasst.

Carly lag rücklings auf einer kleinen Lichtung, in die der Weg hinter den Bäumen mündete und die von einer Gruppe von Sträuchern umgeben war.

»Carly!«, schrie Katie, stürzte vor und riss im Laufen den Lichtkegel hoch, um Carlys Gesicht zu beleuchten. Was sie sah, ließ sie erstarren und danach entsetzt zurückweichen. Carlys Gesicht war blutüberströmt.

Katie begann gellend zu schreien, doch mit einem Satz war Niall bei ihr und drehte sie zu sich herum. Katies Schreien verstummte. Mit weit aufgerissenen Augen blickte sie ihren Bruder an, packte ihn an beiden Armen und zerrte daran. »Carly ist voller Blut, Niall! Sie ist aber nicht tot, nicht wahr? Das kann ja gar nicht sein! Wer sollte ihr so etwas antun?« Katie umschlang ihren Bruder und begann unkontrolliert zu zittern. Sie barg ihren Kopf an seiner Schulter und wiederholte ein ums andere Mal: »Sie ist aber nicht tot!«

Niall richtete seine Taschenlampe auf die Lichtung und zuckte zusammen. Nach einer Weile erklärte er leise: »Ich will mir Carly näher anschauen, Katie. Glaubst du, du kannst dich allein auf den Beinen halten? Komm, setz dich dorthin und lehn dich mit dem Rücken an den Baum, ja?«

Katie hatte heftig zu schluchzen begonnen und nickte wortlos.

Es bedurfte Nialls ganzer Kraft, Katie von ihrem Platz fortzubewegen. Auf sein Geheiß ließ sie sich an dem Baum nieder, und er eilte über die Lichtung. Der Geruch von Blut stieg ihm in die Nase, und er musste sein Gesicht abwenden und heftig nach Atem ringen, um nicht zu würgen. Als er Carly erreichte, beugte er sich zu ihr hinab und stellte fest, dass das Blut aus ihrer Schädeldecke gesickert und von dort über ihre Stirn und ihre Wangen gelaufen war. Offenbar hatte jemand sie mehrmals mit einem schweren Gegenstand geschlagen. Niall stellte ein schwaches Klopfen in Carlys Halsschlagader fest. Er tastete nach ihrem Handgelenk. Dort fühlte er ebenfalls einen matten Pulsschlag.

Niall richtete sich auf und rief: »Carly lebt, Katie. Bleib, wo du bist! Ich sehe mich jetzt nach Denise um.«

»Gott sei Dank!«, flüsterte Katie. Sie barg ihr Gesicht in den Händen und weinte leise.

Es dauerte nicht lange, bis Niall Denise entdeckte. Sie lag ein Stück weiter weg, höchstens zwanzig Meter von Carly entfernt, auf einem Grasflecken.

»Denise«, flüsterte Niall und kniete neben ihr nieder. Mit der Taschenlampe beleuchtete er ihr Gesicht. Entsetzt wich er zurück. Seine Kehle zog sich zusammen, und Tränen stiegen in seine Augen. Ein Zittern erfasste ihn. Es war nicht mehr notwendig, ihren Puls zu ertasten. Denise war tot. Die sanften samtbraunen Augen, die ihm zuweilen liebevoll zugelächelt hatten, standen offen und starrten blind ins Leere.

Denises Rock war bis zur Taille hochgeschoben worden, Niall konnte ihre Strumpfhose und den Schlüpfer erkennen, beides zerrissen. Er schloss die Augen. So eine Bestie!, dachte er. Wer hatte das bloß getan? Wer hatte Denise mitgeschleppt, vergewaltigt und getötet? Wer hatte solchen Hass empfunden, dass er ihr etwas Derartiges zufügte? Wie konnte jemand ihr Leben einfach so auslöschen?

Niall erhob sich schwer und spürte, wie ihn grenzenlose Wut und Trauer erfassten. Benommen wischte er die Tränen fort, die ihm über die Wangen liefen.

Er war versucht, Denises Rock glatt zu streichen und sie mit seiner Jacke zu bedecken, doch er wusste, dass er das nicht tun durfte. Langsam schlug er den Rückweg ein und erreichte die Stelle, an der Carly lag. O mein Gott, *Katie!*, schoss es ihm durch den Kopf. Ich muss Katie Bescheid sagen!

Sobald Niall seine Schwester erreichte, erklärte er so leise, dass sie ihn kaum verstand: »Katie, Denise ... Denise ist tot. Sie ist ... umgebracht worden.« Anschließend verzerrte sich sein Gesicht zu einer Grimasse, und er spürte, dass ihn ein ohnmächtiger Zorn packte, in den sich ein wildes Bedürfnis nach Rache mischte.

Ein seltsamer Laut löste sich aus Katies Kehle. Sie stand auf und packte Nialls Arm. »Nein!«, schrie sie dann. »Nein! Sag, dass das nicht wahr ist! Das kann nicht sein ...«

Niall schlang seine Arme um Katie und hielt sie fest an sich gedrückt.

Nach einer Weile wisperte Katie. »Ich möchte sie sehen.«

»Nein!«, entfuhr es Niall. »Das lasse ich nicht zu.«

»Doch, ich muss sie sehen!«, beharrte Katie. Sie befreite sich aus Nialls Umarmung und stürzte davon. Das Licht ihrer Taschenlampe tanzte durch die Dunkelheit. Als es Denise erreichte, hielt Katie inne. Dann rannte sie weiter. Mit weit aufgerissenen Augen betrachtete sie ihre tote Freundin. Danach krümmte sie sich zusammen und schlang die Arme um ihren Körper, der von einem ungeahnten Schmerz übermannt wurde. Tränen strömten über ihr Gesicht, und sie rief verzweifelt aus: »Nicht Denise! O Gott, nicht Denise! Das ist nicht fair! Das ist nicht fair von dir!«

Kapitel 6

Schlitternd bremste Katie den Wagen ab, stieß die Tür auf und sprang auf die Straße. Dann raste sie zu der Telefonzelle, die sich in der Parkbucht befand, riss den Hörer von der Gabel und wählte die 911.

Eine Stimme meldete sich. Stammelnd forderte Katie einen Krankenwagen an. Sie wurde umgehend weiterverbunden.

»Ich brauche einen Krankenwagen«, erklärte Katie der neuen Stimme. »Meine Freundin ist schwer verletzt worden. Bitte kommen Sie schnell! Es geht um Leben und Tod!« Sie spürte, dass sie dabei war, die Nerven zu verlieren. »Jemand hat sie auf den Kopf geschlagen, und sie blutet stark«, fuhr sie mit holpriger Stimme fort. »Aber sie lebt. Bitte schicken Sie uns einen Rettungswagen. So schnell wie möglich!«

»Von wo aus rufen Sie an?«, fragte die Frauenstimme ruhig.

»Ich stehe in einer Telefonzelle an der Landstraße. Gleich bei Malvern, zwischen New Milford und South Kent«, erwiderte Katie. Sie fuhr eilig fort, ihren Standort zu beschreiben, doch die Frau unterbrach sie.

»Wie lautet Ihr Name?«

»Katie Byrne. Ich wohne in Malvern.«

Die ruhige Frauenstimme stellte noch weitere Fragen, die Katie, so gut sie es in ihrer Verfassung vermochte, beantwortete. Dann stieß sie hervor: »Denise ... meine andere Freundin ... ist tot.« Katie begann zu weinen.

»Bleib dran, Katie«, bat die Stimme freundlich. »Leg nicht auf! Ich verbinde dich jetzt mit der Polizei. Erzähle dem Beamten alles noch einmal, ja? Jede Einzelheit, an die du dich erinnerst. Der Rettungswagen ist schon unterwegs.«

Katie hielt den Hörer umklammert, bis eine Männerstimme an ihr Ohr drang. »Polizeizentrale Litchfield, Jonathan Smith am Apparat. Katie, erklär mir bitte genau, was vorgefallen ist.«

»Eine meiner Freundinnen ist schwer verletzt worden«, entgegnete Katie. »Meine andere Freundin ist ... tot.« Sie zwang sich, alles klar und zusammenhängend zu berichten. »Mein Bruder und ich haben die beiden eben erst entdeckt. Vor etwa fünfzehn Minuten. Wir wissen nicht, was passiert ist.«

»Ich möchte, dass du mir genau schilderst, wo du dich gerade befindest.«

Katie beschrieb ihm ihren Aufenthaltsort. Sie fror und hatte das Gefühl, als befände sie sich in einem Albtraum. Sie stand nicht wirklich an der Landstraße und sprach mit einem Polizisten über den Überfall auf Carly und Denise. Erst vor wenigen Stunden hatte sie doch mit den beiden in der Scheune herumgealbert und sich mit ihnen ihre Zukunft in New York ausgemalt ...

»Bitte, warte auf uns!«, trug der Polizist ihr auf. »Rühr dich nicht vom Fleck. Du darfst auf keinen Fall weglaufen! Die Polizei wird in Kürze bei dir eintreffen. Zwei Wagen von uns fahren nicht weit von dir entfernt Streife. Einer davon wird gleich da sein.«

»Ich bleibe hier und warte«, versprach Katie. »Ich werde dort stehen, wo der Weg zur Scheune abzweigt.« Katie legte den Hörer auf die Gabel. Danach lehnte sie sich an die Glaswand des Telefongehäuses, schloss die Augen und befahl sich, stark zu sein. Sie wollte ihre ganze Willenskraft darauf richten, dass Carly am Leben blieb. Bitte, lieber Gott, flehte sie inwendig, lass sie leben! Und du, Carly, musst kämpfen ...

Zitternd vor Angst und Kälte schlug Katie den Kragen ihrer Jacke hoch, rannte zum Wagen zurück und kletterte hinter das Steuer. Gleich im nächsten Augenblick sprang sie jedoch wieder ins Freie. Ihr war eingefallen, dass Niall sie gebeten hatte, ihre Mutter anzurufen.

Als sie abermals in der Telefonzelle stand, kramte Katie hektisch nach einer Münze, warf sie in den Schlitz und wählte die eigene Telefonnummer. »Ich bin es, Mom«, sagte sie, nachdem sich ihre Mutter gemeldet hatte.

»Sag mal, wo steckt ihr beiden eigentlich?«, fragte Maureen ungehalten. »Euer Vater kann jeden Moment heimkommen, und ich würde ganz gern das Abendessen auftragen. Finian steht kurz vorm Verhungern.«

»Mom, es ist etwas Schlimmes passiert«, begann Katie. Ihre Stimme brach ab. Sie konnte nicht weitersprechen.

»Was denn, Katie?«, rief Maureen mit einem Mal erregt. Katies Stimme klang so merkwürdig ...

»Es ist so furchtbar, Mom! Carly ist schwer verletzt, und Denise –« Katie hielt inne. Sie schluckte verzweifelt, doch ihre Stimme war dennoch kaum zu verstehen: »Mom, Denise ist tot. Sie wurde vergewaltigt und umgebracht ... und der Täter hat auch Carly angegriffen. Es ist passiert, nachdem ich heute Nachmittag die Scheune verlassen hatte.«

»O mein Gott! Nein, das ist doch nicht möglich! Die Mädchen ... Wo bist du jetzt, Katie? Ist alles in Ordnung mit dir? Und wo steckt Niall? Lass mich mit ihm reden!« Maureens Stimme war mit jedem Wort schriller geworden.

»Niall ist nicht hier, Mom. Er ist noch bei Carly, im Wäldchen hinter der Scheune. Dort ist es passiert ... der Überfall ...« Katie presste eine Hand auf ihren Mund, um ihren Schluchzer zu unterdrücken.

»Hör mir zu, Katie«, erklang Maureens Stimme nun

äußerst bestimmt. »Ich möchte augenblicklich mit deinem Bruder sprechen.«

»Das geht nicht, Mom. Ich habe es dir doch gerade erklärt. Er bewacht sie für den Fall, dass der Täter zurückkehrt. Ich habe den Wagen genommen und bin zur Landstraße hochgefahren, um einen Rettungswagen zu rufen. Danach habe ich mit der Polizei gesprochen. Sie ist schon unterwegs.«

»Katie, ich will, dass du mir nun gut zuhörst. Du kommst jetzt nach Hause, und zwar sofort! Ich will nicht, dass du dich da noch eine Sekunde länger aufhältst. Wer immer das getan hat – er treibt sich womöglich noch in der Gegend herum. Du kommst sofort nach Hause. Dein Vater wird jeden Augenblick hier sein. Er kann Niall abholen. Hast du mich verstanden, Katie?«

»Ja, Mom. Aber ich kann nicht sofort kommen. Ich muss hier bleiben und auf den Krankenwagen und die Polizei warten. Ich komme, sobald Carly sicher auf dem Weg ins Krankenhaus ist.«

»Bitte, Katie, tu jetzt was ich dir gesagt habe«, wiederholte Maureen nachdrücklich.

»Mom, das geht nicht. Bitte, mach dir keine Sorgen. Bis gleich!«, erwiderte Katie und legte den Hörer auf.

Für einen Moment blieb Katie in der Dunkelheit stehen. Mit einem Mal kroch ein kalter Schauer über ihren Rücken. Sie lief auf den Wagen zu, kletterte hastig hinein und verriegelte alle Türen und Fenster.

Ihr Kopf dröhnte, und eine Welle der Übelkeit stieg in ihr auf. Sie versuchte, sich an die Atemübungen zu erinnern, die sie gelernt hatte, um gegen das Lampenfieber anzukämpfen, doch es gelang ihr nicht. Was, wenn sich der Täter tatsächlich noch in der Nähe aufhielt? Konnte es wirklich sein, dass er ihr da draußen auflauerte?

Als sie plötzlich die Sirene hörte, die in der Ferne aufjaulte, zuckte Katie zusammen. Gleich darauf tauchte ein Streifenwagen am Ende der Straße auf, der sich in rasendem Tempo näherte und schließlich auf der gegenüberliegenden Fahrbahn zum Stehen kam. Die Fahrertür flog auf, und ein Polizist überquerte die Straße im Laufschritt.

Katie kurbelte ihr Seitenfenster einen Spalt breit herunter.

»Sind Sie Katie Byrne?«, erkundigte sich der Polizist.

»Ja. Wo ist der Rettungswagen?«

»Er müsste eigentlich schon hier sein. Ich war wohl die nächste Streife und bin so schnell wie möglich hierher gefahren. Bitte erklären Sie mir, wo genau sich der Tatort befindet.«

»Ich zeige es Ihnen.« Katie öffnete die Fahrertür, stieg aus und führte den Polizeibeamten bis an den Rand des Abhangs. Sie deutete den Hügel hinab und sagte: »Es ist dort hinten, in dem kleinen Wald bei der Scheune. Mein Bruder Niall befindet sich dort und passt auf, dass meiner Freundin nichts geschieht, falls sich der Täter noch –« Katies Stimme brach.

»Jetzt mal schön langsam, Katie«, sagte der Polizist beschwichtigend.

Katie schluckte und nickte stumm. Danach murmelte sie: »Soll ich auf den Rettungswagen warten, während Sie hinunter fahren?«

»Das wird nicht erforderlich sein«, erwiderte der Polizist. »Ich höre ihn bereits kommen.«

In dem Moment vernahm auch Katie abermals aufheulende Sirenen, und wenig später zuckten grelle Lichter durch die Nacht. Der Rettungswagen hielt dicht hinter dem Streifenwagen.

Katie spürte mit einem Mal, wie unendlich erschöpft

sie war. Sie sah zu, wie der Polizist über die Straße lief, mit dem Fahrer des Rettungswagens sprach, den Hügel hinunter wies und schließlich sein eigenes Auto bestieg. Er winkte Katie zu und bedeutete ihr, ihnen nachzufahren. Beide Wagen setzten sich in Bewegung.

Katie machte kehrt, kletterte in ihren Wagen und folgte ihnen.

An der Scheune angelangt ergriffen der Fahrer des Rettungswagens sowie ein Sanitäter eine Trage und rannten über den schmalen Pfad in das Wäldchen hinein.

Es dauerte nicht lange, bis sie mit Carly zurückkamen. Unmittelbar hinter ihnen tauchte Niall auf. Er nickte Katie zu und hielt den Daumen seiner rechten Hand nach oben. Carly lebte also noch. Ich danke dir, lieber Gott!, sagte Katie lautlos. Ich danke dir!

Die beiden Männer setzten die Trage nun ab und beugten sich über Carly.

Katie lief eilig auf sie zu. Als sie Carlys blasses Gesicht erblickte, tastete ihre Hand Hilfe suchend nach Niall. Carlys Haut hatte eine bleiche Farbe. Wie reglos sie dalag! So als wäre sie tot. Katie schauderte.

»Sie atmet« erklärte einer der Männer.

»Sie wird doch überleben, nicht wahr?«, fragte Katie ängstlich.

Der Mann richtete sich auf. »Ich denke schon«, entgegnete er. »Ich hoffe es jedenfalls.«

Nachdem der Rettungswagen mit Carly abgefahren war, umschloss Katie Nialls Hand und drückte sie so fest, dass er sie besorgt anblickte. »Katie, alles in Ordnung?«, erkundigte er sich. »Hast du daran gedacht, Mom anzurufen?«

»Ja«, antwortete Katie. »Ich habe ihr erzählt, was passiert ist. Sie hat sich natürlich furchtbar aufgeregt. Wir fahren besser gleich nach Hause. Ich habe ihr versprochen, dass wir zurückkommen, sobald Carly auf dem Weg ins Krankenhaus ist.«

»Das geht noch nicht. Wir müssen noch eine Weile bleiben«, erwiderte Niall. »Nachdem Denise ... begutachtet worden ist, wird die Polizei unsere Aussage aufnehmen wollen.« Er hielt inne und lauschte. »Ich höre Sirenen. Wahrscheinlich sind weitere Streifenwagen im Anmarsch.«

Katie starrte ihn verständnislos an.

Niall drückte besänftigend ihre Hand. »Katie, Denise ist *ermordet* worden! Was glaubst du, was hier gleich los ist?«

Kapitel 7

Das war die Art von Verbrechen, die MacDonald am meisten verabscheute. Wehrlose, junge Mädchen, brutal misshandelt und ermordet! Leichte Beute, dachte er grimmig, Beute für geistig Kranke und für Feiglinge! Er umrundete das gelbe Absperrband, das den Tatort sicherte.

John »Mac« MacDonald, der Chef der Kriminalpolizei von Litchfield, musste schon vor langer Zeit erkennen, dass derartige Verbrechen ihn unweigerlich in rasende Wut versetzten, doch er hatte gelernt, mit diesen Gefühlen umzugehen. Dazu gehörte, dass er an manchen Wochenenden in seinem Keller auf einen Punchingball eindrosch und sich unterdessen den Menschen vorstellte, dem seine Hiebe galten.

Mac blieb stehen, um mit einem der Polizeibeamten

zu sprechen. »Wer war als Erster am Tatort?«, fragte er knapp.

»Das war ich, Lieutenant«, lautete die Antwort. »Ich habe übrigens auch dafür gesorgt, dass hier nichts verändert wurde, falls Sie das als Nächstes fragen wollten. Die Sanitäter sind lediglich bis zur Fundstelle vorgedrungen und haben die Verletzte geborgen.«

»Und das zweite Opfer war bereits tot«, bemerkte Mac. Es war eher eine Feststellung als eine Frage.

»Jawohl, Sir. Eine Schande ist das!« Der Polizist schüttelte den Kopf. »Eine Schande!«, wiederholte er murmelnd und wandte sich ab.

Als Mac das Wäldchen betrat, stieß er einen Seufzer aus. Er spürte die vertraute Wut in sich aufsteigen. Irgendein mieser Kerl war also vor wenigen Stunden über zwei junge Frauen hergefallen, hatte sie angegriffen, die eine vergewaltigt und danach ermordet. Ich werde dieses Schwein fassen, schwor er sich. Ich werde ihm das Leben zur Hölle machen ... Seine grauen Augen blickten starr, und seine Miene verhärtete sich. Das waren jedoch die einzigen Anzeichen, die seine Emotionen verrieten. Seine Kollegen und Untergebenen wussten sie allerdings zu deuten, weshalb sie ihn oftmals hinter seinem Rücken Mackie Messer nannten.

Mac beschleunigte seinen Schritt. Er folgte dem schmalen Pfad bis zu der Stelle, wo das tote siebzehnjährige Mädchen lag.

Man hatte ihm gesagt, dass sich Allegra Marsh, die Gerichtsmedizinerin, bereits am Fundort der Leiche aufhielt. Abgesehen davon hatte er bereits ihren dunkelgrünen Jeep *Cherokee* vor der Scheune entdeckt.

Mac schätzte und bewunderte Allegra aufgrund ihrer beachtlichen Fachkompetenz. Sie arbeitete auch in derartig ernsten Situationen stets umsichtig, wusste genau, was sie tat und analysierte mit kühlem Verstand, ohne dabei jemals gefühllos zu reagieren. Im Grunde ermittelte sie ebenso gründlich wie er, sie benutzten lediglich unterschiedliche Methoden.

Eigentlich sind wir inzwischen enge Vertraute, fuhr es Mac durch den Sinn, woraufhin er im Innern einen tiefen Seufzer ausstieß, denn zu seinem Leidwesen war es nie mehr als eine Freundschaft geworden. Allegra hatte eine Grenze gezogen, die Mac nicht zu überschreiten wagte, obgleich er sich zuweilen dafür hasste.

Wie Mac an der taghellen Beleuchtung erkannte, hatte Allegra mit ihrer Arbeit bereits begonnen. Die Generatoren waren aufgestellt und angeschaltet worden. Hin und wieder flammte der Blitz eines Fotoapparates auf.

Mit ein, zwei Schritten war Mac am Tatort. »Kein schöner Abend, nicht wahr?«, brummte er.

Allegra richtete sich auf, blickte ihn an und schüttelte den Kopf. »Nein«, erwiderte sie, »ganz und gar nicht.« Ihre Brauen zogen sich zusammen. »Der Mörder muss im Affekt gehandelt haben, Mac«, fuhr sie fort. »Oder aber er hatte eine enorme Wut.«

»Wie kommst du darauf?«, fragte Mac.

»Er hat das Mädchen geschlagen und dann erwürgt. Der Kehlkopf des Opfers ist eingedrückt. Starke Druckmale an Schultern und Hals. Ein äußerst heftiger Angriff. Zuvor wurde die Kleine vergewaltigt, doch das weißt du vermutlich schon.«

»Hmm.« Mac nickte und betrachtete den reglosen Körper des Opfers. »Mein Gott, das ist ja noch ein halbes Kind!«

»Allerdings. Ich glaube, sie war sogar noch Jungfrau.«

»Bist du dir sicher?«

»Nun, noch nicht ganz. Ich nehme es aber stark an. Es waren Blutspuren in der Samenflüssigkeit zu finden.

Genau weiß ich das natürlich erst nach der Autopsie. Die ersten Proben habe ich inzwischen genommen. Sperma, fremdes Blut, und Blut, das vermutlich vom Opfer stammt, zwei verschiedene Haartypen, Hautreste, die sich unter den Fingernägeln des Mädchens befanden. Und außerdem das hier.«

Allegra hielt die Pinzette hoch, die sie normalerweise benutzte, um Hautproben zu entnehmen. Dazwischen steckte das Ende einer Zigarette. »Diese kleine Kostbarkeit lag ein wenig versteckt im Gebüsch.« Sie ließ den Zigarettenstummel vorsichtig in die Plastiktüte gleiten, die ein Mitarbeiter ihr hinhielt, und fuhr fort: »Sie wird wohl kaum von dem Mädchen stammen. Wahrscheinlich ein Versäumnis des Täters.«

»Aber wenn er nach der Tat geraucht hat, scheint mir das kaum auf eine Tat im Affekt hinzudeuten«, wendete Mac ein.

»Warum denn nicht?«, gab Allegra zurück. »An der Kippe haften jedenfalls Speichelreste, und ich wette, dass sie vom Täters stammen.« Allegras Augen verdunkelten sich. Mac musste unwillkürlich grinsen. Er kannte diesen Ausdruck. Er wies darauf hin, dass Allegra die Fährte aufgenommen hatte.

»Hast du schon eine Ahnung, wann das Mädchen gestorben ist?«, fragte er.

»Gegen sechs Uhr, sechs Uhr fünfzehn. Nach der Obduktion kann ich dir Genaueres sagen. Viel später als halb sieben wird es aber nicht gewesen sein.« Noch während sie sprach, begann Allegra mehrere Gegenstände aufzusammeln und in ihrem Arztkoffer zu verstauen. Dann erhob sie sich und wandte sich an ihren Helfer. »Wir können sie nun bergen, Ken.«

»Bin gleich soweit«, kam die Antwort. Ken ergriff einen schwarzen Plastiksack, den er in Reichweite abgelegt hatte, bückte sich, und gemeinsam mit Allegra hob er die Leiche an und verstaute sie behutsam in dem Sack. Danach zog er den Reißverschluss zu.

»Danke, Ken!«, murmelte Allegra. »Cody soll die Leiche mit dir zum Wagen bringen. Danach kannst du die Beleuchtung abmontieren.«

»Mach ich«, entgegnete Ken. Er schloss seinen Koffer und klopfte sich die Reste des Waldbodens von seiner Kleidung.

Allegra streifte ihre Gummihandschuhe ab, knüllte sie zusammen, warf sie in einen der Metallkoffer und hob ihn hoch. Mac schnappte sich den zweiten Koffer, und beide machten sich auf den Rückweg.

»Keine sehr ergiebige Fundstätte, nicht wahr?«, bemerkte Mac, der hinter Allegra her ging.

»Ich habe schon bessere gesehen«, antwortete Allegra. »Andererseits sind die Sanitäter äußerst achtsam vorgegangen, und die Leute von der Spurensicherung haben sich die allergrößte Mühe gegeben, um nichts zu verwischen.«

»Weiß ich«, brummte Mac. »Dennoch ist ein Tatort inmitten von Bäumen und Gestrüpp immer bescheiden, um es einmal vornehm auszudrücken.«

»Stimmt. Darüber hinaus ist der Boden ausgesprochen hart, sodass wir keine Fußspuren entdecken konnten. Hast du Gelegenheit gehabt, mit dem Mädchen und ihrem Bruder zu sprechen – mit den beiden, die die Opfer gefunden haben?«

»Nur ganz kurz. Das Mädchen steht unter Schock, so viel steht fest. Trotzdem hatte ich den Eindruck, dass sie sich zu der Sache äußern konnte. Doch was den Überfall anbelangt, können weder sie noch ihr Bruder großartige Angaben machen. Als die beiden auftauchten, war ja bereits alles vorüber.«

Bis sie den Vorplatz der Scheune erreichten, schritten sie wortlos weiter. Der Platz stand voller Polizeiwagen, um die sich mehrere Polizisten scharten. Mac und Allegra schlugen einen Bogen um sie und steuerten auf Allegras Jeep zu.

»Weißt du was?«, unterbrach Mac mit einem Mal das Schweigen. »Das Mädchen, Katie, hat mir erzählt, dass sie heute Nachmittag auf ihrem Heimweg etwas bemerkt hat. Eine Art Schatten. Es war wohl kurz vor fünf, und die Abenddämmerung hatte bereits eingesetzt. Sie ist den Hang dort hinten hochgelaufen, glaubte etwas zu sehen und blieb stehen. In den Büschen hat sich ihrer Meinung nach etwas geregt, das sie jedoch nicht ausmachen konnte. Schließlich kam sie zu dem Schluss, dass es sich um ein Tier handelte, vermutlich ein Reh. Sie hat nicht weiter nachgeforscht, doch ich habe einen meiner Leute hochgeschickt, um sich die Ecke mal genauer anzusehen.«

Allegra wandte sich um und erklärte mit ernster Miene: »Ich bin froh, dass sie dem nicht nachgegangen ist, Mac. Stell dir vor, der Täter hat sich dort verborgen gehalten und auf die Mädchen gewartet! Dann hätten wir jetzt womöglich ein weiteres Opfer.«

Mac seufzte. »Da hast du natürlich Recht«, erwiderte er. »Ich hoffe, die Verletzte kann uns später mehr Aufschluss geben – sobald sie wieder zu Bewusstsein kommt. Vielleicht hat sie den Täter ja gekannt. Jedenfalls ist sie die einzige Augenzeugin. Ich baue fest auf ihre Aussage.«

Allegra warf ihm einen eigentümlichen Blick zu.

»Was ist los?«, wollte Mac wissen.

Im ersten Moment entgegnete sie nichts. Dann hob sie vorsichtig an: »Laut meinem ersten Eindruck hat die Kleine etliche schwere Hiebe auf den Schädel abbekommen. Ich hoffe inständig, dass sie sich davon erholt, Mac, doch derartige Verletzungen können sich zuweilen als äußerst schwer wiegend erweisen.«

»Worauf willst du hinaus, Allegra? Glaubst du etwa, sie könnte sterben – oder sie trägt etwas davon?« Macs Stimme klang aufgeregt.

Allegra zögerte kurz. Dann antwortete sie: »Nein, sterben wird sie nicht. Allerdings ist es denkbar, dass sie ihr Bewusstsein nicht wiedererlangt. Für geraume Weile jedenfalls.«

Mac zog scharf die Luft ein. »Das ist nicht dein Ernst!«, erwiderte er.

»Hoffen wir für die Kleine, dass alles gut ausgeht«, seufzte Allegra. Sie brachte die beiden Koffer auf dem Rücksitz ihres Jeeps unter. »Wir können nur beten.«

Kapitel 8

Michael Byrne jagte wie ein Wahnsinniger über die Landstraße. Seine Gesichtsmuskeln waren angespannt. »Fahr schneller«, knurrte er hier und da. Sein Fuß hielt das Gaspedal niedergedrückt, bis ihm klar wurde, dass niemandem damit gedient war, wenn er sich und sein Auto in den Straßengraben setzte.

Er zwang sich, sein Tempo zu drosseln, starrte jedoch weiterhin grimmig auf das schnurgerade Band Straße, das sich vor ihm erstreckte.

Dafür dass er sich unnötig lange bei einem seiner Auftraggeber aufgehalten hatte, hätte er sich nun ohrfeigen können. Immer wieder waren er und sein Geschäftspartner die altbekannten Pläne durchgegangen, das Gespräch wollte kein Ende nehmen. Jede Kleinigkeit hatten sie überprüft und nicht nur einmal, nein, hundertmal gedreht und gewendet. Infolgedessen war er weitaus später als üblich nach Hause gekommen, wo Maureen ihn in heller Aufregung bereits auf der Türschwelle empfing.

Michael hatte sogleich begriffen, dass etwas Schreckliches vorgefallen war, doch nachdem er das Ausmaß der Tragödie erfasste, die Maureen stockend und unter Tränen hervorbrachte, war es, als gefriere ihm das Blut in den Adern. Der Gedanke, dass sich *seine Tochter* in Gefahr befunden hatte, dass ihr beinahe etwas Entsetzliches zugestoßen wäre, versetzte ihn in eine Panik, die er bis dahin noch nicht erlebt hatte.

Maureen gegenüber ließ er sich nichts anmerken. Er hatte sie lediglich angewiesen, ins Haus zu gehen und die Tür hinter sich zu verriegeln. Dann hatte er auf dem Absatz kehrtgemacht und war zu seinem Jeep gestürzt, um Katie und Niall abzuholen.

Immer wieder musste sich Michael zwingen, die Nerven zu bewahren und sich vor Augen zu halten, dass sich Katie ja nun in Sicherheit befand. Sie war am Leben, war nicht einmal verletzt. Doch im nächsten Augenblick wurde ihm bewusst, dass das an ein Wunder grenzte, und sein Herz begann abermals kräftig zu hämmern. Katie war in der Scheune gewesen, hatte wie immer geprobt, und wenn sie nicht frühzeitig aufgebrochen wäre, um ihrer Mutter zu helfen, hätte der Täter sie ebenfalls angegriffen, vielleicht wäre sie ... Verzweifelt bemühte sich Michael, die grauenhafte Vorstellung abzuschütteln, aber sein Entsetzen ließ ihm den Schweiß auf die Stirn treten.

Michael wollte so schnell wie möglich zu seiner Tochter, er musste sich selbst davon überzeugen, dass sie unversehrt geblieben war. Mit aller Macht überkam ihn der väterliche Instinkt, sie zu beschützen und in Sicherheit zu bringen. Katie, sein Ein und Alles ...

Michael liebte seine Söhne von ganzem Herzen, doch Katie war etwas Besonderes, sie war sein ganzer Stolz, sein Liebling – und das seit der Stunde ihrer Geburt.

Wenn Michael es recht bedachte, erinnerte Katie ihn oft an seine Schwester Cecily, die mit gerade einmal zwölf Jahren starb. Er selbst war damals fünfzehn gewesen.

Cecily, ein staksiges, rothaariges Fohlen, ebenso wie Katie, wenngleich das die einzige äußere Ähnlichkeit war, die die beiden verband. Was Katies Aussehen betraf, war sie das Ebenbild ihrer Mutter. Doch in vielen von Katies Wesenszügen erkannte Michael seine Schwester wieder: Sie war genauso ausgelassen und unbekümmert, so offen und warmherzig – und nicht zuletzt besaß sie denselben klaren Verstand.

Ähnlich wie Denise, dachte Michael, und abermals rann es ihm kalt den Rücken hinab. Er hatte Denise bereits als kleines Kind gekannt, genauso wie Carly. Seine Gedanken wanderten unwillkürlich zu Janet Smith, Carlys Mutter. Janet war verwitwet und lebte allein mit ihrer Tochter. Ihr Mann hatte zu seinen besten Freunden gezählt, und Michael war zutiefst erschüttert gewesen, als Barry Smith als junger Mann starb.

Welche Zeiten nun auf die beiden Familien zukamen, durfte man sich gar nicht ausmalen. Michaels Hände umklammerten das Lenkrad. Der Gedanke, das eigene Kind begraben zu müssen, war schier unerträglich. Aber wenn das Kind ermordet worden war – das überstieg schlichtweg Michaels Vorstellungskraft.

Als er den Feldweg, der zur Scheune führte, näher kommen sah, verringerte Michael seine Geschwindigkeit noch ein wenig. Er wollte sofort einbiegen, doch seine Weiterfahrt wurde durch einen quer stehenden Polizeiwagen verhindert.

Michael hielt an und ließ sein Seitenfenster herab.

Ein Polizist tauchte auf und spähte zu ihm herein. »Kann ich Ihnen helfen, Sir?«

»Ich muss hier durch. Fahren Sie bitte Ihren Wagen zur Seite.«

»Tut mir Leid, Sir, aber das wird nicht möglich sein. Nicht heute Abend.«

»Es *muss* möglich sein. Meine Kinder befinden sich dort unten in der Scheune. Die beiden haben die Opfer entdeckt. Die Mädchen sind Freundinnen meiner Tochter.«

»Wie lautet Ihr Name, Sir?«

»Michael Byrne. Ich wohne in Malvern.« Michael holte seinen Führerschein hervor und hielt ihn dem Polizisten hin.

Nachdem der Polizeibeamte das Dokument überprüft hatte, nickte er. »In Ordnung«, sagte er. »Sie können zur Scheune runterfahren. Erkundigen Sie sich dort nach dem zuständigen Ermittler, Lieutenant McDonald.«

»Etwa Mackie Messer?«, fragte Michael und musste gegen seinen Willen grinsen.

»Genau der«, erwiderte der Polizist. »Kennen Sie ihn?«

»Und ob! Wir sind zusammen zur Schule gegangen.«

Als Michael sein Auto auf die Scheune zurollen ließ, zählte er neben etlichen Zivilfahrzeugen fünf Streifenwagen. Frauen und Männer mit und ohne Uniform liefen auf dem Platz vor dem Gebäude umher.

Wie gut, dass Mac für den Fall zuständig ist!, ging es ihm durch den Kopf. Zwar hatte er seinen Schulkameraden schon vor geraumer Zeit aus den Augen verloren, doch wenn er den Zeitungsberichten Glauben schenkte, handelte es sich bei ihm um den fähigsten Polizisten weit und breit.

Michael parkte seinen Jeep und stieg aus. Er erkannte Mac sofort, der nicht weit von ihm entfernt dastand und sich mit einer blonden Frau unterhielt, die an einem *Cherokee* lehnte. In dem Moment blickte Mac auf. Michael hob grüßend die Hand und schritt auf ihn zu.

Gleich darauf tauschten die beiden Männer einen kräftigen Händedruck aus und schlugen sich auf die Schulter. »Meine Kinder müssen hier irgendwo sein, Mac«, erklärte Michael. »Katie und Niall. Ich bin gekommen, um sie abzuholen.«

»Die beiden haben sich tapfer gehalten«, erwiderte Mac. »Sie geben gerade ihre Aussagen zu Protokoll.«

»Warum dauert das denn so lange?«, erkundigte sich Michael stirnrunzelnd. »Ich dachte, das wäre längst erledigt.«

»Ich fürchte, das ist meine Schuld«, antwortete Mac. »Ich bin reichlich spät am Tatort eingetroffen und habe den Betrieb ein wenig aufgehalten.«

Allegra legte leicht ihre Hand auf Macs Arm. »Ich muss los«, erklärte sie. »Wir sehen uns morgen.«

Mac wirkte plötzlich verlegen. »Oh, ich habe ganz vergessen, euch einander vorzustellen. Allegra, das ist Michael Byrne, ein alter Schulkamerad von mir. Mike, darf ich dich mit Allegra Marsh bekannt machen? Sie ist die zuständige Gerichtsmedizinerin.«

Allegra reichte Michael die Hand und nickte ihm freundlich zu.

»Ich kann noch immer nicht glauben, dass etwas Derartiges bei uns vorgefallen ist«, sagte Michael zu den beiden. »Ich bin stets davon ausgegangen, dass wir in einer verschlafenen, völlig ungefährlichen Gegend leben, einer Gegend, in der es keine Probleme gibt – jedenfalls keine solchen.«

Allegra bedachte ihn mit einem mitfühlenden Blick. »Ich weiß, worauf sie hinauswollen. Doch Tragödien und Verbrechen finden überall statt, Michael. Es ist uns nur zu selten bewusst. Wir verfügen über einen gut funktionierenden Verdrängungsmechanismus, der uns beschützt.«

Michael spürte, dass sie ihre Worte wohl durchdacht und keineswegs einfach so dahingesagt hatte. Er betrachtete Allegra genauer und entdeckte das intelligente Gesicht einer Frau in den Vierzigern, die auf eine kühle und zurückhaltende Weise durchaus als hübsch zu bezeichnen war.

»Für mich ist das die schlimmste Art von Verbrechen«, ließ sich Mac vernehmen. »Einfach abscheulich und widerwärtig! Und das Leid, das Allegra erwähnte, nimmt in solchen Fällen kein Ende. Nicht für die betroffenen Familien. Junge Mädchen, die keiner Menschenseele etwas zuleide getan haben –« Er brach ab und ballte die Faust.

»Ich weiß, was du meinst«, erwiderte Michael. »Ich darf nicht für eine Sekunde daran denken, was hätte geschehen können, wenn Katie heute nicht früher als sonst aufgebrochen wäre.« Er hielt inne und warf Allegra und Mac einen forschenden Blick zu. »Habt ihr bereits eine Ahnung, wer es getan haben könnte?«

»Nein«, erwiderte Mac. »Leider noch nicht.« Er ergriff Michaels Arm. »Komm, lass uns zu deinen Kindern gehen«, schlug er vor. »Meine Leute werden inzwischen soweit sein. Du kannst die beiden beruhigt mit nach Hause nehmen. Sie haben sich wirklich sehr gut gehalten.«

»Dann bis morgen, Mac«, wiederholte Allegra, ehe sie sich zum Gehen wandte. »Auf Wiedersehen, Michael.«

»Bis morgen«, antwortete Mac. »Ich rufe dich gleich als Erstes an.«

»Auf Wiedersehen. War nett, Sie kennen zu lernen«, sagte Michael.

Allegra winkte den beiden Männern kurz zu und verschwand in ihrem Wagen.

»Wie optimistisch bist du, den Fall rasch lösen zu können?«, erkundigte sich Michael auf dem Weg zur Scheune.

Mac seufzte. »Die ersten zweiundsiebzig Stunden nach einer Tat betrachten wir im Allgemeinen als die entscheidende Zeit für die Aufklärung eines Verbrechens. Wenn es innerhalb dieser drei Tage keine triftigen Hinweise gibt ...« Mac zuckte mit den Schultern.

Michael ergriff Macs Ärmel. »Was willst du damit sagen?«, fragte er. »Wenn der Fall also bis Montag nicht gelöst ist, wird er vielleicht nie mehr gelöst?«

Mac schüttelte Michaels Hand ab. »Genau das«, antwortete er.

Michael starrte ihn fassungslos an. »Heißt das etwa, ihr gebt nach zweiundsiebzig Stunden auf?«

»Wir geben nie auf!«, beschied Mac ihn. »Doch wenn bis dahin kaum Indizien auftauchen, wissen wir, dass wir es mit einem schwierigen Fall zu tun haben. Das bedeutet, dass wir nichts in den Händen halten, keine Beweise, keine Motive, keinerlei Anhaltspunkt auf den Täter. Stattdessen wartet ein Haufen äußerst frustrierender Arbeit auf uns. Und dennoch, Mike: *Aufgeben* tun wir nie. Und ich erst recht nicht!«

Kapitel 9

Das Einzige, was Michael Byrne wahrnahm, als er die Scheune betrat, war das kreideweiße Gesicht seiner Tochter. Alles andere wirkte seltsam verschwommen. Als er genauer hinschaute, erkannte er zudem ihre zutiefst verstörte Miene sowie einen Ausdruck in ihren Augen, als wäre sie betäubt. Wie gelähmt saß sie da, die Arme um ihren Oberkörper geschlungen, und starrte ins Leere. Mit einem Satz war Michael bei ihr.

Katie ließ ihre Arme fallen und sprang auf. »Daddy!«, flüsterte sie.

Michael zog seine Tochter an sich und hielt sie fest an sich gedrückt. Nie mehr würde er sie aus den Augen lassen, schwor er sich in diesem Augenblick, nicht, solange solche Wahnsinnigen die Welt bevölkerten und seine Tochter ihnen schutzlos ausgeliefert war!

Über Katies Kopf hinweg sah Michael Niall näher kommen. Er nickte seinem Sohn zu, als wolle er sagen: Gut gemacht, mein Junge!

Hinter ihm räusperte sich Mac. »Euer Vater kann euch nun mitnehmen«, hob er an. »Doch zuvor möchte ich mich noch bei euch bedanken. Ihr seid uns eine große Hilfe gewesen, ohne euch –«

»Was geschieht denn nun?«, fiel Niall ihm ungeduldig ins Wort. »Was werden Sie jetzt unternehmen?«

»Nun, wir beginnen natürlich sofort mit der Untersuchung und mit der Aufklärungsarbeit«, erwiderte Mac. »Im Moment tragen wir hier noch Beweismaterial zusammen. Meine Leute durchkämmen bereits die Gegend und halten nach Personen Ausschau, die sich in irgendeiner Weise verdächtig verhalten. Zu diesem Zweck haben wir Straßensperren errichtet. Morgen Früh kehren wir hierher zurück und nehmen uns jeden

Zentimeter der Umgebung bei Tageslicht vor. Der Tatort wird natürlich rund um die Uhr bewacht. Reicht das? Sind Sie damit zufrieden, junger Mann?«

»Ja«, gab Niall ein wenig verlegen zurück. »Entschuldigen Sie, Sie müssen sich natürlich nicht vor mir rechtfertigen. Ich bin etwas durcheinander –«

»Schon gut«, winkte MacDonald ab.

»Denise wurde erwürgt, nicht wahr?«, bemerkte Katie betont ruhig, doch das Zittern in ihrer Stimme verriet ihre Erregung.

Mac nickte knapp. Als er Katie betrachtete, wurde seine Miene für einen kurzen Moment weich. »Morgen wissen wir mehr über die Umstände ihres Todes, Katie«, antwortete er. »Zuerst geht es einmal darum, den Befund der Gerichtsmedizin abzuwarten. Anschließend schauen wir uns die Ergebnisse der Spurensicherung an. Jedes Beweisstück – und sollte es noch so winzig und unbedeutend erscheinen – wird uns helfen, das Verbrechen aufzuklären und Denises Mörder zu finden.«

Katies Kehle entrang sich ein Schluchzen. So sehr sie sich auch bemühte, tapfer zu sein, sie konnte die Tränen nicht länger zurückhalten. »Daddy«, flüsterte sie abermals. »Daddy, es ist alles so ...« Ihre restlichen Worte wurden von Michaels Armen erstickt, die sich stark und tröstend um sie schlossen.

»Lieutenant«, ließ sich Niall vernehmen. »Ähm – eine praktische Frage: Können wir Katies Schultasche mitnehmen, oder brauchen Sie sie noch?«

»Ich glaube, die könnt ihr mitnehmen«, erwiderte MacDonald. »Dave«, rief er zu einem der Polizeibeamten hinüber, »wir benötigen doch Katie Schultasche nicht mehr, oder? Habt ihr die Fingerabdrücke genommen?«

»Klar, Chef«, kam es zurück. »Wir haben alles, was

wir brauchen.« Der Mann, den Mac als Dave angesprochen hatte, holte Katies Tasche hervor und kam zu ihnen herüber. Er nickte Katie freundlich zu.

»Ich bin Detective David Groome«, stellte er sich vor. »Das hier ist deine Tasche, Katie, nicht wahr?«

»Ja, vielen Dank«, murmelte Katie. Sie löste sich von ihrem Vater und nahm ihre Schultasche entgegen. Gleich darauf runzelte sie die Stirn. »Ich glaube, mir fällt da etwas ein«, sagte sie.

»Was denn?«, erkundigte sich Dave fürsorglich und warf ihr einen mitfühlenden Blick zu. Das Mädchen hatte einiges durchgemacht. Es würde gewiss nicht mehr lange dauern, bis sie das gesamte Ausmaß des Geschehens begriff und ihre mühsam aufrechterhaltene Fassung verlor. »Was ist dir durch den Kopf gegangen?«

Katie holte tief Luft und erklärte: »Ich weiß nicht – vielleicht ist es auch gar nicht wichtig, aber –« Ihre Stimme brach, und ihre Blicke wanderten zu der Stelle an der Scheunenwand, wo sich die Haken für die Mäntel befanden. Die beiden Mäntel, die dort vor einer Weile noch gehangen hatten, waren von der Polizei inzwischen mitgenommen worden. Beim Anblick der verwaisten Haken bildete sich erneut ein Kloß in ihrem Hals.

Katie schluckte heftig, doch dann sagte sie klar und deutlich: »Es hat etwas mit meiner Schultasche zu tun, Detective Groome. Ich wusste nicht, wo ich sie abgelegt hatte, denn meistens lasse ich sie einfach irgendwo fallen ... Später, als Niall und ich hier ankamen, sah ich meine Tasche aber dort an der Wand, wie die Taschen von Carly und Denise, und zwar genau unter ihren Mänteln. Das Auffällige war jedoch, dass die Taschen in einer Reihe standen, ganz ordentlich nebeneinander. Mir ging etwas ganz Dummes durch den Sinn ... Ich musste nämlich an das Kinderlied denken ... an die drei

Chinesen mit dem Kontrabass ... Und da war ich mir sicher, dass ich meine Tasche dort auf keinen Fall abgestellt hatte. Seit eben weiß ich wieder, dass ich sie hinter den Vorhang geworfen hatte, hinter dem wir uns immer umziehen.« Katie machte eine vage Geste zur Scheunenecke, die durch den Vorhang abgetrennt wurde. »Und als Nächstes schoss mir durch den Kopf, wie seltsam das war! Irgendjemand muss meine Tasche hervorgeholt haben und sie mit den anderen aufgereiht haben. Aber wer sollte das gewesen sein?«

»Glaubst du, der *Täter* hat deine Tasche genommen und sie zu den anderen gestellt? Willst du darauf hinaus, Katie?«, fragte Detective Groome.

Katie nickte. »Ja. Wer hätte das sonst tun sollen?«

Dave betrachtete sie nachdenklich. Nach einem Moment sagte er: »Könnten nicht deine Freundinnen die Taschen so ordentlich unter der Garderobe platziert haben?«

Katie schüttelte ihren Kopf. »Warum sollten sie das tun?«, entgegnete sie. »Die beiden werden meine Tasche gar nicht bemerkt haben. Ich habe ja als Einzige heute Nachmittag mein Kostüm angezogen, weil ich richtig auf der Bühne geprobt habe. Carly und Denise sind gar nicht hinter dem Vorhang gewesen.«

»Nun, hätte ihnen nicht irgendwann auffallen können, dass du ohne deine Tasche verschwunden bist?«, hakte Groome nach.

»Das glaube ich nicht«, erwiderte Katie. »Sie waren viel zu sehr mit ihren Texten beschäftigt. Außerdem war ich in Eile und bin fast aus der Scheune gerannt. Wir haben uns nicht einmal in Ruhe voneinander verabschiedet.« Katie presste ihre Hände auf die Augen. »Nein«, sagte sie mit bebender Stimme, »Carly und Denise ist das nicht aufgefallen, da bin ich mir sicher.«

Einen Moment lang herrschte Schweigen.

Mac unterbrach die Stille. »Tja, tut mir Leid, Katie«, sagte er. »Dann fürchte ich, dass wir deine Tasche doch noch eine Weile behalten müssen. Nachdem, was du sagst, könnte der Mörder tatsächlich mit deiner Tasche hantiert haben, und in dem Fall müssen wir sie im Labor gründlich untersuchen lassen. Danach bekommst du sie natürlich sofort zurück.«

Katie reichte ihm ihre Tasche. »Haben Sie denn schon etwas über Carlys Zustand erfahren?«, erkundigte sie sich zaghaft. »Hat sich etwas Neues ergeben, seit sie im Krankenhaus liegt?«

»Sie ist noch immer ohne Bewusstsein«, antwortete Mac. »Doch ihr Zustand kann wohl als stabil bezeichnet werden. Sie befindet sich in guten Händen, Katie, mach dir darüber keine Gedanken.«

»Glauben Sie, dass ich morgen zu ihr darf?«, wollte Katie wissen.

»Bestimmt, wenn nichts dazwischenkommt.«

»Also dann«, schaltete sich Michael ein, der sichtlich ungeduldig wurde. »Wir sollten allmählich zusehen, dass wir nach Hause kommen, Kinder. Eure Mutter wird bereits vor lauter Sorge außer sich sein.« Er reichte Mac die Hand. »Mac, wir hören von dir, nehme ich an.«

»Verlass dich drauf«, erwiderte Mac und folgte ihnen bis zur Tür. Dort legte er seine Hand auf Michaels Schulter. »Wir werden diesen Fall lösen, Michael«, versprach er. »Früher oder später fassen wir den Kerl. Und jetzt kommt gut heim! Katie, Niall – noch einmal vielen Dank für eure Hilfe!«

Nachdem Michael mit seinen Kindern verschwunden war, ließ sich Mac auf einen Stuhl fallen und blickte die beiden Detectives David Groome und Charlie Graham an, die ihre Beweisaufnahme in der Scheune nun abgeschlossen hatten.

»Charlie«, hob er an, »habt ihr da oben bei den Büschen etwas entdeckt? Das Mädchen hat euch doch sicher erzählt, dass da ein Schatten war, als es nach Hause lief.«

»Wir haben einiges entdeckt«, entgegnete der Angesprochene. »Die Spurensicherung hat einen Zigarettenstummel aufgelesen, und wir haben zertrampeltes Blattwerk gefunden, das teilweise durchnässt war. Vermutlich handelt es sich dabei um Urin. Du kannst also wetten, dass sich da oben ein Mann rumgetrieben hat, denn die Trampelspuren stammen weiß Gott nicht von einem Reh.«

»Was ist mit dem Unterholz im Wald und dem Gestrüpp am Rande der Lichtung, auf der die Leiche gefunden wurde? Da muss es doch auch Hinweise auf die Anwesenheit einer Person gegeben haben, oder nicht? Auf jemanden, der dort herumlungerte oder sich versteckt hielt. Allegra hat dort übrigens ebenfalls eine Kippe gefunden.«

»Schwer zu sagen«, erwiderte Charlie. »Die Kollegen haben alles Mögliche eingesammelt. Wenn du mich fragst, hat sich der Kerl noch in der Gegend rumgedrückt, als die beiden Jugendlichen auftauchten und nach den Mädchen riefen.«

»Womit sie Carly Smith wahrscheinlich das Leben gerettet haben«, ergänzte Dave Groome. »Ich könnte mir vorstellen, dass der Mörder kurz davor war, Carly mit ein paar weiteren Schlägen zu töten, als Katie und Niall auf der Bildfläche erschienen.«

»Daran zweifle ich keinen Augenblick«, entgegnete MacDonald. Schwerfällig verlagerte er sein Gewicht. »Natürlich wollte der Täter seine Zeugin beseitigen«, setzte er hinzu. »Es wird ihm kaum daran gelegen sein, dass jemand ihn identifiziert – so wie Carly das tun kann, sobald sie wieder zu Bewusstsein kommt.«

»Sehe ich genauso«, brummte Dave.

»Sind die beiden schon zurück?«, erkundigte sich Mac.

Charlie Graham wusste, wer damit gemeint war. »Nein, Mac«, antwortete er ernst. »Sie haben sich eben erst über Funk gemeldet. Bei den Eltern der Toten waren sie inzwischen. Nun sind sie zusammen mit der Mutter des verletzten Mädchens auf dem Weg ins Krankenhaus. Ich nehme an, es dauert noch eine Weile, bis sie wieder hier sind.«

Die Männer schwiegen.

Schließlich erkundigte sich Dave: »Mac, hast du bereits eine Vorstellung davon, was sich heute Abend hier abgespielt hat?«

Mac fuhr sich über die Stirn und seufzte. »Ich wünschte, es wäre so. Ich vermute, dass jemand den Mädchen aufgelauert hat. Ein Mann, der sich da oben hinter den Büschen verborgen hielt. Er beobachtet, wie Katie an ihm vorbei den Heimweg einschlägt, und anschließend läuft oder besser schleicht er den Hügel hinunter und betritt die Scheune. Was dort geschehen ist, kann ich mir nur anhand des Durcheinanders ausmalen. Na ja, irgendwann rennen die Mädchen dann nach draußen und flüchten in den kleinen Wald. Der Kerl jagt ihnen hinterher, holt die beiden ein und überwältigt sie. Er schlägt Carly bewusstlos. Danach vergewaltigt er Denise und erwürgt sie. Mehr fällt mir im Moment nicht ein.«

»Was sagt Dr. Marsh dazu?«

»Oh, Allegra hält sich bedeckt. Sie geht von dem gewalttätigen Angriff eines wütenden Mannes aus. Mehr erfahren wir erst morgen, nach der Autopsie.« Nachdenklich rieb Mac sein Kinn. »Wir haben am Tatort bislang noch keine Tatwaffe gefunden, was bedeuten kann, dass der Mörder sie mitgenommen hat.«

»Es könnte ein schweres Stück Holz gewesen sein oder ein Stein, irgendetwas, das gerade zur Hand war«, murmelte Charlie.

»Oder aber, er führte die Tatwaffe bereits mit sich«, gab Mac zu bedenken.

»Auch möglich«, räumte Charlie ein. »Wir sollten so schnell es geht ein Profil erstellen lassen, wobei sich für mich zuvor noch die Frage erhebt, ob der Kerl hinter allen drei Mädchen her war. Oder hatte er es lediglich auf Denise abgesehen? Stammt er aus unserer Gegend? Oder ist er ein Fremder, der mehr oder weniger zufällig hier vorbeikam? Haben wir es eventuell mit einem Serienmörder zu tun? Und wo zum Teufel steckt er?«

»Das sind eine Menge Fragen«, knurrte MacDonald. »Und ich gäbe viel dafür, wenn ich auch nur auf eine einzige die Antwort wüsste. Das wäre zumindest schon mal ein Anfang. Ich habe nur so ein Gefühl, das mir sagt, dass es jemand aus unserer Gegend war. Vielleicht nicht direkt aus Malvern, womöglich nicht einmal aus einem der Nachbarorte, aber definitiv aus der näheren Umgebung.«

»Was spricht denn deiner Meinung nach gegen einen Fremden? Warum kann es keiner gewesen sein, der hier nur umherstreunte?«

»Weiß ich selbst nicht«, antwortete Mac. »Eine innere Stimme sagt mir, dass es anders ist.«

»Drei Chinesen mit dem Kontrabass ...«, summte Charlie vor sich hin. Er brach ab. »Das hat die Kleine gesagt.«

»Doch was sollen wir damit anfangen?«, entgegnete

Dave. »Was sagen *dir* drei aufgereihte Taschen?« Er erhob sich, wanderte zu einem der Fenster hinüber, spähte für einen Moment in die Dunkelheit hinaus und drehte sich wieder um. »Kannst du dir darauf einen Reim machen, Mac?«

Mac hob die Hände und ließ sie wieder fallen. »Ich habe nicht die leiseste Ahnung. Ich weiß noch nicht einmal, ob es überhaupt von Bedeutung ist.«

»Siehst du«, stimmte Dave ihm zu, »so ergeht es mir auch. Trotzdem, ich kann mir nicht helfen, aus irgendeinem Grund verlasse ich mich auf die Eindrücke des Mädchens. Die Kleine war schockiert und durcheinander, doch wenn sie behauptet, ihre Freundinnen hätten die Taschen niemals im Leben so drapiert, dann müssen wir ihr glauben. Vielleicht ist der Mörder ja auch nachher in die Scheune zurückgekehrt, um die Spuren zu beseitigen, die er möglicherweise hinterlassen hatte. Und da hat er die Taschen nebeneinander aufgestellt.«

»Aber warum denn um Himmels willen?«, rief Mac. »Was sollte ihm daran liegen, die Taschen so anzuordnen?«

Dave zuckte die Achseln. »Was weiß ich? Vielleicht wollte er uns damit eine Art Botschaft übermitteln. Oder er ist schlichtweg verrückt.« Er ließ sich auf einen Stuhl sinken und starrte niedergeschlagen vor sich hin. »Könnte es sein, dass Katie noch immer in Gefahr ist?«, fügte er schließlich hinzu.

»Also – wie kommst du denn jetzt darauf?«, fragte Mac zerstreut. Dann stutzte er und sog scharf die Luft ein. »Mist!«, fluchte er und schlug sich an den Kopf. Er warf Dave einen entschuldigenden Blick zu. »Okay«, sagte er, »ich habe begriffen, worauf du hinauswillst. Du denkst, dass die drei Taschen auf *drei* Opfer verweisen ... dass der Täter noch nicht fertig ist. Warten wir erst mal die Laborberichte ab. Vielleicht findet sich ja irgendetwas Brauchbares an oder in den Taschen.« Er verstummte. »Ich kann mir einfach nicht vorstellen, dass der Täter erneut zuschlagen wird«, sagte er schließlich. »Das wäre wirklich ein äußerst waghalsiger Schritt. Es sei denn, es handelt sich tatsächlich um ein rituelles Verbrechen ...« Wieder hielt er inne und schaute grübelnd vor sich hin. »Nein«, erklärte er zuletzt. »Das sieht mir nicht nach Ritualmord aus. Wenn ihr mich fragt, war der Täter hinter Denise her, hinter sonst niemandem. Wenn er schlau ist, wird er sich ab sofort so unauffällig wie nur möglich verhalten und hoffen, dass er ungeschoren davonkommt.«

»Und? Wird er?«, fragte Charlie.

»O nein, ganz bestimmt nicht!«, verkündete Mac mit erhobenem Zeigefinger. Er stemmte sich hoch und begann in der Scheune auf und ab zu wandern. »Morgen konzentriert ihr eure Nachforschungen als Erstes auf das Umfeld von Denise. Sprecht mit den anderen Schülern, klappert alle Bekannten ab, insbesondere die jungen Männer, die –«

»Nach Katies Aussage hatte Denise keinen Freund«, unterbrach Dave ihn. »Sie war im vergangenen Jahr kurz mit Katies Bruder Niall zusammen. Er hat das bestätigt, jedoch angegeben, dass daraus nichts Ernsthaftes geworden ist. Und ich glaube ihm. Abgesehen davon konnte er nachweisen, wo er sich heute Nachmittag aufgehalten hat.«

»Mit anderen Worten: Er hat ein einwandfreies Alibi«, bemerkte Mac.

Dave nickte. »Absolut! Er hat gegen halb fünf seinen Job in Roxbury beendet, ist danach zu einer Eisenwarenhandlung gefahren, in der er extrastarke Nägel kaufte, und begab sich anschließend nach Marbledale, wo er sich mit einem Freund in einer Kneipe traf. Dort hat er eine Cola getrunken. Er verließ die Kneipe gegen Viertel vor sechs und fuhr nach Hause, wo er kurz nach sechs eintraf. Wie es aussieht, ist er nur wenige Minuten später mit Katie hierher gefahren, um ihre Schultasche zu holen. Der Rest ist bekannt.«

»Demnach fällt auf Niall keinerlei Verdacht«, murmelte Mac. »Was mich ungemein erleichtert«, setzte er hinzu.

»Selbst wenn der Täter aus unserer Gegend stammt, könnte es ohne weiteres jemand sein, den Denise nicht kannte«, gab Dave zu bedenken.

»Klar«, stimmte Mac zu. »*Alles* ist denkbar, das ist ja unser Problem.« Er wandte sich dem Ausgang zu. »Wir sollten mal nach draußen gehen und nachschauen, wie weit die anderen inzwischen sind. Danach fahren wir aufs Revier, um zu hören, welche Ergebnisse die Spurensicherung für uns hat.«

Dave und Charlie folgten Mac nach draußen. »Ich kann mir nicht helfen«, murmelte Dave, »doch für mich sieht das Ganze nach einem äußerst vertrackten Fall aus. Ich kann nur hoffen, dass wir Glück haben und über irgendetwas Zufälliges stolpern.«

Kapitel 10

Maureen Byrnes Blick irrte durch die Küche, so als versuchte sie, aus dem Anblick vertrauter Gegenstände Trost und Stärke zu gewinnen.

Alle Dinge befanden sich an Ort und Stelle. Auf dem Kaminsims tickte die alte Messinguhr, die Decken- und Wandleuchten mit ihren bunten Glasschirmen schufen kleine Lichtinseln im Raum, und in dem großen Steinkamin prasselte ein Feuer.

Die Luft war noch vom Duft des Brotes und des Kuchens geschwängert, die sie am Nachmittag gebacken hatte. Darunter mischte sich der Geruch des irischen Eintopfes, der auf dem Herd warm gehalten wurde.

Meine Güte, dachte Maureen, noch vor ein paar Stunden habe ich hier gestanden und nichtsahnend vor mich hingewirtschaftet, doch nun kommt es mir vor, als läge das alles bereits Ewigkeiten zurück.

Etwas hatte sich verändert, selbst wenn alle Gegenstände noch da standen, wo sie hingehörten. Etwas von dem Glanz der heimeligen Küche war erloschen, Leid und Kummer hatten Einzug gehalten und die Behaglichkeit mit einem Schlag vernichtet, die den Raum zuvor stets beherrschte.

Mit einem Seufzer richtete Maureen ihren Blick auf ihre Familie, die sich am Tisch zusammengefunden hatte. Sie registrierte das bedrückte Schweigen, das gelegentlich von wenigen Worten unterbrochen wurde. Wie versteinert saßen sie alle da.

Niemand machte Anstalten zu essen, selbst der ewig hungrige Fin stocherte lustlos in seiner Mahlzeit herum.

Maureen hatte bisher ebenfalls noch keinen Bissen hinuntergebracht, sondern stattdessen die Gabel zur Seite gelegt, war aufgestanden und machte sich nun am Kaminfeuer zu schaffen.

Dann nahm sie abermals Platz und drehte ihre Gabel gedankenverloren in den Händen.

Ihr Blick blieb auf Katie haften. Ihre Tochter bereitete ihr die größte Sorge. Ihre Augen waren rot umrändert, und ihr Gesicht wirkte verquollen. Ich muss meiner Kleinen irgendwie helfen, nahm sich Maureen vor.

Wenngleich Katie stark war, brauchte sie nun dringend Unterstützung. Schließlich musste sie den Tod ihrer Freundin verkraften. Mit ihren siebzehn Jahren war sie viel zu jung, um diesen Schmerz allein zu bewältigen. Und dennoch – mit ihrer Trauer musste sie natürlich letztlich allein fertig werden.

Die anderen würden damit umgehen können, überlegte Maureen weiter. Sie würde mit Fin ausführlich sprechen müssen, um ihm zu erklären, was Denise geschehen war. Doch Fin war noch ein Kind. In seinem Alter konnte er noch gar nicht ermessen, was der Tod wirklich bedeutete.

Maureen hörte den Kaffee in der Maschine gurgeln. Er war endlich durchgelaufen, und sein aromatischer Duft überlagerte die Essensgerüche.

»Wir trinken am besten alle einen kräftigen Schluck Kaffee, ehe wir ins Krankenhaus fahren«, sagte sie. »Den Eintopf wärme ich später noch einmal auf, falls dann jemand hungrig ist.«

»Wir sollten uns beeilen«, bemerkte Michael. Er warf einen Blick auf seine Armbanduhr. »Es ist zehn vor neun.«

Katie erhob sich, sammelte ihren und Nialls Teller ein, trug sie zum Abfalleimer und schabte die Essensreste hinein. Danach tat sie dasselbe mit den restlichen Tellern.

Maureen schenkte jedem einen Becher Kaffee ein. Katie ergriff zwei davon und trug sie stumm zum Tisch. Sie setzte sich, trank einen Schluck und sprang erneut hektisch auf.

»Ich gehe mir noch schnell die Hände und das Gesicht waschen, Mom«, murmelte sie.

»In Ordnung, Katie«, entgegnete Maureen. »Komm aber gleich wieder zurück.«

»Hast du nicht gehört, was Dad gesagt hat?«, wandte sich Niall an seinen Bruder. »Wir sollen uns fertig machen und nicht ewig rumtrödeln.«

»Lass mich in Ruhe«, knurrte Fin. »Ich trink das sowieso nicht. Ich trinke nie Kaffee! Ich weiß überhaupt nicht, warum Mom mir den Becher hingestellt hat.«

Maureen nahm seinen Becher und goss den Inhalt in den Ausguss. »Entschuldige, mein Schatz!«, sagte sie. »Ich war mit den Gedanken woanders.«

Niall stand auf. »Ich fahre den Jeep schon mal aus der Garage«, erklärte er und verließ den Raum.

»Wir sind in einer Minute draußen«, rief Michael ihm nach. Er wandte sich an seine Frau. »Wir räumen die Küche gleich auf, Schatz. Wir müssen uns jetzt sputen. Ich mache mir große Sorgen um Janet. Sie ist bestimmt kurz davor, den Verstand zu verlieren. Und wahrscheinlich sitzt sie mutterseelenallein im Krankenhaus.«

»Ich weiß«, seufzte Maureen und erhob sich. Sie machte sich Vorwürfe, weil sie darauf bestanden hatte, dass sie zuerst zu Abend aßen, ehe sie sich auf den Weg ins Krankenhaus machten. »Es tut mir Leid, Michael«, fuhr sie fort. »Wir hätten wirklich gleich losfahren sollen. Wir könnten schon längst bei Janet sein.«

»Ist schon gut«, beruhigte Michael sie und ergriff ihren Arm. Gemeinsam gingen sie in den Flur, wo er ihr in den Mantel half.

Draußen atmete Maureen die frische, kalte Nachtluft ein. Dann lief sie rasch auf den Jeep zu, den Niall vor das Haus gefahren hatte. Vor dem Wagen blieb sie stehen und schaute zu dem dunklen Himmel hinauf, auf dem sich blasse Wolkenränder abmalten. Hier und da glitzerte ein einsamer Stern. Gleich darauf spürte sie einige Regentropfen auf ihrem Gesicht.

»Sieht aus, als wäre ein Unwetter im Anzug«, bemerkte Maureen und schauderte, als ein heftiger Windstoß unter ihren Mantel fuhr.

»Spring schnell ins Auto«, forderte ihr Mann sie auf und öffnete ihr die Tür. Katie und Fin saßen bereits auf dem Rücksitz.

Als er die Tür zuschlug, zuckte ein weißer Blitz durch die Nacht, und in der Ferne erklang dumpfes Donnergrollen. Es hörte sich an, als würden Kanonen abgefeuert.

»Da braut sich ja wirklich was zusammen«, sagte Maureen.

Michael nahm hinter dem Steuer Platz. »Kein Wetter könnte passender sein«, entgegnete er. »Ich habe übrigens vorhin versucht, Denises Eltern anzurufen. Es nimmt niemand ab. Wir werden nach dem Krankenhaus bei ihnen vorbeifahren, was meinst du?«

»Vielleicht sind sie bei Ted. Du weißt ja, wie nahe sie sich stehen«, antwortete Maureen.

»Mann, wo bleibt der Junge denn?«, knurrte Michael, doch in diesem Augenblick riss Niall die Wagentür auf und sprang auf den Beifahrersitz.

Michael ließ den Motor an und steuerte den Wagen rückwärts aus der Einfahrt.

Katie schmiegte sich an ihre Mutter, und ihre Hand tastete sich vor, bis sich ihre Finger verschränkten.

Maureen drückte beruhigend Katies Hand. Sie wusste, wie dringend sie nun die Nähe und den Trost ihrer Eltern brauchte.

Auf der Fahrt wurde kaum ein Wort gewechselt.

Michael steuerte New Preston mit seinem malerischen, kleinen See an und fuhr auf die Route 202. Sie führte auf direktem Weg nach New Mildford, wo sich das Krankenhaus befand.

Wenn sie an anderen Tagen zusammen im Jeep saßen, unterhielten sie sich, lachten, erzählten sich alberne Witze oder sangen zuweilen ihre Lieblingslieder. Insbesondere Niall besaß eine voll tönende Stimme, sodass die anderen für gewöhnlich schnell verstummten, nachdem er die ersten Takte angestimmt hatte. In solchen Momenten pflegte Fin regelmäßig zu sagen, dass Niall seine Berufung verfehlt habe und Rockstar werden sollte, was allgemein mit Gelächter quittiert wurde.

An diesem Abend war jedoch jeder in seine Gedanken versunken. Maureen hatte es niemandem gegenüber erwähnt, doch neben allen anderen Überlegungen bangte sie ernsthaft um Katies Sicherheit. Der Mörder lief noch frei herum, und niemand konnte ahnen, was er als Nächstes vorhatte. Er war womöglich wahnsinnig, und wer wusste schon, ob er sich Katie nicht als drittes Opfer ausgeguckt hatte? Vielleicht hatte er ursprünglich geplant, alle drei Mädchen umzubringen. Maureen spürte, dass sich ihr Magen verkrampfte, und sie atmete tief durch.

Sie musste gegen die Panik ankämpfen, hielt sie sich immer wieder vor. Sie würde ab jetzt wachsam sein und sowohl mit Katie als auch mit Michael darüber sprechen. Trotz ihrer künstlerischer Ader und ihrer Unerfahrenheit besaß ihre Tochter eine praktische Seite und einen logischen Verstand. Katie würde vernünftig sein und ihren Rat befolgen, von nun an noch besser auf sich aufzupassen.

Als hätte sie die Gedanken ihrer Mutter erahnt, beugte sich Katie vor und flüsterte: »Glaubst du, dass alles wieder gut wird, Mom?«

Maureen legte den Arm um die Schulter ihrer Tochter und zog sie enger an sich.

»Katie«, begann sie, »wir werden das gemeinsam

durchstehen, das verspreche ich dir. Doch jetzt dürfen wir nicht weglaufen und müssen der Wahrheit ins Auge blicken. Wir müssen die schlimmen Ereignisse zuerst einmal begreifen und dann versuchen, sie zu verarbeiten. Das wird eine Weile dauern, doch man darf so etwas nicht unter den Tisch kehren. Wir schaffen das schon, mein Schatz.«

»Ja, aber Carly wird doch wieder gesund, oder nicht?«, fragte Katie verzagt.

»Das hoffe ich sehr. Sieh mal, zurzeit wissen wir noch gar nichts. Deshalb warten wir erst mal in Ruhe ab, ja? Ich finde, wir sollten zuversichtlich sein und davon ausgehen, dass sich Carly wieder erholt.«

Katie richtete sich abrupt auf. »Mom!«, stieß sie hervor. »O Mom, daran habe ich ja noch gar nicht gedacht. Carly könnte ja etwas davongetragen haben ... vielleicht wird sie nie wieder wie früher –«

Maureen ergriff Katies Hand. »Schsch«, machte sie. »Hör auf, dich zu quälen, mein Liebling! Vergiss nicht, was ich dir immer eingeschärft habe: Man darf nie vorzeitig verzweifeln, das führt lediglich zu Schwäche und zum Verlust kostbarer Lebenszeit. Deshalb malen wir uns jetzt die Dinge nicht schlimmer aus, als sie sind, sondern hoffen, dass Carly über kurz oder lang wieder die Alte sein wird. Und was immer geschieht, Katie: Wir alle stehen dir bei, das weißt du, nicht wahr?«

»Ja, Mom, natürlich«, erwiderte Katie bedrückt.

»Sie könnte für immer im Koma liegen«, ließ sich Fin vernehmen. »So wie Sunny von Bülow. Die kommt nie wieder zu sich.«

»Finian!«, rief Maureen aufgebracht und hob drohend ihren Zeigefinger. »Ich glaube, du hältst jetzt besser den Mund! Du bist alt genug, ein bisschen sensibler mit deinen Mitmenschen umzugehen.«

»Okay«, brummelte Fin. »Ich hab's ja nicht so gemeint. Aber wenn es doch stimmt –«

»Finian! Es reicht!«, unterbrach Maureen ihn, woraufhin Fin tatsächlich schwieg und verdrossen aus dem Fenster starrte.

»Da draußen drücken sich Reporter herum«, bemerkte Michael, als sie am Krankenhaus anlangten und er den Jeep auf den Parkplatz fuhr. »Zum Glück wissen sie nicht, dass wir mit dem Fall zu tun haben. Wir werden das Krankenhaus unauffällig betreten. Beachtet die Journalisten gar nicht. Das gilt vor allem für dich, Fin. Ich möchte nicht, dass du sie anstierst oder irgendwelche vorlauten Äußerungen vom Stapel lässt. Hast du das verstanden?«

»Ja, Dad«, gab Fin kleinlaut zurück.

»Dann also los!«, sagte Maureen.

Fin öffnete die Tür und kletterte aus dem Wagen. Katie und Maureen folgten ihm.

Im Gehen umschloss Maureen Fins Hand und hielt sie fest, obwohl er sich sichtlich dagegen sträubte.

Sie setzten sich als kleiner, geschlossener Trupp in Bewegung und begaben sich umgehend zur Pförtnerloge des Krankenhauses.

»Guten Abend«, begrüßte Michael die Krankenschwester, die dort ihren Dienst tat.

Sie lächelte ihn freundlich an. »Guten Abend«, erwiderte sie. »Was kann ich für Sie tun?«

»Wir sind Freunde von Mrs Smith«, erklärte Michael. »Mrs Janet Smith. Können Sie uns sagen, wo wir sie finden? Ihre Tochter Carly liegt auf der Intensivstation.«

»Carly Smith – ja, ich weiß Bescheid«, bestätigte die Schwester, wobei sie in einem Papierstapel zu wühlen begann.

»Wie geht es dem Mädchen?«, fragte Michael. »Haben Sie etwas gehört?«

»So viel ich erfahren habe, ist ihr Zustand noch immer unverändert.«

»Können wir zu ihr?«

»Dazu müsste ich erst einmal Ihren Namen wissen.«

»Michael Byrne. Aus Malvern. Das ist meine Frau ...« Er wandte sich um. »Und das sind unsere Kinder.«

Die Schwester spähte die Gruppe über ihren Brillenrand hinweg an. Danach studierte sie erneut die Unterlagen auf ihrem Tisch. »Tja«, murmelte sie schließlich, »ich weiß nicht, ob Sie alle –«

»Mrs Smith braucht uns«, schnitt Michael ihr ungeduldig das Wort ab.

»Trotzdem.« Die Schwester zögerte und beäugte einen nach dem anderen.

Katie reckte sich vor. »Hallo, Mrs Appleby!«, rief sie mit erzwungener Munterkeit. »Kennen Sie mich nicht mehr? Ich bin Katie Byrne. Ich gehe mit ihrer Tochter Florence in dieselbe Klasse.«

Mrs Appleby musterte sie einen Moment lang. Dann glitt ein Lächeln über ihr Gesicht. »Natürlich!«, erwiderte sie. »Du bist die begabte kleine Schauspielerin, nicht wahr? Ich habe dich bei der letzten Schulaufführung gesehen. Du bist die Freundin von Carly und Denise.« Mrs Appleby richtete sich ein wenig auf und neigte sich nach vorn. »Entsetzliche Geschichte, dieser Mord, nicht wahr?«, fügte sie plump hinzu. »Du warst doch dabei ... Wie konnte das bloß geschehen?«

Katie fiel förmlich in sich zusammen und zuckte hilflos mit den Schultern.

Michael legte seiner Tochter eine Hand auf die Schulter. »Dürfen wir nun zu Carlys Mutter, Mrs Appleby?«

»Na gut! Geradeaus, über den Flur. Am Ende ist ein Aufenthaltsraum«, kam die barsche Antwort.

»Herzlichen Dank!«, erwiderte Michael knapp. Er drehte sich zu den anderen um. »Los, kommt! Und – Finian, benimm dich anständig!«

In dem großen, ungemütlichen Aufenthaltsraum eilte Katie direkt auf Carlys Mutter zu, die einsam und in sich zusammengesunken auf einem Sofa kauerte. Ihr kurz geschnittenes, blondes Haar stand wirr von ihrem Kopf ab, so als sei sie sich unentwegt mit den Fingern hindurchgefahren. In ihrem kalkweißen Gesicht zeigten sich dunkle Augenringe, und ihre Hände nestelten nervös an ihrer Handtasche. Einen beigefarbenen Regenmantel hatte sie offenbar achtlos über die Sofalehne geworfen.

Katie blieb vor ihr stehen. Janet schaute auf und blinzelte, so als sei sie sich nicht vollkommen sicher, ob sie die Person vor ihr überhaupt kannte. Dann bemerkte sie heiser: »Oh, Katie, du bist das ...«

»Es tut mir Leid, dass wir erst so spät kommen«, entschuldigte sich Katie und fuhr hastig fort: »Niall und ich wurden von der Polizei aufgehalten. Es hat eine Weile gedauert, bis wir unsere Aussagen gemacht hatten und Dad uns nach Hause fahren konnte –«

»Wir sind so schnell wie möglich hierher gekommen, Janet«, fiel ihre Mutter ihr sanft ins Wort. Sie ließ sich neben Carlys Mutter nieder. Janet nickte stumm.

»Wie geht es Carly?«, fragte Katie.

»Die Blutungen in ihrem Kopf haben aufgehört«, murmelte Janet. »Sie ist jedoch noch immer bewusstlos, wenngleich die Ärzte glauben, dass sie in den nächsten Tagen zu sich kommen wird.«

Katie stieß einen erleichterten Seufzer aus, und zum

ersten Mal seit Stunden deutete sich ein Lächeln auf ihrem Gesicht an. »Ich bin so froh!«, flüsterte sie. »Wir haben uns solche Sorgen gemacht. Wissen Sie, ob wir zu ihr dürfen?«

Janet starrte bedrückt zu Boden. »Nein«, erwiderte sie leise. »Selbst mich hat man nur kurz zu ihr gelassen. Carly hängt an allen möglichen Schläuchen und Maschinen –« Sie brach ab und wischte sich über ihre Augen. »Ihre Tür wird von zwei Polizisten bewacht«, fuhr sie fort und holte tief Luft. »Es ist so schrecklich!«, stieß sie hervor. »Wenn ich mir vorstelle, dass sich mein Kind noch immer in Gefahr befindet ... dass jemand ihr vielleicht etwas antun will.« Sie barg ihr Gesicht in den Händen. »O Carly«, schluchzte sie. »Mein armes, kleines Mädchen! Wer kann sie nur dermaßen hassen?«

Maureen legte ihr einen Arm um die Schulter und drückte sie an sich. »Janet, sei doch froh, dass man sie schützt«, versuchte sie zu trösten. »Dass die Polizei hier Wache hält, ist doch lediglich eine Vorsichtsmaßnahme. Auf diese Weise kann Carly nichts passieren, und bald ist sie wieder auf den Beinen.«

Katie knetete nervös ihre Finger. »Mrs Smith«, begann sie, »Carly hat den Mörder wahrscheinlich gesehen. Sie wird in der Lage sein, ihn zu identifizieren, und deshalb muss die Polizei sie schützen. Die Wachposten werden verhindern, dass der Täter in ihr Zimmer eindringt. Bitte, machen Sie sich nicht allzu große Sorgen! Es wird nicht mehr lange dauern, bis man ihn gefasst hat.«

»Woher willst du das wissen?«, fragte Carlys Mutter und hob den Kopf. Mit einem Mal wirkte sie zornig. »Bisher haben die von der Polizei doch noch nicht einmal eine Spur.«

»Ich bin fest davon überzeugt, dass sie den Kerl finden«, entgegnete Katie. »Und ich glaube auch, dass Carly wieder gesund wird. Sie ist doch jung und kräftig – und eine Kämpfernatur. Carly schafft es, ganz bestimmt, Mrs Smith!«

Abermals wischte sich Carlys Mutter ihre Tränen ab. Sie schluckte. »Na ja«, räumte sie ein, »zumindest lebt sie …« Den Rest ihres Satzes ließ sie unausgesprochen, doch alle wussten natürlich, worauf sie sich bezog.

Maureen neigte sich ein wenig vor. »Sag uns, wie wir dir helfen können, Janet«, bat sie. »Nur keine Scheu, wir sind für dich da.«

Janet nickte teilnahmslos. Dann schaute sie Michael und die beiden Jungen an und erklärte: »Es ist sehr nett von dir, mit hierher zu kommen, Michael. Und das Gleiche gilt auch für euch beide.« Sie versuchte sich ein Lächeln abzuringen, doch es gelang ihr nicht so recht. Erneut wandte sie sich an Maureen. »Hab vielen Dank, Maureen, doch es gibt eigentlich nichts zu tun. Es liegt alles in der Hand der Ärzte.«

»Du weißt, dass du uns nur anrufen musst, wenn etwas sein sollte«, ließ sich Michael vernehmen. »Du hast Freunde, die dir zur Seite stehen.«

»Wir sind Freunde in der Not«, verkündete Fin. »Davon gehen hundert auf ein Lot.«

Nun musste Janet doch lächeln. »Danke, Fin!«, erwiderte sie. »Ich werde es mir merken.«

Maureen bedeutete Fin dennoch mit einem strafenden Blick, dass er ab jetzt besser den Mund hielt.

Janet hatte ihre Aufmerksamkeit auf Katie gelenkt. »Die Polizei hat mir berichtet, du hättest Carly gefunden. Vielmehr die beiden. Erzähl mir alles, Katie.«

»Ich hatte meine Schultasche in der Scheune vergessen«, begann Katie. »Daraufhin hat Niall mich gegen sechs Uhr dorthin gefahren. Als wir ankamen, sahen wir, dass die Lichter brannten, und nahmen an, Carly und Denise seien noch dabei zu proben oder ihre Hausaufgaben zu machen. Doch sie waren nicht da. Dann entdeckten wir ihre Mäntel und liefen nach draußen, um die beiden zu suchen.« Katie machte eine Pause und fuhr fort: »Carly war die Erste, auf die wir stießen, auf einer Lichtung in dem kleinen Wald hinter der Scheune. Sie lag auf dem Rücken und blutete am Kopf, doch Niall stellte sofort fest, dass sie atmete. Kurz darauf hat er Denise entdeckt. Sie war bereits ... tot. Als Nächstes schickte Niall mich los, um die Polizei zu verständigen und einen Rettungswagen zu rufen, während er bei Carly blieb.«

Janet betrachtete Niall und fragte: »Wie kann ich dir bloß danken, Niall? Vermutlich hast du Carly das Leben gerettet. Hat sie ... in der Zeit ... etwas gesagt?«

»Nein«, entgegnete Niall ruhig. »Sie war die ganze Zeit über bewusstlos.«

Janet wollte etwas erwidern, doch stattdessen schlug sie abermals ihre Hände vors Gesicht. Tränen rannen zwischen ihren Fingern hindurch und tropften auf die Handtasche.

Maureen schloss sie in die Arme und wiegte sie beruhigend hin und her. Wie wird es erst Denises Mutter gehen?, fragte sie sich. Janets Kummer war nichts im Vergleich zu dem, was Denises Mutter gerade durchmachte. Wie sollte man mit der Vorstellung fertig werden, dass das eigene Kind, ein junges unschuldiges Mädchen, tot war?

Nach einer Weile schien sich Janet wieder zu beruhigen, und ihre Schluchzer verstummten allmählich. »Janet«, setzte Maureen an, »womöglich ist dir nicht danach zumute, doch möchtest du nicht mit uns kommen

– vielleicht, um eine Kleinigkeit zu essen oder wenigstens eine Tasse Kaffee zu trinken?«

Janet schüttelte den Kopf. »Nein, Maureen«, antwortete sie. Sie räusperte sich. »Dein Angebot ist sehr lieb, doch ich bin nicht hungrig. Die Ärzte haben mir geraten, nach Hause zu gehen, und das werde ich auch tun. Hier kann ich ohnehin nichts ausrichten. Zu Carly lässt man mich heute nicht mehr.« Sie kramte ein Taschentuch hervor und schnäuzte sich.

»Allerdings bin ich mit der Polizei hergekommen«, fuhr sie fort. »Mein Wagen steht zu Hause. Es wäre schön, wenn ihr mich heimfahren könntet. Ließe sich das einrichten?«

»Natürlich, Janet«, entgegnete Maureen.

Draußen war der Sturm in vollem Gange. Bereits als sie in der Eingangshalle standen, vernahmen alle das wütende Donnergrollen, sahen die niederfahrenden Blitze und die Regenbäche, die an den Fensterscheiben entlangliefen.

»Ich hole schon mal den Jeep«, sagte Michael. »Schaut zu, dass ihr schnell in den Wagen gelangt. Janet, du setzt dich am besten mit auf die Rückbank.«

»Wir kommen alle unter, Michael, das Auto ist ja groß genug«, entgegnete Maureen.

Es dauerte nicht lange, bis Michael mit dem Jeep vorfuhr. Die anderen rannten durch den Regen und kletterten rasch ins Wageninnere, wo sie sich die nassen Gesichter mit Ärmeln und Taschentüchern abtrockneten.

Auf dem Weg zu Janets Haus versuchten Maureen und Michael, ein Gespräch in Gang zu bringen, doch alle waren äußerst einsilbig, und schließlich verstummten die beiden ebenfalls.

Nach einer Weile bot Maureen Janet an, zusammen

mit Katie über Nacht bei ihr zu bleiben, doch Janet lehnte höflich, aber bestimmt ab. Sie wollte lieber allein sein.

Wenig später hielten sie vor Janets Haustür. Jene bedankte sich, dann stieß sie die Tür auf und lief durch den strömenden Regen auf ihr Haus zu. An der Tür wandte sie sich noch einmal kurz um und winkte. Dann verschwand sie im Haus.

»Ich wünschte, sie hätte dein Angebot angenommen, Mom«, sagte Katie. »Wer weiß, ob sie jetzt wirklich allein sein möchte.«

»Na, ich denke schon«, erwiderte Maureen. »Janet ist immer offen und ehrlich. Wenn sie gewollt hätte, dass wir bei ihr bleiben, hätte sie das auch gesagt.«

»Carly hat Glück gehabt«, murmelte Niall vor sich hin. »Janet weiß das, und –«

»Sie hat Glück gehabt, weil du und Katie rechtzeitig zur Stelle wart«, fiel Michael ihm ins Wort. »Janet muss jetzt erst mal zur Ruhe kommen und die Dinge verarbeiten. Lasst uns nun zu Denises Eltern fahren. Sie werden unseren Trost dringender brauchen.«

Bis zum Haus der Familie Matthews war es nur ein kurzes Stück. Dort angekommen, verließen Michael und Maureen den Jeep und liefen auf den Eingang zu. Das Haus lag im Dunkeln und machte einen verlassenen Eindruck.

»Glaubst du, sie haben sich hingelegt?«, fragte Maureen.

»Niemals!«, erwiderte Michael. »Wie könnten sie jetzt schlafen?« Er betätigte den Türklopfer aus Messing. Als alles still blieb, ergriff er den Arm seiner Frau. »Lass uns nach Hause fahren. Es ist anscheinend niemand da.«

»Vermutlich sind sie wirklich bei Ted«, murmelte Maureen. Sie folgte ihrem Mann zum Wagen und stieg ein.

Michael setzte sich wieder ans Steuer und startete den Motor. »Du hast wahrscheinlich Recht«, bemerkte er. »Wir werden aber auf keinen Fall dorthin fahren. Es ist ohnehin schon spät. Ich werde Ted gleich anrufen.«

»Warum hast du eigentlich keinen Schirm im Auto?«, erkundigte sich Fin. »Dann wärt ihr jetzt nicht so nass.«

»Ja, du Neunmalkluger!«, spöttelte Michael. »Wie gut, dass du immer alles ganz genau weißt. Stell dir vor, ich hatte sogar einmal einen Schirm im Wagen. Doch irgendjemand hat ihn benutzt und nicht wieder zurück an seinen Platz gelegt.«

»Das müssen Außerirdische gewesen sein«, grinste Fin.

Maureen wuschelte ihm durch das Haar. »Was würdest du bloß tun, wenn du einmal nicht das letzte Wort hättest, hmm?«

Fin drückte sich an sie. »Mom«, flüsterte er mit einem Mal ernst, »ich bin froh, dass Katie nichts passiert ist.«

»Darüber sind wir alle sehr froh, mein Schatz«, flüsterte Maureen zurück.

Nachdem sie für eine Weile stumm dagesessen hatten, sagte Katie: »Der heftige Sturm und Regen wird die Arbeit der Polizei erschweren, nicht wahr, Dad?«

»Zumindest wird es dadurch nicht gerade leichter, noch Spuren zu entdecken«, gab ihr Vater zurück. »Doch Mac ist ein guter Mann, wenn nicht sogar der Beste. Wenn jemand diesen Fall lösen kann, dann er. Mach dir darüber nicht allzu viele Gedanken, Katie.«

Kapitel 11

Eingehüllt in einen dicken blauen Baumwollbademantel, den sie über ihrem Schlafanzug trug, kauerte Katie auf einem der Schaukelstühle und starrte in die Flammen, deren Funken in den Schornstein aufstiegen. Ihre Hände hielten einen Becher mit heißem Pfefferminztee umklammert, den sie jedoch offenbar völlig vergessen hatte.

Nachdem sie zu Hause angekommen waren, hatte Maureen darauf bestanden, dass sie als Erstes ihre feuchte Kleidung ablegten. Danach hatte sie Tassen mit heißer Suppe sowie frische Sandwiches herumgereicht. Selbst Katie hatte ein, zwei Löffel Suppe zu sich genommen, doch mehr hatte sie nicht angerührt.

Im Hintergrund hörte sie, wie ihre Mutter Fin schalt, der sein Truthahnsandwich wie immer hastig hinuntergeschlungen hatte. Dazwischen vernahm sie die Klänge eines Klavierkonzertes, die aus dem Radio drangen. Sie nahm das Crescendo wahr, mit dem das Konzert endete. Es folgte eine plötzliche Stille, und die schlimmen Ereignisse der letzten Stunden kamen ihr mit einem Mal noch viel schlimmer vor. Ihre Gedanken kreisten um das letzte Zusammensein mit ihren Freundinnen.

Vor ihr zeichneten sich ihre Gesichter ab ... Carlys und Denises, beide nebeneinander, zuweilen verschmolzen sie miteinander, dann wieder nahmen sie die vertrauten Konturen an. Carly schien ihr zuzunicken. Ja, dachte Katie, du wirst es schaffen. Ich weiß, wie stark du bist, obwohl du solch einen zarten Eindruck erweckst. Die blauen Augen schienen ihr zuzuzwinkern.

Denises Gesicht schob sich in den Vordergrund. Schön, ebenmäßig, freundlich. Ihre samtbraunen Augen blickten sie liebevoll an, die langen goldenen Haare schimmerten – und dann war sie blitzartig verschwunden, und vor Katies innerem Auge erschien nur noch Carlys Gesicht.

Katie stieß einen zittrigen Seufzer aus und versuchte vergeblich die Wahrheit zu verdrängen: Denise war tot. Sie war fort. Für immer. Katies Kehle wurde eng, und sie schluckte heftig. Sie würde Denise niemals wiedersehen, niemals mehr ihr Lachen vernehmen, sich nie mehr mit ihr über ihre Träume und Hoffnungen unterhalten.

Der Tod ... Bis zu diesem Tag hatte sich Katie nie ernsthaft damit beschäftigt. Nun wusste sie, welches Leid mit dieser Gewissheit verbunden war. Sie spürte die Tränen aufsteigen, schloss die Lider und lehnte sich in dem Stuhl zurück.

Wie schön dieser Tag begonnen hatte!, fuhr es ihr durch den Kopf. Wie fröhlich sie gewesen waren, als sie sich morgens unter der warmen Oktobersonne zur Schule aufgemacht hatten, über ihre Schulaufführung schwatzten und Pläne für die anstehenden Feiertage schmiedeten. Als Erstes hatten sie ihre Lieblingsfächer, Englisch und Geschichte. Am Mittag aßen sie in der Schulkantine und brachen dann zur Scheune auf, ausgelassen und wie immer voller Vorfreude. Katie hatte begonnen, ihren Monolog vorzutragen, und Carly und Denise lobten sie wie eh und je ...

Danach hatte die Heiterkeit des Nachmittags ein abruptes Ende gefunden. Katie sah sich durch die verlassenen Felder laufen, die im Nebel fremd und unheimlich wirkten. Im Geiste stieg sie noch einmal die Straße hinauf, die zu ihrem Haus führte, betrat die behagliche Küche und ihre vertraute Umgebung. Sie sah sich, wie sie ihrer Mutter bei der Zubereitung des Abendbrots half, wie sie mit Niall aufbrach, um ihre Schulbücher zu holen, und wie sie mit ihm über ihre Zukunft sprach. Und dann erblickte sie die Scheune, das Wäldchen und ihre grausige Entdeckung. Carlys blutiges Gesicht, Carly, wie sie überfallen worden war ... An diesem Punkt verließ sie ihre Vorstellungskraft. Sie wollte sich das Weitere lieber gar nicht ausmalen.

Sie trank einen kleinen Schluck Tee und schob die Bilder schnell beiseite. Sie bemerkte, dass das Radio noch immer eingeschaltet war, ein neues Konzert hatte begonnen, doch die Klänge wirkten seltsam fremd – hohle, dumpfe Laute, merkwürdig verzerrt, ohne erkennbare Melodie.

Durch die Musik hindurch ertönte Nialls Stimme. »Mom, ich gehe ins Bett. Ich bin fix und fertig.«

Danach hörte Katie seine Schritte näher kommen. Sie spürte eine Hand, die sich liebevoll auf ihren Kopf legte und sanft über ihr Haar strich. Eine Stimme an ihrem Ohr murmelte: »Das war ein entsetzlicher Tag für dich, Katie, doch du musst versuchen, ein wenig Schlaf zu bekommen. Quäl dich nicht zu sehr mit deinen Gedanken. Es wird dir bald wieder besser gehen.«

Katie hob ihren Blick zu Niall und rang sich ein Lächeln ab. »Versprichst du mir das?«, flüsterte sie. »Oder glaubst du selbst nicht daran?«

Niall gab ihr einen Kuss auf die Wange. »Doch, ich bin mir sogar sicher«, entgegnete er.

Katie umschloss seine Hand und drückte sie. Niall lächelte ihr noch einmal zu und wandte sich ab.

Im Hinausgehen hörte Katie ihn sagen: »Los, Fin, troll dich! Es ist Zeit fürs Bett.«

Der Stuhl, auf dem Fin saß, knarrte. »Ich muss dir aber noch etwas erzählen«, antwortete Fin aufgedreht. »Wusstest du, dass die Biber unten am Teich einen Damm gebaut –«

»Nein, wusste ich nicht«, unterbrach Niall ihn ungeduldig. »Komm, erzähl mir den Rest auf dem Weg nach oben.«

Maureen begann zu husten, und Katie drehte sich zu ihr um. Ihre Mutter stand am Spülbecken, füllte ein Glas mit Wasser und trank rasch einige Schlucke. Ihr Husten verstummte.

Katie ließ sich in ihrem Schaukelstuhl zurücksinken und vertiefte sich erneut in den Anblick des Feuers. Erst als sie hörte, dass ihre Mutter die Spülmaschine einräumte, setzte sie sich auf und fragte: »Soll ich dir helfen, Mom?«

»Nein, lass nur«, kam es zur Antwort. »Bleib ruhig sitzen. Ich komme gleich zu dir, und dann trinken wir unseren Tee gemeinsam.«

Katies Vater stand am Telefon, wählte eine Nummer und wartete. Schließlich hängte er den Hörer ein. »Ich begreife das nicht, Maureen. Warum meldet sich bei den Matthews' bloß niemand? Wo können Sie nur sein?«

»Sind sie denn nicht bei Ted?«, fragte Maureen.

»Dort habe ich es vorhin versucht«, antwortete Michael. »Wer weiß, vielleicht haben sie sich in ein Hotel zurückgezogen, um ungestört zu bleiben.«

»Das kann ich mir nicht vorstellen«, schaltete sich Katie ein. »Da würden sie doch erst recht verrückt. Vielleicht sind sie zu der Tante gefahren, die Denise gelegentlich besucht hat. Sie ist die Schwester ihrer Mutter und wohnt in Litchfield. Tante Doris. Ich entsinne mich nur nicht mehr, wie sie mit Nachnamen heißt.«

»Schon möglich«, sagte ihr Vater. »Hast du noch eine Tasse Tee für mich, Schatz?«, wandte er sich an seine Frau.

»Nun, der wird inzwischen kalt sein«, entgegnete Maureen. »Am besten setze ich noch einmal frisches Wasser auf.«

Wenig später saßen Katie und ihre Eltern vor dem Kaminfeuer und tranken still ihren Tee.

»Irgendwie war alles falsch«, murmelte Katie schließlich.

»Was meinst du damit?«, erkundigte sich Maureen verwundert.

»Ich spreche von unserem Besuch im Krankenhaus«, sagte Katie.

»Und was soll daran falsch gewesen sein?«, fragte ihr Vater gleichermaßen verblüfft.

»Wir haben überhaupt nichts ausgerichtet. Es war reine Zeitverschwendung. Carlys Mutter war es egal, ob wir bei ihr waren oder nicht. Sie war zwar höflich, doch gefreut hat sie sich nicht.«

»Meine Güte, Katie«, begann Michael, doch dann brach er ab und runzelte seine Brauen. Sein Blick wurde nachdenklich. »Janet reagiert manchmal seltsam«, gab er zu. »Als Barry starb, benahm sie sich ähnlich. Damals lehnte sie ebenfalls jede Form von Hilfe ab. Zuweilen überkam mich sogar der Verdacht, dass wir ihr lästig waren, dass sie am liebsten –«

»Ach was!«, wendete Maureen ein. »Ihr solltet nicht so hart über Janet urteilen. Sie mag es einfach nicht, wenn andere ihr zu nahe kommen, aus welchem Grund auch immer. Aber sie meint es nicht so.«

»Bestimmt nicht«, antwortete Katie. »Aber ich finde sie ziemlich kalt. Sie ist auch Carly gegenüber oft abweisend. Vielleicht hätten wir nicht zu ihr fahren sollen. Unser Besuch wirkte so ... banal.«

»Banal?«, wiederholte Maureen. »Was für ein seltsa-

mer Begriff in dem Zusammenhang!« Sie betrachtete Katie besorgt.

»Na ja«, räumte Katie ein, »ich hatte den Eindruck, dass Carlys Mutter unseren Besuch für überflüssig hielt. Wir hätten genauso gut –«

»Ich glaube, wir wissen, was du sagen willst, Katie,«, unterbrach ihr Vater sie. »Mag sein, dass es sogar zutrifft. Dennoch war es für uns weder banal noch überflüssig, im Krankenhaus gewesen zu sein. Allein schon wegen Carly. Es war eine Frage des Anstands und ein Ausdruck unserer Zuneigung für Carly sowie für Janet.«

»Ja, das stimmt«, gab Katie zu. »Ach, ich weiß nicht, vielleicht bin ich einfach nur konfus.«

»Gewiss hat es Janet gut getan, Katie«, sagte ihre Mutter beschwichtigend. »Janet ist so wie sie ist, und sie geht seit jeher ihre eigenen Wege. Doch wir dürfen niemandem vorschreiben, wie er sich in seinem Kummer zu benehmen hat. Damit muss jeder auf seine Weise fertig werden.« Maureen zuckte mit den Schultern. »Wie dem auch sei, Schätzchen: Wir haben versucht sie zu trösten, und darauf kommt es an.«

»Aber, Mom«, hob Katie erneut an, »ist dir denn nicht auch aufgefallen, dass sie mit keinem Ton Denise erwähnt hat, geschweige denn ihre Eltern? Findest du das nicht eigenartig?«

»Mir kam es eher so vor, als könne sie darüber nicht sprechen. Ich gehe davon aus, dass die Vorstellung, Carly hätte ein ähnliches Schicksal erleiden können, einfach zu schrecklich für sie war.«

»Lassen wir es dabei bewenden!«, schlug Michael vor. »Denk nicht mehr darüber nach, Katie. Janet liebt ihre Tochter, selbst wenn sie es nicht so zeigen kann.«

Einige Minuten lang sprach niemand ein Wort.

Wenig später wandte sich Michael erneut an Katie

und fragte: »Bist du dir eigentlich sicher, dass Denise keinen Freund hatte?«

»O ja!«, erwiderte Katie. »Keiner von uns dreien. Das weißt du doch. Wir haben uns nur mit einer Sache beschäftigt: mit der Schauspielerei. Das war schon seit Jahren so, und daran hat sich nichts geändert. Für Jungs haben wir gar keine Zeit.«

Michael seufzte erleichtert. »Dann ist ja gut. Dasselbe habe ich zu Mac gesagt.«

»Und ich zu Detective Groome. Er hat sich mehrmals danach erkundigt, doch ich habe ihm geschworen, dass Denise weder einen Freund noch einen heimlichen Verehrer hatte.«

Kurze Zeit darauf erhob sich Michael, um alle Außentüren des Hauses abzusperren.

Danach machten sie sich auf den Weg nach oben. Vor ihrer Tür gaben Michael und Maureen Katie einen Gutenachtkuss. Maureen schloss sie in die Arme. »Komm ruhig zu mir, wenn du nicht schlafen kannst«, flüsterte sie.

»Danke, Mom«, murmelte Katie und öffnete die Tür zu ihrem Zimmer.

Rasch zog sie ihren Bademantel aus, schlüpfte ins Bett und verkroch sich unter ihrer Daunendecke. Dort kniff sie krampfhaft die Lider zusammen und hielt den Tränenstrom mit den Händen zurück. Es half jedoch nichts. Sie rollte sich wie ein Igel zusammen und begann hemmungslos zu weinen.

Nach einer Weile ertönte an ihrer Tür ein leises Klopfen. »Schläfst du schon?«, fragte ihre Mutter leise.

»Nein, Mom.«

Auf Zehenspitzen kam Maureen herein, ließ sich auf der Bettkante nieder und strich sanft über Katies Wange.

»Katie«, begann sie, »es tut mir so Leid, dass du etwas Derartiges erleben musstest.« Sie nahm Katie in ihre Arme. »Ich weiß, dass du verstört und verzweifelt bist, Schatz, wie wir alle. Wir müssen jetzt tapfer sein. Die kommenden Tage und Wochen werden nicht leicht. Du wirst um Denise trauern, Katie, und das ist auch richtig so. Man darf sein Leid nicht in sich hineinfressen, denk daran. Lass es heraus und nimm dir so viel Zeit, wie du brauchst, um Abschied zu nehmen. Und denke an Carly, Schätzchen. Sie braucht jetzt deine Hilfe.«

»Ja«, kam es undeutlich von Maureens Schulter.

»Außerdem darfst du nie vergessen, dass dein Vater und ich immer für dich da sind.«

»Das weiß ich, Mom.« Maureen spürte die Nässe auf ihrem Nachthemd. »Nun wein dich erst einmal aus«, murmelte sie.

Immer wieder strich sie über Katies bebenden Rücken.

Zuletzt ließ sich Katie in ihr Kissen zurücksinken, blickte ihre Mutter an und erklärte leise. »Ich hab dich lieb, Mom.«

»Ich liebe dich auch, Katie. Glaubst du, du kannst jetzt ein bisschen schlafen?«

Katie nickte stumm.

Maureen strich ihr noch einmal über die Stirn und schlüpfte dann aus dem Zimmer.

Katie schloss ihre Augen und versuchte einzuschlafen. Es dauerte jedoch lange, bis die Bilder ihrer Freundinnen verblassten und sie in einen unruhigen Schlaf fiel.

Mit einem Ruck fuhr Katie hoch und blickte sich benommen um. Nein, da war niemand. Sie war allein in ihrem Zimmer, doch irgendetwas hatte sie aufgeweckt.

Katie schaute zum Fenster hinüber, das sie wie jeden Abend einen Spalt breit offen gelassen hatte. Die Vorhänge blähten sich leicht im Wind. Sie warf ihre Decke beiseite und tappte durchs Zimmer, um das Fenster zu schließen. Doch dann blieb sie für einen Moment dort stehen und starrte in die Nacht hinaus.

Das Unwetter war vorbei und hatte einen samtschwarzen Himmel hinterlassen, an dem ein klarer Vollmond leuchtete und Sterne wie Kristalle funkelten. Katie erkannte die Umrisse der Sträucher im Garten. Wie still und friedlich alles daliegt!, dachte sie. So als wäre nichts Schreckliches geschehen, so als gäbe es weder Gewalt noch Leid auf der Welt.

Sie schloss das Fenster und wandte sich um, doch in dem Moment glaubte sie, einen dunklen Schatten wahrgenommen zu haben, der über den Rasen glitt.

Wie gelähmt blieb Katie stehen. Sie spürte, dass ein Zittern sie überlief. Was war das? Ein Tier – oder ein Mensch?

Ich darf mich jetzt nicht verrückt machen, rief sich Katie zur Ordnung. Ich darf nicht anfangen, Dinge zu sehen, die überhaupt nicht da sind.

Sie presste ihr Gesicht an die Scheibe und spähte erneut nach draußen. Nichts regte sich. Da war keine Menschenseele im Garten, nur die dunklen Bäume.

Fröstelnd schlang Katie die Arme um ihren Oberkörper. Dann schlüpfte sie ins Bett und zog sich die Decke über den Kopf.

Dennoch konnte sie sich nicht beruhigen. Ob da draußen vielleicht doch jemand lauerte? War es derselbe, der Carly angegriffen und Denise getötet hatte?

Kapitel 12

Mac MacDonald stieß die Tür zur Gerichtsmedizin auf. »Guten Morgen, Allegra.« Er verschränkte erwartungsvoll die Arme vor der Brust und lehnte sich an die Wand.

Allegra Marsh beugte sich gerade über den Seziertisch. Sie richtete sich auf und nickte Mac zu. »Guten Morgen, Mac«, erwiderte sie. Durch den Mundschutz, den sie trug, klang ihre Stimme gedämpft. Sie streifte ihn sowie die dünnen Gummihandschuhe ab und ließ beides in einen Abfalleimer fallen.

Mac warf einen vorsichtigen Blick auf den leblosen Körper und fragte: »Ist das das Mädchen?«

»Ja, das ist Denise Matthews. Ich habe ihre Obduktion vor etwa zehn Minuten beendet.« Allegra zog schnell ein Laken über den Körper der Toten.

Mac atmete auf und trat vor. »Hast du etwas entdeckt?«

»Nicht viel mehr als gestern Abend, fürchte ich. Wie sieht es bei dir aus? Gibt's Neuigkeiten?«

»Nein. Das Unwetter in der letzten Nacht hat uns den Rest gegeben. Was immer wir noch hätten entdecken können, wurde weggeweht oder fortgespült. Jetzt ist der Tatort nur noch ein einziger Schlammhaufen.«

»Ich kann dir die DNA-Proben vorführen, die ich gestern Abend entnommen habe, doch solange es keinen Verdächtigen gibt, werden sie nichts nützen. Außerdem haben wir mehrere Wollfasern untersucht, die ich auf dem Körper des Mädchens entdeckt hatte. Sie stammen von einem Pullover.«

Mac seufzte. »Was ist mit der Todeszeit? Ist es so, wie du vermutet hast?«

»Ja. Die Kleine starb gegen Viertel nach sechs.« Allegra schüttelte den Kopf und nagte an ihrer Unterlippe. »Denise ist nicht nur erwürgt, sondern zuvor auch brutal geschlagen worden. Du kannst die Male noch an ihren Armen und Brüsten sehen. Warte, ich –«

»Nein, lass nur!«, winkte Mac ab. »Ich glaube dir. Andererseits – sie hatte doch etwas an –«

»Na und? Der dünne Pullover hat sie keineswegs geschützt. Oder meinst du, der Täter hätte sein Opfer entkleidet, erwürgt, geschlagen und danach wieder angezogen? Nein, er ist äußerst roh mit ihr verfahren. Dennoch muss er kräftig gewesen sein, denn das Mädchen hat sich erbittert gewehrt. Er hat sie mit sich gezerrt und gestoßen, ihre Schulter war ausgekugelt.«

»Himmel!«, stieß Mac hervor.

Allegra schwieg für einen Moment. »Das Blut im Sperma stammt nicht von ihr.«

Mac runzelte die Brauen. »Was soll das heißen?«

»Es handelt sich wohl um das Blut des Täters.«

»Das verstehe ich nicht«, gab Mac zurück. »Wie zum Teufel soll denn das Blut des Täters in sein Sperma gelangt sein?«

»Meine Güte, Mac! Das weiß ich ebenso wenig wie du. Ich kann lediglich Vermutungen anstellen. Vielleicht hat Denise ihren Angreifer gekratzt, als sie sich gegen ihn wehrte. Ihre Fingernägel waren lang und scharf. Ich habe Hautreste darunter gefunden, ebenso wie winzige Wollfasern. Mag sein, dass sie seinen Unterleib zerkratzt hat, womöglich sogar seine Geschlechtsteile. Jedenfalls enthält das Sperma Blut, und da es definitiv nicht mit dem des Opfers übereinstimmt, muss es vom Täter stammen.«

»Du sagtest doch, sie sei noch Jungfrau gewesen.«

»Mac, hörst du eigentlich nicht zu? Ich sagte, ich gehe davon aus, dass sie noch Jungfrau war.«

»Und? War sie es nun oder nicht?«

Allegra zögerte. »Also gut, ich glaube nicht. In dem Fall hätte sie bluten müssen. Und ich habe dir ja gerade erklärt, dass kein Blut von ihr nachzuweisen war.«

»Dann hat sie also doch einen Freund gehabt.«

»Tja, irgendwann einmal muss sie wohl einen gehabt haben.«

»Verdammt!«, fluchte Mac. »Ich wüsste wirklich zu gern, wer das war. Das wäre immerhin ein Anfang.« Er rieb sich sein Kinn und betrachtete Allegra grübelnd. »Es könnte doch sein, dass dieser Freund auch der Täter war ... dass er aus irgendeinem Grund durchgedreht ist.«

»Könnte sein«, pflichtete Allegra ihm bei. Sie schürzte die Lippen und wiegte ihren Kopf. »Ihre Vagina weist beträchtliche Verletzungen auf. Ihr Vergewaltiger ist brutal in sie eingedrungen.«

»Mistkerl!«, murmelte Mac vor sich hin. Er begann, im Raum hin und her zu wandern, bis er vor Allegra stehen blieb und erklärte: »Mike Byrne war fest davon überzeugt, dass Denise keinen Freund hatte. Ebenso wenig wie Katie und Carly. Seiner Ansicht nach gingen die Mädchen gänzlich in ihrer Schauspielerei auf und hatten sonst nichts im Kopf. Ich vertraue Mike. Ich kenne ihn seit ewigen Zeiten. Warum sollte er nicht die Wahrheit sagen?«

»Es muss ja noch nicht einmal gelogen sein. Er wird es glauben. Was wissen Väter denn schon von ihren Töchtern und deren Freundinnen? Oder gehst du davon aus, dass Denise ihm Einzelheiten ihres Privatlebens anvertraut hat? Offenbar nicht, denn sie hatte intimen Kontakt mit einem Mann, und Michael Byrne wusste nichts davon.«

»Meine Güte, reg dich doch nicht gleich so auf!«, wehrte sich Mac. »Ich ziehe deine Befunde doch gar nicht in Zweifel.« Er blickte Allegra vorwurfsvoll an. »Ich mag es nicht, wenn du giftig wirst.«

»Entschuldige«, murmelte Allegra.

»Niall ist im vergangenen Jahr für eine Weile mit Denise liiert gewesen«, fuhr MacDonald fort. »Nach seinen Worten ist daraus nie etwas Ernstes geworden. Und selbst wenn du mich auslachst: Ich glaube ihm. Der Junge ist eine ehrliche Haut – wie sein Vater. Er hätte es nicht für sich behalten, wenn er Denise entjungfert hätte.«

Allegra hob die Brauen. »Wenn du meinst«, erwiderte sie. »Vielleicht erkundigst du dich besser mal unter ihren Freunden und Freundinnen in der Schule. Möglicherweise wissen die mehr über Denises Liebesleben als Michael und Niall Byrne.«

»Das habe ich bereits veranlasst«, erwiderte MacDonald leicht pikiert. »Meine Leute sind gerade dabei, sich in der Schule umzuhören, und ich werde gleich zu ihnen stoßen.«

»Was ist denn mit den Eltern von Denise? Du warst doch inzwischen bei ihnen – was haben sie gesagt?«

»Nicht viel. Sie halten sich momentan bei der Schwester der Mutter in Litchfield auf. Sie sind kaum ansprechbar. Ihre Aussagen bestätigen aber mehr oder weniger das, was ich bereits wusste. Denise hatte keinen Freund, interessierte sich ausschließlich für das Theater und schmiedete Pläne für ihre Zukunft als Schauspielerin.«

Allegra verdrehte die Augen. »Mac«, hob sie an, »du bist doch nicht von gestern, oder? Ich kann mir vorstellen, wie sich die Leute fühlen, doch Eltern sind nicht unbedingt Experten, wenn es um das Liebesleben ihrer Kinder geht.«

»Ich gäbe viel darum, wenn sich alle irrten«, erwiderte Mac. »Ich wäre froh, wenn ein Freund auftauchte. Noch froher wäre ich, wenn deine DNA-Probe mit ihm übereinstimmte. Denn im Moment stecke ich in einer Sackgasse.«

»Wie wäre es mit einem Profil?«, fragte Allegra. »Ich könnte mich an einem versuchen.«

»Worauf wartest du?«, erwiderte Mac. »Schieß los!«

»Wie ich dir eben gesagt habe«, begann Allegra, »hat der Täter sein Opfer angegriffen, sodass es Verletzungen an Armen, Brüsten und am Rücken davontrug. Der Kerl scheint recht kräftig gewesen zu sein. Zudem habe ich auf Denises Körper braune Schamhaare entdeckt, die nicht von ihr stammen. Außerdem brünettes Kopfhaar. Bei den Wollfasern handelt es sich nach Aussage des Labors um Kaschmir. Demzufolge stelle ich mir einen großen, schweren und sehr kräftigen Mann mit mittelbraunem Haar vor, der mit Vorliebe Kaschmirpullover trägt und demnach nicht arm sein kann. Das ist zwar nicht sehr viel, aber –«

»– besser als nichts«, beendete Mac ihren Satz. »Hmm, und ich gehe davon aus, dass wir es mit einem Hiesigen zu tun haben. Das verrät mir mein Instinkt, und der hat mich in der Vergangenheit noch nie im Stich gelassen. Abgesehen davon sind bisher niemandem irgendwelche Fremden aufgefallen, die sich in den letzten achtundvierzig Stunden in der Gegend herumgetrieben haben.«

»Warum erzählst du mir nicht, was dein Instinkt dir sonst noch verrät, Mac?«

Mac beäugte sie argwöhnisch. »Machst du dich über mich lustig, Allegra?«

»Nein, auf keinen Fall.« Allegra erkannte seine zweifelnde Miene und unterdrückte ein Grinsen. »Wirklich nicht! Ich schwöre.«

»Also gut. Der Täter lebt in unserer Gegend. Es ist jemand, der seine Opfer belauert hat. Entweder schon seit längerer Zeit oder erst seit einigen Wochen. Er geht unauffällig vor. Und er hat sich auf die drei Mädchen konzentriert. Er beobachtet, dass sie sich oft in der abgelegenen Scheune treffen. Und dann schlägt er zu.«

»Hältst du ihn für einen Psychopathen?«

»Möglicherweise. Ich denke an jemanden, der nach außen hin ein normales Leben führt. Vielleicht hat er zuvor noch nie gemordet. Aber unter Umständen macht er nun weiter.«

Allegra blickte ihn verdutzt an. »Dein Instinkt ist wirklich beeindruckend«, sagte sie.

Mac zuckte sie Achseln. »Nenn es, wie du willst.«

Allegra ergriff einen kleinen Stapel beigefarbener Briefumschläge und hielt sie Mac hin. »Das sind die Fotos, die die Leute von der Spurensicherung gestern Abend aufgenommen haben, und außerdem die von der heutigen Obduktion. Ich habe sie eben bekommen.« Sie warf Mac einen vorsichtigen Blick zu und ergänzte: »Sobald du in der Lage bist, sie dir anzuschauen –«

»Ich bin *jetzt* dazu in der Lage«, knurrte Mac. »Gib schon her! Je eher ich es hinter mir habe, desto besser.«

Kapitel 13

Die fahle Herbstsonne war vor geraumer Weile am Horizont verschwunden. Die Dämmerung senkte sich herab und hüllte den Garten in graues Licht.

Katie saß an ihrem Schreibtisch, starrte durch das Fenster auf den dunkler werdenden Himmel und stützte ihren Kopf in die Hände.

Unten in der Küche hatte sich die Familie versammelt, um Kaffee zu trinken. Ursprünglich war es geplant gewesen, nach dem Begräbnis gemeinsam ein frühes Abendessen einzunehmen. Ehe Katie und ihre Mutter zur Kirche aufbrachen, hatten sie den Tisch im Esszimmer gedeckt. Doch dann wollte niemand etwas zu sich nehmen. »Lasst uns in der Küche Kaffee trinken«, erklärte Großmama Catriona, »dort ist es am gemütlichsten«, und alle waren einverstanden.

Am vergangenen Abend war Tante Bridget aus New York angereist. Katies Großeltern, Sean und Catriona O'Keefe sowie Patrick und Geraldine Byrne, hatten sich am Morgen der Beerdigung eingefunden, ebenso wie Michaels Schwester Mairead und ihr Mann Paddy. Tante Moura war krank und infolgedessen zu Hause geblieben, und Tante Eileen hielt sich aus beruflichen Gründen in Los Angeles auf.

Ein zittriger Seufzer entrang sich Katies Brust. Sie ließ ihre Hände auf die Tischplatte sinken und legte ihren Kopf darauf. Sie litt unter entsetzlichen Kopfschmerzen und fühlte sich wie betäubt, doch gleichzeitig ließ das Chaos in ihrem Kopf sie nicht zur Ruhe kommen. Ich darf mich davon nicht unterkriegen lassen, dachte Katie. Ich habe Mom versprochen, meine Trauer zu ertragen, doch ich weiß nicht, wie. Wie soll ich meine Gedanken bloß ordnen?

Das Tagebuch!, schoss es ihr durch den Kopf. Ja, sie würde alles in ihr Tagebuch eintragen.

Ihre Mutter hatte es ihr erst vor kurzem geschenkt. Es war in dunkelgrünes Leder gebunden, und auf dem Einband stand in großen Goldlettern: *Tage meines Lebens.*

Ich werde es versuchen, beschloss Katie. Ich notiere alles, was mir durch den Kopf geht. Sie würde sich ihre Gefühle von der Seele schreiben.

Katie zog die mittlere Schublade ihres Schreibtischs auf und entnahm ihr das Tagebuch. Sie blätterte bis zur ersten freien Seite, ergriff ihren Kugelschreiber und begann:

1. November, 1989
Malvern, Connecticut
Der Tag, an dem Denise beerdigt wurde

Als ich heute Morgen aufwachte, fühlte ich mich zerschlagen. Im ersten Moment wusste ich gar nicht, welcher Tag war, doch dann fiel es mir schlagartig ein: Heute ist Denises Beerdigung.

Fast meine ganze Familie ist mit zur Beerdigung gegangen. Die Männer trugen dunkelgraue Anzüge und die Frauen schwarze Kleider. Meine Mutter hatte ihren besten schwarzen Mantel angezogen und das Seidenkleid, das Dad ihr vor Jahren geschenkt hat. Tante Bridget trug ein neues schwarzes Kostüm und war zweifellos die Eleganteste von allen.

Am Nachmittag war das Wetter wunderschön. Ich verspürte einen dicken Kloß im Hals, der einfach nicht weggehen wollte. Ich musste nämlich unentwegt daran denken, dass Denise nie mehr erleben würde, wie herrlich sich die warme Sonne auf der Haut anfühlt. Der Himmel war strahlend blau und klar, es sah aus, als hätte jemand auf einer Leinwand bunte Herbstfarben darauf abgestimmt – warme Gold- und Kupfertöne, sattes Gelb mit zarten rosafarbenen Äderchen und dunkelroten Rändern. Alles wirkte so unglaublich lebendig – ich konnte es kaum aushalten.

Nach der Trauerfeier in der Kirche gingen wir auf den Friedhof. Ich konnte kaum fassen, wie viele Menschen sich dort eingefunden hatten. Ich glaube, unsere ganze Schule war da – jedenfalls alle aus meiner Klasse und sämtliche Lehrer. Miss Cooke, unsere Schauspiellehrerin, war mit ihrem Mann gekommen und weinte heftig. Carlys Mutter stand bei uns, gleich neben den Eltern von Denise, ihrem Bruder Jim und seiner Frau Sandy. Sandy, Jim und Mr Matthews mussten Mrs Matthews stützen, und ich hatte Angst, dass sie jeden Moment ohnmächtig wurde.

Unentwegt musste ich an Denise denken, ich sah ihr Gesicht vor mir und versuchte, mir nicht die letzten Momente ihres Lebens vorzustellen. Aber das gelang mir nicht. Ständig erschienen schreckliche Bilder vor meinen Augen. Denise muss vor Angst halb wahnsinnig gewesen sein. Und vielleicht hat sie auch gewusst, dass sie sterben wird. Das ist das Schlimmste für mich: dass Denise in dem Moment allein war!

Lieutenant MacDonald hat meinem Vater erzählt, dass sie sich verzweifelt gewehrt hat. Wenn ich daran denke, werde ich beinahe verrückt. Wenn wir doch ein wenig früher da gewesen wären ...

Ich kann mir nicht vorstellen, dass ich mich eines Tages nicht mehr schuldig fühlen werde.

Ich hätte in der Scheune bleiben müssen, bei meinen Freundinnen. Dann wäre ihnen bestimmt nichts passiert. Der Mörder hätte es nicht gewagt, gleichzeitig drei Mädchen anzugreifen. Zu dritt wären wir bestimmt mit ihm fertig geworden.

Ich hätte die beiden nie beschwatzen dürfen, mit mir zu kommen. Sie sollten mit mir proben, mir zusehen – dabei wusste ich doch, dass das gar nicht mehr nötig war.

Wir haben für das Begräbnis weiße Lilien gekauft. Sie lagen auf dem Sarg, neben den roten Rosen von De-

nises Eltern und einem Kranz aus weißen und rosafarbenen Nelken von Carlys Mutter.

Als der Sarg in das Loch hinabgelassen wurde, dachte ich, mein Herz würde entzwei gerissen. Ich will einfach nicht wahrhaben, dass ich Denise nie wiedersehen werde! Ich habe schrecklich geheult, und Niall hielt die ganze Zeit über meine Hand, auch als wir nachher die Lilien ins Grab warfen.

Danach wurde der Sarg mit Erde bedeckt. Als ich die ersten Erdbrocken niederfallen hörte, musste ich noch heftiger weinen. Niall hat mich in den Arm genommen, und wenig später kam Dad zu uns herüber und führte mich zum Wagen.

Dann fuhren wir nach Hause. Wir hatten Denises Familie unser Beileid ausgesprochen, doch ich wusste, dass wir sie nicht wirklich trösten konnten. Mom gab mir Recht und sagte, solches Leid sei unerträglich und durch Worte ließe sich kaum etwas ausrichten.

Als wir zu Hause waren, goss Dad den Männern Whisky ein. Als Großvater Sean sein Glas ansetzte, erklärte Mom, die sonst höchstens einmal an einem Schlückchen Sherry nippt, sie wolle ebenfalls einen. Dad schenkte auch ihr von dem Whisky ein. Alle tranken Alkohol, außer Fin und mir.

Mom hatte am Vormittag Hähnchenbrüste vorbereitet, doch niemand wollte etwas essen. Als wir in der Küche standen, um Kaffee zu kochen, zog Mom ihre weiße Schürze an. Das sah so feierlich und traurig aus, dass ich sofort wieder weinen musste. Mom war richtig erschrocken und drückte mich fest an sich.

Als wir nachher den Tisch deckten, strich sie mir immer wieder über den Kopf, doch ich sah, dass auch ihre Augen voller Tränen standen. Ich weiß, dass sie stän-

dig daran denkt, dass ich dem Mörder beinahe ebenfalls in die Hände gefallen wäre.

Die Zeit von zweiundsiebzig Stunden, die MacDonald als entscheidend für die Ermittlungsarbeit betrachtet, ist längst verstrichen. Dad hat erzählt, Mac sei wütend und frustriert, weil er und seine Leute noch immer im Dunkeln tappen.

Vor ein paar Tagen bin ich wieder zur Schule gegangen. Ich habe mich zusammengerissen, doch es war entsetzlich, die leeren Plätze von Denise und Carly zu sehen.

Carly liegt noch immer im Koma, und im Krankenhaus sagt keiner mehr etwas davon, dass sie über kurz oder lang zu sich kommen wird. Ich besuche sie so oft ich kann, doch Carly liegt wie eine Tote in ihrem Bett.

Ich kann gar nicht richtig beschreiben, wie ich mich ohne meine Freundinnen fühle. Wir waren ja fast unser Leben lang zusammen, immer zu dritt ... und nun bin ich allein. Ich fühle mich so einsam, und wenn ich ehrlich bin, ist mir alles egal.

Ich will auch nicht mehr schauspielern oder gar bei der Schulaufführung mitmachen. Alles, was mit dem Theater zu tun hat, ist mir nun verleidet, denn es erinnert mich nur daran, wie sehr ich die beiden vermisse. Deshalb habe ich mich entschlossen, die Schauspielerei aufzugeben.

Ich habe keinerlei Energie. Ich will auch nicht mehr nach New York ziehen. Ohne Denise und Carly könnte ich das gar nicht. Ich müsste fortwährend daran denken, dass sie eigentlich bei mir wären, wenn ich sie an jenem Tag nicht überredet hätte, in der Scheune zu proben. Wenn ich nicht gewesen wäre, würde Denise noch leben – und Carly läge nicht im Koma.

Was ich nach der Schule anfangen werden, weiß ich

noch nicht. Ich habe Mom versprochen, dass ich mir etwas Neues überlege.

Mom hat Angst, dass sich der Mörder hier noch irgendwo aufhält. Sie hat es kürzlich gesagt, aber ich sehe es ihr auch an. Gestern hat sie erklärt, es wäre doch besser, ich zöge nach New York.

Ich werde einfach vorsichtig sein und die Augen offen halten. Das ist alles, was ich zurzeit tun kann. Wenn der Mörder es auf mich abgesehen hat, wird er mich sowieso überall hin verfolgen.

Ich grüble ständig darüber nach, wer hinter uns her gewesen sein könnte – doch mir fällt niemand ein. Ich kenne keinen Menschen, dem ich so etwas zutraue.

Als ich Dad sagte, ich hätte neulich nachts einen Schatten im Garten gesehen, rief er sofort die Polizei an. Die Beamten nahmen sich den Garten vor und fanden unter den Bäumen tatsächlich Fußspuren im feuchten Boden. Die haben sie vermessen und Gipsabdrücke davon anfertigen lassen, doch es ist nichts dabei herausgekommen.

An dem Tag ließ Dad in unserem Haus eine Alarmanlage einbauen, und Mom holt mich seitdem täglich von der Schule ab. Wenn sie keine Zeit hat, sind entweder Dad oder Niall zur Stelle, um mich nach Hause zu bringen. Da es nachmittags bereits dunkel ist, wollen sie nichts riskieren. Ehrlich gesagt bin ich froh, denn ich möchte nur ungern allein über die Felder nach Hause laufen.

Nachts habe ich Schwierigkeiten einzuschlafen. Sobald ich im Bett liege, sehe ich Denises Gesicht vor mir. Sie war so hübsch. Dann wird mir klar, wie eng wir miteinander verbunden waren, und ich muss unwillkürlich heulen. Ich wusste nicht, dass man so un-

glücklich sein kann und Kummer manchmal überhaupt nicht nachlässt.

Wenn ich Carly besuche, halte ich ihre Hand und spreche mit ihr. Manchmal trage ich ihr auch Stellen aus irgendwelchen Shakespeare-Stücken vor, meist aus denen, die sie am liebsten mochte. Sie reagiert jedoch nicht, zuckt nicht einmal mit der Wimper ...

»Katie, Katie!«, hörte Katie ihre Mutter rufen.

Sie legte ihren Stift ab, klappte ihr Tagebuch zu und ließ es in die Schublade gleiten. Hastig wischte sie sich mit dem Handrücken über ihre Augen, atmete tief durch und erhob sich.

»Ja, was ist denn?«, rief sie nach unten.

»Deine Großeltern möchten aufbrechen. Komm runter, um dich von ihnen zu verabschieden!«

»Ja, Mom.«

Ehe Katie ihr Zimmer verließ, fuhr sie sich noch einmal über die Augen. Unten an der Treppe nahm Catriona sie in die Arme und drückte sie. Sean tauchte im Flur auf, räusperte sich und gab Katie einen Kuss. Die restlichen Verwandten folgten. Tante Mairead streichelte Katies Arm und sagte: »Es wird alles wieder gut, mein Schatz.«

Katie wusste, was sie alle dachten: Was für ein Glück, dass Katie noch am Leben ist!

Teil II

Freundschaft

London – Yorkshire 1999

Freundschaft ist wie Liebe ohne Schwingen

Lord Byron

... die wichtigste Voraussetzung für unser Glück ist das Geschenk der Freundschaft.

Sir William Osler

Kapitel 14

Die junge Frau, die an einem kühlen Oktoberabend den Haymarket entlangeilte, war sich des Aufsehens, das sie hervorrief, nicht im Mindesten bewusst, sie bemerkte nicht, wie sich Frauen und Männer nach ihr umdrehten.

Sie war schlank und hoch gewachsen und bewegte sich trotz ihrer Hast sehr anmutig. Sie trug einen langen, schmal geschnittenen schwarzen Mantel, der von einem Gürtel zusammengehalten wurde. Den Kontrast zu ihrer dunklen Gestalt bildeten ein blasses, fein geschnittenes Gesicht mit auffallend blauen Augen und das feuerrote Haar, das ihr Gesicht umrahmte.

Vor dem Theatre Royal blieb sie kurz stehen, um ein wenig Luft zu holen. Dann steuerte sie die Abendkasse an und reihte sich in die wartende Menschenschlange ein.

»Katie Byrne«, sagte sie zu dem Mann hinter der Glasscheibe. Er durchwühlte einen Stapel Briefumschläge und überreichte ihr einen davon. Er enthielt ihre Theaterkarte.

Wenig später führte eine Platzanweiserin Katie den Gang hinunter und deutete auf ihren Sitzplatz in der Mitte der achten Reihe. Es war einer der besten Plätze des Hauses.

Wie immer beim Betreten eines Theaters bekam Katie eine Gänsehaut. Eine unbestimmte Spannung befiel sie, und jeder Nerv in ihrem Körper schien zu vibrieren. Sie starrte auf den roten Samtvorhang und konnte es kaum erwarten, dass er sich hob, um den Blick auf die Bühne frei zugeben.

Wenn es soweit war, würde Katie die Realität weit hinter sich lassen und in das Drama eintauchen, das sich vor ihren Augen abspielte.

An diesem Abend jedoch schien Katie mit ihrer Ungeduld nicht allein zu sein, denn um sie herum wurde allgemeines Räuspern, Murmeln und Füßescharren laut.

Das Stück, das in wenigen Minuten beginnen sollte, trug den Titel »Charlotte und ihre Schwestern«. Es lief seit zwei Monaten in London und war sowohl von der Kritik als auch vom Publikum begeistert aufgenommen worden. Die Vorführungen waren blitzartig ausverkauft gewesen, und der Erfolg des Stücks kam einer Sensation gleich. Es würde den Spielplan des Theaters für Monate, wenn nicht gar Jahre füllen.

Inzwischen war einiges über das Stück geschrieben worden, ebenso über seine Autorin, die bis dahin gänzlich unbekannt gewesen war – Jenny Hargraves, eine junge Frau aus Harrowgate, einer unbedeutenden Stadt im Norden Englands, wo sie für eine Regionalzeitung arbeitete. Das Theaterstück hatte sie in ihrer Freizeit verfasst.

Es handelte von den Brontë-Schwestern, den berühmten englischen Schriftstellerinnen des 19. Jahrhunderts, die den größten Teil ihres Lebens in Haworth verbrachten, einem Dorf inmitten der unwirtlichen Landschaft Yorkshires. Dort hatten sie solch herausragende Werke wie »Jane Eyre«, »Sturmhöhe« und »Die Herrin von Wildfell Hall« geschaffen.

Katie schlug ihr Programmheft auf und begann die

Zusammenfassungen der einzelnen Szenen zu studieren. Anschließend überflog sie die Liste der Darsteller. Drei der bekanntesten und talentiertesten Schauspielerinnen der englischen Bühne spielten die Rollen von Charlotte, Emily und Anne Brontë.

Katie brannte darauf, das Stück zu sehen. Sie wollte sich seinem Zauber überlassen, darin versinken, vergessen, dass es bloß ein Schauspiel war. Sie wollte jedes Wort und jede Geste nachempfinden, so wie sie es stets tat, wenn sie eine Aufführung besuchte.

Im Saal wurde es dunkel. Das Geraschel und Geraune verstummte. Endlich glitt der schwere, gerüschte Samtvorhang in die Höhe.

Katies Finger verschränkten sich, und ihr Blick richtete sich auf das Bühnenbild.

Kurze Zeit später war Katie von der Handlung bereits gefangen. Sie befand sich inmitten der Lebensgeschichte der drei Schwestern und ihres begabten, jedoch leichtfertigen Bruders, die weitab vom Treiben der Welt zusammen mit ihrem Vater und ihrer Tante im Pfarrhaus von Haworth lebten.

Katie befand sich in der Pfarrei von Haworth, inmitten des Salons, erblickte durch die Fenster die Umrisse des Friedhofs, der an die Mauern des Hauses grenzte, und sah die verkrümmten Bäume, die der Wind auf dem kahlen Moorland gebogen hatte.

Die drei Schauspielerinnen waren fantastisch. Für Katie *waren* sie die Schwestern Brontë. Reglos vor Anspannung saß sie da und wagte kaum zu atmen.

In der Pause blieb sie auf ihrem Platz. Sie verspürte nicht die geringste Lust, sich unter die anderen Zuschauer zu mischen, deren Kommentare zu belauschen oder eine Erfrischung zu sich zu nehmen. Sie wollte die Illusion des Stücks aufrechterhalten.

Ungeduldig wartete sie darauf, dass der nächste Akt begann, und als es soweit war, schlug die Handlung sie sogleich wieder in ihren Bann, ebenso wie die Darstellerinnen, das düstere Bühnenbild und die Kostüme.

Wenn das Stück doch niemals zu Ende ginge!, dachte sie.

Als zum Schluss tosender Beifall aufbrandete, schreckte Katie hoch. Benommen tastete sie nach ihrer Handtasche, erhob sich langsam, und ehe sie den anderen durch den Gang zum Ausgang folgte, stand sie für einen Moment unschlüssig da.

Katie spürte, dass ihre Wangen glühten. Es war ein großartiger Theaterabend gewesen, und sie fühlte sich geradezu entrückt. Doch darum ging es schließlich auf der Bühne, überlegte sie, während sie sich von der Menge weiterschieben ließ. Diesen Rausch, diese Begeisterung herbeizuführen, die Menschen ihrer Realität zu entlocken und in eine andere Welt zu versetzen – das war es, was die Kunst des Theaterspielens ausmachte.

Draußen auf der Straße schaute sie sich suchend nach dem Fahrer um, der auf sie wartete. Er brachte sie zu dem Restaurant, in dem sie mit Melanie Dawson zum Abendessen verabredet war.

Sie entdeckte den Wagen in einiger Entfernung und eilte darauf zu.

Der Fahrer sprang heraus, verneigte sich höflich und öffnete die Tür.

»Guten Abend, Joe«, begrüßte Katie ihn fröhlich. »Um ein Haar hätte ich Sie gar nicht gesehen.«

»Guten Abend, Miss Byrne«, kam es zurück. Joe grinste und legte einen Finger an seine Schirmmütze. »Na ja, wer sieht schon einen Bentley?«

Katie kicherte. Dann stieg sie ein und kletterte auf den Rücksitz.

»Wir fahren ins *Ivy*«, hörte sie Joe sagen, ehe er die Tür hinter ihr schloss.

Katie lehnte sich in den weichen Lederpolstern zurück.

Während Katie die Augen schloss und sich abermals den eben gesehenen Szenen überließ, fuhr der Wagen mit leisem Schnurren an und folgte den Straßen von Soho. Sie war Melanie zu großem Dank verpflichtet, denn jene hatte es geschafft, noch eine Theaterkarte für sie zu ergattern – wie so viele andere Dinge, die sie für Katie in den vier Jahren ihrer Freundschaft getan hatte.

Jedes Mal, wenn sich Katie vor Augen hielt, dass sich jemand wie Melanie Dawson, eine Frau, die in der Theaterwelt hohes Ansehen genoss, die elegant, kultiviert und erfolgreich war, ausgerechnet um *ihre* Freundschaft bemühte, suchte sie nach einem Grund, doch zu einem Ergebnis kam sie nie. Sie, Katie, war ein Nichts, ein Niemand. Weshalb lag Melanie etwas an ihr, warum interessierte sie sich für eine kleine Schauspielerin aus Amerika, für ihre Ansichten, für ihr Leben, für ihre Zukunft?

Katie öffnete die Augen und blinzelte in die gleißenden Lichter der vorübergleitenden Restaurants und Geschäfte. Sie konnte es kaum erwarten, sich bei Melanie zu bedanken und ihr die Eindrücke dieses Abends zu schildern.

Melanie Dawson entdeckte Katie zuerst. Als sie Katie in Begleitung des Oberkellners auf ihren Tisch zusteuern sah, winkte sie eifrig.

Die beiden Frauen umarmten sich. »Du siehst fantastisch aus, Katie!«, bemerkte Melanie. »London bekommt dir offensichtlich.«

»Das sagst du jedes Mal.« Katie lachte.

»Nun, dann wird es wohl auch so sein«, erwiderte Melanie. »Harry ist übrigens der gleichen Meinung. Woran liegt es denn nun? Ist es die Stadt, oder gibt es da –«

»Melanie, hör auf«, unterbrach Katie sie lächend. »Es gibt kein *oder.* Es liegt an London, an meinem Unterricht, an allem Möglichen, aber weiß Gott nicht an einem Mann. Apropos ... wie geht es Harry?«

»Blendend. Er lässt dich grüßen. Zurzeit sitzt er in New York fest. Offenbar hat er dort Probleme mit einem Theaterstück, doch wie ich ihn kenne, kommt er auch ohne mich zurecht.« Melanie gab dem Kellner ein Zeichen und fragte: »Möchtest du etwas trinken, Katie?«

Katie war bereits im Begriff, abwehrend die Hände zu heben, doch dann überlegte sie es sich anders und erwiderte: »Warum eigentlich nicht? Wenn ich es mir recht überlege, ist mir nach einem Glas Champagner zumute. Was hältst du davon?«

»Hervorragende Idee!«, antwortete Melanie und wandte sich an den Kellner, der inzwischen neben ihren Tisch getreten war. »Wir nehmen eine Flasche Veuve Clicquot. Und bringen Sie uns bitte auch die Speisekarte.«

Der Kellner nickte und verschwand.

»Wie war es denn nun im Theater?«, fragte Melanie. »Wie hat das Stück dir gefallen?«

»O Melanie, ich bin noch immer ganz überwältigt. Es war einfach umwerfend! Einzigartig! Etwas Ähnliches habe ich noch nie erlebt. Tausend Dank für die Karte! Ohne dich wäre ich da nie mehr rein gekommen.« Sie strahlte Melanie an. Dann beugte sich vor und flüsterte: »Es gab Stellen, an denen ich geweint habe.« Dann lehnte sie sich wieder zurück und fuhr fort: »Andererseits ... warum sollte man im Theater nicht weinen?

Insbesondere, wenn es in einem Stück um große, dramatische Gefühle geht.« Katie seufzte tief. »Es war wirklich unglaublich ergreifend!« Sie machte eine kleine Pause, ehe sie fortfuhr: »Die Schauspieler waren einwandfrei. Die beste Besetzung, die ich seit langem erlebt habe.«

»Na, solche Kritiken lobe ich mir«, lachte Melanie. »Sattle um, meine Liebe! Fang an, über Aufführungen zu schreiben. Die Schauspieler werden dich dafür lieben, und ich würde dich womöglich sogar noch mehr lieben, als ich es bereits tue.«

Katie grinste. »Du weißt, was ich meine«, sagte sie. »Die Schauspieler waren absolut überzeugend. Sie waren keine Schauspieler mehr, sondern die Personen, die sie verkörperten. – Übrigens, habe ich dir schon gesagt, dass du wundervoll aussiehst?«

»Nein, hast du nicht, doch das sagst du auch jedes Mal.«

Katie gluckste vor sich hin. »Ja, aber es stimmt doch.«

Melanie trug ein dunkelgraues, schimmerndes Seidenkostüm und dazu schwarze Perlenohrringe. Allerdings hätte sie keiner teuren Garderobe bedurft, um Eindruck zu machen, denn sie war eine außerordentlich schöne Frau, mit klassischen Zügen, vollem, schwarzem Haar und dunkelbraunen Augen. Abgesehen davon verfügte sie über eine Ausstrahlung, die Katie nicht näher zu bestimmen wusste. Sie drückte sich nicht nur in Melanies Augen und in ihrem Lächeln aus, sondern auch in ihren Worten und Gesten. Vielleicht hing es mit ihrem Erfolg zusammen.

Der Kellner kam zurück und stellte den Eiskübel ab, in dem die Flasche Champagner steckte. Er schenkte den beiden Frauen ein.

»*Cheers!*«, sagte Melanie. Sie stießen mit ihren Gläsern an und tranken einen Schluck.

»Wie fandest du den Branwell?«, erkundigte sich Melanie.

»Schrecklich!«, erwiderte Katie und fing an zu lachen. »Ich meine natürlich hervorragend. Schrecklich war sein Schicksal. Ich wusste nicht, dass man damals bereits solche Probleme hatte ... ein Mann, der trinkt, spielt, Drogen nimmt und sein Leben sowie sein Talent vergeudet. Es hat mir innerlich wehgetan, seinen Untergang zu verfolgen. Ich wusste zuvor auch gar nicht, dass die Brontës ein schwarzes Schaf in der Familie hatten. In der Regel dreht sich ja immer alles um die Schwestern, besonders um Charlotte. Jonathan Rhyne war jedenfalls ein überzeugender Branwell. Er stand den Schauspielerinnen in keiner Weise nach.«

»Ganz meine Meinung«, entgegnete Melanie. »Wenn ich es mir recht überlege, tut Branwell mir Leid. Es muss schwer für ihn gewesen sein, als die große Hoffnung der Familie zu gelten. Kein Wunder, dass er gescheitert ist! Dennoch ist Emily meine Lieblingsfigur. Vielleicht hängt es damit zusammen, dass ›Sturmhöhe‹ mir von allen Brontë-Werken am besten gefällt. Ich finde es am interessantesten, besser als das, was Charlotte und Anne zu Stande gebracht haben.«

»Ich kenne die Bücher nicht so gut«, gestand Katie. »Doch Emily ist zweifellos eine interessante Frau, nahezu –« Katie hielt inne und nagte an ihrer Unterlippe. »Nahezu unergründlich und geheimnisvoll, würde ich sagen.«

»Genau das war sie«, erklärte Melanie. »Sie wollte nicht einmal, dass ihre Arbeiten veröffentlicht wurden, war stets darauf bedacht, ihre Gedanken für sich zu behalten, wenn du so willst. Wenn du mich fragst, war *sie* jedoch der Freigeist unter den Geschwistern, nicht Charlotte. Zwar war sie ein wenig dem Mystischen verfallen, doch wenn man Yorkshire kennt, wundert einen das nicht weiter. Ich halte sie jedenfalls für die größte Künstlerin der Familie, nein – ich würde sogar weiter gehen und behaupten: Emily Brontë zählt zu den Größten der englischen Literatur überhaupt.«

»Meine Güte, Melanie«, schmunzelte Katie, »du gerätst ja regelrecht ins Schwärmen. Also gut, ich verspreche dir, ›Sturmhöhe‹ endlich einmal zu lesen. Das habe ich mir vorhin im Theater bereits vorgenommen, doch nun –« Als Katie den großen, schlanken Mann bemerkte, der an ihren Tisch getreten war, verstummte sie schlagartig.

»Chris!«, rief Melanie aus. »Chris, mein Schatz! Wie geht es dir?«

Der Mann grinste. »Ich kann nicht klagen. Und selbst?«

»Prächtig, danke der Nachfrage! – Chris, ich möchte dich mit meiner Freundin Katie Byrne bekannt machen. Katie, das ist Christopher Plummer.«

»Hallo«, murmelte Katie verlegen. Der Schauspieler verneigte sich grinsend. Katie lächelte zaghaft zurück.

»Hast du irgendwann Zeit für ein Schwätzchen? Beim Mittag- oder Abendessen?«, hörte Katie Melanie zwitschern. »Wie lange bist du in der Stadt?«

»Ein paar Tage. Ruf mich an, Melanie! Dann machen wir etwas aus.«

Er verneigte sich noch einmal, und ehe er verschwand, wünschte er den Damen einen angenehmen Abend.

»Ich glaube, ich träume«, sagte Katie. »Ich liebe Christopher Plummer!«

»Das hättest du ihm ruhig gestehen sollen«, kicherte Melanie. »Es hätte ihn bestimmt gefreut.«

Katie wurde rot. »Ich hätte nie geglaubt, dass ich in meinem Leben jemals Christopher Plummer persönlich begegnen würde«, murmelte sie. »Er zählt zu meinen Idolen.«

»Er ist der Beste«, stimmte Melanie ihr zu. »Außerdem ist er ein netter Kerl.« Sie ergriff die Speisekarten und reichte Katie eine davon. »Lass uns etwas essen!«, schlug sie vor. »Ich weiß ja nicht, wonach dir der Sinn steht, aber mir ist nach etwas Deftigem zumute. Ich glaube, ich esse ein Steak oder so was Ähnliches.«

»Ein Steak wäre prima«, sagte Katie. »Aber – findest du, das passt zu Champagner?«

Melanie zog ihre Augenbrauen hoch. »Was glaubst du, wie egal mir das ist!«, bemerkte sie. »Möchtest du lieber ein Glas Wein dazu trinken?«

»Nein«, murmelte Katie. »Ich weiß nicht – ich kenne mich in solchen Dingen nicht so gut aus.« Sie errötete erneut.

»Ach, Schätzchen«, sagte Melanie beschwichtigend. »Was glaubst du, wie schnell du das lernst? Und bei mir kannst du sowieso tun und lassen, was du willst.«

»Wie lange bleibst du eigentlich noch in London?«, fuhr Melanie fort, nachdem der Kellner ihre Bestellung aufgenommen und ihnen Champagner nachgeschenkt hatte.

Katie zuckte mit den Schultern. »Das weiß ich noch nicht genau«, erwiderte sie. »Im November kommen meine Eltern auf dem Weg nach Irland bei mir vorbei. Thanksgiving verbringen wir gemeinsam in London. Anschließend besuchen wir meinen Bruder in Oxford. Wir besitzen nämlich ein Genie in der Familie, das dort studiert. Mein Unterricht dauert in jedem Fall noch bis Dezember, was vermutlich darauf hinausläuft, dass meine Eltern mich beschwatzen werden, Weihnachten zu Hause in Connecticut zu verbringen. Was ich danach mache, steht in den Sternen. Vermutlich kehre ich im nächsten Jahr nach London zurück. Ich liebe diese Stadt!«

»Wer tut das nicht?«, entgegnete Melanie zerstreut. Dann räusperte sie sich und trank einen Schluck Champagner. »Ich habe das Stück gekauft, Katie«, erklärte sie unvermittelt.

Katie runzelte die Stirn. »Welches Stück?«

»Welches Stück!«, wiederholte Melanie ungeduldig. »Was glaubst du wohl, wovon ich rede? Das Stück heißt ›Charlotte und ihre Schwestern‹. Du hast es heute Abend auf der Bühne gesehen.«

»Wie bitte?«, frage Katie ungläubig. »Du hast das Stück *gekauft*?«

»Ja«, nickte Melanie. »Ich hatte mir bereits lange vor der Premiere eine Option darauf geben lassen. Vor einer Woche habe ich einen festen Vertrag abgeschlossen und außerdem die Rechte erworben. Na ja, und die Filmrechte auch.«

»Das ist ja – unglaublich!«, stammelte Katie. »Herzlichen Glückwunsch, Melanie! Was sagt Harry denn dazu?«

»Harry ist begeistert. Außerdem freut er sich für mich, denn ich werde die Produktion selbst leiten und überwachen. Das Stück soll im nächsten Jahr am Broadway aufgeführt werden. Ich betrachte es ganz einfach als meinen Beitrag zu diesem Jahrtausend.«

Katie lachte lauthals los. »Du bist wirklich bescheiden, Melanie«, verkündete sie.

»Nicht wahr?« Melanie grinste.

»Ich freue mich auch für dich«, fuhr Katie fort. »Ich weiß ja, wie lange du nach einem großen Stoff gesucht hast. Nun hast du ihn gefunden.«

Als der Kellner die Teller mit den Steaks vor ihnen abstellte, schwiegen die beiden.

Während des Essens erzählte Melanie Katie, wie es zu dem Geschäft gekommen war und wie sie im Weiteren vorzugehen plante.

Später, als sie bei ihrem Espresso saßen, hob Melanie an: »Katie, ich muss dir noch etwas sagen. Das heißt, ich muss dich etwas fragen. Etwas Ernstes.«

Katie erschrak. »Um Himmels willen«, entfuhr es ihr, »du machst mir ja richtig Angst. Was ist es denn? Du klingst, als wolltest du mir einen Antrag machen.«

»Beruhige dich, soweit geht es nun doch nicht«, gluckste Melanie. »Es ist so – also ich möchte, dass du die Rolle der Emily übernimmst, wenn das Stück an den Broadway geht.«

Katie wollte etwas erwidern. Sie öffnete ihren Mund, doch es kam kein Laut hervor. Entgeistert starrte sie Melanie an.

»Katie – mach den Mund zu und sag was! Am besten Ja.«

Katie holte tief Luft. »Melanie«, murmelte sie, »das ist ein wunderbares Angebot und unendlich großzügig – ich kann dir gar nicht sagen, wie –«

»Heißt das, du bist einverstanden?«, fiel Melanie ihr ins Wort. Sie beugte sich aufgeregt vor und ergriff Katies Hand. »Nimmst du die Rolle an?«

»Melanie ... nicht so schnell –« Katie brach ab. »Ich möchte schon ... ich möchte die Rolle übernehmen, sehr gern sogar. Aber, ich weiß nicht ... Lass mich noch einmal nachdenken und darüber schlafen, ja? Ich will dir jetzt nicht spontan zusagen und hinterher meine Meinung ändern –«

Melanie stieß einen abgrundtiefen Seufzer aus und lehnte sich zurück. »So wie beim letzten Mal?«, erkundigte sie sich. Sie führte eine resignierte Handbewegung aus. »Liebes«, fuhr sie fort, »warum lehnst du jede Rolle, die ich dir anbiete, ab? Wenn du die Emily nicht übernimmst, wäre das der dritte Korb, den du mir gibst, und ich müsste mir langsam einmal die Frage stellen, wie ernst es dir mit der Schauspielerei generell ist.«

»Du weißt, dass es mir sehr ernst damit ist«, widersprach Katie. »Nichts ist mir ernster! Die beiden Rollen, die du mir in der Vergangenheit angeboten hast, waren nicht die richtigen für mich, das ist alles. Sogar Harry hat mir darin Recht gegeben, wenn du dich erinnerst. Für die erste Rolle war ich zu alt. Das war etwas für ein junges Mädchen. Bei der zweiten handelte es sich um ein Musical, was mir nicht sonderlich zusagt. Abgesehen davon kann ich nicht gut singen.«

»In der Rolle hättest du kaum singen müssen«, gab Melanie zurück. »Und an den wenigen Stellen, an denen es erforderlich war, hättest du dich wie Rex Harrison aus der Affäre ziehen und die Texte einfach sprechen können. Aber darum geht es im Moment nicht. Für die Emily bist du weder zu alt noch musst du in der Rolle singen. Im Moment geht es darum, ob du am Broadway auftreten willst oder nicht. Das ist das, was du dir überlegen musst, mein Schatz, sonst nichts.«

»Selbstverständlich will ich eines Tages am Broadway auftreten! Ich habe zeit meines Lebens davon geträumt. Es muss aber eine Rolle sein, die zu mir passt, Melanie. Emily Brontë war Engländerin, und ich bin Amerikanerin. Ich weiß nicht, ob sich das so ohne weiteres vereinbaren lässt ... oder sagen wir mal, ich weiß nicht, ob ich das schaffe. Außerdem gibt es noch einen anderen Grund.«

»Und der wäre?«

»Nun …« Katie wandte ihren Blick ab. Leise erklärte sie: »Ich lebe nicht gern in New York.«

»Nanu«, sagte Melanie. Sie musterte Katie eindringlich und setzte hinzu: »Das ist natürlich etwas anderes.«

»Ja«, entgegnete Katie sichtbar unglücklich.

»Gibt es dafür einen bestimmten Grund?«, forschte Melanie. »Du hast doch dort gelebt. Du bist sogar dort aufgetreten und –«

»Melanie«, fuhr Katie dazwischen, »es hat nichts mit dem Theater zu tun. Nichts mit dir, nichts mit dem Stück noch etwas mit der Rolle. Es ist etwas Persönliches.«

»Hat es mit einem Mann zu tun?«

»Nein«, erwiderte Katie. »Jedenfalls nicht so, wie du dir das vorstellst.«

Einen Moment lang überlegte Melanie, ob sie weiter in Katie dringen sollte, doch sie entschied sich dagegen. Allerdings konnte sie es sich nicht verbeißen zu sagen: »Georgette übernimmt übrigens die Rolle der Charlotte, und Harrison Jordan wird mein Branwell sein. Das sind zwei große Namen, Katie. Es würde dir nicht gerade schaden, neben ihnen aufzutreten. Denk sorgfältig darüber nach! Außerdem ist der Broadway nun einmal in New York. Wie willst du dort auftreten, wenn du die Stadt meidest?«

Katie griff nach Melanies Hand. »Ich weiß, dass du es gut mit mir meinst, und ich schätze dein Angebot über alle Maßen. Ich möchte wirklich gern die Rolle der Emily spielen … Doch ehe ich zusage, muss ich sicher sein, dass ich es schaffe.«

Melanies Züge wurden weich. Sie und ihr Mann glaubten nicht nur, dass aus Katie ein großer Star werden würde, sondern sie hatten die junge Frau überdies ins Herz geschlossen, und ihnen lag sehr viel an Katies Wohlergehen.

»Tu, was das Beste für dich ist, mein Liebling«, bemerkte Melanie sanft. »Sag mir morgen, wie du dich entschieden hast. Und schau jetzt nicht so verzweifelt drein. Trink lieber noch ein Schlückchen Champagner!«

Kapitel 15

Xenia Leyburn wanderte in ihrem Arbeitszimmer auf und ab, presste ihr Handy ans Ohr und redete eindringlich auf ihren Gesprächspartner am anderen Ende der Leitung ein. Mit ihrer freien Hand gestikulierte sie wild in der Luft. Mit einem Mal blieb sie abrupt stehen, hörte stumm zu und verdrehte die Augen, bis sie schließlich ungeduldig erklärte: »Natürlich kann ich das umgehend erledigen! Es wäre mir jedoch lieber, ich könnte zuvor noch ein wenig darüber nachdenken. Hör zu, Alan, ich sage dir morgen Bescheid, okay? Entweder per E-Mail oder per Fax. Was ist eigentlich mit den Einladungen? Die müssen doch auch sofort raus oder etwa nicht?«

Als Xenia ein Geräusch vernahm, wandte sie sich um, öffnete die Tür ihres Arbeitszimmers und spähte in den Flur.

Katie hatte gerade die Diele betreten. Xenia winkte ihr zu und widmete sich erneut ihrem Gesprächspartner. »Ja, ja, Alan«, sagte sie, »kein Problem. Jedenfalls für mich nicht. Wir sprechen morgen noch einmal darüber, ich muss jetzt Schluss machen. Bye.«

Xenia verließ ihr Arbeitszimmer und beobachtete,

wie Katie die Vordertür sorgsam mit einer Kette und einem schweren Riegel absperrte und den Schlüssel anschließend zwei Mal umdrehte.

»Warum rückst du nicht den Schrank auch noch vor die Tür, Katie, nur für den Fall, dass unser Alarmsystem ausfällt? Schatz, dieses Haus ist sicherer als Fort Knox, das solltest du inzwischen eigentlich kapiert haben.«

»Vorsicht ist besser als Nachsicht«, erwiderte Katie, doch ihr Lächeln wirkte gekünstelt. »Ich achte stets darauf, dass alle Türen ordentlich verriegelt sind. Das ist so eine Art Angewohnheit.«

»Was du nicht sagst!«, entgegnete Xenia. »Du wirst es nicht glauben, aber das ist mir bereits aufgefallen. Gibt es dafür eine besondere Veranlassung?«

Xenia erkannte, das sich Katies Miene verschloss. Sie entschied sich, das Thema zu wechseln und fragte: »Wie war dein Abend?«

Katie zog ihren schwarzen Mantel aus und hängte ihn in dem großen Garderobenschrank auf. »Fantastisch«, antwortete sie. »Das Stück war unglaublich, wirklich einsame Klasse! Danach war ich noch im *Ivy*. Melanie hatte mich eingeladen.«

»Wie geht es ihr?«, fragte Xenia. Sie durchquerte die Diele und steuerte auf die Küche zu.

»Gut«, erwiderte Katie. »Melanie geht es immer gut.«

»Ich trinke noch eine Tasse Tee, bevor ich ins Bett gehe. Wie steht es mir dir, willst du auch eine?«

»Ich hätte nichts dagegen.« Katie folgte Xenia in die Küche. Sie ließ sich am Tisch nieder und stützte die Ellbogen auf. »Die Besetzung war großartig«, fuhr sie fort. »Ich habe eine Menge über die Brontës erfahren, was ich zuvor nicht wusste. Ich kannte bisher nur die Bücher der drei Schwestern, und das nicht einmal besonders gut.«

Nachdem Xenia Wasser aufgesetzt hatte, gesellte sie sich zu Katie an den Tisch. »Aus deren Leben muss man gar kein Drama *machen*, es war bereits eins. Leidenschaftliche Frauen, die den größten Teil ihres Lebens in einem Nest inmitten der Moorlandschaft von Yorkshire verbrachten – dazu noch in einem Pfarrhaus. Ein Wunder, dass sie nicht wahnsinnig wurden.«

»Woher weißt du, dass es sich bei den Brontës um leidenschaftliche Frauen handelte?«

»Weil ich einen großen Teil meiner Kindheit in Yorkshire verbracht habe, Schätzchen. Dort gelten die Damen als Nationalheldinnen, und wir wissen alles, was es über sie zu wissen gibt.«

»Richtig, ich vergesse immer wieder, dass du einmal eine traurige, kleine Landpomeranze warst, ehe du dich zu einer schicken und eleganten Dame gemausert hast.«

Xenia begann zu kichern. »Klar«, bemerkte sie, »ich bin eine flotte Lady und eine Frau von Welt.« Mit ernsthafter Miene fuhr sie fort: »Doch in meinem Herzen bin ich ein kleines, trauriges Landei geblieben.«

»Und wie kommt es, dass mir das nie aufgefallen ist?«, fragte Katie. »Vermutlich würden auch deine anderen Freunde staunen, wenn sie dich jetzt hören könnten. Wenn ich mich recht entsinne, hast du bereits im zarten Alter von sechs Jahren begonnen, mit deinem Vater in der Weltgeschichte umherzugondeln und in den besten Hotels von London, Paris und New York abzusteigen, während andere noch brav die Schulbank drückten.«

»Du hast Cannes, Nizza, Wien und Los Angeles ausgelassen«, ergänzte Xenia. Als der Wasserkessel ein schrilles Pfeifen von sich gab, sprang sie auf und stellte die Herdplatte ab. Anschließend entnahm sie dem Küchenschrank zwei Becher, hing jeweils einen Teebeutel hinein und goss das kochende Wasser darüber. »Es ist grüner Tee«, sagte sie. »Ich will mich nicht mehr zu sehr aufputschen.«

»Sehr gut«, erwiderte Katie. »Ich hatte genug Aufregung heute Abend.«

Xenia trug die beiden Becher zum Tisch, stellte einen davon vor Katie ab und ließ sich nieder. »Weißt du«, begann sie, »für mich war es gar nicht so leicht, mit der Welt klar zu kommen, selbst wenn ich darin umhergegondelt bin. Nachdem ich die Schule verlassen hatte, war ich auf mich allein gestellt. Und ich bemerkte, dass ich rein gar nichts wusste und mich überhaupt nicht zurechtfand. Was ich in gewisser Weise meinem Vater anlaste und unserem bisherigen Leben.«

»Wieso denn das?« Katie starrte sie über ihren Becherrand hinweg verwundert an. »Könntest du dich etwas genauer ausdrücken?«

»Nun«, erklärte Xenia, »ich brachte einfach nichts zu Stande, was ist daran so schwer zu begreifen? In den Hotels wurde alles für uns übernommen, Briefe aufgegeben, Flüge, Züge, Wagen gebucht, Termine beim Frisör, die nächsten Hotelreservierungen und so weiter und so fort. Wenn es etwas zu erledigen gab, sagte mein Vater: ›Ruf den Empfang an, die machen das für uns.‹ Er war der ernsthaften Überzeugung, dass man sich um nichts in der Welt kümmern muss, solange man den Empfangschef im Hotel kennt.«

Xenia trank ein Schlückchen Tee. »Mir war mit siebzehn nicht einmal klar, wie man einen Brief verschickt, das musst du dir mal vorstellen!«

Katie grinste. »Aus deinem Mund klingt es wie ein Drama, doch ich finde es irgendwie lustig. Außerdem warst du doch gar nicht ausschließlich mit deinem Vater unterwegs. Du hast mir erzählt, dass du zuweilen auch bei deiner Mutter in Yorkshire gelebt hast. Hat sie dich denn nie mitgenommen und dir gezeigt, wo die Post ist und wie das dort funktioniert? Hat sie dir nie etwas Vernünftiges beigebracht?«

Xenia schüttelte den Kopf. »Zuerst einmal lebte meine Mutter in einer entlegenen Ecke Yorkshires, und dort wohnten wir im Haus ihres Onkels, meines Großonkels William, der über eine Dienerschaft verfügte. Außerdem war meine Mutter bereits als kleines Kind schwächlich und ist es zeit ihres Lebens geblieben. Wenn du mich fragst, war es ihr schlechter Gesundheitszustand, der die Ehe meiner Eltern scheitern ließ. Ich vermute, sie konnte meinem Vater nie die Ehefrau sein, die er sich wünschte. Doch wer weiß ... vielleicht war ihre Krankheit auch psychischer Natur. Jedenfalls verbrachte ich in Yorkshire die meiste Zeit mit Timothy Leyburn und seiner Schwester Verity, mit deren Vater meine Mutter wiederum den größten Teil ihrer Kindheit verlebt hatte. Tim, Verity und ich hingen sehr aneinander, und Burton Leyburn war unser Kindheitsparadies. Es ist wunderschön, wirklich außergewöhnlich! Das war ein ganz anderes Leben als bei meinem Vater, der als Weltenbummler und Filmproduzent pausenlos auf Achse war.«

»Er fehlt dir, nicht wahr«, fragte Katie. Sie stellte sich vor, wie schrecklich es für sie wäre, wenn ihr Vater nicht mehr lebte.

»O ja, er fehlt mir. Sehr sogar!«, antwortete Xenia. »Er mag zwar gelegentlich ein wenig verrückt gewesen sein, doch er war ein wundervoller Vater. Und ein ausgesprochen vielseitiger Mensch. Ich bin sicher, du hättest ihn gemocht, Katie. Abgesehen davon sah er fantastisch aus. Er war russischer Emigrant, der als Kind aus

Russland hinausgebracht wurde, in Paris und Nizza bei seiner Mutter aufwuchs und schließlich in Hollywood landete. Meine Güte, wenn ich noch daran denke, wie er danach gierte, sich in London herumzutreiben, sich stets neu einzukleiden, nachts in den Hotelbars zu hocken, zu trinken und zu flirten, zuweilen auch zu spielen – leider – und natürlich danach, Filme zu machen. Danach war er regelrecht verrückt. Und nach mir natürlich. Er vergötterte mich geradezu.«

»Nun, zumindest klingt er nicht wie ein Langweiler.«

Xenia nippte an ihrem Tee und verlor sich in den Erinnerungen an ihren Vater, der starb, als sie zweiundzwanzig war. Einen Moment lang saßen die beiden Frauen schweigend da.

Xenia und Katie hatten sich in New York bei Katies Tante Bridget kennen gelernt und sich auf Anhieb gemocht. Seit zwei Jahren waren sie befreundet, und seit einem Jahr teilten sie sich eine Wohnung in London. Sie entstammten zwar gänzlich unterschiedlichen Elternhäusern, doch das tat ihrer Zuneigung keinerlei Abbruch.

»Sag mal«, begann Katie vorsichtig, »warst du in Tim verliebt? Ich meine, das kommt doch öfter vor, wenn man zusammen aufwächst ...«

Xenia nickte. »Selbstverständlich! Tim war meine große Liebe.«

Katie bemerkte einen verdächtigen Glanz in Xenias hellen Augen, weshalb sie rasch nach einem anderen Thema suchte und erklärte: »Übrigens hat Melanie mich heute Abend mit Christopher Plummer bekannt gemacht. Was sagst du dazu? Er stand plötzlich an unserem Tisch – und ich bin leider feuerrot geworden und brachte kaum einen Ton hervor.«

Xenia begann unwillkürlich zu lachen. Dann hob sie

fragend die Brauen. »Hat sie ihn unter Vertrag? Tritt er in einem ihrer Stücke auf? Bei Melanie würde mich das nicht wundern.«

»Das weiß ich nicht«, antwortete Katie. »Ich glaube eher nicht.« Sie räusperte sich und fuhr fort. »Melanie hat mir heute Abend eine Rolle angeboten.«

»Schon wieder? Was ist es denn diesmal? Na los, sag schon!«

»Eine Hauptrolle in ›Charlotte und ihre Schwestern‹. Die Rolle der Emily.«

»Aber, Katie, das ist doch wunderbar. Wahnsinn! Also wirklich, warum sagst du das jetzt erst? Herzlichen Glückwunsch, mein Engel –«

»Nicht so hastig, Xenia«, unterbrach Katie ihre Freundin. »Für Gratulationen ist es noch zu früh. Ich weiß ja noch gar nicht, ob ich die Rolle annehme.«

»Wie bitte? Na, hör mal, das ist doch wohl nicht dein Ernst! Warum solltest die Rolle denn nicht annehmen? Das ist doch eine unglaubliche Chance. Die solltest du beim Schopf packen.« Xenia schaute Katie fassungslos an. »Wo ist das Problem? Was lässt dich denn auch nur für eine Sekunde zaudern?«

»Nun, ich weiß nicht, ob ich mir die Rolle zutraue. Immerhin war Emily Engländerin, und ich bin Amerikanerin, und außerdem –« Katie verstummte und machte eine hilflose Geste mit den Händen.

»Das ist doch absolut lächerlich«, erklärte Xenia. »Seit wann muss sich denn die Nationalität der Schauspielerin mit der der Bühnenfigur decken? Natürlich kannst du die Rolle spielen! Du bist talentiert, du bist fleißig, du bist ehrgeizig – also, ich weiß beim besten Willen nicht, wo da die Schwierigkeit liegen soll.«

»Das ist sehr nett gesagt, Xenia, aber ... ich fühle mich nun einmal unsicher, was die Rolle anbelangt. Ich muss darüber schlafen. Das habe ich auch Melanie erklärt. Morgen gebe ich ihr Bescheid.«

»Also meiner Meinung nach kommt da nur eine Zusage in Frage«, sagte Xenia noch immer verwundert. »Katie, du *musst* die Rolle annehmen! Sieh mal, eine Zusage bedeutet doch noch nicht, dass du auch gleich den Vertrag unterschreibst. Du kannst später immer noch davon Abstand nehmen. Aber erst einmal gilt es, ja zu sagen und mit beiden Händen zuzugreifen.«

»So etwas würde ich niemals tun. Das wäre äußerst unfair Melanie gegenüber.«

Xenia erhob sich und begann in der Küche auf und ab zu wandern. Schließlich blieb sie stehen. »Ich habe eine Idee«, begann sie. »Du rufst Melanie morgen Früh an und sagst ihr, du würdest die Rolle annehmen. Anschließend reisen wir beide nach Yorkshire. Nur für ein paar Tage. Wir steigen morgens in King's Cross in den Zug und fahren nach Harrogate. Und wohnen werden wir bei Verity in Burton Leyburn.

Am Freitag oder am Samstag fahre ich mit dir nach Haworth. Dort kannst du dich mit dem Geist von Emily Brontë in Verbindung setzen und die wilde, stürmische Moorlandschaft auf dich einwirken lassen, die Emily so sehr liebte und in der sie mit ihrem Hund unzählige Wanderungen unternahm. Wir statten dem *Black Bull* einen Besuch ab, wo sich Branwell zu Tode trank, und wir spazieren durch die Gassen des Dorfes. Wenn du willst, können wir sogar durch das Moor bis nach Top Withens wandern. Das ist zwar eine lange Strecke, doch das Ziel ist es wert. Top Withens ist inzwischen nur noch eine Ruine, doch wie es heißt, war es das Gebäude, das Emily als Vorbild für ›Sturmhöhe‹ diente. Außerdem werden wir das Brontë-Museum besuchen. Dort liegen die Manuskripte der Schwestern, Erinnerungsstücke an ihre Jugend sind ausgestellt, und nicht zuletzt findest du dort auch die Geschichten, die die vier Brontës als Kinder verfassten. Ich habe sie gelesen und kann sie dir wärmstens empfehlen. Sie sind natürlich unter dem Einfluss Byrons entstanden, ausgesprochen melodramatisch, doch eindeutig Vorläufer dessen, was die Schwestern später als Erwachsene zu Papier gebracht haben.« Xenia hielt inne und starrte Katie erwartungsvoll an. »Also, hast du Lust? Ist das nicht eine tolle Idee?«

»Ja, schon ...«, erwiderte Katie gedehnt.

»Katie Byrne!«, hob Xenia ein wenig ungehalten an. »Jetzt hör mir mal gut zu: Wenn du die Gegend gesehen hast, in der die Brontës gelebt haben, das Düstere der Landschaft, den schweren Himmel mit den sturmgepeitschten Wolken, dann wirst du die Schwestern besser verstehen, insbesondere Emily. Dieser Ort ist dermaßen rau, dass er ohne Zweifel einen großen Einfluss auf Emily besaß, auf ihr Wesen, ihr Denken und nicht zuletzt natürlich auch auf ihr Schreiben. Außerdem enthält die Bibliothek von Burton Leyburn jede Menge Literatur über die Brontës, in die du dich nach Herzenslust vertiefen kannst. Nun, sag schon ja!«

Katie schwieg.

»O Katie, was ist denn los mit dir? Was ist denn so schwierig daran?«, rief Xenia ungeduldig.

Katie warf Xenia einen zaghaften Blick zu. Schließlich gab sie sich einen Ruck und nickte. »Na gut, ich komme mit. Tut mir Leid, dass ich gezögert habe. Du bist ein Schatz, Xenia, und dein Angebot ist außerordentlich großzügig, zumal du bis zum Hals in Arbeit steckst. Apropos Arbeit – wie stellst du dir das überhaupt vor? Ich dachte, du müsstest ein riesiges Fest zur Jahrtausendwende arrangieren und hättest damit mehr Probleme, als sich der Mensch vorstellen kann.«

»Stimmt«, grinste Xenia. »Ich hatte weder eine Idee für das Fest noch Räumlichkeiten, die für Sylvester noch nicht vergeben sind. Alan und ich befanden uns bereits in einem Zustand größter Panik und standen vor einem Nervenzusammenbruch. Doch heute erhielt ich die Nachricht, dass ein Paar aus New York, das seine Silberhochzeit feiern wollte, es sich anders überlegt hat – entweder mit der Silberhochzeit oder mit der Party –, woraufhin uns mit einem Mal der große Ballsaal im *Plaza* zur Verfügung steht und das vorrangige Problem gelöst wäre. Anschließend hat Alan für eine Weile Theater gemacht, weil uns kein vernünftiges Thema für das Fest einfiel, doch auch dieses Hindernis ist inzwischen überwunden. Mir ist nämlich eine Idee gekommen.«

»Und die wäre?«

»Wir werden den Ballsaal dem Winterpalast des Zaren nachgestalten, was ich bei aller Bescheidenheit für schlechthin genial halte, im Gegensatz zu Alan, der anfänglich erhebliche Einwände hatte. Dann jedoch hat er unserer Kundin den Plan vorgetragen und diese liebe, gute Dame war hellauf begeistert. Ich rufe ihn morgen an und sage ihm, dass er mich in Yorkshire erreichen kann, falls er mich braucht. Das Tolle ist, dass ich in Burton Leyburn an meinem Entwurf feilen kann, denn das Haus ist wie kein zweites geeignet, mich zu inspirieren. Wenn du es siehst, weißt du, wovon ich spreche.«

Katie begann zu schmunzeln. Sie begriff, dass Xenia ureigene Absichten verfolgt hatte, als sie die Reise nach Yorkshire vorschlug.

»Also abgemacht«, sagte sie. »Lass uns dorthin fahren!«

»Und du übernimmst die Rolle der Emily.«

Katie holte tief Luft. »In Ordnung. Ich rufe Melanie

gleich morgen an, sage ihr vorläufig zu und erkläre ihr, dass ich mich zu weiteren Nachforschungen über die Brontës nach Yorkshire begebe. Schlimmstenfalls bleibt mir nichts anderes übrig, als ihr nach meiner Rückkehr wieder abzusagen.«

Das tust du allerdings nur über meine Leiche, schwor sich Xenia im Stillen.

Kapitel 16

Auf dem ersten Stück ihrer Reise wechselten die beiden Freundinnen nur wenige Worte.

Xenia beschäftigte sich mit den Faxnachrichten und Memos aus ihrem Büro, wohingegen sich Katie in einen Rollentext vertiefte, den sie für ihren Unterricht an der Royal Academy of Dramatic Art zu studieren hatte.

Mittags bestellten sie sich etwas zu essen, und als es ihnen serviert wurde, schauten beide von ihren Unterlagen auf und wirkten sichtlich zufrieden.

»Die Zeit vergeht wie im Flug, wenn man etwas tut, das einem Spaß macht, nicht wahr?«, bemerkte Katie augenzwinkernd.

»Papierkram macht mir aber keinen Spaß«, erwiderte Xenia bereits an einem Brötchen kauend. »Doch meine Sekretärin ist krank, sodass ich ihre Arbeit gleich miterledigen muss. Andererseits will ich mich nicht beklagen, denn unser Geschäft läuft wie am Schnürchen. Weißt du noch, dass ich, als wir uns in New York kennen lernten, gerade mal ein Jahr lang Alans Geschäftspartnerin war? Inzwischen bin ich seit drei Jahren dabei, doch ich kann noch immer nicht fassen, wie erfolgreich wir sind.«

»Wen wundert's?«, murmelte Katie. »Die Feste und

Events, die du planst, sind stets etwas Besonderes. Du und Alan, ihr besitzt das richtige Gespür für diese Dinge, und insofern überrascht *mich* euer Erfolg nicht im Geringsten.«

»Das hast du sehr schön gesagt. Vielen Dank, Katie«, erwiderte Xenia, indem sie einen Löffel ergriff und von der Ochsenschwanzsuppe kostete, die sie geordert hatte. Genüsslich schnitt sie ein zweites Brötchen auf und bestrich es dick mit Butter.

»Sag mal, geht's dir noch gut?«, fragte Katie entsetzt. »Wie kannst du dir die Butter meterdick draufschmieren? Weißt du nicht, wie viel Kalorien die hat?«

»Doch, zumindest so ungefähr. Warum? Findest du mich zu dick?«

»Nein«, erwiderte Katie. »Du bist spindeldürr. Das ist ja das Gemeine!«

Xenia war vierunddreißig, also sieben Jahre älter als Katie, doch das sah man ihr keineswegs an. Xenia wirkte beinahe mädchenhaft, wenngleich ihr Benehmen weltgewandt und kultiviert war. Sie sprach Englisch, Russisch, Französisch und Italienisch, hatte eine ausgezeichnete Schulbildung genossen und besaß hervorragende Kenntnisse in Kunst und Literatur. Dazu kam, dass ihr Vater als Filmproduzent gearbeitet hatte, sodass sie auf diesem Gebiet ebenfalls kaum zu schlagen war.

Als Katie beobachtete, wie gierig sich Xenia über ihre Mahlzeit hermachte, musste sie grinsen. Sie erinnerte sich daran, dass ihr bei ihrer ersten Begegnung vor allem Xenias dichtes kastanienbraunes Haar und die weit auseinander stehenden hellgrauen Augen aufgefallen waren. Ihr blasses, herzförmiges Gesicht war fein geschnitten, mit ausgesprochen hohen, leicht schrägen Wangenknochen, die sie wohl ihrer russischen Abstammung verdankte.

Während Xenia ihr Tomatenomelett verputzte, versuchte sich Katie die Kindheit und Jugend ihrer Freundin vorzustellen, die so völlig anders als ihre eigene verlaufen war. Vieles hielt Xenia allerdings sorgsam unter Verschluss. Katie hatte einmal einen Vorstoß gewagt, um Einzelheiten über das Leben von Xenias Mutter zu erfahren, doch da war Xenia ausgewichen, und Katie hatte beschlossen, das Thema ruhen zu lassen und zu warten, bis ihre Freundin bereit war, es von sich aus preiszugeben.

Im Übrigen war Xenia jedoch sehr mitteilsam und hielt nur mit wenigen Dingen hinter dem Berg. Zuweilen führte ihre Offenheit sogar dazu, dass Katie Gewissensbisse verspürte, denn sie selbst erzählte Xenia kaum etwas von sich. Woher nahm sie also das Recht, Xenia Geheimnistuerei vorzuwerfen, wenn sie selbst die wichtigsten Ereignisse ihres Lebens und die Probleme, die daraus entstanden waren, verschwieg?

»Ich habe mit Verity telefoniert«, sagte Xenia zwischen zwei Bissen und schaute Katie an. »Heute in aller Herrgottsfrühe. Sie steht mit den Hühnern auf, um auszureiten, sodass ich bereits zeitig aus dem Bett musste, um sie zu erreichen. Sie freut sich auf unser Kommen und schickt Lavinia zum Bahnhof, um uns abzuholen.«

»Wer ist Lavinia?«, erkundigte sich Katie.

»Die Tochter von Veritys Köchin Anya. Lavinia stammt aus dem Dorf, ist aber in Burton Leyburn großgeworden. Inzwischen erledigt sie die Schreibarbeit für Verity und übernimmt andere kleine Aufträge, wie beispielsweise Gäste vom Zug abzuholen und so weiter. In Wirklichkeit ist sie jedoch Malerin. Sogar eine ziemlich gute.«

»Ach so«, sagte Katie, »interessant.« Sie lehnte sich zurück. »Übrigens habe ich deinen Rat befolgt. Ich habe

Melanie angerufen. Sie war überglücklich, als ich ihr zusagte. Und deshalb werde ich mich grauenhaft fühlen, sollte ich mir es doch noch anders überlegen.«

»Dieses Thema ist für mich ein für alle Mal erledigt, meine Liebe. Deshalb ist es besser, du hältst jetzt einfach den Mund.« Xenia hatte ihre Sätze kaum zu Ende gesprochen, als sie feuerrot anlief und Katie erschrocken ansah. »Meine Güte!«, murmelte sie kopfschüttelnd. »Wenn meine Großmutter mich jetzt gehört hätte! Sie würde sich im Grab umdrehen. Entschuldige bitte, Katie, das war unmöglich von mir. Ich wollte nicht so schroff klingen. Es tut mir wirklich Leid!«

»Schon gut«, beschwichtigte Katie sie. »Du hast ja auch Recht.« Sie hielt inne und setzte vorsichtig hinzu: »Hast du eigentlich viel Zeit mit deiner Großmutter verbracht?«

Fast rechnete Katie damit, Xenia würde sie abermals abblitzen lassen oder über ihre Frage hinweggehen, wie sie es oftmals tat, wenn Katie das Gespräch auf ihre Familie lenkte, doch das war diesmal nicht der Fall. Stattdessen antwortete sie: »Als ich klein war, ja. – Mein Vater brachte mich zuweilen zu ihr, wenn wir gerade in Paris oder Nizza waren.« Leicht versonnen fuhr sie fort: »Meine Großmutter war eine bemerkenswerte Frau, sehr schön ... oder vielmehr: Man konnte noch sehen, wie schön sie als junge Frau einmal gewesen sein musste. Sie war auch im Alter noch äußerst attraktiv – und dominierend. Die Bezeichnung *grande dame* wird ihr vermutlich am ehesten gerecht. Meine Großmutter starb, als ich siebzehn war. Allmächtiger« fügte sie hinzu, »wenn ich bloß daran denke, welchen Wert sie auf gute Manieren legte! Sie war darin noch schlimmer als meine andere Großmutter, sofern das überhaupt möglich ist.«

In diesem Augenblick trat der Zugkellner mit den Desserts ein. Xenia bat ihn, ihnen zwei Tassen Espresso zu bringen.

»Ich glaube, ich muss noch etwas tun«, erklärte sie schließlich mit einem Seufzer. Sie wandte sich erneut ihren Unterlagen zu.

Katie griff nach ihrem Rollentext, überflog ihn abermals und stellte fest, dass sie ihn bereits beherrschte. Sie ließ die Blätter wieder sinken. Xenia war in ihre Papiere vertieft und schaute nicht einmal auf. Also kuschelte sich Katie in ihren Sitz und blickte auf die Landschaft, die an ihnen vorbeiflog, während der Zug Yorkshire entgegenratterte.

Sie legte ihren Kopf zurück, schloss die Augen und überließ sich ihren Gedanken. Sie versuchte, sich das Anwesen vorzustellen, das sie heute noch erreichten, malte es sich riesengroß und eindrucksvoll aus. Wenn Xenia Burton Leyburn erwähnte, bezog sie sich meist auf die Menschen, die dort lebten – auf Veritys Gärtner Pell, auf Dodie, die Haushälterin, und auf Pomeroy, den uralten Stiefelputzer, der jedoch so gut wie arbeitslos war, weil es kaum noch Stiefel zu säubern und zu polieren gab. Vorhin hatte sie erfahren, dass es in dem Haus noch eine Köchin namens Anya gab, deren Tochter Lavinia im Dorf geboren worden war, sich nun wohl im Haus aufhielt und als Veritys Sekretärin fungierte, gleichzeitig jedoch auch Malerin war. Verity schien allein zu leben – abgesehen von Rex Bellamy, ihrem Freund seit ewigen Zeiten, der bisweilen über Nacht blieb.

Welch eine seltsame Menagerie!, dachte Katie, ehe sie vor sich hin zu dämmern begann und schließlich dank der wohligen Wärme des Abteils und dem sanften Rattern des Zugs eindöste.

Mit lautem Kreischen kam der Zug zum Stehen. Katie fuhr hoch und blinzelte. »Sind wir da?«, fragte sie benommen. »Ist das bereits Harrogate?«

»Nein, meine kleine Schlafmütze! Wir sind erst in Leeds. Große Industriestadt. Zentrum der englischen Textilindustrie, bis etwa zu der Zeit, als die Chinesen in Hongkong anfingen, Billigklamotten zu produzieren oder so ähnlich. Trotzdem florierendes Geschäftsleben. In Leeds, meine ich. Einer der attraktivsten Studienorte dieses Landes. Möchtest du sonst noch etwas wissen?«

»Nein«, lachte Katie. »Übrigens wusste ich das alles schon. Irgendwo habe ich mal was darüber gelesen.«

»Tja, und nun bist du da«, grinste Xenia, indem sie ihren Aktenkoffer zuschnappen ließ. Sie warf einen Blick auf den Gang, in dem sich noch immer Fahrgäste dem Ausstieg entgegendrängten. Danach schaute sie Katie an und erklärte: »Da ist noch etwas, das ich dir mitteilen möchte, Katie. Das heißt, eigentlich muss ich mich entschuldigen, weil ich dir bisher nicht ganz die Wahrheit gesagt habe. Was aber nicht bedeutet, dass ich dich belogen habe. Ich habe lediglich etwas ausgelassen, wobei Verity stets behauptet, das sei bereits eine Form der Lüge.«

Katie starrte Xenia verwundert an. »Ich bin mir nicht sicher, ob ich Veritys Meinung teile, doch bitte tu mir den Gefallen und mach es nicht so spannend!«

Als Xenia schwieg, fuhr Katie aufmunternd fort: »Na, komm schon, sag mir, um was es geht.«

Xenia erwiderte noch immer nichts. Sie schaute Katie nachdenklich an und schien mit sich zu kämpfen.

Unter ihrem ernsten Blick begann sich Katie unbehaglich zu fühlen und sie murmelte: »Du kannst mir *alles* sagen, Xenia. Ich verspreche dir, dass ich mich nicht aufregen werde, ganz gleich, um was es sich handelt. Warum guckst du denn so merkwürdig? So schlimm kann es doch gar nicht sein – oder doch?«

Xenia schluckte einmal und entgegnete leise: »Tim und ich waren verheiratet. Und – wir sind nicht geschieden –« Sie brach ab.

»Oh«, hauchte Katie verblüfft. »Das wusste ich in der Tat nicht. Aber warum –«

»Siehst du«, fiel Xenia ihr ins Wort. »Es ist doch schlimm, dass ich es dir verschwiegen habe, nicht wahr? Du nahmst stets an, ich sei geschieden, weil ich dir immer nur erklärte, ich sei einmal verheiratet gewesen.« Als Katie etwas einwenden wollte, machte sie eine abwehrende Geste und sprach weiter. »Ich habe zugelassen, dass du diesen Schluss ziehst, weil es auf diese Weise einfacher für mich war. Ich konnte – nein, ich *wollte* einfach nicht darüber reden.«

»Du bist also noch mit Tim verheiratet«, sagte Katie. »Aber im Grunde geht mich das ja nichts an.«

»Das ist nicht der Punkt, Katie. Es ist vielmehr so, dass ...« Xenia verstummte abermals. Dann holte sie tief Luft und ergänzte: »Tim ist tot, Katie. Er starb bei einem Autounfall. Es war entsetzlich! Doch ich erzähle das nicht gern, weil ich nicht möchte, dass die Leute mich bedauern, denn in solchen Momenten kommt dann alles wieder hoch. Jedes Mal muss ich furchtbar heulen. Doch jetzt war ich gezwungen, es dir zu erzählen, denn in Burton Leyburn weiß natürlich jeder Bescheid, und innerhalb kürzester Zeit würdest du die Wahrheit von jemand anderem erfahren. Du müsstest mich zwangsläufig für seltsam oder unaufrichtig halten und würdest dir weiß der Himmel was für Gründe für mein Verhalten zurechtlegen und –«

Katie legte ihre Hand besänftigend auf Xenias Finger,

die sich ineinander verkrampft hatten. »Xenia«, sagte sie leise, »ist ja schon gut. Bitte beruhige dich! Ich kann mir vorstellen, wie schwer das für dich ist. Wir müssen nicht weiter davon sprechen. Wenn du mit mir darüber reden willst, bin ich für dich da. Du bist meine Freundin, und du kannst dich auf mich verlassen. Ich verstehe dich besser, als du glaubst.«

»Du bist so einfühlsam«, flüsterte Xenia. Sie drückte Katies Hand. »Bestimmt denkst du jetzt, dass ich eine fürchterliche Geheimniskrämerin bin und ich dir als Freundin längst davon hätte erzählen müssen, oder nicht?«

»Nein, wirklich nicht«, sagte Katie. »Du musst dir keine Vorwürfe machen. Es braucht eben seine Zeit, bis man über manche Dinge sprechen kann.«

Kapitel 17

Die junge Dame, die sie am Bahnhof von Harrogate erwartete, war eine bemerkenswerte Erscheinung. Als sie ihnen entgegenkam, blieb Katie unwillkürlich stehen und starrte sie an. Sie war fast noch ein Mädchen, hoch aufgeschossen und sehr schlank. Sie hatte schwarzes Haar, das sich wie eine eng anliegende Kappe um ihren Kopf schmiegte. Ihre Bewegungen waren graziös und wirkten dennoch kindlich übermütig ...

Katie zwang sich weiterzugehen, doch dann stutzte sie erneut. Die Frau kam ihr seltsam bekannt vor, wenngleich sie wusste, dass sie sie noch nie zuvor gesehen hatte. Sie ließ ihren Blick von den Ballerinas an ihren Füßen zu der schwarzen Hose und dem schwarzen Rollkragenpullover wandern, der unter einer kurzen, weit geschnittenen Wolljacke aus leuchtend rotem Stoff sichtbar wurde.

»Lavinia!«, hörte sie Xenia ausrufen. »Da bist du ja, Süße!« Die beiden Frauen umarmten sich. Xenia ergriff Katie beim Ärmel und zog sie näher. Während Katie die andere noch immer leicht verwundert taxierte, schüttelte sie eine schmale Hand und sagte einige höfliche Worte. Mit einem Mal begriff sie, warum Lavinia ihr derart vertraut erschien. Sie hatte eine nahezu unheimliche Ähnlichkeit mit Audrey Hepburn, sie besaß die gleichen großen, ausdrucksvollen dunklen Augen, die gleichen dicken, aber dennoch wohlgeformten Brauen und das dichte Pony, dessen Fransen ihr tief in die Stirn hingen.

»Kommt, ihr beiden«, hörte sie Xenia sagen. »Ich bin sicher, dass Verity bereits seit Stunden auf uns wartet.«

»Na ja«, lächelte Lavinia, »ganz so schlimm ist es nicht. Allerdings hat sie mir aufgetragen, dafür zu sorgen, dass ihr rechtzeitig zum Tee auftaucht, und du weißt, wie wichtig Verity ihr Nachmittagstee ist. Dieses Ritual darf in keiner Weise beeinträchtigt werden.«

Ohne Xenias Antwort abzuwarten, machte Lavinia kehrt und gab dem Gepäckträger ein Zeichen. Der Mann hatte Katies und Xenias Koffer inzwischen auf einen Wagen geladen und schickte sich an, Lavinia zu folgen.

Auf dem Parkplatz verfrachtete er seine Ladung in den Kofferraum eines weinroten Bentley-Cabrios, dessen cremefarbenes Verdeck jedoch geschlossen war. An der Außenseite der Fahrertür entdeckte Katie etwas, das einem Familienwappen glich, doch ihr blieb keine Zeit, es näher zu betrachten, denn Lavinia berührte sie freundlich am Arm und sagte: »Setz dich doch mit Xenia nach hinten. Dann kann sie dich unterwegs auf alle Sehenswürdigkeiten aufmerksam machen.«

»Zu Befehl, Herr General!« Xenia grinste, zwinkerte

Katie zu und öffnete die Tür, um auf den Rücksitz zu klettern. »Folgen Sie mir, holde Dame!«

»Würdest du denn nicht lieber vorn bei Lavinia sitzen?«, fragte Katie.

»Nein«, entgegnete Xenia knapp. »Ich möchte lieber hinten sitzen und deine Reiseführerin spielen. Lavinia und ich haben später noch jede Menge Zeit, um nach Herzenslust zu tratschen. Außerdem spricht sie während der Fahrt nur wenig, sondern konzentriert sich ganz auf ihre Lieblingsrolle als Chauffeuse, stimmt's, meine Süße?«

Lavinia lachte, doch sie erwiderte nichts, sondern öffnete die Fahrertür, ließ sich hinter dem Steuer nieder und ließ sogleich den Motor an. Katie nahm schleunigst neben Xenia auf dem Rücksitz Platz. Sie saß kaum, als Lavinia den Wagen bereits rücklings aus der Parklücke setzte und wendete. Kurz darauf fädelten sie sich auch schon in den Geschäftsverkehr von Harrogate ein.

Als sie im Zentrum der Stadt an einer weitläufigen Grünfläche vorbeifuhren, tippte Xenia an die Fensterscheibe und erklärte: »Was zurzeit lediglich wie eine langweilige Wiese aussieht, bezeichnet man hier als Stray. Es ist eine Art Freigelände, das der Stadt gehört und im Laufe der Jahrhunderte einige Berühmtheit erlangt hat. Im Moment gibt es da nichts zu sehen, doch im Frühling steht alles voller Krokusse. Das sieht wunderschön aus, wie ein endloser Teppich aus Gelb, Weiß und Violett. Dahinter folgt eine Senke, die in einen Park mündet, der wiederum im Sommer äußerst prächtig ist. Ich bin dort als Kind oft mit meiner Mutter spazieren gegangen.«

Katie folgte Xenias Blicken. Ihre Freundin klang etwas wehmütig. Um sie abzulenken, berührte sie ihren Arm und bat: »Erzähl mir etwas über die Architektur der Stadt. Die Häuser sind einfach wundervoll! Harrogate ist schon ziemlich alt, oder?«

»Ja, vor allem für dich als Amerikanerin!« Xenia grinste. »Harrogate ist selbst für englische Verhältnisse recht alt. Die Häuser, die wir bisher gesehen haben, sind aber lediglich georgianisch. Harrogate verfügt über einige sehr elegante Straßenzüge und Plätze, die sowohl aus den Zeiten von König George und König Edward als auch von Königin Victoria stammen. Die Stadt spielte sogar einmal als Kurort eine Rolle, weshalb hier noch immer sehr mondäne Gebäude, Villen und ein paar superschicke Hotels stehen.«

»Hast du zufällig einmal einen Film gesehen, in dem Vanessa Redgrave und Dustin Hoffman die Hauptrollen spielten, Katie? Der Film hieß ›Agatha‹«, ließ sich Lavinia vernehmen.

»Kommt mir irgendwie bekannt vor«, entgegnete Katie. »Aber ich kann ihn im Moment nicht unterbringen. Warum, was ist damit?«

»Er wurde in den Siebzigerjahren hier gedreht«, antwortete Lavinia. »Und die Ereignisse, auf denen er fußt, fanden ebenfalls hier statt, etwa fünfzig Jahre früher. Es handelt sich um die Geschichte von Agatha Christie, die im Jahr 1926 auf geheimnisvolle Weise verschwand. Damals gab es deswegen ein Riesentheater, weil niemand wusste, wo und wie sie abhanden gekommen war. Kurz darauf wurde sie jedoch hier im *Old Swan Hotel* entdeckt, wo sie unter dem Namen Theresa Neele, der Geliebten ihres Mannes, abgestiegen war. Um Gerüchte einzudämmen, behauptete ihr Verleger später, Agatha Christie sei überarbeitet und einem Nervenzusammenbruch nahe gewesen, habe durch Zufall auf einem Bahnhof ein Reiseplakat gesehen, wo die Attraktionen Harrogates angepriesen wurden, und sei kurz entschlossen in den Zug gestiegen, um hierher zu fahren. Na ja, ich weiß nicht ... Ich glaube, dass dahinter mehr steckte. Jedenfalls ist die Geschichte fast ebenso rätselhaft wie die Kriminalromane, die sie schrieb.«

Katie schaute weiterhin aus dem Fenster und bewunderte die makellose Schönheit der ehrwürdigen Fassaden. Sie wünschte, ein wenig hier bleiben zu können, um in Ruhe durch die Straßen und Alleen zu schlendern. Harrogate besaß einen bezaubernden altmodischen Charme. Außerdem kannte Katie erst wenige Gegenden Englands, denn der einzige Ausflug, den sie seit ihrer Ankunft unternommen hatte, führte sie nach Stratfort-upon-Avon, wo sie sich eine Reihe von Shakespeare-Aufführungen anschaute.

Xenia unterbrach ihre Betrachtungen und erklärte: »Katie, wahrscheinlich fällst du vor Ehrfurcht in Ohnmacht, wenn ich dir sage, dass Harrogate bereits im 14. Jahrhundert gegründet worden ist. Allerdings wurden seine mineralhaltigen Quellen erst 1571 entdeckt, doch schon zuvor kamen Besucher her, um zu kuren. Später wurden die Royal Baths eingerichtet, in denen man sich gegen alle möglichen Zipperlein behandeln lassen konnte. Nach ihrer Eröffnung dauerte es nicht mehr lange, bis der Ort weltberühmt wurde und jedermann hier auftauchte, um zu sehen und gesehen zu werden – königliche Hoheiten samt dem dazugehörigen Adel, Politiker, Künstler, Mätressen und so weiter. Selbst Byron ist einmal hier gewesen, vermutlich um seine Melancholie zu kurieren.«

»Warum ist Harrogate denn heute kein Kurort mehr?«, fragte Katie.

»Was weiß ich?«, erwiderte Xenia. »Nach dem Zweiten Weltkrieg wurden die Bäder stillgelegt. Es ist wirklich eine Schande, dass man alles verkommen lässt.«

»Die Quellen existieren aber noch«, schaltete sich Lavinia ein. »Zumindest behauptet das Verity.«

»Warum werden die Bäder denn dann nicht wieder hergerichtet?«, wollte Katie wissen.

Xenia zuckte die Achseln. »Vermutlich weil die moderne Medizin und unsere vernünftigere Ernährungsweise dergleichen überflüssig gemacht haben.«

Als sie einen Hang hinunterfuhren, der in eine schnurgerade Landstraße überging, verkündete Lavinia über die Schulter: »Gleich kommen wir in die Dales, Katie. Eine unvergleichliche Landschaft, du wirst schon sehen.«

»Wie weit ist es noch bis Burton Leyburn?«

»Nicht mehr weit«, erwiderte Xenia. »Wir fahren noch etwa eine Stunde. Lehn dich also zurück, mein Schatz, und genieße die Aussicht!«

Wenngleich es bereits Oktober war, schimmerten die Dales noch im Grün des vergangenen Sommers, eine sanft gewellte Landschaft, die von Steinmauern durchzogen war. Auf kleinen Wiesen grasten vereinzelte Schafherden. Die Bäume hatten ihr Laub noch nicht abgeworfen und bildeten eine Allee, unter deren Blätterdach der Wagen hinwegbrauste.

Katie hatte ihre Nase an die Fensterscheibe gepresst und sog den Anblick der ländlichen Gegend geradezu auf. Wie üppig und fruchtbar hier alles war!, dachte sie, vollkommen anders, als sie es sich vorgestellt hatte. Vor ihrem inneren Auge erschien Yorkshire stets als düstere, abweisende Moorlandschaft, hervorgerufen durch die flüchtige Lektüre der Brontës, die ihre Heimat, die Umgebung von Haworth, so eindrucksvoll geschildert hatten.

Xenia hatte Katie auf der Zugfahrt darüber unterrichtet, dass sie plane, Haworth am folgenden Tag zu besichtigen. Katie verspürte eine gewisse Aufregung bei dem Gedanken, den Ort aufzusuchen, wo Emily ihr Leben verbracht hatte. Aber sie durfte nicht in letzter Minute die Nerven verlieren, sondern musste sich der Emily behutsam annähern, denn dass ein Theaterstück wie »Charlotte und ihre Schwestern« ihre große Chance bedeutete und ihr nicht alle Tage ein solches Angebot gemacht wurde, musste ihr niemand zweimal sagen.

Wenn sie Melanie Dawson abermals einen Korb gäbe, setzte Katie ihre Überlegungen fort, würde ihre Freundin und Gönnerin sie aller Voraussicht nach nie mehr für eine Rolle empfehlen. Melanie und ihr Mann Harry hatten Katie vor einigen Jahren in einem Stück entdeckt, das in einem der kleineren Theater New Yorks aufgeführt wurde. Seitdem hatten sie an Katies weiterer Entwicklung regen Anteil genommen und sie nicht mehr aus den Augen gelassen. Auch nachdem Katie nach London gezogen war, hatten sich die beiden rührend um sie gekümmert, sie ins Theater ausgeführt, in edle Restaurants ... Sie hatten ihr stets zu verstehen gegeben, dass sie an ihre Begabung glaubten, sie für etwas Besonderes hielten. Sie durfte ihre Freunde auf keinen Fall enttäuschen.

Katie konzentrierte sich erneut auf die Landschaft, die draußen vorbeiraste. Die Kathedrale von Ripon hatten sie bereits hinter sich gelassen. Auf einem Straßenschild las Katie, dass sie sich nun einem Ort namens Middleham näherten.

Wie ruhig und anheimelnd die kleinen Dörfchen wirkten, wie lieblich – sie bildeten den denkbar größten Gegensatz zu einer hektischen Großstadt wie New York. Katie unterdrückte einen Seufzer und wünschte, es würde ihr nicht derart widerstreben, dorthin zurückzukehren. Womöglich wären ihre Bedenken, die Rolle der Emily zu übernehmen, weniger schwer wiegend, wenn das Stück nicht in dieser Metropole aufgeführt würde.

Katie zwang sich abermals, sich vor Augen zu halten, wie viel die Rolle für sie bedeutete. Es war das beste Angebot, was sie jemals bekommen hatte. Den englischen Akzent würde sie zweifellos meistern, überlegte sie. Die Rolle reizte sie sehr – im Gegensatz zu jenen, die Melanie ihr zuvor offeriert hatte.

Emily Brontë am Broadway zu spielen, würde ihr zu einem unvergleichlichen Durchbruch verhelfen. Andererseits wäre sie dadurch gezwungen, in eine Welt zurückzukehren, die ihr Angst einjagte. Katie spürte, wie sich etwas in ihrer Brust zusammenkrampfte und das mittlerweile vertraute Unbehagen hervorrief, das sie bei dem Gedanken an New York stets erfasste. Sie atmete tief durch und versuchte, sich von der Erinnerung an die Vergangenheit zu befreien, den Schmerz zu verdrängen, die Bilder von Carly und Denise auszulöschen, die sich immer wieder in ihr Blickfeld schoben. Doch es gelang ihr nicht. Ohne etwas wahrzunehmen starrte Katie auf die vorbeiziehende Landschaft. *Denise und Carly, meine liebsten Freundinnen, die mein Leben nicht mehr teilen, aber dennoch nie aus meinen Gedanken und aus meinem Herzen verschwinden.* Sie holte noch einmal tief Luft und lehnte sich zurück. Sie wartete darauf, dass ihre Beklemmung nachließ, so wie sie es nach einer Weile für gewöhnlich tat.

Katie hörte, wie Xenia sagte: »Wenn wir über den Hügel da vorn hinweg sind, befinden wir uns auch schon in Middleham. Das ist das nächste hübsche Städtchen, Katie. Übrigens sehr geschichtsträchtig.«

»Ich habe davon gehört«, murmelte Katie abwesend.

Sie räusperte sich und fuhr mit normaler Stimme fort: »Ich weiß, dass Richard III. im Schloss von Middleham aufwuchs und das Anwesen später recht berühmt wurde.«

»Bravo, Katie! Stimmt genau. Ein Ort der Macht und des Einflusses, und das alles in der Hand eines einzigen Mannes, der bestimmte, wer in England König wurde und wer nicht. Richard Neville, der Earl of Warwick, ein Mensch aus unserem schönen Yorkshire und ein bedeutender Politiker. Nach dem Rosenkrieg hat er seinen Cousin Edward auf den Thron gehievt und im Hintergrund weiterhin die Fäden gezogen. Ein ausgesprochen kluger Mann.« Xenia stieß Katie in die Seite und rief: »Schau, da hinten! Siehst du die Ruinen? Lavinia, fahr etwas langsamer, damit Katie einen besseren Blick darauf hat!«

Lavinia tat wie geheißen, sodass sie beinahe im Schritttempo an dem verfallenen Schloss vorbeifuhren. »Wenn du möchtest, Katie«, sagte sie, »fahre ich dich in den nächsten Tagen gern noch einmal hierher. Doch jetzt muss ich ein wenig Gas geben, sonst kommen wir zu spät, und Verity reißt mir den Kopf ab.«

»Vielleicht komme ich auf dein Angebot zurück«, erwiderte Katie, die nach draußen spähte, um die berühmten Ruinen zu betrachten. Im allmählich verschwindenden Tageslicht, in dem die Schatten länger wurden, sahen sie gespenstisch und bedrohlich aus.

Katie überlief ein Schauder. Es kam ihr vor, als habe eine kalte Hand nach ihr gegriffen. Sie musste sich des Gefühls einer bösen Vorahnung mit aller Macht erwehren.

Nachdem sie die Schlossruinen hinter sich gelassen hatten, stieg die Straße, die aus Middleham hinausführte, an und schlängelte sich wenig später durch eine karge Moorlandschaft. Die Sonne war inzwischen untergegangen, und der blaue Himmel verblasste. Heftige Windstöße trieben weiße Wolkenfetzen vor sich her, in denen Vögel aufstiegen und sich anschließend im wilden Sturzflug treiben ließen. Sie schienen die einzigen Lebewesen zu sein, die die leere Landschaft bevölkerten.

Nach einer Weile wurde die Straße gerade und führte wie eine Naht durch das Moor, bis sie schließlich ein wenig bergab führte und der Wagen abrupt in ein grünes, fruchtbares Tal eintauchte. Uralte Bäume säumten den Weg, und Katie erkannte abermals die typischen Steinmauern, die die Felder der Umgebung begrenzten. Inmitten der blassgrünen Wiesen machte Katie das schimmernde Band eines Flusses aus, der sich in Richtung Norden wand.

Zehn Minuten später erschienen die Umrisse des nächsten Dorfes am Horizont. Katie sah ein Schild am Straßenrand vorbeihuschen, auf dem *Burton Leyburn* stand.

Sie warf Xenia einen kurzen Blick zu und sagte: »Hey, wir sind da, nicht wahr?«

»Noch nicht«, gab Xenia grinsend zurück. »Sei nicht so ungeduldig! Das Haus liegt ein wenig außerhalb des Dorfes.«

»Du bist doch diejenige, die mich dermaßen neugierig gemacht hat!«, wendete Katie ein und zwinkerte ihrer Freundin zu.

Xenia lächelte viel sagend, sagte jedoch nichts mehr.

Im fahlen Tageslicht erkannte Katie, dass es sich bei Burton Leyburn um ein malerisches Dörfchen handelte, das aus einer Ansiedlung hellgrauer Steinhäuser bestand. In den Gärten entdeckte sie die Farbtupfer von Blumenbeeten, dunkle Asternbüschel und gelbe Chrysanthemen.

Flüchtig nahm sie ein kleines Postgebäude wahr, außerdem mehrere Läden, ein Pub namens *White Heart* und eine hübsche alte Kirche aus dem typischen hellgrauen Gestein, mit eckigem normannischem Turm und Bleiglasfenstern. Menschen waren kaum zu sehen, ebenso wenig wie andere Autos, sodass der Ort insgesamt recht verlassen wirkte.

Als Katie den beiden Frauen ihren Eindruck mitteilte, brachen sie in lautes Gelächter aus. »Wenn du dich da bloß nicht täuschst, Katie«, kicherte Lavinia. »Es ist lediglich Teezeit, und die Dorfbewohner sitzen alle schön gemütlich zu Hause an ihrem Kamin.«

Am Ende der Hauptstraße bog Lavinia links ab und verlangsamte ihre Geschwindigkeit, um einem schmalen Weg zu folgen, der jedoch gleich darauf in eine breite Auffahrt mündete. Sie fuhr zügig weiter, bis sie vor zwei hohen, schwarzen Eisentoren anhielt, die von mächtigen Steinsäulen eingerahmt wurde. Auf ihnen thronten steinerne Hirsche.

Die Tore waren geschlossen. Lavinia erklärte: »Wartet einen Moment! Pell muss bereits abgeschlossen haben. Ich springe schnell raus.«

»Du bleibst sitzen«, befahl Xenia, während sie bereits ihre Tür öffnete und blitzschnell aus dem Wagen hüpfte. »Ich mache das nämlich so gern«, rief sie nach hinten. Katie sah sie ein Gebüsch zerteilen und mit einer kleinen Metallsäule hantieren. Gleich darauf saß Xenia schon wieder neben ihr.

Langsam schwangen die Eisentore auf.

Mit aufheulendem Motor preschte Lavinia vor und fuhr die Auffahrt hinauf, die – wie Katie feststellte – einer breiten Allee glich. Uralte Bäume, deren Stämme dicht mit Moos bewachsen waren, säumten sie zu beiden Seiten. Zu Katies Erstaunen entdeckte sie zwischen den Bäumen Hirsche und Rehe, die gemächlich umherstreiften und in ihr das Bild einer ungestörten, geradezu vorzeitlichen Idylle wachriefen.

Xenia erkannte Katies erstaunten Blick und bemerkte: »Ich vergaß zu erwähnen, dass Burton Leyburn inmitten eines Wildgeheges angelegt wurde. Das war bereits so, als Elizabeth I. das Land Robert Leyburn vermachte, der später sein Haus darauf errichtete. Zurzeit dürften hier vermutlich an die fünfzig Hirsche und Rehe leben.«

Katie erinnerte sich an das Wild, das die Bäume im Garten ihrer Mutter beschädigt hatte, verbiss sich jedoch eine entsprechende Bemerkung. »Wie alt ist das Anwesen denn?«, erkundigte sie sich stattdessen.

»Es wurde 1577 vollendet. Zumindest ist das die Jahreszahl, die über dem Haupteingang steht. Es ist also über vierhundert Jahre alt. Warte noch eine Sekunde, dann kannst du es erkennen. Es ist ausgesprochen ansehnlich.«

In diesem Augenblick endete die baumbestandene Auffahrt, und vor Katie erstreckte sich ein flaches Parkgelände, an dessen Ende ein Gebäude aufragte. Es als »ausgesprochen ansehnlich« zu bezeichnen, war nach Katies Ansicht die Untertreibung des Jahres.

Im ersten Moment hätte Katie allerdings nicht zu sagen gewusst, wie sie das Gebäude treffend beschreiben könnte. Es handelte sich weder um ein Landhaus noch um ein Herrenhaus und ebenso wenig um ein Anwesen. Burton Leyburn ging weit darüber hinaus. Für Katie war es ein Familiensitz, dessen großartige Pracht selbst aus der Ferne nicht zu übersehen war.

Zu ihrer Enttäuschung hatte Katie jedoch nicht die Möglichkeit, das Gebäude ausgiebig zu bewundern, denn Lavinia schwenkte überraschend nach rechts und holperte gleich darauf über einen schmalen, unebenen

Weg in einen gepflasterten Innenhof, auf dem sie den Bentley zum Stillstand brachte.

»Das sind die Ställe, Katie«, erklärte sie und stellte den Motor ab. »Und jetzt huschhusch, meine Damen! Wir haben uns bereits verspätet. Um das Gepäck kümmern wir uns später.«

»Tut mir Leid, dass du den Hintereingang benutzen musst«, grinste Xenia, während sie aus dem Wagen kletterte. Katie stieg hinter ihr ins Freie. Xenia ergriff ihren Arm und führte sie über das Kopfsteinpflaster.

Katie vernahm leises Schnauben und Wiehern, blickte über ihre Schulter zurück und erkannte zwei schmale Pferdeköpfe, die sich neugierig über die Stalltüren reckten, außerdem dunkle Augen, die in der Dämmerung glänzten. Im nächsten Moment spürte sie, dass Xenia sie am Ärmel zog. Vor ihr wurde eine Tür aufgestoßen, und Katie betrat das Innere des Hauses.

Kapitel 18

Als Katie mit Xenia die Diele betrat, drang ein Gewirr der unterschiedlichsten Geräusche an ihre Ohren. Der Flur diente zur Aufbewahrung verschmutzter Stiefel und Regenkleidung, wie sowohl die aufgereihten Reit- und Gartenstiefel als auch die Garderobe mit zahlreichen Regenumhängen, Trenchcoats und dicken Wollmänteln bewiesen.

Eine Frauenstimme, die in einer fremden Sprache sang, ging im Geklapper von Geschirr, Stimmengemurmel, dem Pfeifen eines Wasserkessels und dem aufgeregten Bellen eines Hundes beinahe unter. Die Geräusche entstammten eindeutig einer nahe gelegenen

Küche, aus der wundervolle Düfte herüberwehten. Katie schnupperte und musste unwillkürlich an ihr Zuhause in Connecticut denken.

»Das ist Anya, die da singt«, erklärte Xenia, während sie Mantel und Halstuch ablegte und an einen Haken hing. »Du wirst sie bald kennen lernen. Zuerst müssen wir uns allerdings schnellstens zu Verity begeben. Sie ist vermutlich bereits ein wenig kribbelig.«

Katie schälte sich aus ihrem Mantel, hängte ihn auf und strich die Jacke ihres weinroten Hosenanzuges glatt. Sie warf einen Blick auf ihre Armbanduhr. »Es ist doch erst kurz nach fünf«, entgegnete sie verwundert.

»Eben!«

»Das mit der englischen Teezeit werde ich nie begreifen!«, seufzte Katie. »Die einen bestehen auf vier Uhr nachmittags, die anderen auf fünf –«

»Und hier besteht man auf Punkt Viertel vor fünf«, antwortete Xenia. »Zu Abend isst man in diesem Haus um halb neun. Allerdings sieht Verity den Menschen ein, zwei Minuten Verspätung nach. Lavinia ist im Grunde diejenige, die einen tierischen Aufstand macht, wenn es um den Nachmittagstee geht. Sie schiebt Verity nur vor. Also, los, Schatz, folge mir unauffällig!«

Katie schritt hinter Xenia über einen langen Korridor, der trotz der Lämpchen, die in regelmäßigen Abständen an den Wänden glühten, einen düsteren Eindruck erweckte. Wenig später mündete er in eine riesengroße Eingangshalle, die vom gleißenden Licht eines mächtigen, aus Holz geschnitzten Kandelabers erfüllt wurde.

Xenia wandte sich zu Katie um. »Durch diesen Eingang hättest du eigentlich hereinkommen sollen. Wie findest du die Halle? Ist sie nicht hübsch?«

»Xenia! Jetzt reicht es allmählich mit deinen Untertreibungen!«, rief Katie aufgebracht. »Das ist die großartigste Halle, die ich jemals gesehen habe!« Sie warf einen Blick in die Runde, nahm die hohen Bleiglasfenster wahr, die mächtigen Deckenstreben, die schwere Bodenvase mit dem üppigen Strauß bunter Chrysanthemen, den langen Eichentisch und die wundervollen, ein wenig verblassten Behänge an den Wänden.

»Im Sommer«, fuhr Xenia ungerührt fort, »nehmen wir den Tee entweder im Blauen Salon oder auf der Terrasse ein. Das hängt jeweils vom Wetter ab. Doch ab Ende September wird der Tee im Großen Salon im Obergeschoss getrunken, eine Sitte, die Veritys Urgroßmutter einführte, wenngleich kein Mensch weiß warum. Wahrscheinlich mochte sie den Großen Salon einfach. Schaffst du es noch die Treppe hoch oder willst du hier stehen bleiben und Löcher in die Luft starren?«

»Ich habe mich lediglich umgeschaut«, verteidigte sich Katie.

Während sie die breite geschwungene Treppe ansteuerten, hallten ihre Schritte laut auf dem Steinboden wider.

Katies Blicke wanderten von den blank polierten dunklen Eichenstufen zu dem verschlungenen Holzgeländer und zu den Familienportraits der Leyburns, die sich an der Wand entlang aufreihten. Sie wäre gern stehen geblieben, um die Bilder eingehender zu betrachten, doch das wagte sie nicht, zumal Xenia ihr in unübersehbarer Eile vorauslief.

Als Katie die oberste Stufe erreichte, wartete Xenia bereits ungeduldig und fragte: »Was ist denn los mit dir? Warum guckst du so eigentümlich aus der Wäsche?«

»Nichts«, antwortete Katie. »Mir ist nur gerade eingefallen, dass ich noch nicht einmal Veritys Nachnamen kenne. Den hast du mir bisher nicht verraten. Wie soll ich sie denn überhaupt ansprechen?«

»Das ist wirklich ein Riesenproblem! Seit ihrer Heirat ist sie Lady Hawes, doch sie möchte nicht, dass man sie mit diesem Namen anspricht. Ich nehme an, das hängt damit zusammen, dass sie von ihrem Mann bereits wieder geschieden ist. Du kannst sie ruhig Verity nennen. Was glaubst du eigentlich, mit wem du es zu tun hast?«

»Ich kann sie doch nicht einfach mit dem Vornamen anreden. Das käme mir ausgesprochen unhöflich vor.«

»Es macht ihr aber nichts aus. Im Gegenteil! Es ist ihr sogar lieber.«

Katie schüttelte den Kopf. »Das werde ich auf keinen Fall tun. Ich werde Lady Hawes sagen.«

»Tu was du für richtig hältst!«, erwiderte Xenia schnippisch. »Du wirst jedoch sehen, dass Verity das nicht gerade gefallen wird.« Sie überquerte die Galerie, zog eine große Doppeltür auf und winkte Katie herbei. »Das ist der Große Salon«, verkündete sie.

Welch eine zutreffende Bezeichnung!, dachte Katie, als sie den Raum betrat. Ihr Blick richtete sich automatisch in die Höhe, auf die hohe, luftige Decke, die mit Medaillons und pastellfarbenen Stuckgirlanden verziert war. Darunter befanden sich riesengroße Fenster, die bis kurz unter die Decke reichten. Drei von ihnen unterteilten die Stirnwand des Raumes, wovon zwei in niedrigen Sitzbänken endeten. Das Mittelfenster bildete einen Erker, in dessen Scheiben das Wappen der Leyburns eingraviert war.

Es musste wundervoll sein, sich hier an sonnigen Tagen aufzuhalten. An diesem späten Oktobernachmittag wurde der Raum hingegen von dem lodernden Feuer im Kamin und sanftem Lampenlicht durchdrungen, das sich in den dunklen Fensterscheiben widerspiegelte.

Katie nahm den Duft von getrockneten Rosen und Duftkerzen wahr und erblickte zwei schlanke Bodenvasen, in denen bernsteingelbe und rostrote Chrysanthemen zwischen kupferfarbenen Blättern und zartgelben Rosen aufleuchteten.

Die Farbe, die den Raum beherrschte, war jedoch ein sanftes, cremiges Weiß, das durch blasse Grün- und Rosatöne und schwarze Farbtupfer ein wenig aufgelockert wurde. Katies Blick blieb an den schweren Sofas und Sesseln hängen, die mit weißgoldenem Seidenbrokat bezogen waren, und wanderte anschließend zu den zierlichen Beistelltischen und antiken Truhen, die im Raum verteilt waren. An einer Wand befand sich ein wunderschöner Sekretär mit zierlich geschnitzten Seitentüren und elegant geschwungenem Aufsatz. Darüber hingen Gemälde, die ausnahmslos weibliche Mitglieder der Familie Leyburn in prächtigen Gewändern darstellten.

Zuletzt erst entdeckte Katie die Frau, die neben dem Kamin saß, sich nun erhob und mit ausgestreckten Armen und leuchtenden Augen auf sie zukam.

Sie und Xenia fielen sich in die Arme.

»Und Sie müssen die berühmte Katie Byrne sein«, erklärte sie. »Von der ich bereits unendlich viel gehört habe.« Sie ergriff Katies Hand und drückte sie herzlich. »Ich bin so froh, dass Xenia Sie mitgebracht hat! Ich wollte Sie schon lange einmal kennen lernen.«

»Die Freude ist ganz auf meiner Seite«, hörte sich Katie sagen. »Ich danke Ihnen, dass Sie mich eingeladen haben, Lady Hawes.«

»Oh, nein, nein, nein, bitte keinerlei Förmlichkeiten! Ich heiße Verity. Das ist der einzige Name, auf den ich höre. Ich hoffe, ich darf auch Katie sagen – im Grunde wäre es mir am liebsten, wir ließen alles Getue bleiben und gingen gleich zum Du über. Dann redet es sich doch gleich viel unbefangener, nicht wahr?«

»Natürlich«, beeilte sich Katie zu versichern. »Ich dachte nur ... nun gut, Verity –« Ein wenig betreten brach sie ab.

Verity lachte vergnügt auf. »Kommt, ihr beiden, setzt euch zu mir an den Kamin! Es ist zwar noch nicht sehr kalt draußen, aber am Feuer ist es doch am gemütlichsten.«

Katie nickte stumm, suchte sich einen der Sessel aus und ließ sich nieder.

»Ich finde es *immer* sehr anheimelnd bei dir, meine Liebe«, erklärte Xenia. Sie umarmte Verity erneut und sank danach in einen Sessel. Dann beugte sie sich vor, beäugte das Teetablett, das vor ihr auf einem Tischchen stand, und prustete los. »Was sind denn das für schlimme Leckereien, Verity? Ein Stück so sündhaft wie das andere. Scones mit Schlagsahne und Anyas selbst gemachtem Erdbeergelee, Biskuitcreme mit Himbeerkonfitüre, Eclairs mit dickem Schokoguss ... Mir läuft das Wasser im Mund zusammen, doch ich fürchte, ich werde mich mit den kleinen harmlosen Sandwich-Häppchen begnügen und eine Tasse Tee mit Zitrone trinken. Was ist mir dir, Katie? Worauf hast du Lust?«

»Ich esse ein kleines Gurkensandwich«, antwortete Katie. »Die anderen Dinge setzen sich sofort auf meinen Hüften fest, fürchte ich, so verführerisch sie auch aussehen.«

»Papperlapapp!«, rief Verity. »Ihr seid beide spargeldünn und müsst euch nun wirklich keine Gedanken um eure Figur machen. Stellt euch also bitte nicht so an, sondern langt kräftig zu! Ihr müsst doch vollkommen ausgehungert sein, und bis zum Abendessen dauert es noch eine Weile.«

Verity ergriff die Teekanne und schenkte ihren Besucherinnen ein. Über Xenias Tasse drückte sie einen Zitronenschnitz aus. Dann schaute sie Katie an und fragte: »Möchtest du lieber Milch in deinen Tee?«

»Nein, danke, ich nehme auch ein bisschen Zitrone.«

In diesem Augenblick flog die Tür auf, und Lavinia kam in den Raum gestürmt.

»Tut mir Leid, dass ich zu spät bin«, erklärte sie ein wenig atemlos. »Doch ich musste zuerst noch etwas erledigen.«

Lavinia hatte ihre rote Jacke abgelegt und ihr Make-up aufgefrischt, sodass sie in ihrem schwarzen Aufzug der jungen Audrey Hepburn noch stärker glich als zuvor. Katie überlegte, dass die Schauspielerin wohl so ausgesehen haben musste, als sie ihre ersten Rollen annahm. Lavinia besaß die gleiche Ausstrahlung aus mädchenhaftem Liebreiz und knabenhafter Ausgelassenheit.

In ihren Händen hielt Lavinia einen Aktenordner. »Verity«, begann sie, »hier sind die Briefe, die ich vorhin vergessen habe dir zu geben. Es eilt jedoch nicht. Du kannst sie auch nachher noch unterschreiben, ich schicke sie ohnehin erst morgen ab.« Sie legte den Ordner auf einem der Beistelltische ab und gesellte sich zu ihnen.

»Ich bin eben Pell begegnet«, fuhr Lavinia fort. »Er behauptet, morgen würde es bitterkalt werden. Zwar wird er wie immer übertreiben, aber dennoch solltet ihr euch warm verpacken, wenn ihr nach Haworth fahrt. Da draußen im Moor bläst der Wind nämlich ganz schön.«

»Ich dachte, du würdest erst am Samstag mit Katie nach Haworth fahren«, wandte sich Verity an Xenia. »Es gibt nämlich verschiedene Dinge, die ich gern mit dir besprechen möchte, und eigentlich hatte ich mir dafür den morgigen Vormittag freigehalten. Samstag bin ich nämlich bereits vollkommen ausgebucht und habe alle Hände voll zu tun ...« Sie nahm in einem Sessel Platz, schlug die Beine übereinander und schaute Xenia ein wenig entschuldigend an. »Tut mir Leid«, murmelte sie. »Vergiss, was ich gerade gesagt habe. Ich will mich auf keinen Fall in eure Pläne einmischen.«

»Das ist doch absolut unproblematisch, Verity«, erwiderte Xenia. »Wir können ebenso gut am Samstag nach Haworth fahren. Dann wird sich Katie eben morgen hier in der Bibliothek in die Literatur über die Brontës vertiefen, sofern dir das recht ist, Katie.«

»Selbstverständlich«, entgegnete Katie. »Für mich spielt es keine Rolle, wann wir Haworth besichtigen. Wir können auch am Sonntag hinfahren, wenn euch das besser passt.«

»Und uns Anyas unglaubliches Sonntagsessen entgehen lassen? Nie und nimmer!« Xenia grinste.

Lavinia schenkte sich eine Tasse Tee ein, legte sich eine Cremeschnitte auf den Teller und ließ sich auf einem kleinen gepolsterten Schemel nieder.

Für einen Augenblick schwiegen die Frauen und widmeten sich andächtig den süßen Naschereien.

Katie aß nur wenig. Danach lehnte sie sich in ihrem Sessel zurück und ließ die wohlige Wärme und die Eleganz ihrer Umgebung auf sich wirken. Die Tradition des Hauses war geradezu spürbar, und eine tiefe Ruhe überkam sie. Bis auf das Knistern des Feuers und das leise Ticken einer großen silbernen Uhr auf dem Kaminsims war kein Laut zu vernehmen. Katie merkte, wie sie sich entspannte. Sie legte ihren Kopf zurück und ließ ihre Blicke über eine Reihe in Silber gerahmter Fotografien gleiten, die um den Kamin herum angeordnet waren. Sie wäre gern aufgestanden, um sie sich näher anzuschauen, doch sie befürchtete, dass Verity dies als ungehörige Neugierde auffassen könnte. Später würde sie sich die Menschen auf den Fotos einmal in Ruhe anschauen.

Als Nächstes wanderten Katies Blicke zu ihrer Gastgeberin hinüber. Einen Moment lang musterte sie Verity verstohlen. Sie war wirklich elegant und sehr schön. Veritys Haar war von einem hellen Blond, das beinahe schon einen silberfarbenen Ton annahm und ihr bis auf die Schultern reichte. Ihr etwas eckiges Gesicht besaß klare Züge, in dem vor allem die großen hellblauen Augen unter den geschwungenen Brauen auffielen. Veritys Körper war schlank, wirkte jedoch fest und durchtrainiert, und ihre Kombination aus enger, grauer Hose und weitem, weißem Seidenhemd verlieh ihr eine Note vornehmer Lässigkeit. Katie stellte fest, dass Verity zwar eine goldene Armbanduhr an dem einen und mehrere schmale Goldarmbänder an dem anderen Handgelenk trug, jedoch keinerlei Ringe. Lediglich eine lange Perlenkette und kleine Perlenohrringe hatte sie angelegt. Doch trotz der schlichten Aufmachung war sie eine der attraktivsten Frauen, die Katie seit langem gesehen hatte. Sie brannte geradezu darauf, sie besser kennen zu lernen und mehr über sie zu erfahren.

Xenia war die Erste, die die Stille unterbrach. Sie wandte sich an Lavinia und fragte: »Möchtest du uns eigentlich nicht begleiten, wenn wir nach Haworth fahren? Wir könnten uns doch alle miteinander einen schönen Tag machen. Was hältst du davon?«

»Danke für die Einladung, meine Liebe, aber ich habe vor, sowohl am Samstag als auch am Sonntag zu malen.«

»Lavinia bereitet sich auf eine Ausstellung in der Hudson Gallery in Harrogate vor«, verkündete Verity stolz. »Und obwohl sie bereits etliche Bilder fertig hat, glaubt sie, noch mehr zu benötigen, um die Ausstellung komplett zu machen.«

»Das ist ja großartig!«, rief Xenia. »Herzlichen Glückwunsch, Lavinia!«

»Das ist wirklich toll!«, bestätigte Katie. »So eine Ausstellung ist bestimmt unglaublich aufregend.«

»Ja, das stimmt«, gab Lavinia zu. »Ich hoffe, ihr beiden kommt zur Eröffnung. Sie findet im Januar statt.«

»Wann denn im Januar?«, fragte Xenia.

»Gegen Ende des Monats«, antwortete Lavinia. »Penny Hudson, die Besitzerin der Galerie, hat das genaue Datum noch nicht festgelegt. Bisher ist die Rede vom fünfundzwanzigsten. Wir wollen abwarten, bis der Trubel der Jahrtausendfeiern vorbei ist.«

»Bis dahin bin ich wieder in London«, erklärte Xenia. »Ich vermute, dass ich Anfang Januar aus New York zurückkehren werde.« Sie warf Katie einen süffisanten Blick zu. »Und du wirst zu der Zeit bereits mitten in deinen Proben stecken, nicht wahr, mein Schatz?«

»Wahrscheinlich«, murmelte Katie und trank einen Schluck Tee. Sie wollte verhindern, dass Xenia das Gespräch auf ihre Rolle in Melanies Theaterstück lenkte. Ich darf wirklich nicht absagen, schoss es ihr erneut durch den Kopf. Das wäre unendlich feige. Melanie würde mir das zu Recht nie verzeihen! Sie räusperte sich. »Leider werde ich nicht zu der Eröffnung deiner Ausstellung kommen können, Lavinia«, erklärte sie. »Ich bin dann tatsächlich in New York. Doch ich fände es sehr schön, wenn du mir zuvor deine Bilder zeigen würdest. Vielleicht klappt das ja an diesem Wochenende.«

»Liebend gern«, erwiderte Lavinia mit leuchtenden Augen. »Wie wäre es morgen? Verity hat mir eine alte Scheune als Atelier überlassen. Sie liegt nicht weit von hier entfernt. Du kannst mich zu Fuß besuchen, aber wenn es dir lieber ist, hole ich dich mit dem Wagen ab.«

»Ich habe den ganzen Tag über Zeit«, entgegnete Katie und lächelte der jungen Frau zu, deren Gesicht sich vor Freude gerötet hatte. Für einen Moment fragte sich Katie, was dazu geführt hatte, dass Lavinia mit ihrer Mutter in diesem Haus lebte, in dem sie vollkommen verschiedene Rollen zu spielen schien.

Lavinia stellte ihren Kuchenteller ab und sprang auf. »Ich muss an die Arbeit«, erklärte sie. »Vielen Dank für den Tee, Verity! Falls du mich brauchst, findest du mich im Büro.«

»Ich brauche dich nicht mehr, mein Schatz«, antwortete Verity in nahezu zärtlichem Ton. »Danke für alles, vor allem dass du Xenia und Katie vom Bahnhof abgeholt hast.«

Lavinia tat ihre Worte mit einer wegwerfenden Handbewegung ab und drehte sich um. Im Hinauslaufen rief sie: »Bis morgen!«, und im nächsten Moment schlug die Tür hinter ihr zu.

Verity lachte auf. »Ach, wenn man doch noch mal zweiundzwanzig wäre und so viel Elan besäße!«

»Na, du musst dich gerade beklagen!«, erwiderte Xenia. »Schau dich doch nur mal an! Du siehst aus wie das blühende Leben, bist jeden Morgen mit den Hühnern auf den Beinen, galoppierst über die Felder, während andere noch schlafen, führst Burton Leyburn und alles, was damit zusammenhängt, besitzt ein eigenes Unternehmen, tätigst jede Menge wichtiger Geschäfte ... Du bist eine Powerfrau, Verity, weißt du das? Sehr erfolgreich bei allem, was du tust.«

Verity gluckste vor sich hin. »Du übertreibst, Liebes. So erfolgreich bin ich gar nicht.«

»Bist du wohl!«, beharrte Xenia. Sie erhob sich. »Tja,

Kinder, es tut mir Leid, unsere nette Teerunde abzubrechen«, erklärte sie, »doch ich glaube, es wird Zeit, dass wir uns um unser Gepäck kümmern. Ich möchte Katie ihr Zimmer zeigen – vorausgesetzt du hast nichts dagegen, Verity.«

»Nicht im Geringsten. Ich schlage vor, ihr beide ruht euch ein wenig aus, bevor wir uns zum Abendessen treffen. Eure Koffer befinden sich übrigens schon in euren Zimmern. Einer von Pells Söhnen war so freundlich, euch die Arbeit abzunehmen. Das heißt, wie ich Lavinia kenne, hat sie ihn dazu ermuntert. Sie hat sich nämlich zu einem kleinen Feldwebel entwickelt, und wehe dem, der nicht spurt!«

Kapitel 19

»Ich habe Verity gebeten, dir dieses Zimmer zu geben«, sagte Xenia. »Ich finde es nämlich von allen am schönsten – nach meinem natürlich. Hoffentlich gefällt es dir auch.« Mit diesen Worten stieß Xenia die Tür zu einem der Gästezimmer auf, legte ihre Hand auf Katies Rücken und versetzte ihr einen aufmunternden kleinen Stoß.

Als Katie das Zimmer betrat und sich umschaute, sog sie hörbar den Atem ein,. »Oh, Xenia!«, rief sie entzückt. »Es ist einfach umwerfend! In meinem ganzen Leben habe ich noch nie in einem solchen Zimmer gewohnt.«

Xenia strahlte. Sie war Katie gefolgt, hockte sich mit verschränkten Armen auf eine Fensterbank und sah zu, wie Katie bewundernd den Raum abschritt. »Von der Aussicht bekommst du jetzt nicht mehr viel zu sehen, weil es draußen dunkel ist«, bemerkte sie. »Doch wenn du morgen Früh aus dem Fenster guckst, wird der Anblick dir die Sprache verschlagen. Die Terrasse befindet sich gleich unter dir, und sie ist ein Traum! Und die Gärten, die Veritys Familie hat anlegen lassen, sind absolut sensationell. Jedenfalls kannst du von hier aus den ganzen Park überblicken, bis hin zu dem kleinen See, der noch dazu gehört.«

Katie fand kaum Worte, um ihrer Begeisterung Ausdruck zu verleihen. Sie drehte sich stumm im Kreis. Die Wände waren holzgetäfelt und in einem Grünton gestrichen, der am ehesten einem hellen Seegrün entsprach, so wie man es aus früheren Epochen kannte. Zarte rosafarbene und dunkelrote Rosengirlanden hoben sich darauf ab, die ineinander verschlungen waren und von dunkelgrünen Bändern und Schleifen umrankt wurden.

Zu Katies Rechten war ein weißer Marmorkamin in die Wand eingelassen, über dem ein reich verzierter goldgerahmter Spiegel hing. Über dem großen Himmelbett, das in einer Nische stand, spannte sich ein hellgrüner Baldachin aus Taft, der gleiche Stoff fand sich an der Tagesdecke und den gerafften Fenstervorhängen. Bis auf einen cremefarbenen Bettvorleger enthielt das Zimmer keine weiteren Teppiche, vermutlich weil niemand den makellosen honiggelben Parkettboden überdecken wollte, dessen Kassetten in einem eigenwilligen geometrischen Muster angeordnet worden waren.

Zuletzt wandte sich Katie zu Xenia um und erklärte: »Ich komme mir wie vor in Frankreich. Wie in einem französischen Schloss. Bitte, sag jetzt nicht, dieser Stil sei georgianisch oder viktorianisch oder so etwas in der Art.«

»Keineswegs«, kicherte Xenia. »Das ist das französische Zimmer des Hauses. Veritys Urgroßmutter, der wir die Sitte des Teetrinkens im Großen Salon verdanken, stammte aus Frankreich, und das hier war ihr persönliches Gemach. Es wurde vor etwa einhundert Jahren nach ihrem Geschmack entworfen und eingerichtet.«

»Und die Familie hat es so gelassen, wie es war«, bemerkte Katie beeindruckt. »Was mich jedoch nicht wundert, denn so ist es einfach vollkommen.« Sie wanderte zu dem nierenförmigen Toilettentisch hinüber, dessen gerüschter blassgrüner Vorhang sich in üppigen Falten bauschte, und betrachtete die Ziergegenstände, die darauf standen.

»Wenn das, was Verity behauptet, stimmt«, fuhr Xenia unterdessen fort, »war ihre Urgroßmutter eine äußerst kapriziöse Person, jedoch allseits beliebt. Natürlich war sie auch unglaublich schön, charmant und kokett. Ihr Name war Lucille, doch offenbar nannte man sie hier nur ›die Französin‹, und auf diese Weise erhielt auch ihr Boudoir seinen Namen.«

»Ich finde es sehr nett von dir, dass du das Zimmer für mich ausgesucht hast, Xenia«, bemerkte Katie. »Es hat so etwas Heiteres und Fröhliches.«

»Ganz meine Meinung«, entgegnete ihre Freundin. Sie deutete auf eine Tür in der Wand und fügte hinzu: »Dahinter liegt dein Bad, es ist ebenfalls ganz passabel. Und die kleine Tür daneben führt zu einem begehbaren Ankleideschrank, den man durchaus als Ankleidezimmer bezeichnen könnte.« Xenia zog die besagte Tür auf. »Aha«, murmelte sie. »Verity hatte Recht. Dein Koffer wurde bereits hierher geschafft und wie es aussieht, hat Dodie deine Sachen auch schon ausgepackt und aufgehängt.« Sie drehte sich wieder zu Katie um. »Brauchst du noch etwas?«

Katie schüttelte den Kopf. »Nein, nicht das ich wüsste. Ich wollte dich um eine Flasche Wasser bitten, doch ich sehe, dass auf dem Nachttisch eine gefüllte Karaffe steht.«

»Auf dem Beistelltisch neben dem Sofa befindet sich außerdem eine Schale mit Obst, und in der Porzellandose daneben lauern vermutlich jede Menge von Anyas unwiderstehlichen Schokoladenplätzchen.«

»Denen ich aber besser widerstehen werde«, erwiderte Katie.

Xenia steuerte die Zimmertür an. Im Öffnen wandte sie sich noch einmal um und bemerkte: »Ich bin im Zimmer nebenan, für den Fall, dass etwas sein sollte.«

»Nein, nein«, wehrte Katie ab. »Ich werde dich bestimmt nicht stören. Du müsstest mir lediglich noch sagen, wann ich zum Abendessen fertig sein soll.«

»Gegen halb neun zum Cocktail, der im Großen Salon eingenommen wird«, erwiderte Xenia, und ehe sie endgültig verschwand, warf sie Katie eine Kusshand zu.

Rasch ging Katie zur Tür und verriegelte sie.

Draußen auf der Galerie stand Xenia währenddessen noch immer auf der Stelle und rührte sich nicht. Nachdenklich starrte sie auf die Tür, die abrupt hinter ihr abgeschlossen worden war. Zum x-ten Mal fragte sie sich, woher Katies zwanghafte Neigung stammte, sich in den Räumen stets einzusperren. Das tat sie in London und nun auch hier in Burton Leyburn. Vor irgendetwas hat sie Angst, sagte sich Xenia, die Frage ist nur, vor was? Oder besser vor wem?

Sie riss sich aus ihren Gedanken und begab sich noch immer grübelnd in ihr eigenes Zimmer. Insgeheim musste sie sich eingestehen, dass Katies Verhalten ihr allmählich ernsthaft Sorgen bereitete.

Nachdem Katie allein war, entledigte sie sich ihres Hosenanzuges und ihres Pullis, hängte sie sorgfältig auf und zog ihren Morgenmantel über.

Anschließend trank sie einen Schluck Wasser und

kramte aus der Reisetasche ihr Tagebuch hervor. Danach entnahm sie ihrer Handtasche einen Stift und begab sich zu dem zierlichen Sekretär, der in der Ecke am Fenster stand.

Als sie ihr Tagebuch aufschlug, stellte sie fest, dass sie in jüngster Zeit kaum etwas eingetragen hatte.

Katie durchblätterte die Seiten und las hier und da eine Passage, die sich vorrangig um ihre Schauspielkarriere drehte. Es war ihr drittes Tagebuch. Als sie vor fünf Jahren die American Academy of Dramatic Art in New York verließ, hatte sie es begonnen.

Der Name Grant Miller sprang Katie in die Augen. Sie versteifte sich ein wenig, starrte auf die Eintragung und runzelte die Stirn. Danach las sie die Stellen, die sich auf ihre erste Begegnung und Verabredung sowie den Beginn ihrer Liebesbeziehung bezogen.

Mit einem Seufzer ließ sich Katie gegen die Lehne ihres Stuhls fallen und nagte an ihrer Unterlippe. Sie hatte keine Ahnung, wie sie mit Grant zukünftig umgehen sollte.

Am besten gar nicht, sagte sie sich. Ich werde so tun, als gäbe es ihn nicht.

Insgeheim hoffte Katie, dass Grant ihr Desinteresse richtig einzuordnen wusste und sich von ihr zurückzog. Der arme Grant!, dachte sie bei sich. Er gab sich solche Mühe, ihr zu gefallen, und erreichte damit genau das Gegenteil.

Unsere Beziehung war von Anfang an nicht ideal, überlegte Katie und fragte sich wie so häufig, warum sie sich jemals mit ihm eingelassen hatte, denn in der Regel blieb sie in Bezug auf Männer äußerst zurückhaltend.

Plötzlich kam ihr wieder zu Bewusstsein, weshalb sie sich einmal zu Grant hingezogen gefühlt hatte. Es lag an seinem Äußeren, seiner Ausstrahlung, der sie sich nicht hatte erwehren können. Außerdem hatte sie seine außergewöhnliche Begabung als Schauspieler beeindruckt. Ja, auf der Bühne hatte sie ihn bewundert, doch außerhalb davon war er ... einfach langweilig, anders wusste sie es nicht zu beschreiben. Grant wurde erst in dem Moment interessant, wenn er die Rolle eines anderen annahm. Womöglich war er sogar aus diesem Grunde ein solch hervorragender Schauspieler. Nein, dachte Katie rasch, das ist Unfug! Nicht alle hervorragenden Schauspieler sind zwangsläufig langweilige Menschen. Dennoch war Grant im wirklichen Leben eher nichts sagend, beinahe leer – eine schöne Hülle und zudem nicht sehr intelligent. Letzteres wird es wohl sein, was mich stört, fuhr es Katie durch den Sinn. Grant ist einfach ein wenig dumm.

Katie merkte, dass sie errötete, als ihr die Unbarmherzigkeit ihres Urteils bewusst wurde, doch gleich darauf machte sie sich klar, dass es dennoch der Wahrheit entsprach. Ich würde vor Überdruss und Langeweile sterben, wenn ich mit Grant Miller zusammenbliebe, sagte sie sich. Wie gut, dass er in New York war, wo er gerade in einem Broadway-Stück auftrat. Daher musste sie sich im Augenblick weder mit ihm noch mit seinen unzähligen Liebeserklärungen befassen.

Wenn sie jedoch nach New York zurückkehrte – vorausgesetzt, sie nähme die Rolle der Emily an –, würde das anders werden. Dann wäre Grant erneut zur Stelle, würde ihr seine gesamte Aufmerksamkeit schenken, sie bedrängen ...

Entschlossen setzte sich Katie auf. Ich werde mich heute Abend nicht mit dem Problem Grant auseinandersetzen, befahl sie sich und schob die Gedanken an ihn ganz entschieden beiseite.

Sie schlug die nächste leere Seite in ihrem Tagebuch auf und begann zu schreiben:

21. Oktober 1999
Burton Leyburn, Yorkshire

Solange meine Eindrücke noch frisch sind, will ich alles gleich niederschreiben.

Xenia hat mir stets von Burton Leyburn vorgeschwärmt und mir erzählt, was das Haus ihr bedeutet, in dem sie als Kind so viele glückliche Tage verbrachte. Allerdings hat sie mir das Anwesen selbst nie beschrieben, mir nie gesagt, wie prachtvoll es ist, wie alt und traditionsreich, wie großartig!

Insofern war ich total überrascht, als ich Burton Leyburn heute Nachmittag zum ersten Mal erblickte. Einsam ragte es am Ende der langen Allee aus dem Abenddunst auf, dahinter lediglich der Horizont, keine Bäume, keine Hügel, nichts drum herum. Seine Zinnen und Türme hoben sich wie ein dunkler Scherenschnitt von dem verblassenden Himmel ab.

Aus der Ferne wirkte es wie ein Spuk ... fast verwunschen, sodass ich es kaum erwarten konnte, mir alles aus der Nähe anzusehen. Deshalb war ich auch etwas enttäuscht, als Lavinia uns bei den Ställen absetzte.

Morgen Früh werde ich Lavinia in ihrem Atelier besuchen, um mir ihre Bilder anzuschauen, doch zuvor will ich einen Spaziergang um das Haus machen und alles in Ruhe in Augenschein nehmen.

Dad wäre von Burton Leyburn begeistert – seit er und Mom England und Irland bereisen, hat sich sein Geschmack geändert, und der amerikanische Kolonialstil ist nicht mehr das Einzige, was er zu schätzen weiß.

Ich spüre ganz deutlich die Geschichte dieses Hauses. Bewusst wurde sie mir bereits in dem Moment, als ich die gewaltige Eingangshalle betrat. Als Xenia mich dann in den Großen Salon führte, fragte ich mich, was diese Mauern alles erzählen könnten. Das mag zwar ein wenig abgeschmackt klingen, doch es entspricht nun einmal meinen Empfindungen. Wer weiß schon, was sich in den Hunderten von Jahren, seit denen sich das Haus im Besitz der Familie befindet, hier zugetragen hat? Nur die offensichtlichen Ereignisse sind bekannt: Hochzeiten, Todesfälle, Geburten ... Wie jedoch steht es mit Freude, Leid, Kummer, Sorgen, Glück, gebrochenen Herzen, Liebe, Hass?

Mein Zimmer ist unglaublich schön, in verschiedenen blassen Grüntönen gehalten und mit französischen Möbeln ausgestattet. Ich gäbe etwas darum, ein Portrait der Frau zu sehen, der es einmal gehörte – Lucille, eine Französin, die einen Engländer heiratete und dem Haus, in dem sie lebte, ihre eigene Prägung verlieh. Sie allein würde gewiss einiges zu berichten haben ...

Das Gleiche gilt für Verity. Auch sie finde ich über die Maßen interessant. Xenia hat sie nie näher beschrieben. Ich wusste lediglich, dass Verity Xenias Schwägerin ist. In unserer Wohnung in London existiert nicht einmal ein Foto von ihr. Ob Verity weiß, wie attraktiv sie ist? Ist sie sich der natürlichen Eleganz bewusst, die sie ausstrahlt? Nun, sie ist eine Dame im wahrsten Sinne des Wortes – womöglich findet sie derartige Überlegungen vulgär. Und vermutlich hält sie ihr gepflegtes Erscheinungsbild für selbstverständlich. Ich weiß, dass sie einundvierzig ist, doch sie wirkt kaum älter als Xenia. Ohnehin kommen die beiden mir eher wie Schwestern vor, was aber gewiss damit zusammenhängt, dass sie einen großen Teil ihrer Kind-

heit gemeinsam verlebt haben und teilweise zusammen aufgewachsen sind.

Es war ein regelrechter Schock zu erfahren, dass Xenia Witwe ist. Ich habe mich beherrscht, als sie mir das im Zug anvertraute, doch für einen Augenblick war ich zutiefst betroffen. Es ist mir jedoch stets eigenartig vorgekommen, dass sie von dem Mann, von dem sie angeblich geschieden war, nie sprach. Nun ist mir einiges klarer – zum Beispiel auch, weshalb sie sich nie für einen der Männer interessiert, die wir kennen lernen. Offenbar trauert sie noch immer um Tim.

Katie begann zu frösteln. Sie stellte fest, dass es im Zimmer kalt war, nagte an ihrem Stift und überlegte, ob sie sich einen Pullover überziehen und weiterschreiben sollte. Dann erhob sie sich jedoch und begab sich ins Bad.

Sie setzte sich auf den Wannenrand und drehte den einen der beiden Hähne auf. Gleich darauf schoss heißes Wasser hervor und plätscherte in die Wanne. Verträumt sah Katie zu, wie sie sich langsam füllte. Danach stand sie auf, öffnete einen Wandschrank und suchte sich unter den vorhandenen Glasfläschchen ein Badesalz mit Lavendelduft heraus. Sie gab eine großzügige Portion davon ins Wasser, entkleidete sich und ließ sich mit einem wohligen Seufzen in das heiße Schaumbad sinken.

Später stand Katie vor dem großen Spiegel ihres Ankleideraums und betrachtete sich prüfend von allen Seiten.

Sie hatte eine hellgrüne Seidenbluse angezogen, zu der sie eine enge schwarze Seidenhose und eine tannengrüne Samtjacke trug. Dazu war sie in dünne schwarze Pumps geschlüpft und hatte das Ensemble mit einem Paar schwarzer Perlenohrringe abgerundet.

Nicht schlecht!, lobte sie sich, während sie den Sitz ihres Haars prüfte. Sie hatte es mit einem schwarzen Satinband zu einem Pferdeschwanz zusammengebunden, und wenngleich ihr diese Frisur eine gewisse Strenge verlieh, war sie mit ihrem Gesamteindruck doch äußerst zufrieden.

Im Zimmer fiel ihr Blick auf ihr Tagebuch, das noch immer aufgeschlagen auf dem Sekretär lag. Sie klappte es zu und verstaute es wieder in ihrer Reisetasche, der sie anschließend eine schwarze Abendtasche entnahm. Danach verließ sie den Raum.

Katie stieg die Treppe hinunter und stieß die schwere Eichentür auf, die in den Großen Salon führte.

Es war noch niemand da, woraufhin sie für einen Moment unschlüssig auf der Schwelle verharrte, ehe sie ihren Mut zusammennahm und den Raum betrat. Drinnen loderte ein frisch entfachtes Feuer im Kamin, neue Kerzen waren angezündet worden, und aus dem Hintergrund ertönten die leisen Klänge eines Klavierkonzertes. Auf einem Tischchen stand ein Tablett mit Gläsern und Karaffen.

Katie schaute auf ihre Armbanduhr. Punkt halb neun. Doch dann fiel ihr Blick auf die große Silberuhr, die erst zwanzig nach acht zeigte.

Sie holte tief Luft und trat langsam auf die Fotos zu, die um den Kamin herum aufgehängt waren. Zuerst betrachtete sie sie verstohlen. Dann wurde sie jedoch beherzter und studierte sie ausgiebig.

Auf einem der Fotos war Verity abgebildet, die ein blaues Kostüm und einen breitkrempigen blauen Hut trug. Das Foto war eindeutig neueren Datums. Verity hatte sich bei einem gut aussehenden jungen Mann eingehakt. Er besaß das gleiche blonde Haar wie sie, das ihm jedoch wirr in die Stirn fiel. Katie vermutete, dass es sich um Veritys Sohn handelte, den Xenia einmal erwähnt hatte.

Auch auf den anderen Fotos war in der Regel Verity zu sehen, jeweils in Begleitung von Menschen, die Katie nicht kannte. Sie entdeckte das Foto eines Mannes, der einen kleinen Jungen an der Hand hielt. Katie zuckte erschrocken zurück. Der Junge sah Xenia täuschend ähnlich. Sie betrachtete das Foto noch einmal. Der Mann musste Tim sein – doch der Junge? Ein Junge, der Xenia glich? Hieß das nicht ... Hatte Xenia etwa einen Sohn? Nein, das konnte nicht sein. Das hätte Xenia ihr gewiss erzählt.

»Du bist früh dran«, hörte Katie Xenia von der Tür her sagen. Ihre Stimme klang kalt.

Katie fuhr herum. Sie vermochte nichts zu erwidern, denn sie fühlte sich auf seltsame Weise ertappt. Deshalb nickte sie lediglich stumm.

Xenia blieb vor dem Tablett mit den Getränken stehen. »Was darf ich dir anbieten?«, fragte sie. »Möchtest du ein Glas Champagner oder lieber Weißwein?«

»Weißwein ist mir recht. Vielen Dank.«

Xenia entkorkte eine Flasche und schenkte Katie ein Glas Wein ein. Ihr Gesicht wirkte äußerst blass, kein Lächeln zeigte sich darauf. Den Blick ihrer hellgrauen Augen konnte Katie nur schwer deuten.

Hastig ergriff Katie ihr Glas und ließ sich in einem der tiefen Ohrensessel nieder. Aus ihrer Verlegenheit war inzwischen Unbehagen geworden. Ihr kam es vor, als hätte man sie beim Stehlen oder etwas ähnlich Verbotenem erwischt. Und vielleicht war es auch so – möglicherweise empfand Xenia ihre Art, in der sie die Fotos beäugt hatte, als zudringlich. Dennoch konnte Katie nicht umhin, sich erneut zu fragen, ob der Junge auf dem Foto wohl ihr Kind war. Wenn ja, wo befand er sich? Ob er in einem Internat untergebracht war? Doch selbst wenn – warum hatte Xenia ihn nie erwähnt?

Katie hörte, dass Xenia eine Flasche Champagner öffnete und sich ein Glas einschenkte. Anschließend nahm sie ebenfalls auf einem Sessel Platz. »Wir werden heute Abend nur zu dritt sein«, erklärte sie. »Verity hatte zwar Rex gebeten, das Wochenende mit uns zu verbringen, doch er trifft erst morgen Abend ein. Du wirst ihn mögen, er ist sehr nett. Er wird hier übrigens häufig als ›der Junge‹ bezeichnet, wundere dich also nicht, wenn du das hörst.«

»Warum wird er denn so genannt?«, fragte Katie und nippte an ihrem Wein.

»Weil sein Vater ebenfalls Rex hieß, sodass man seinen Sohn eben ›den Jungen‹ nannte oder ›den kleinen Rex‹. Es ist so eine Art Kosename.« Xenia schüttelte den Kopf, und der Anflug eines Lächelns huschte über ihre Züge. »Wir Engländer haben einen eigentümlichen Geschmack, wenn es um Kosenamen geht.«

»Das ist bei uns nicht anders«, entgegnete Katie. Danach verstummten beide.

Als sich die Tür öffnete und Verity erschien, atmete Katie erleichtert auf. Ihre Gastgeberin lächelte fröhlich und verkündete im Näherkommen: »Ich habe Dodie gerade gebeten, in eure Zimmer hochzulaufen und die Heizung anzustellen. Es ist mir eben erst eingefallen, dass ihr vor Kälte gebibbert haben müsst. Ich hatte vergessen, Bescheid zu sagen, und von sich aus hat wohl niemand daran gedacht, die Heizungen aufzudrehen.«

»Mir war gar nicht kalt«, log Katie. »Ich habe ein heißes Bad genommen.«

»Nun, jedenfalls wird es nachher, wenn ihr zu Bett geht, schön mollig sein«, entgegnete Verity. »Bitte verzeiht meine Gedankenlosigkeit!«

»Das macht wirklich nichts«, wiederholte Katie.

Xenia sagte: »Verity, ich habe mir einige der Landkarten angeschaut, die sich in der Bibliothek befinden, um die beste Strecke nach Haworth herauszusuchen. Was meinst du, sollen wir über Harrogate fahren?«

»Ach du liebe Zeit, Xenia, musst du ausgerechnet mich danach fragen? Ich würde vermutlich dem Weg über Skipton nehmen, doch klüger wäre es, du erkundigst dich morgen bei Rex. Er kennt sich da besser aus.«

Verity schenkte sich ein Glas Champagner ein und trat zu ihnen.

Bewundernd ließ Katie ihren Blick über Verity wandern. Sie wirkte abermals sehr eindrucksvoll in ihrem bodenlangen, dunkelroten Wollrock, der sich eng um ihre Beine schmiegte, und dem dazu passenden dunkelroten Kaschmirpulli. Dazu trug sie schwere goldene Kreolen und einen massiven goldenen Armreif.

Im Vergleich zu ihr machte Xenia einen düsteren Eindruck. Unauffällig musterte Katie ihre Freundin. Xenia hatte sich für einen grauen Hosenanzug und einen grauen Pulli entschieden und hatte keinerlei Schmuck angelegt, was ihr im Grunde überhaupt nicht ähnlich sah. Vielleicht ist sie mir ja gar nicht böse, überlegte Katie, sondern ist wegen irgendetwas anderem bedrückt.

Verity hob ihr Glas. »Zum Wohl, meine Lieben!«, sagte sie.

Katie und Xenia prosteten ihr zu, wobei sich Xenia sichtlich bemühte, einen entspannten Eindruck zu machen.

Nachdem Verity einen Schluck getrunken hatte, bemerkte sie: »Ich habe mir überlegt, dass es für Katie womöglich ein wenig langweilig werden könnte, ihr Wochenende nur mit uns auf dem Land zu verbringen.

Deshalb will ich für morgen einige Gäste zum Abendessen einladen und habe dabei an –«

»O nein!«, fiel Xenia ihr ins Wort. »Alles, nur das nicht!«

Verity starrte sie verblüfft an. »Was hast du denn?«, fragte sie. »Ich habe doch noch gar nicht gesagt, wen ich einladen will.«

Katie nahm den Ausdruck des Verdrusses wahr, der sich auf Xenias Gesicht abmalte. »Bitte mach dir um mich keine Sorgen, Verity«, sagte Katie schnell. »Ich bin auf dem Land aufgewachsen, mich stört die Einsamkeit nicht. Ich bin restlos zufrieden.«

»Na gut«, gab Verity noch immer leicht verwundert nach.

»Wenn Rex morgen kommt, werden wir wenigstens zu viert sein.«

Kapitel 20

Zehn Minuten später erhoben sich die Frauen und stiegen die Treppe hinab, um zu Abend zu essen. Verity ging voran.

»Ich danke dir für deine Unterstützung«, flüsterte Xenia Katie zu, während sie ihrer Gastgeberin folgten.

Katie zwinkerte verschwörerisch. Xenia schien ihr verziehen zu haben.

Als sie in der Eingangshalle ankamen, ergriff Verity Katies Arm und führte sie einen Flur entlang. Sie deutete auf zwei weiß lackierte Türen. »Dahinter befindet sich der offizielle Speisesaal«, erklärte sie. »Dort können gut und gern hundert Personen untergebracht werden. Allerdings benutzen wir den Raum nur noch selten. Das kleine Esszimmer hier genügt uns in der Regel. Dort essen wir im kleinen Kreis.« Verity stieß die nächste Tür auf und bedeutete Katie einzutreten.

Katie erfasste mit einem Blick, dass es sich abermals um einen außergewöhnlich prachtvollen Raum handelte, doch die eigentliche Überraschung bestand darin, dass er rund war.

»Meine Güte!«, hauchte sie verzückt. »Ich glaube, so etwas habe ich noch nie gesehen.«

Die Wände waren mit dunkelrotem Brokatstoff verkleidet, von dem sich unter kleinen Lämpchen goldgerahmte Bilder mit klassischer Landschaftsmalerei abhoben. An dem runden Esstisch mit der bauschig gerüschten Taftdecke standen drei antike Essstühle, die mit schwarzer Seide bezogen waren. Die restlichen Stühle waren an der Wand aufgereiht, zwischen ihnen befand sich eine offensichtlich kostbare Anrichte. Unter der Decke funkelte ein mehrarmiger Lüster aus Kristall, und passend dazu waren auf dem Tisch vier Kerzenhalter mit schneeweißen Kerzen um eine Schale mit dunkelroten Rosen angerichtet. Weinkelche aus Kristall und schweres silbernes Besteck rundeten das Bild ab.

Auch in diesem Zimmer brannte ein helles Feuer, das in einem schwarzen Marmorkamin mit rötlicher Maserung entfacht worden war.

»Du sitzt hier«, bestimmte Verity und wies auf einen Stuhl. »Xenia besteht meist darauf, in der Mitte zu sitzen.«

Katie tat wie befohlen. Sie strich bewundernd über ihre dunkelrote Leinenserviette, und plötzlich öffnete sich am hinteren Ende des Raumes eine Tapetentür.

Eine stämmige, grauhaarige Frau trat ein. Über ihrem schwarzen Kleid trug sie eine gestärkte weiße Schürze.

Sie nickte den Gästen zu und machte sich an der Anrichte zu schaffen, wo sie einem Eiskübel eine Flasche Weißwein entnahm. »Ich trage als Erstes den Wein auf, M'lady«, erklärte sie.

»Gute Idee, Dodie«, erwiderte Verity. Sie wandte sich Katie zu und erklärte: »Das ist Dodie, unsere Haushälterin, die sich um unser allgemeines Wohlbefinden kümmert. Dodie, das ist Miss Byrne.«

»Sehr erfreut, Sie kennen zu lernen, Miss«, entgegnete die Haushälterin. Sie umrundete den Tisch und schenkte den Damen Wein ein.

»Ganz meinerseits«, sagte Katie. »Vielen Dank«, murmelte sie, nachdem Dodie ihr Glas gefüllt hatte.

Die Haushälterin verharrte. Sie maß Katie eindringlich, wich einen Schritt zurück und verneigte sich knapp. Dann machte sie abrupt kehrt. Bevor sie sich entfernte, hatte Katie allerdings einen Blick auf ihr Gesicht erhascht und gesehen, dass daraus alle Farbe gewichen war.

Nachdem Dodie die Weinflasche in den Eiskübel zurückbefördert und den Raum nahezu fluchtartig verlassen hatte, schaute Katie Xenia verwundert an.

»Ist etwas nicht in Ordnung?«, fragte sie leise.

Xenia zuckte die Achseln und sagte: »Ich würde mir dabei nicht allzu viel denken. Dodie führt sich zuweilen seltsam auf. Es hat bestimmt nichts zu bedeuten.«

Verity, der die kleine Szene nicht entgangen war, betrachtete Katie nachdenklich. »Sag das nicht, Xenia!«, warnte sie. »Dodie ist fest davon überzeugt, übersinnliche Fähigkeiten zu besitzen. Sie muss etwas wahrgenommen haben – eine Aura oder Schwingungen, die sie eindeutig beunruhigten. Anders kann ich mir ihre Reaktion auf Katie nicht erklären.«

»Nun, in dem Fall dürfte es sich um eine ausgesprochen negative Aura und dunkle Schwingungen gehandelt haben«, erwiderte Xenia gleichmütig. »Denn wenn mich nicht alles täuscht, hat Dodie wie von der Tarantel gestochen den Raum verlassen.«

»Heißt das etwa, Dodie kann mich nicht leiden?«, fragte Katie verblüfft. Sie zwang sich zu einem munteren Tonfall, der ihr jedoch misslang.

»Kümmer dich nicht um Dodies Verhalten!«, beruhigte Verity sie. »Es geht nicht darum, ob sie dich mag – wie auch, ihr seid euch ja gerade erst begegnet. Ich würde Dodie auch eher als ein wenig merkwürdig bezeichnen, doch davon einmal abgesehen ist sie harmlos. Oder bist du da anderer Ansicht, Xenia?«

»Nein, keineswegs.«

Ehe jemand etwas erwidern konnte, näherten sich von draußen Schritte und Stimmen, und man vernahm das Klappern von Geschirr. Gleich darauf öffnete sich die Tür abermals und eine Frau in weißer Schürze trug ein großes Tablett vor sich her. Dodie folgte ihr dicht auf den Fersen.

Das wird Anya sein, dachte Katie und musterte die dunkelhaarige, kräftige Frau, die Ähnlichkeit mit Lavinia besaß.

Während Anya erneut die Gläser füllte, servierte Dodie leichte Soufflés auf schwarzen Porzellantellern.

»Leider müssen Sie heute mit uns vorlieb nehmen, M'lady«, erklärte Anya entschuldigend. »Jarvis hat seinen freien Abend.«

»Es ist alles bestens,« antwortete Verity lächelnd.

Ehe sie sich entfernte, deutete Anya eine kleine Verneigung an. Dodie schlüpfte hinter ihr nach draußen. Katie fand, dass sie noch immer einen verstörten Eindruck machte.

»Du wirst auf der Welt kein besseres Soufflé finden«,

schwärmte Xenia. »Iss es, bevor es in sich zusammenfällt. Als Hauptgericht habe ich übrigens Steak mit Pommes bestellt. Extra für dich – dein Nationalgericht.«

Katie lächelte erleichtert. Ihr Unbehagen begann sich aufzulösen. »Du bist ein Schatz«, sagte sie und kostete den ersten Bissen ihres Soufflés. Genüsslich schloss sie die Augen. »Ein Traum!«, bemerkte sie. »Da kann kein Steak mithalten.«

Als Katie und Xenia schließlich die Treppe erklommen und sich in ihre Zimmer begaben, war es kurz vor Mitternacht. Vor ihrer Tür blieb Katie stehen und schloss Xenia in ihre Arme.

»Vielen Dank, dass du mich hierher eingeladen hast!«, sagte sie. »Verity ist ein Schatz. Und der Abend war toll.«

Xenia drückte Katie an sich und gab ihr einen Kuss auf die Wange. »Zwischen acht und zehn gibt es Frühstück«, erklärte sie. »Es wird im Gartenzimmer serviert, das findest du leicht, falls du vor mir aufstehen solltest. Ich werde aber zusehen, dass ich rechtzeitig auf den Beinen bin. Tee, Kaffee, Brötchen, Hörnchen und so weiter stehen für gewöhnlich auf einer Anrichte parat. Wenn du allerdings warm frühstücken willst, musst du Jarvis Bescheid sagen. Er hält sich meist unauffällig im Hintergrund, wird dir aber jeden Wunsch erfüllen.«

»Ich werde mich zügeln müssen, nicht zu viel zu essen«, antwortete Katie. »Wenn ich nicht aufpasse, kehre ich als Fass nach London zurück.«

»Wem sagst du das?«, entgegnete Xenia und strich scheinbar reumütig über ihre schmalen Hüften.

»Gute Nacht, Dickerchen!«, kicherte Katie belustigt und drückte einen Kuss auf Xenias Wange. Daraufhin verschwand sie in ihrem Zimmer.

Xenia hörte, dass drinnen der Schlüssel zwei Mal herumgedreht wurde. Einen Moment lang blieb sie unschlüssig stehen, doch dann gab sie sich einen Ruck und klopfte an Katies Tür.

Es kam keine Antwort.

Xenia klopfte noch einmal.

»Ja? Wer ist da?«, vernahm sie Katies gedämpfte Stimme.

»Ich bin's«, erwiderte Xenia, wobei sie sich fragte, wer es sonst sein sollte.

Die Tür wurde entriegelt und einen Spalt breit aufgemacht. Als Katie Xenia erkannte, öffnete sie die Tür ganz.

»Wo ist dein Problem, Katie?«, erkundigte sich Xenia schärfer, als sie beabsichtigt hatte. »Ich verstehe das nicht. Jarvis mag heute Ausgang haben, doch selbst wenn er fortgeht, umrundet er vorher sorgfältig das Haus und schließt alle Türen ab. Und selbst wenn er es einmal vergessen sollte ... Bevor Verity zu Bett geht, unternimmt sie immer noch einen Kontrollgang. Außerdem befinden wir uns nicht gerade inmitten einer gefährlichen Gegend. Insofern ist deine Besessenheit, dich einzuschließen, einfach lächerlich! Nein, sie ist verrückt!«

»Das ist sie nicht!«, erwiderte Katie aufgebracht. »Es handelt sich lediglich um eine Angewohnheit, weiter nichts.«

Xenia zögerte. »Kann ich kurz hineinkommen?«, fragte sie. »Ich möchte mit dir darüber sprechen. Wir können uns allerdings auch in meinem Zimmer unterhalten, wenn dir das lieber ist. Dort findest du auch noch weitere Fotos, die du beäugen kannst.« Ihre Stimme hatte einen harten Tonfall angenommen.

Katie schoss die Röte ins Gesicht. »Ich habe nicht herumschnüffeln wollen, Xenia, das musst du mir glauben! Es tut mir Leid, dass du wütend auf mich bist. Ich habe mir wirklich nichts dabei gedacht, doch dann ist mir das Foto mit dem kleinen Jungen aufgefallen, und ich ...« Katies Stimme verebbte. Sie wusste nicht mehr weiter.

»Ist ja schon gut«, murmelte Xenia und schob sich an Katie vorbei. »Ich hätte dich doch gar nicht nach Burton Leyburn eingeladen, wenn ich meine Vergangenheit vor dir hätte verbergen wollen. Ich hatte vor, dir morgen verschiedene Dinge zu erzählen, doch dann hast du das Foto entdeckt ... Ich hatte ganz vergessen, dass es mit den anderen am Kamin hängt.«

Xenia schloss die Tür. »Katie«, begann sie abermals. »Lass uns das ein für alle Mal klären – jetzt sofort, wenn es dir recht ist.«

»Natürlich!«, willigte Katie ein. »Doch du musst mir nichts anvertrauen, was du nicht willst. Du bist meine Freundin, und ich habe dich sehr gern – was jedoch nicht heißt, dass ich alles über dich wissen will. Wenn etwas zu schmerzhaft für dich ist, um es zu erzählen, dann –«

Xenia bedeutete ihr mit einer Handbewegung zu schweigen. Sie ließ sich in einen Sessel sinken und blieb eine Weile lang reglos sitzen. Dann richtete sie sich auf und atmete tief durch. »Als es passierte, war Justin sechs,«, begann sie schließlich. »Tim befand sich mit ihm auf dem Weg nach Harrogate. Das war im Juni. Wir hatten gutes Wetter. Keine Regenpfützen auf den Straßen, nichts, bei dem man hätte aufpassen müssen. Die Straßen waren einwandfrei. Es geschah also an einem harmlosen, sonnigen Sommertag. Insofern gab es eigentlich keinen Grund für den Lastwagen, plötzlich auszuscheren. Doch genau das tat er. Und dann geriet er ins Schleudern ...«

Xenia verstummte. Sie schluckte und klimperte, um die Tränen zu verscheuchen, die sich in ihre Augen gestohlen hatten. »Der Laster erfasste Tims Wagen. Es war ein sehr heftiger Aufprall ... Die beiden waren sofort tot. Ein Augenblick der Unachtsamkeit – und mein Mann und mein Sohn waren tot! Das war vor fünf Jahren. Ich bin noch nicht darüber hinweg und werde auch nie darüber hinwegkommen!« Xenia presste ihre Hände auf die Augen. »Entschuldige Katie, es fällt mir so schwer, darüber zu reden«, murmelte sie »Wenn ich nur daran denke, dass –«

Ihre Tränen kamen nun mit Macht und rannen an ihren Fingern entlang.

Mit einem Satz war Katie bei ihrer Freundin, kniete sich vor sie und umschlang ihre Schultern. »O Liebes«, flüsterte sie, »das tut mir so Leid, so unendlich Leid! Du musst nicht weiterreden.«

Xenia schmiegte sich an Katie. Jene spürte, wie ihre Freundin bebte, und strich ihr tröstend über den Rücken. Dann wiegte sie sie ein wenig. Nach einer Weile löste sich Xenia von ihr, tastete nach einem Taschentuch und erklärte leise: »Solange ich nicht darüber spreche, ist alles in Ordnung. Na ja, nicht wirklich ...« Sie räusperte sich und fügte hinzu: »Mittlerweile kann ich damit umgehen, doch es ist fortwährend präsent. Ergeht es dir vielleicht ähnlich? Ich meine, mit dem, was dich bedrückt?«

»Wovon sprichst du – warum glaubst du, dass mich etwas bedrückt?«

»Ich habe oft den Eindruck, als ob es in deiner Vergangenheit ebenfalls etwas Schlimmes gäbe, irgendein tragisches Ereignis, worüber du nie sprichst, weil du es verdrängen willst. Genau wie ich.«

Katie zog einen Sessel heran und ließ sich darauf nieder.

Zuerst blieb sie stumm. Dann sagte sie: »Du hast Recht. Bisher habe ich über das, was damals geschah, mit niemandem gesprochen – obwohl ich täglich daran denke. Ich weiß nicht, warum ich es verdränge – vielleicht weil meine Trauer mich sonst erdrückt. Vielleicht auch, um das Andenken zu bewahren. Es ist eine seltsame Mischung: Ich kann und will nicht darüber reden. Ich habe Angst davor. Es ist so entsetzlich traurig ...«

»Ich weiß, wie das ist, Katie. Du kannst es mir ruhig erzählen.«

Kapitel 21

Für eine Weile saß Katie da und versuchte, ihre Gedanken zu ordnen. Sie wollte den Überfall ruhig und zusammenhängend schildern.

Ein Teil von ihr sträubte sich dagegen, die Geschichte auszugraben und Xenia anzuvertrauen. Sie spürte, dass sich allein bei dem bloßen Gedanken eine Klammer um ihre Brust legte, die ihr die Luft abzuschnüren drohte.

Die Erinnerungen an Carly und Denise begleiteten Katie tagein, tagaus, und sie wusste, dass sich das niemals ändern würde. In der Regel tauchten sie abends auf, kurz bevor Katie einschlief, aber sie kamen auch morgens, gleich nach dem Aufwachen, und drängten sich mit Macht in ihr Bewusstsein. Dann durchlebte Katie abermals die Momente des Entsetzens ... so wie jetzt, da sie sich anschickte, ihr Geheimnis preiszugeben.

Einen Moment lang zauderte sie noch. Dann dachte sie jedoch daran, dass sich Xenia ebenfalls überwunden hatte, ihr etwas mitzuteilen, das schmerzhaft und quälend für sie war. Sie durfte sich ihrer Freundin nicht länger verschließen. Wenn Katie ihr Angebot nicht ergriff, würde Xenia mit Recht verletzt sein. Am Ende beeinträchtigte es ihre Freundschaft, und das wollte Katie auf jeden Fall vermeiden.

Xenia war die erste enge Freundin, die sie nach all den Jahren gewonnen hatte, ein Mensch, der ihr am Herzen lag, der wie kein anderer zuvor in der Lage gewesen war, die Lücke, die Denise und Carly hinterlassen hatten, zu schließen.

Gib dir einen Ruck!, flüsterte eine innere Stimme. Sie ist deine Freundin, sie hat ein Anrecht darauf zu erfahren, was dich bedrückt.

Katie verschränkte ihre Hände im Schoß. Dann stieß sie langsam den Atem aus und sagte: »Es geschah, als ich siebzehn war.«

Nachdem sie einen Moment lang ins Leere gestarrt hatte, fuhr sie mit tonloser Stimme fort: »Im Oktober 1989, genau vor zehn Jahren.«

Xenia wollte etwas Beruhigendes sagen, doch sie zwang sich zu schweigen. Sie spürte, dass Katie ihren Mut zusammennehmen musste, um ihr das erschütternde Ereignis mitzuteilen. Sie merkte, dass sie selbst unruhig wurde. Was würde Katie ihr wohl anvertrauen? Sie schlang ihre Arme um ihren Oberkörper und ließ sich tiefer in den Sessel sinken.

»Als wir uns vor zwei Jahren kennen lernten«, begann Katie, »habe ich dir erzählt, dass ich seit jeher Schauspielerin werden wollte, bereits als Kind. Ich habe nicht erzählt, dass zwei Freundinnen von mir den gleichen Traum hegten. Carly Smith und Denise Matthews. Wir waren gleich alt und seit klein auf befreundet. Wir besuchten denselben Kindergarten, dieselbe Klasse und wohnten nicht weit voneinander entfernt in Malvern. Mit achtzehn wollten wir nach New York ziehen, um dort auf die Schauspielschule zu gehen. So hatten wir es jedenfalls geplant. Wir wussten auch schon, wie wir das anstellen würden: Zuerst wollten wir bei meiner Tante Bridget unterkommen und uns danach eine gemeinsame Wohnung suchen. Wir drei waren unzertrennlich. Gemeinsam wollten wir unsere Pläne umsetzen. Wir glaubten, dass uns keine Macht der Welt davon abhalten könnte ...«

Katie brach ab.

Xenia lächelte ihr aufmunternd zu.

Als Katie abermals anhob, schien sie ihre Worte bedächtig auszuwählen. Langsam und stockend berichtete sie von der Scheune, die Denises Onkel Ted ihnen überlassen hatte, von den Proben, die sie dort abhielten, und von den Schulfeiern, auf denen sie auftraten. Sie zählte die Theaterstücke und ihre jeweiligen Rollen auf, die sie spielten. Und dann kam sie zu jenem Tag im Oktober 1989.

Mit leiser Stimme schilderte Katie, wie sie vorzeitig aus der Scheune aufbrach, um ihrer Mutter zu helfen, wie ihr später auffiel, dass sie ihre Schultasche vergessen hatte und dass ihr Bruder sie zurückfuhr, um die Tasche zu holen. Danach beschrieb sie das Durcheinander, das sie in der Scheune vorgefunden hatten. Beklommen berichtete sie, dass ihre Freundinnen wie vom Erdboden verschluckt waren und sie sich mit Niall auf die Suche nach den beiden gemacht hatte.

»Carly war die Erste, die ich sah. Sie lag im Wald ... ihr Gesicht war voller Blut.« Katies Stimme schwankte. »Niall stellte jedoch fest, dass sie noch lebte, und ich war ... so unendlich froh! Danach machte sich Niall auf, um nach Denise zu suchen ...« Katie brach ab und holte mehrmals tief Luft. »Denise war tot. Sie war vergewaltigt und erwürgt worden.«

»O Gott!«, stieß Xenia hervor. Ihre Augen hatten sich geweitet. »Katie, das ist – furchtbar! Einfach schrecklich!« Sie schüttelte fassungslos den Kopf. »Kein Wunder, dass du ein Trauma ...« Ihre Stimme verebbte. »Und was ist mit Carly geschehen?«, erkundigte sie sich vorsichtig. »Sie hat doch überlebt, oder?«.

»Ja, sie hat überlebt«, antwortete Katie mit versteinerter Miene.

»Hat sie den Mörder gekannt?«, flüsterte Xenia. »Hat sie ihn identifizieren können?«

»Nein«, erwiderte Katie. »Nein, das konnte sie nicht. Carly ist nie wieder zu Bewusstsein gekommen, Xenia. Sie liegt noch immer im Koma.«

Xenia blickte Katie verständnislos an. »Was? Heißt das, sie –«

»Carly ist seit zehn Jahren auf der Pflegestation eines Krankenhauses in Connecticut.« Katies Lippen zitterten, und ihre Augen füllten sich mit Tränen. Sie wischte sie mit beiden Händen fort und setzte hinzu: »Doch in gewisser Weise ist sie auch gestorben. Zumindest lebt sie in einer Welt, zu der niemand von uns Zutritt hat.«

Xenia schwieg. Dann sagte sie leise und voller Mitgefühl: »Katie, wenn du wüsstest, wie Leid mir das für dich tut! Die Erinnerung daran muss so schmerzlich sein, dass sie dich sicherlich unentwegt quält. Hat die Polizei den Mörder denn später gefasst?«

»Nein, der Fall wurde nicht gelöst. Der zuständige Polizist, Mac MacDonald, sagt, für ihn sei der Fall noch nicht abgeschlossen, doch was heißt das schon nach all der Zeit?«

»Stehst du mit ihm noch in Verbindung?«

»Nicht ich, sondern mein Vater. Die beiden sind zusammen zur Schule gegangen. Seit dem Mord haben sie sich angefreundet. Mac glaubt, dass die Wahrheit irgendwann ans Licht kommt. Ich vermute, er erträgt es nicht, dass er den Mörder nie erwischt hat.«

»Aber wie konnte er denn bloß entkommen?«

»MacDonald besaß einfach zu wenig Anhaltspunkte. Am Tatort versanken die Spuren unmittelbar nach dem Verbrechen im strömenden Regen, und darüber hinaus erhielt er keinerlei Hinweise. Selbst die Blutspuren des Täters halfen nicht weiter.«

»Das begreife ich nicht. Ich dachte, mithilfe von Blut oder DNA-Proben lassen sich alle Fälle lösen.«

»Wie denn, wenn es keinen Verdächtigen gibt? Das klappt nur bei Verbrechern, die in einer offiziellen Datei geführt werden. Aber das war Fehlanzeige.«

»Aber es muss doch irgendeinen Menschen gegeben haben, der für die Tat in Frage kam«, entgegnete Xenia aufgebracht.

»Das sollte man annehmen, nicht wahr? Mac ging stets davon aus, dass es sich um einen Mann handelte, der aus unserer Gegend stammte. Einer, der ein vollkommen normales Leben führte, jedenfalls nach außen. Ein Psychopath, einer, der uns beobachtete, verfolgte – der es auf uns abgesehen hatte – womöglich auf uns alle.«

»Doch er hat nur zwei erwischt. Und deshalb lebst du noch immer in Furcht und Schrecken.«

Katie nickte stumm.

»Mein armer Schatz!«, flüsterte Xenia. »Kein Wunder, dass du die Türen hinter dir absperrst.«

»Nach dem Mord war es lediglich eine Vorsichtsmaßnahme«, erklärte Katie. »Später ist es zur Gewohnheit geworden. Meine Eltern waren fest davon überzeugt, dass da draußen jemand auf mich lauerte, ein Mann, der nur auf die Gelegenheit wartete, erneut zuschlagen zu können. Deshalb wünschten sie sich einerseits, dass ich bei ihnen wohnen bliebe, um mich zu beschützen, doch andererseits hielten sie es für sicherer, wenn ich wegzog.«

»Beides leuchtet ein«, erwiderte Xenia nachdenklich. »Doch schließlich habt ihr euch entschieden, dass du nach New York gehst. Aber die Unruhe hat euch allesamt wahrscheinlich nie verlassen.«

»So ist es. Ich zog mit neunzehn von zu Hause fort. Ein Jahr später als geplant, was daran lag, dass ich zunächst gar nicht mehr zur Schauspielschule wollte. Nicht ohne Carly und Denise. Es war einfach nicht mehr dasselbe ... Unser Traum war zerstört. Und ich hatte das Interesse an einer Bühnenlaufbahn verloren. Du hast keine Ahnung, wie schuldig ich mir vorkam! Schließlich war ich diejenige, die Carly und Denise an jenem Tag beschwatzte, mit mir in die Scheune zu kommen. Und dann ging ich früher nach Hause und ließ sie allein. Ich dachte immer, wenn ich geblieben wäre, hätten wir den Täter in die Flucht schlagen können. Zu dritt hätten wir das gewiss geschafft. Und dann wäre alles anders gekommen ...«

»Ein schlechtes Gewissen ist typisch für die Überlebenden«, bemerkte Xenia leise. »Das Gefühl kenne ich nur zu gut. An jenem Junimorgen wollte ich Justin und Tim nach Harrogate bringen, doch in letzter Minute änderte ich meine Meinung. Ich blieb zu Hause, um Jarvis beim Aufräumen des Speichers zu helfen. Allein deshalb lebe ich noch, und die beiden sind tot. Wie oft habe ich mir gewünscht, ebenfalls tot zu sein! Ich redete mir ein, dass ich ihre Abfahrt hätte verhindern können ...« Sie schüttelte den Kopf. »Ich habe sie im Stich gelassen. Ich war nicht bei ihnen, weil ich mit Jarvis unnützen Kleinkram sortiert habe.«

»Dann weißt du ja, was in mir vorgeht«, entgegnete

Katie. »Ich wollte nie mehr eine Bühne betreten. Der bloße Gedanke daran war mir unerträglich. Als ich es wieder versuchte, erfasste mich ein unglaublicher Schwindel, und meine Arme und Beine begannen wie wild zu zittern. In dem Jahr, als der Mord geschah, sollte ich Hamlets Monolog vortragen, auf der Weihnachtsfeier der Schule. Ich konnte es nicht. Das war nämlich die Rolle, die ich gerade einübte, als es geschah ... Ich glaube, ich verkroch mich danach wie eine Schnecke in ihrem Haus.«

»Und wie hast du es geschafft, wieder rauszukommen?«, erkundigte sich Xenia.

»*Ich* habe es gar nicht geschafft«, antwortete Katie. »Es war meine Mutter, die das für mich besorgte. Sie holte mich mit all ihrer Kraft aus meinem Tief. Sie war einfach wunderbar! Sie war diejenige, die darauf bestand, dass ich nach New York ging, um mich an der Academy einzuschreiben. Sie fuhr mit mir hin, wohnte für einen Monat bei mir und meiner Tante und wartete ab, bis ich wieder Vertrauen zu mir selbst und meiner Umgebung gefasst hatte. Als ich mich wieder allein hinaus traute, langsam Geschmack am Schauspielunterricht fand und einen Teil meiner schlimmsten Ängste abgelegt hatte, reiste sie ab.«

»Du hast also nicht alle Ängste abgelegt«, schloss Xenia.

»Nein, natürlich nicht«, stimmte Katie zu. »Es gab weiterhin Augenblicke, in denen ich panisch reagierte. Ich blickte mich unablässig um – wenn du so willst, ist das noch immer so. Es hat nie vollkommen aufgehört. Ebenso wenig wie der quälende Gedanke, dass ich als Einzige entkommen bin. Womöglich hing das mit Macs späterem Verdacht zusammen, dass der Täter aus Malvern oder einem anderen Ort in der Umgebung stammte und dann fortzog, um der Verfolgung zu entgehen. Ich sagte mir zwar immer wieder, dass New York eine Riesenstadt ist, in der ich mich gut verstecken kann, doch andererseits –«

»Ich weiß, worauf du hinauswillst«, unterbrach Xenia sie. »Du bist Schauspielerin. Du stehst im Rampenlicht und wirst gesehen ... Jetzt begreife ich auch deine Bedenken, was die Rolle der Emily betrifft.«

»Du kannst dir vorstellen, wie es für mich sein wird, in New York auf der Bühne zu stehen. Es kommt mir so vor, als würde ich mich freiwillig zur Zielscheibe machen.«

»Hast du deshalb all die Rollen, die Melanie dir anbot, abgelehnt?«

»Nein, das waren einfach nicht die richtigen Rollen für mich. Harry, ihr Mann, sah das ebenfalls so.«

»Und jetzt? Wie wirst du dich nun in Bezug auf ›Charlotte und ihre Schwestern‹ entscheiden?«

»Ich weiß es noch immer nicht, wenn ich ehrlich bin«, erwiderte Katie. Sie erhob sich, trat ans Fenster und schaute in den dunklen Garten hinaus.

Ihr Blick wanderte zum Himmel hoch, der mit funkelnden Sternen übersät war. In ihrer Mitte leuchtete die schmale Sichel des Mondes. Dieser Anblick hatte eine beruhigende Wirkung.

Katie wandte sich um. »Das, was damals geschah, hat mein Leben unwiderruflich verändert, Xenia. Es hat *mich* verändert. Es hat mich zu einem ängstlichen Menschen werden lassen. Für eine Weile hat es mich an der Schauspielerei gehindert, hat mich Männern gegenüber misstrauisch gemacht. Nun, zur Schauspielerei bin ich zurückgekehrt ...«

»... doch Männern gegenüber bist du nach wie vor argwöhnisch«, beendete Xenia ihren Satz.

Katie erwiderte nichts.

»Ich hoffe, du nimmst es mir nicht übel, Katie, wenn ich es dir in diesem Zusammenhang sage, doch Grant Miller ist nichts für dich. Das hat mit deiner Furcht und deinem Misstrauen nichts zu tun. Grant kann dir schlichtweg nicht das Wasser reichen, glaub mir!«

»Das weiß ich selbst. Es ist aus, jedenfalls von meiner Seite.«

»Weiß Grant das?«

»Ich habe versucht, es ihm begreiflich zu machen. Als er vor sechs Monaten in London war, habe ich ihm ziemlich deutlich gezeigt, dass ich mich nicht mehr für ihn interessiere. Ich hoffe, er hat es verstanden.«

»Nimm die Rolle an, Katie!«, riet Xenia eindringlich. »Tu es dir zuliebe. Es wird dein großer Durchbruch werden, das spüre ich. Nenn es Instinkt oder wie auch immer, aber für mich besteht daran nicht der geringste Zweifel.«

»Ich will es ja«, gab Katie zu. »Ich wünschte nur, ich wüsste, dass ich die Rolle der Emily auch wirklich bewältigen kann. Ich will den Erfolg, nicht nur für mich, sondern auch für ... für Carly und Denise. Es war unser Traum, eines Tages am Broadway aufzutreten. Ich möchte ihn nun erfüllen, verstehst du?«

»Besser als du denkst. Und ich bin davon überzeugt, dass es dir gelingt!«

Kapitel 22

Katie war bis ans Ende der langen Allee gewandert, wo sie sich nun umwandte und die imposante Fassade des Hauses studierte, die sich gegen das helle Morgenlicht abhob. Selbst wenn ihr das detaillierte architektonische Fachwissen ihres Vaters fehlte, besaß Katie dennoch genug Sachverstand, um Burton Leyburn als Prachtstück elisabethanischer Baukunst zu identifizieren.

Das Gebäude war aus den blassgrauen Steinen errichtet worden, die in Yorkshire vorherrschten und sich auf harmonische Weise in die Landschaft einfügten. Als Katies Blick über die Zinnen wanderte, musste sie unwillkürlich lächeln. Sie sahen aus wie eine ordentlich bestickte Kante, die eine Reihe von Giebeln, Erkern, Nischen und Fenstern säumte.

Als Xenia und sie am Vortag angekommen waren, hatte das Haus im schwindenden Licht des Tages einen geradezu verwunschenen Eindruck gemacht. An diesem Morgen wirkte es vollkommen anders. Trutzig, ehern, beständig – das waren die Begriffe, die Katie bei der Betrachtung durch den Sinn fuhren. Das galt sowohl für die Vergangenheit als auch für die Zukunft. Ich habe vierhundert Jahre überdauert, ohne jemals Schaden genommen zu haben, und ich werde die nächsten vierhundert Jahre ebenfalls überstehen, schien das Haus zu verkünden.

Langsam schritt Katie die Allee hinauf und umrundete gemächlich eine Seite des Hauses, bis sie auf die Terrasse stieß, die sich unter dem Fenster ihres Zimmers befand. Sie zog sich mit ihrer schweren Steinbalustrade an der gesamten Rückfront entlang. In der Mitte führten mehrere Steinstufen in den Park, dessen Blumenrabatten, Sträucher, Wege und Bäume einer strengen Symmetrie gehorchten.

Dazwischen schimmerten leuchtend grüne, gepflegte Rasenflächen auf, die sich bis zu dem in der Ferne glitzernden See erstreckten. Die breiten Kronen der Bäume, die die Wege begrenzten, ruhten auf mächtigen, knorrigen Stämmen, und Katie stellte sich vor, wie angenehm es sein musste, im Sommer darunter zu liegen und sich in ihrem Schatten auszuruhen.

Abermals empfand sie die Zeitlosigkeit, die das Anwesen ausstrahlte, die ruhige Atmosphäre, die den Besitz über die Jahrhunderte hinweg verströmte. Robert Leyburn musste sich seinerzeit verdient gemacht haben, wenn er von der letzten Tudor-Königin ein dermaßen großzügiges Geschenk bekommen hatte. Sie nahm sich vor, Verity nach den Einzelheiten zu fragen.

Da es noch nicht acht Uhr war und sie demzufolge noch ein wenig Zeit hatte, bis das Frühstück serviert wurde, beschloss sie, zum See zu wandern.

Katie dachte über die Dinge nach, die Xenia ihr in der Nacht zuvor anvertraut hatte. Sie hatten sie tief berührt und ihrer Freundin in gewisser Weise näher gebracht. Nun wusste sie, dass Xenias Vergangenheit ebenso wie die ihre von einem tragischen Verlust geprägt war, von Ereignissen, die ihr Leben und ihr Verhalten beeinflussten. So wurden etwa ihre Zurückhaltung und Verschwiegenheit begreiflich.

Katie war noch nicht weit gegangen, als sie hörte, dass ihr Name gerufen wurde. Sie drehte sich um und blickte der Gestalt entgegen, die auf sie zugerannt kam. Es war Xenia.

Sie trug einen grauen Trainingsanzug und Laufschuhe mit dicken Sohlen. Ihr Haar war zu einem Pferdeschwanz zusammengebunden, und als sie vor Katie stehen blieb, war sie völlig außer Puste, und Schweißperlen glänzten auf ihrer Stirn. Schwer atmend ergriff sie das Handtuch, das sie um ihren Hals gewunden hatte, betupfte sich damit Stirn und Wangen und öffnete den Mund, um etwas zu sagen. Doch außer einem Keuchen brachte sie keinen Ton hervor.

»Hey, lass dir Zeit«, lachte Katie. »Ich lauf nicht weg.«

Nachdem sie mehrmals tief Luft geholt hatte, stöhnte Xenia auf und bemerkte anschließend noch immer ein wenig kurzatmig: »Ich wollte nur einmal rasch die Allee rauf- und runterspurten, doch ich hatte offenbar vergessen, wie lang sie ist.« Sie ließ sich gegen einen Baumstamm sinken. »Oder aber ich bin vollkommen aus der Übung. Na, wie dem auch sei, auf dem Weg habe ich Pell getroffen, der mir sagte, du wärest bereits unterwegs, vermutlich in Richtung See.«

»Ich habe niemanden gesehen«, erklärte Katie überrascht. »Wo um alles in der Welt hat Pell denn gesteckt?«

»Überall und nirgends«, grinste Xenia. »Er hält sich ständig im Garten auf und werkelt an diesem oder jenem herum. Dabei besitzt er die Gabe, unsichtbar zu bleiben.« Sie befühlte ihre erhitzten Wangen und fuhr fort: »Ich glaube, ich bin für heute genug gerannt. Macht es dir etwas aus, wenn ich dich begleite? Dann können wir später gemeinsam frühstücken.« Glucksend setzte sie hinzu: »Ich wette, dass sich Anya und Jarvis geradezu übertreffen werden, um dir zu zeigen, was man in Yorkshire am frühen Morgen schon alles essen kann.«

»Soll mir recht sein«, erwiderte Katie. »Ob du es glaubst oder nicht: Ich habe einen Bärenhunger. Allerdings bin ich deshalb nicht so zeitig aufgestanden. Ich wollte mir lediglich das Haus einmal in Ruhe von allen Seiten ansehen.«

»Und? Es ist großartig, nicht wahr?«

»Einfach fantastisch! Ich mag dieses graue Gestein. Es wirkt so erhaben und gleichzeitig unaufdringlich.«

»Das ist Yorkshire, meine Liebe. Hier wirst du nie

auf einen vornehmen Landsitz stoßen, der aus derbem rotem Backstein errichtet wurde, das ist undenkbar!«

Für eine Weile schlenderten die beiden in einvernehmlichem Schweigen nebeneinander her. Schließlich bemerkte Xenia: »Weißt du was, Katie? Ich mache mir Vorwürfe, weil ich dich beschwatzt habe, morgen Haworth mit mir zu besuchen. Es kommt mir vor, als würde ich dir die Brontës aufdrängen.«

»Ach du liebe Zeit!«, rief Katie verwundert aus. »Was bringt dich denn plötzlich auf diese Idee?«

»Letzte Nacht ist mir mit einem Mal bewusst geworden, dass ich dich mit meinen Vorschlägen überrollt habe. Ich will dich nicht in Gefahr bringen, Katie, verstehst du, ich mache mir Sorgen –«

Katie blieb stehen. »Ich weiß, was du meinst, doch ich habe ebenfalls nachgedacht, und im Gegensatz zu dir bin ich zu dem Schluss gekommen, dass die Gefahr, die ich stets gewittert habe, eigentlich übertrieben ist. Der Überfall auf Carly und Denise liegt bereits zehn Jahre zurück, und nach Beendigung meiner Ausbildung in New York bin ich ja schon in Amerika aufgetreten, zwar nicht am Broadway, doch immerhin auf den kleineren Bühnen in der Umgebung. Und dennoch ist mir nichts geschehen. Ein Gefühl sagt mir, dass Mac MacDonald Recht hat: Nach dem Überfall hat der Mörder das Weite gesucht.«

»Wie kommt Mac eigentlich darauf? Woher will er das wissen?«

»Nun, er geht davon aus, dass sich der Täter früher oder später verraten hätte, wenn er in Malvern oder Umgebung geblieben wäre.«

»Er hätte nach New York ziehen können.«

»Stimmt. Er hätte überallhin ziehen können. Trotzdem, Xenia – nachdem ich mich entschieden hatte, mein Schauspielstudium aufzunehmen, wusste ich, dass ich eines Tages auf der Bühne stehen würde, und dass mich auf diese Weise jeder, der mich sucht, auch finden kann. Das ist mein Risiko, doch ich muss den Weg, den ich eingeschlagen habe, weitergehen, ich muss mit meinem Leben fertig werden. Deswegen versuche ich, meine Furcht zu bekämpfen, anstatt mich ständig umzublicken und mir Gott weiß was zurecht zu spinnen.«

»Ich finde, in Anbetracht der Umstände hast du dich glänzend gehalten«, entgegnete Xenia, wobei sie Katie mit prüfenden Blicken maß.

Katie lachte laut auf. »Ich weiß genau, woran du jetzt denkst«, erklärte sie. »Daran, dass ich noch immer wie eine Geisteskranke die Türen hinter mir abschließe.«

Xenia stutzte, hakte sich bei Katie unter und erwiderte: »Na ja, so was in der Art ging mir tatsächlich durch den Kopf. Aber was soll's? Von lieben, alten Gewohnheiten trennt sich der Mensch nun einmal nicht gern.« Sie tätschelte Katies Hand. »Ich kann dir gar nicht sagen, wie froh ich bin, dass wir Freundinnen geworden sind! Es ist so tröstlich für mich. Weißt du, was ich sagen will? Ich fühle mich nicht mehr gänzlich allein mit meinem Kummer. Findest du das selbstsüchtig?«

»Nein«, entgegnete Katie, »überhaupt nicht. Mir ergeht es ja nicht anders.«

»Ich habe sehr früh geheiratet«, fuhr Xenia fort. »Ich war erst achtzehn. Danach gab es für mich nur noch Tim und Burton Leyburn. Dann kam Justin zur Welt. Das Kind wurde neben Tim zum wichtigsten Menschen in meinem Leben. Allerdings habe ich dadurch jeglichen Kontakt zu meinen früheren Freundinnen verloren, und dann war ich eines Tages allein ...« Xenias Stimme brach ab.

Katie drückte zärtlich ihren Arm. »Ach, Liebes«, murmelte sie, »lass es gut sein!«

Xenia schüttelte den Kopf. Gleich darauf hob sie erneut an. »Der Inhalt meines Lebens war weg, von jetzt auf gleich ...« Xenia schnippte mit den Fingern. »Der Tod ist endgültig, selbst wenn man die, die man verloren hat, noch im Herzen bewahrt.« Sie holte tief Atem. »Ich blieb jedenfalls allein zurück. Der einzige Mensch, den ich noch besaß, war Verity. Ich vergrub mich, wollte nichts und niemanden sehen, vegetierte hier vor mich hin – ich war wie ein Hund, der sich verkriecht, um seine Wunden zu lecken. Ich bin beinahe verrückt geworden! Und wenn ich nun zurückblicke, waren das fünf lange, schwere Jahre.«

»Ich weiß, wie das ist«, entgegnete Katie. »Selbst wenn die Umstände bei mir andere waren, kann ich das gut nachempfinden. Verkriechen ist oft die einzige Möglichkeit. Ich habe mich für zwei Jahre von der Außenwelt abgeschottet.« Sie hielt inne und musterte Xenia fragend. »Was bewog dich denn schließlich, von hier fortzuziehen und dir in London eine Wohnung zu suchen?«

»Oh, das ist Veritys Verdienst«, antwortete Xenia. »Sie kehrte nach ihrer Scheidung von Geoffrey hierher zurück, ich schätze, das war vor etwa fünfzehn Jahren. Ihr Sohn Stephen lebte im Internat, und Burton Leyburn war ihr Zuhause. Außerdem hing sie an uns, später vor allem an Justin, den sie geradezu vergötterte. Nach dem Tod von Justin und Tim blieb sie vermutlich, weil ich mich an ihr fest klammerte, doch dann kam eins zum anderen. Ihr Vater verließ Burton Leyburn, nachdem sein Sohn und sein Enkel gestorben waren. Er konnte das Haus nicht mehr ertragen und zog sich nach Südfrankreich zurück, wo seine Lebensgefährtin ein Château besitzt. Verity nahm hier die Zügel in die Hand und begann, das Anwesen zu leiten. Na ja, und eines Tages setzte sie mich einfach vor die Tür. Um mir einen Gefallen zu tun, wie sie sagte.« Xenia hielt inne, schüttelte den Kopf und lachte leise vor sich hin. »Du hättest mich damals sehen sollen. Ich wehrte mich wie eine Wahnsinnige. Doch Verity gab nicht nach. Allerdings ging sie sehr behutsam vor. Oder sagen wir mal, sie benutzte einen Trick, um mir auf die Beine zu helfen. Sie bat mich nämlich, in London für sie einzukaufen, sie zu beraten, ihre Kataloge mit ihr zu gestalten, Messen zu besuchen und dergleichen. In Wahrheit wollte sie mich lediglich von meinem Kummer ablenken. Sie wollte, dass ich einen Weg für mich fand – genau wie Onkel Thomas.«

»Onkel Thomas?«

»Tims und Veritys Vater, mein Schwiegervater. Ich habe ihn von Kindheit an Onkel Thomas genannt.«

»Kehrt er nie hierher zurück?«

»Zuweilen im Sommer. Mit seiner Gesundheit steht es nicht zum Besten, weshalb er das übrige Jahr lieber im milderen Klima Südfrankreichs verbringt. Außerdem verwöhnt ihn niemand so sehr wie seine Freundin.«

»Aha«, murmelte Katie. »Ich glaube, ich kann mir den Rest zusammenreimen. Du hast in London Einkäufe für Verity getätigt, und plötzlich kam dir die Idee, dich selbständig zu machen und ein eigenes Unternehmen zu gründen. War es so?«

»Nicht ganz. Und vor allem nicht so plötzlich. Der Anstoß kam wie gesagt von Verity, und ich war zuerst ziemlich verletzt und beleidigt, weil ich sie verdächtigte, mich abschieben zu wollen. Ich dachte, ich fiele ihr zur Last. Im Nachhinein begriff ich ihre Beweggründe.

Also folgte ich schließlich ihrem Rat und zog in das Haus in der Farm Street, das Tim von seiner Mutter und ich dann von ihm geerbt hatte. Anfänglich besuchte Verity mich an den Wochenenden, begleitete mich zu Vernissagen, zu anderen Veranstaltungen ... Und währenddessen kam mir der Gedanke, dass ich so was eigentlich ganz gern selbst organisieren würde. Kurz darauf traf ich Alan Pearson, der von New York aus Events und Feste arrangierte, und beschloss, mich mit ihm zusammenzutun. Ich kannte Alan noch von früher, er gehörte zum Kreis von Tims Schulfreunden. Na, und den Rest der Geschichte kennst du. Ein Jahr, nachdem Alan und ich Geschäftspartner wurden, traf ich nämlich auf einer Party in New York eine gewisse Katie Byrne ...«

»Okay, ab da weiß ich Bescheid.« Katie lachte. »Allerdings verstehe ich noch immer nicht, was es mit Veritys Katalogen auf sich hat. Die hast du zwar gelegentlich erwähnt, doch worum es sich genau handelt, ist mir schleierhaft.«

»Ach, habe ich dir wirklich noch nicht erzählt, dass Verity unter anderem auch ein Versandhaus besitzt? Sie hat es vor ungefähr zehn Jahren gegründet, doch erst in den letzten Jahren ist sie so erfolgreich geworden. Sie hat einen wahren Goldesel entdeckt. Natürlich geht es dabei nicht um irgendwelchen Billigkram, sondern um ausgesprochen schöne und erlesene Dinge, die Verity selbst auswählt.«

»Aber um was denn genau?«

»Nun, da wäre einmal ihr Katalog *Landhaus von Burton Leyburn.* Dort offeriert sie Duftkerzen, Bienenwachskerzen, Kissen, Übertöpfe, Bettwäsche, Schaffellpantoffeln und weiß der Kuckuck was. Dann gibt es noch *Lady Veritys Badekomfort,* eine Reihe von Shampoos, Cremes, Lotionen, Seifen, Potpourris und Duftsäckchen für den Kleiderschrank, und als Drittes *Lady Veritys Speisekammer* mit Honig, Marmelade, Gelee, Kräutern, eingelegtem Gemüse und Ähnlichem. Diese Dingen entstammen ihrer eigenen Produktion und sind wirklich köstlich. Sie schmecken noch so, wie solche Dinge schmecken müssen. Verity ist ein Genie!«

»Ich bin beeindruckt«, staunte Katie.

»Das darfst du auch ruhig sein. Wir alle hier sind übrigens daran beteiligt. Ich auch. Und gelegentlich kaufe ich noch immer für Verity ein, weil mir das so viel Freude bereitet.«

»Und wer sind die anderen? Die Angestellten im Haus oder die Leute aus dem Dorf?«

»Beides. Verity ist die größte Arbeitgeberin der Umgebung. Sie beschäftigt einen großen Teil der Frauen aus den umliegenden Dörfern, die froh sind, wenn sie sich ein bisschen was nebenbei verdienen können. Und dann arbeiten natürlich noch Lavinia, Anya, Anyas Mann, Barry Thwaites, der den Farmbetrieb führt, Pell, Jarvis –«

»Ich dachte, Jarvis ist Veritys Butler.«

»Ist er ja auch, wenngleich Verity ihn neuerdings als Tausendsassa bezeichnet, weil er seine Finger überall hat. Im Grunde ist er so etwas wie ihre rechte Hand. Er lebt bereits seit ewigen Zeiten auf Burton Leyburn und liebt das Anwesen ebenso wie Verity. Letztlich dient der Ertrag, den das Versandhaus abwirft, natürlich dem Erhalt von Burton Leyburn. Deshalb stellen wir ja auch die Parkanlagen im Sommer der Öffentlichkeit zur Verfügung. Mit den Eintrittsgeldern werden die Gärten in Stand gehalten. Außerdem gibt es noch einen kleinen Laden, in dem Veritys Produkte verkauft werden. Da kommt unterm Strich einiges zusammen.«

Katie ließ sich das Gehörte für einen Moment durch

den Kopf gehen. Dann erklärte sie: »Mir war das nie so richtig bewusst, doch jetzt wird mir klar, das ein derartiger Besitz natürlich riesige Geldsummen verschluckt.«

»Das kannst du laut sagen!«, erwiderte Xenia. »Das Familienvermögen ist nämlich nicht sehr groß, weshalb hier jeder mit Feuereifer bei der Sache ist, um Veritys Gewinn zu sichern. Wenn du mich fragst, wüsste ich nicht, ob wir ohne Veritys Unternehmen zurechtkommen würden. Wahrscheinlich müsste Onkel Thomas sein Haus dem National Trust überantworten oder irgendetwas in der Art, worüber keiner von uns besonders glücklich wäre, denn dann könnten wir hier nicht mehr wohnen. In dem Fall wäre Burton Leyburn nichts weiter als ein Museum.«

»Das wäre ausgesprochen schade«, bemerkte Katie. Ihr wurde bewusst, dass die Dinge selten so waren, wie sie auf den ersten Blick erschienen.

»Das, was du hier vor dir siehst«, verkündete Xenia mit einer ausladenden Geste, »nennen wir den See. In Wirklichkeit ist es natürlich nur ein Teich. In der Mitte befindet sich ein Springbrunnen, doch der wird nur im Frühling und im Sommer angestellt.«

»Ganz gleich, wie man es nennt«, entgegnete Katie mit verträumtem Blick, »es ist wunderschön!« Sie blinzelte ins Sonnenlicht. »Von weitem verschmilzt der See mit dem Horizont. Er sieht aus wie ein kleines Naturparadies. Die dunklen Punkte dahinten sind doch gewiss Wildenten, oder sind es Schwäne?«

»Beides. Sogar Möwen kommen hierher, obwohl wir doch ein ganzes Stück von der Küste entfernt sind.«

»Seit wann existiert denn der See?«

»Seit dem 18. Jahrhundert. Die Leyburns der damaligen Zeit legten hier einen Lustgarten an, allen voran

Adam Leyburn und sein Sohn Charles, die beide sowohl über die notwendige Energie und Kreativität als auch über das Geld verfügten. Ihnen verdankt der Park seine Pracht. Sie sorgten auch dafür, dass der Skell, der das Tal durchfließt, in gewissen Abständen eingedämmt wurde, sodass Schleusen, Kanäle und kleine Seen entstanden. Onkel Thomas behauptet, der Park sei ein Paradestück romantischer Landschaftsarchitektur, und ich finde, er hat Recht.«

»Wie viele Besucher habt ihr denn im Schnitt?«

»Ach, du liebe Güte, da müsstest du Verity fragen. Die Leute kommen aus ganz England und Europa hierher, um den Park zu besichtigen. Warte nur ab, bis der Sommer kommt und der Rhododendron blüht! Das ist ein einmaliger Anblick.«

»Macht es euch nichts aus, wenn Gott und die Welt hier herumspazieren?«, wollte Katie wissen.

»Nein, überhaupt nicht. Erstens brauchen wir das Geld, und zweitens haben wir nichts dagegen, dass sich auch andere an der Schönheit des Parks erfreuen. Wir lassen die Leute ja sogar ins Haus, um ihnen einige der Räumlichkeiten zu zeigen.«

»Und ich dachte immer, du seist eine steinreiche Erbin«, kicherte Katie.

»Falsch gedacht!«, grinste Xenia. »Ich verdiene mein Geld wie alle anderen Leute im Schweiße meines Angesichts, weshalb ich jetzt auch jedes Anrecht auf ein köstliches, ausgiebiges Frühstück habe, was meinst du?«

»Auf jeden Fall!«, bestätigte Katie. »Und ich kann es kaum erwarten, dir dabei Gesellschaft zu leisten.«

Kapitel 23

Wenig später durchschritten die beiden Frauen die große Eingangshalle, wo Xenia Katie den Weg zum Gartenzimmer zeigte, mit einladender Geste die Tür aufstieß und erklärte: »Hier gibt es alles, was dein Herz begehrt. Fang schon mal an! Ich flitze nur kurz hoch, um mich zu duschen und umzuziehen.«

»Beeil dich!«, forderte Katie sie auf, »sonst ist gleich nichts mehr da. Ich habe nämlich Hunger wie ein Wolf.«

»Wenn du das alles essen kannst«, rief Xenia, »dann stellen wir dich in Zukunft auch zur Besichtigung aus.«

Katie lachte. Dann ließ sie ihre Blicke durch das Gartenzimmer wandern. Die Wände waren in zartem Limonengrün gehalten, und jemand – wahrscheinlich Lavinia – hatte sie mit schlanken tropischen Bäumen bemalt, in deren Blätterdächern exotische Vögel hockten. Die Bemalung verlieh dem Raum eine dreidimensionale Wirkung. In den Fensternischen und auf einem langen Tisch an der Wand wucherten üppige Grünpflanzen, sodass der Raum seinem Namen alle Ehre machte.

»Hallo, Katie!«, ertönte eine Stimme. Katie wandte sich um und erkannte Lavinia, die den Raum durch eine Schwingtür am anderen Ende betrat. »Wir sind offenbar die Ersten, die auf den Beinen sind. Der Rest scheint sich noch in den Federn zu aalen.«

»Hallo, Lavinia!«, begrüßte Katie die junge Frau. »Nein, wir sind nicht die Ersten. Xenia ist schon unten, oder besser, sie *war* unten. Sie hat im Park bereits ihre Runden gedreht und ist mit mir spazieren gegangen. Jetzt duscht sie und zieht sich um.«

»Oh, warum hat sie mir denn nichts davon gesagt?«, rief Lavinia enttäuscht aus. »Ich wäre liebend gern mit ihr gelaufen und mit euch spazieren gegangen, vorausgesetzt ihr hättet mich dabei haben wollen.«

»Selbstverständlich hättest du mitkommen können! Was Xenias Laufen betrifft ... na ja, da fragst du sie besser selbst, ob ihr dabei jemand zuschauen darf.«

»Ich verstehe«, kicherte Lavinia. »Wo steckt überhaupt Jarvis?«

»Nicht so ungeduldig, junge Dame!«, hörte Katie eine Männerstimme. »Wo soll Jarvis um diese Zeit schon stecken, wenn nicht in der Küche, durch die du gerade ohne einen Blick nach links oder rechts gestürmt bist?«

Lavinia grinste dem Mann entgegen, der den Raum durch die Schwingtür betrat. »Hallo, Jarvis!«, sagte sie. »Darf ich dir unseren Gast vorstellen? Das ist Katie Byrne. Sie stammt aus Amerika.«

»Guten Morgen, Madam«, begrüßte Jarvis Katie mit zuvorkommendem Lächeln.

»Guten Morgen, Jarvis«, erwiderte Katie und bemerkte sofort, dass der Butler beziehungsweise Veritys Tausendsassa mit seinem silbergrauen Haar und dem wettergegerbten Gesicht eine überaus eindrucksvolle Figur abgab. Er war von mittlerer Statur, schlank und vermutlich um die Fünfzig, vielleicht auch schon Anfang Sechzig. In seiner Funktion als Butler trug er eine graue Hose mit Nadelstreifen sowie ein blütenweißes Hemd mit grauer Krawatte unter einem schwarzen Rock.

»Was darf ich Ihnen anbieten, Miss Byrne?«, erkundigte er sich. »Orangensaft, Grapefruitsaft, Tee, Kaffee?«

»Ich nehme gern einen Kaffee, Jarvis.«

Jarvis deutete eine Verbeugung an und begab sich zu der Anrichte, auf der eine Reihe silberner Wärmebehälter, Karaffen und Kannen standen.

»Ich glaube, ich brauche heute ein warmes Frühstück«, ließ sich Lavinia vernehmen. »Gibt es etwas, das du besonders empfehlen kannst, Jarvis?«

»Ich kann *alles* empfehlen«, entgegnete Jarvis leicht pikiert. »Und wenn ich mich recht erinnere, isst du für gewöhnlich auch alles. Wie wäre es mit Blutwurst, gegrillten Tomaten, Siedewürstchen, Schinkenspeck, Rührei und geräuchertem Hering?«

»Hilfe!«, stöhnte Lavinia. »Meine Mutter konnte sich wohl nicht zurückhalten, wie?«

»Blutwurst?«, wiederholte Katie erstaunt. Das kannte sie gar nicht.

»Eine Spezialität Yorkshires«, antwortete Jarvis. »Es ist eine besonders schmackhafte Sorte, die wir von einem Metzger aus dem Dorf beziehen. Man kann sie sowohl kalt als auch warm essen, doch Anya schneidet sie meist in Scheiben und brät sie zusammen mit Kartoffeln an. Möchten Sie etwas davon kosten?«

»Ich glaube, so früh bringe ich das nicht hinunter«, bemerkte Katie ein wenig verlegen. »Ich werde mich mit Rührei und Tomaten begnügen. Zumindest fürs Erste.«

Während Jarvis Katie Kaffee einschenkte, sagte Lavinia: »Du solltest aber wenigstens den geräucherten Hering probieren. Er kommt aus Schottland und schmeckt ganz vorzüglich.«

Lavinia ging zur Anrichte und tat sich selbst von dem Essen auf. Als sie zurückkehrte, hielt sie Katie ihren Teller unter die Nase. »Sieh mal, was für eine wundervolle Farbe der Räucherhering hat! Ein zartes Goldgelb. Meine Mutter pochiert ihn in Milch und Butter. Na, wie wär's? Möchtest du nicht doch eine Portion?«

Katie schüttelte den Kopf und flüsterte: »Lavinia, ich bitte dich. Sei nicht so grausam.«

»Du weißt eben nicht, was gut ist«, versetzte Lavinia.

»Nicht jeder Mensch besitzt deinen Pferdemagen«, erklärte Jarvis, der gerade Katies Frühstück servierte. An Katie gewandt fuhr er fort: »Ich hörte, dass Sie sich Lavinias Bilder anschauen möchten. Nun, Sie werden sich wundern. Es ist nämlich ganz erstaunlich, wie viel Talent unser kleiner Vielfraß besitzt.«

Lavinia errötete vor Freude. Sie erwiderte jedoch nichts, sondern machte sich stumm über ihre Mahlzeit her.

»Davon bin ich überzeugt«, erwiderte Katie mit einem Blick auf die junge Künstlerin. Lavinia sah auch an diesem Morgen so aus, als entstamme sie geradewegs den frühen Sechziger Jahren. Sie trug ein kariertes Hemd zu ihrer Jeans, außerdem weiße Söckchen und flache Schuhe. Um ihren Hals hatte sie sich ein rotes Halstuch geknotet, und an ihren Ohren baumelten goldene Kreolen.

»Du siehst der jungen Audrey Hepburn zum Verwechseln ähnlich, Lavinia, weißt du das eigentlich?«, fragte Katie.

Lavinia errötete abermals und nickte kauend.

»Oh, du liebe Zeit, Miss Byrne, so etwas dürfen Sie ihr nicht sagen. Das steigt ihr sofort zu Kopf.«

»Guten Morgen allerseits!«, erklang Xenias Stimme im Hintergrund. Mit wenigen Schritten hatte sie den Raum durchquert und setzte sich. Sie hatte einen gelben Twinset und eine cremefarbene Hose angezogen und machte einen frischen, munteren Eindruck. Ihr Haar war im Nacken mit einer weißen Seidenschleife zusammengebunden.

»Guten Morgen, Miss Xenia«, sagte Jarvis. »Was darf ich Ihnen zum Frühstück anbieten?«

»Nur eine Scheibe Toast, Jarvis, vielen Dank. Na ja, und vielleicht noch ein paar Würstchen, etwas Rührei,

Schinkenspeck und Tee.« Sie zwinkerte Katie ausgelassen zu und fuhr fort: »Ich muss mich ein wenig sputen, fürchte ich. Verity sitzt bereits in ihrem Büro und trommelt mit den Fingern auf der Tischplatte herum. Ihre Buchhalter werden jeden Augenblick erscheinen. Wie es aussieht, werden wir uns den ganzen Vormittag mit ihnen amüsieren. Ich hoffe, das macht dir nichts aus, Katie.«

»Natürlich nicht! Keine Sorge, ich kann mich schon selbst beschäftigen.«

»Lavinia wird sich um dich kümmern, nicht wahr, Schatz?«

»Ich wollte Katie ohnehin meine Bilder zeigen und nachher vielleicht noch ein wenig mit ihr durch die Gegend laufen. Uns wird schon nicht langweilig.« Lavinia schaute Katie an und fragte: »Reitest du?«

»Ach herrje, nein!«, erwiderte Katie. »Im Allgemeinen fürchte ich mich vor großen Tieren.«

»Dann versuchst du es am besten mal mit Jess. Das ist eine alte Stute, die keiner Menschenseele etwas zu Leide tut. Ein vollkommen freundliches und harmloses Geschöpf.«

Katie machte eine etwas hilflose Miene und schüttelte zaghaft den Kopf.

»Lavinia!«, schimpfte Xenia. »Warum musst du Katie so nerven? Sie hat doch gesagt, dass sie nicht reiten möchte.«

»Außerdem wird Lavinia jetzt erst einmal das Frühstück servieren«, schaltete sich Jarvis ein. Er wandte sich an Xenia und setzte hinzu: »Ich muss mich nämlich schleunigst in den Packraum begeben. Wir haben Hilfskräfte aus dem Dorf angeheuert, um mit unseren Aufträgen voran zu kommen, doch wenn niemand Aufsicht führt, sitzen die Burschen nur herum und vertrödeln die Zeit mit Schwatzen und Gott weiß welchem Unfug. Wenn Sie mich entschuldigen würden, meine Damen?«

»Das ist kein Problem, Jarvis«, entgegnete Xenia. »Ich glaube, die beiden *Damen* werden auch ohne dich satt.« Sie erhob sich, trank ihren Tee aus und drückte kurz Katies Schulter. »Wir sehen uns später«, erklärte sie und entfernte sich mit eiligen Schritten.

Nachdem Jarvis verschwunden war, schenkte Lavinia Katie Kaffee nach. Gleich darauf öffnete sich die Schwingtür, und Anya kam herein.

»Katie, hast du meine Mutter schon kennen gelernt?«, erkundigte sich Lavinia und sprang auf. »Mum, das ist Miss Byrne aus New York.«

Anya streckte ihre Hand aus und begrüßte Katie mit einem kleinen Augenzwinkern. »Guten Morgen, Miss Byrne«, sagte sie. »Wir haben uns ja gestern Abend schon kurz gesehen. Ich hoffe, das Frühstück hat Ihnen geschmeckt.«

»Guten Morgen, Anya.« Katie stand auf, ergriff die dargebotene Hand und erwiderte: »Es war großartig, besser als im besten Hotel.«

Anya bedankte sich, ging zur Anrichte und hob klappernd die Deckel der Wärmebehälter hoch. »Aber Sie haben ja gar nichts gegessen!«, rief sie vorwurfsvoll. »Na, da bin ich ja froh, dass Pell und Jamie noch nicht gefrühstückt haben. Sie achten nie auf ihre schlanke Linie.« Sie stemmte ihre Fäuste in die Seiten und drehte sich zu Lavinia um. »Hast du etwa auch nur gepickt?«, fragte sie empört.

»Nein«, entgegnete Lavinia und schüttelte energisch den Kopf. »Ich habe Berge verschlungen. Und lass dir wegen der Reste keine grauen Haare wachsen! Jarvis hat mehrere junge Männer aus dem Dorf herbestellt, die ihm beim Packen helfen. Wenn du ihnen etwas anbietest, wird kein Krümel übrig bleiben.«

»Na gut«, sagte Anya ein wenig resigniert. »Ich werde ihnen ein paar Häppchen zubereiten.« Leise fügte sie hinzu: »Ich finde es nicht richtig, Essen zu verschwenden, während die halbe Welt am Verhungern ist.«

Katie hatte Anyas Worte gehört. »Ich bin derselben Ansicht«, bemerkte sie. »Doch wir haben wirklich unser Bestes versucht.«

»Und an die Figur gedacht«, brummte Anya, indem sie zwei der großen Silberschalen von der Anrichte nahm und sich anschickte, damit in die Küche zurückzukehren.

Als Katie mit Lavinia allein war, sagte sie: »Deine Mutter lebt bereits seit einer ganzen Weile in England, nicht wahr?«

»Stimmt. Wie kommst du darauf?«

»Nun, ihr Englisch ist einwandfrei.«

»Sie ist schon als Kind nach England gekommen, nach London, um genau zu sein. Geboren wurde sie in Paris. Meine Großeltern waren zwar Russen, doch sie sind während der Revolution nach Frankreich geflohen. Anschließend ließen sie sich in England nieder, und meine Mutter heiratete einen jungen Mann aus Burton Leyburn. Auf diese Weise ist sie hier gelandet. Das war vor fünfundzwanzig Jahren. Ich kam bereits in Burton Leyburn zur Welt. Leider ist mein Vater im Alter von dreißig Jahren gestorben, er hatte ein schwaches Herz. Da war ich erst drei Jahre alt.«

»Oh, wie schrecklich!«, antwortete Katie. »Mit dreißig zu sterben ... Das muss deine Mutter sehr hart getroffen haben.«

»Das hat es auch, doch Mum ist stark. Sie sei unverwüstlich, behauptet sie immer. Auf diese Weite hat sie jedenfalls vor neunzehn Jahren für die Leyburns zu arbeiten begonnen, und es macht ihr noch immer viel Freude. Sie kocht für ihr Leben gern, und deshalb schmeckt es bei ihr auch immer vorzüglich. Meine Mutter glaubt fest daran, dass man eine Sache lieben muss, wenn man sie gut machen will, und sie genießt nun einmal kaum etwas mehr, als andere Menschen mit ihren Gerichten zu verwöhnen. Denkst du, sie hat Recht? Glaubst du auch, dass man erfolgreich wird, wenn man das tut, was man liebt?«

Katie nickte entschlossen. »Das steht ganz außer Zweifel. Ich kenne nichts Schöneres, als auf der Bühne eine Rolle zu spielen, und das war schon immer so. Ohne meine Hingabe und ohne meine Leidenschaft wäre daraus jedoch niemals etwas geworden. Und schau dir doch auch Xenia an! Ihr Beruf erfüllt sie ganz und gar. Sie kennt keine Grenzen, wenn es darum geht, eins ihrer sagenhaften Events auf die Beine zu stellen, und das ist es, was letztlich ihren Erfolg ausmacht.«

»Ja, ich weiß, wie Xenia ist. Sie hat mich übrigens gebeten, an diesem Wochenende ein paar Skizzen für ihren Winterpalast anzufertigen. Sie möchte sie als Vorlagen für die Ausstattung ihrer New Yorker Silvesterparty verwenden.«

»Kennst du dich denn damit aus?«, fragte Katie. »Also ich hätte nicht die leiseste Ahnung, wie der Winterpalast des Zaren ausgesehen hat.«

»Nichts leichter als das«, lachte Lavinia. »Die Bibliothek hier steht voller Bildbände über den Winterpalast. Sie gehören Xenia, ihr Vater hat sie ihr geschenkt. Ich verfüge also über jede Menge Material.« Sie stand auf und reckte sich genüsslich. »Ich glaube, wir sollten allmählich aufbrechen, Katie«, seufzte sie. »Wir nehmen den alten Wagen, der im Stall steht.«

Katie erhob sich, strich ihren Pullover und ihre Hose glatt und sagte: »Ich glaube, ich brauche keinen Mantel, oder was meinst du? Vorhin war mir nicht zu kalt.«

»Du kannst so bleiben, wie du bist. Pell sagt zwar, dass eine Kaltfront im Anzug ist und dass sich ein Unwetter zusammenbraut, doch das sagt er oft, und meistens irrt er sich.«

Das, was Lavinia als »alten Wagen« bezeichnet hatte, stellte sich als Kombi heraus, der in der Tat einen etwas mitgenommenen Eindruck erweckte. Doch nachdem sich Lavinia hinter das Steuer gesetzt hatte, schoss er im gleichen Tempo wie der Bentley über die Feldwege, die an den Park von Burton Leyburn grenzten und in das umliegende Hügelland führten.

»Die Scheune befindet sich nicht weit von hier entfernt, gleich hinter dem Wald dort drüben«, bemerkte Lavinia. »Wir wohnen übrigens in dem Bauernhof ganz in der Nähe, den mein Vater bewirtschaftet. Das heißt, eigentlich handelt es sich natürlich um meinen Stiefvater, doch er hat mich von klein auf wie sein eigenes Kind behandelt. Wir verdanken ihm sehr viel. Er hat es Mum nie an etwas fehlen lassen, und mir hat er erlaubt, die Kunsthochschule in Leeds zu besuchen.«

»Ach, und ich hätte geschworen, dass du für eine Weile in London gelebt und an einer der dortigen Akademien studiert hast.«

»Irrtum! Ich wollte nie in London wohnen. Ich hänge viel zu sehr an dieser Landschaft, und außerdem kann man in Leeds ebenso gut studieren wie in London.«

»Dass du die Landschaft magst, ist kein Wunder. Yorkshire ist wunderschön, und so etwas wie Burton Leyburn findet man vermutlich nirgendwo.«

»Was ausschließlich Verity zu verdanken ist. Sie hat

das Ganze am Leben erhalten, und mein Dad behauptet, eine bessere Gutsverwalterin könne man sich gar nicht vorstellen«, erklärte Lavinia im Brustton der Überzeugung.

»Ja, sie scheint sehr vielseitig zu sein«, bemerkte Katie.

»Vor allem ist sie eine knallharte Geschäftsfrau«, kicherte Lavinia. Sie warf Katie einen raschen Seitenblick zu, ehe sie in vertraulicherem Ton fortfuhr: »Der Earl hätte das nicht hingekriegt ... Ich glaube, nachdem Tim und Justin tot waren, gab er auf. Er hat es nie verwunden, Sohn und Enkel zu verlieren. Mum hat das von vornherein prophezeit. Deswegen wohnt er auch nicht mehr hier. Er erträgt es einfach nicht, auf Burton Leyburn zu sein.«

»Das kann ich gut verstehen«, erwiderte Katie leise, während sie sich den Kummer des alten Mannes vorzustellen versuchte. »Es gibt Ereignisse, die ein Mensch niemals verkraften kann. Aber wer wird Burton Leyburn denn nun erben?«

»Na, Stephen, Veritys Sohn. Nach dem Tod seines Großvaters wird er der nächste Earl of Burton Leyburn. Zurzeit studiert er in Cambridge.«

»Das freut mich für Verity«, murmelte Katie, »trotz der grausamen Umstände.« Sie lehnte sich in dem abgewetzten Wagenpolster zurück und dachte an den Schatten, der seit dem Tod von Xenias Mann und Sohn über der Familie Leyburn lag. Es war so unendlich schwer, den plötzlichen Verlust geliebter Menschen zu ertragen, insbesondere wenn sie gewaltsam aus dem Leben gerissen wurden. Katies Gedanken wanderten zu Denise ... Doch schnell verdrängte sie die aufkommende Trauer und lenkte ihre Aufmerksamkeit auf Xenias Schicksal.

Sie bewunderte die Freundin für die Stärke, mit der sie

ihr Leben meisterte. Sie hält sich wirklich tapfer, ging es ihr durch den Kopf, und wenn sie zuweilen bedrückt und niedergeschlagen wirkt, ist das nur zu verständlich. In Anbetracht der Tatsache, dass der Tod von Tim und Justin erst fünf Jahre zurücklag, verfügte Xenia über außerordentliche Disziplin und Selbstbeherrschung.

Katie ließ ihren Blick über die vorbeiziehende Landschaft gleiten, wo sich abermals das Flickenmuster bräunlicher, von Steinmauern gesäumter Felder abzeichnete, die hier und da von kleinen Wäldern abgelöst wurden. Vor ihr breitete sich ein großes Stück Ackerland aus, an dessen Grenze rechterhand ein Gehöft mit umliegenden Wirtschaftsgebäuden zu erkennen war. Zu Katies Linken erstreckte sich eine Weide, auf der Kühe in der Oktobersonne lagen oder sich in gemächlich schaukelndem Trab voranbewegten. Auf einer Koppel entdeckte sie eine Stute, die ein Fohlen vor sich herscheuchte. Katie merkte, wie sie sich entspannte und wie wohltuend der Friede der Landschaft auf sie wirkte.

Lavinia bog in einen Feldweg ein, der sich hinter dem Gehöft in Richtung der Hügel zog. Sie bildeten die reizvolle Kulisse für die alte Scheune – ein grauer, schiefer Würfel, der sich von den sanft geschwungenen Wellenlinien abhob.

»Das ist es!«, erklärte Lavinia mit kaum verhohlenem Stolz. »Das ist mein Atelier.«

Nachdem Katie den Wagen verlassen hatte und Lavinia folgte, die auf die Scheune zurannte, konnte sie nicht umhin, an jene andere Scheune zu denken, die weit entfernt in Connecticut lag. Ein Kälteschauer erfasste sie. Wie wenig hat es doch genutzt, dass Onkel Ted die Scheune damals abriss und dem Erdboden gleichmachte!, dachte sie und sah das alte unheilvolle Gebäude vor ihrem geistigen Auge auferstehen.

»Voilà!«, hörte sie Lavinia aufgeregt rufen. »Komm rein, schnell! Na, wie findest du mein Atelier? Ist es nicht fantastisch?«

Katie riss sich mühsam zusammen. Sie befand sich in England, weit weg vom Ort des grausamen Geschehens.

Lavinia brannte offenbar darauf, ihre Bilder vorzuführen, und Katie betrat eilig die Scheune.

Auf der Schwelle blieb sie stehen. »Das ist ja tatsächlich ein richtiges Maleratelier!«, rief sie überrascht. Sie trat zwei Schritte vor und schaute sich bewundernd um.

Die Scheunc war von mittlerer Größe und besaß eine hohe Decke, die zum Teil verglast war, ebenso wie ihre Stirnseite, die nach Norden lag. Der Raum war geradezu ideal zum Malen.

»Dad hat die Glasarbeiten selbst ausgeführt«, verkündete Lavinia. »Dahinten sind Türen, und wenn ich will, kann ich sie aufziehen und im Freien malen. Aber jetzt komm, Katie, ich will dir meine Bilder zeigen.«

Die Bilder, die an den beiden Längsseiten der Scheune angebracht worden waren, hatten eine einzigartige Ausdruckskraft. Kein Wunder, dass sogar Jarvis Lavinia rühmt, dachte Katie. Sie ist wirklich talentiert.

Das erste Gemälde, das Katie eingehend studierte, zeigte ein junges Mädchens, das auf einem abgeernteten Feld vor einer Heugarbe saß. Der Sommertag, den Lavinia eingefangen hatte, war nahezu greifbar, und als Katie den blitzblauen Himmel mit den vereinzelten Schäfchenwolken betrachtete sowie das goldgelbe Heu, musste sie unwillkürlich lächeln. Das bezaubernde dunkelhaarige Mädchen schaute verträumt in die Ferne und streckte die gebräunten Arme und Beine, die aus ihrem roten Kleid hervorlugten, ermattet von sich.

Lavinia bediente sich eines impressionistischen Stils,

und schien damit ihre Form gefunden zu haben. Die französischen Impressionisten, allen voran Renoir, Monet und Degas, zählten zu Katies Lieblingsmalern, und nach Ende der Besichtigung erklärte sie aus tiefster Überzeugung: »Lavinia, du bist begnadet! Deine Bilder sind ausnahmslos großartig, und deine Ausstellung wird ein grandioser Erfolg, da bin ich mir sicher.«

»Oh, Katie, glaubst du das wirklich? Du sagst das nicht nur so, nicht wahr?«, fragte Lavinia mit glühenden Wangen. »Ich wünsche mir nämlich nichts sehnlicher als das. Rex behauptet immer, meine Bilder glichen denen der Newlyn School, eine Gruppe von Malern, die vom ausgehenden 19. Jahrhundert bis in die Zwanziger Jahre ungemein beliebt und in hohem Maße anerkannt war. Er vergleicht mich mit Laura Knight ... ach, aber mir ist das alles ganz egal. Wenn ich das höre, fühle ich mich zwar geschmeichelt, doch ich male einfach, was mir so durch den Sinn geht oder was mich berührt. Es kommt aus mir heraus, aus meinem Inneren ...«

»Ich weiß genau, was du sagen willst«, sagte Katie nickend und deutete auf ein Bild von zwei Mädchen, die an einem Teich saßen und in ihr Spiegelbild im Wasser versunken zu sein schienen. »Dieses gefällt mir am besten. Wer sind die beiden? Sie sind zauberhaft. Entstammen sie deiner Fantasie oder gibt es sie wirklich?«

»Das sind die Enkelinnen von Jarvis und Dodie.«

»Oh«, stieß Katie verwundert aus. Für einen Moment verschlug es ihr die Sprache. »Heißt das, Dodie und Jarvis sind miteinander verheiratet?«, fragte sie.

»Allerdings«, erwiderte Lavinia lachend. »Wenn ein Paar Nachwuchs zeugen will, ist etwas anderes hier bei uns nicht denkbar. Bei Dodie und Jarvis ist alles so, wie es sich gehört. Sie haben eine Tochter, die ebenfalls ordentlich verheiratet und die Mutter der beiden Mädchen ist. Die Kleinen waren übrigens vorbildlich, als ich sie malte, saßen mucksmäuschenstill da und rührten sich nicht vom Fleck.«

Katie schüttelte den Kopf. »Trotzdem ... Also ich kann mir Jarvis und Dodie beim besten Willen nicht zusammen vorstellen!«

»Tja, meine Liebe, da kann ich dir leider auch nicht helfen. Tatsache ist jedoch, dass sie schon vor Urzeiten geheiratet haben. Sie sind beide hier aufgewachsen. Bereits Jarvis' Vater war Butler in Burton Leyburn, und Dodies Mutter arbeitete hier früher als Köchin. Für Verity gehören sie zur Familie, zumindest sind sie ein fester Bestandteil des Haushalts.«

»Ja, aber ... Ist Dodie nicht ein wenig seltsam? Oder liegt das lediglich an den übersinnlichen Kräften, die sie angeblich besitzt?«

»›Ein wenig seltsam‹ ist gut!«, prustete Lavinia los. »Na ja, was ihre Zauberkräfte und Weissagungen anbelangt, da bin ich mir auch nicht so sicher. Eigentlich glaube ich nicht an solche Dinge, doch meine Mutter schwört, dass Dodie in die Zukunft blicken kann. Und mein Dad ist der gleichen Meinung.«

»Nun sag bloß noch, dass Verity auch daran glaubt. Gestern Abend hatte ich fast den Eindruck.«

»Ja, natürlich, was denkst du denn? Wenn jemand daran glaubt, dann Verity.«

Kapitel 24

Es war das Jugendwerk der Brontës, das auf Katie den größten Eindruck machte. Nach einem Rundgang durch das Pfarrhaus von Haworth kehrte sie in das so genannte Studierzimmer der Kinder zurück, in dem sie mit Xenia die Schriften von Charlotte, Emily, Anne und Branwell betrachtete.

Die Manuskripte befanden sich in einer Glasvitrine. Während Katie durch die blank polierten Scheiben spähte, wunderte sie sich über das winzige Ausmaß der Werke, denn keins war größer als eine Streichholzschachtel. Die Miniaturseiten waren von den Schwestern zusammengenäht worden, und die Schrift war dermaßen klein, dass sie kaum zu entziffern war. Genau genommen ließen sich die Worte kaum als Schrift bezeichnen, sondern glichen vielmehr punktgroßen Druckbuchstaben, die die Brontës sorgfältig aufgemalt hatten.

»So etwas habe ich noch nie gesehen«, erklärte Katie und beugte sich so nah wie möglich zu der Glasscheibe hinab. »Die Büchlein sind wirklich außergewöhnlich.«

»Mrs Gaskell, die mit Charlotte befreundet war und später ihre Biografie verfasste, schrieb einmal, dass sie bei der ersten Lektüre dieser Manuskripte nicht glauben mochte, dass deren Inhalt kindlicher Fantasie entsprungen war«, bemerkte Xenia. »Ein anderes Mal notierte Mrs Gaskell, dass die Vorstellungen, die sich dahinter verbargen, die Grenzen des Wahnsinns berühren. Ich würde das zwar nicht so sehen, aber dennoch finde ich es äußerst bemerkenswert, dass die Kinder nicht nur in einer Fantasiewelt wie Angria lebten, sondern dass die Figuren und Geschehnisse, die sie sich im frühen Alter ausgedacht haben, sie auch später nicht mehr losließen, sondern für den Rest ihres Lebens eine wichtige Rolle spielten.«

»Ich habe immer gedacht, sie hätten sich *zwei* Fantasieländer ausgedacht, Angria und Gondal.«

»Anne und Emily haben Gondal erfunden, und Charlotte und Branwell Angria. Es handelt sich um zwei Königreiche, die die politischen Gegebenheiten ihrer Zeit widerspiegeln. Abgesehen davon kommen natürlich jede Menge Heldinnen und Helden vor, die sich in Liebe und Leidenschaft verstricken und verzehren. Emily hat einiges davon in ihren Gedichten aufgegriffen.«

»Ja, aber wo stehen denn die Gondal-Geschichten?«, wollte Katie wissen.

»Tja, das ist in der Tat ein wenig eigenartig«, gab Xenia zu. »Emily und Anne begannen ihre Erzählungen über Gondal, als Angria bereits existierte. Später verlor Anne die Lust daran. Über Gondal wird demnach nie eine vergleichbare Materialfülle vorhanden gewesen sein, und außerdem ist es wohl auch so, dass Charlotte nach Emilys Tod einen großen Teil ihrer Manuskripte verbrannte.«

»Aber warum denn das?«, rief Katie verdutzt. »War Charlotte etwa eifersüchtig? Neidete sie Emily ihren Erfolg?«

Xenia schüttelte nachdenklich den Kopf. »Das glaube ich eigentlich nicht, doch andererseits – wer weiß das schon? Diejenigen, die sich mit dem Leben und dem Werk der Brontës befasst haben, sagen meist, dass Charlotte Emilys ausdrücklichem Wunsch folgte, als sie ihren Nachlass verbrannte, denn Emily legte peinlichen Wert auf die Wahrung ihrer Privatsphäre. Offenbar war Charlotte davon überzeugt, dass Emily ihre Gedanken für sich niederschrieb und nicht wünschte, dass Fremde oder gar die breite Öffentlichkeit Kenntnis davon bekamen.«

»Das heißt, Emily verfasste ihre Werke aus einem inneren Drang heraus, weil ihr das eine Art von Befriedigung verschaffte«, murmelte Katie.

»So wird es wohl gewesen sein«, pflichtete Xenia ihr

bei. »Emily ist und bleibt eine Schriftstellerin, die sich jeder eindeutigen Interpretation entzieht. Sie war geheimnisvoll, fast mystisch. Angeblich wurde sie von Dämonen beherrscht, die sie trieben. Sie zu verkörpern, dürfte eine enorme Herausforderung für dich sein, Katie.«

»Das war mir von Anfang klar«, erwiderte Katie. »Und je mehr ich von Haworth sehe, desto größer wird mein Interesse an dieser Rolle.« Ehe sie zum Fenster trat, warf sie Xenia einen nachdenklichen Blick zu. Sie ließ ihren Blick zum Friedhof wandern, der sich an das Haus anschloss. »Kein schöner Spielplatz für kleine Kinder, nicht wahr?«, bemerkte sie.

Xenia gesellte sich zu ihr und betrachtete ebenfalls die düstere Umgebung. »Nein, ganz bestimmt nicht«, entgegnete sie. »Doch auf der anderen Hausseite befindet sich ein Garten, in den sich Emily häufig zurückzog, um im Schatten der Bäume zu schreiben. Sie wird die Pfarrei gar nicht als so schrecklich empfunden haben, denn sie hat nie Anstalten gemacht, Haworth zu verlassen. Sie blieb hier und äußerte nie den Wunsch, woanders zu leben. Das Haus, der Garten, die umliegenden Moore ... das alles war ihr vertraut, es gab ihr ein Gefühl von Sicherheit und Geborgenheit. Emily war sehr scheu, Katie, vergiss das nicht.«

»Es fällt mir schwer zu glauben, dass die Frau, die ›Sturmhöhe‹ verfasst hat, scheu gewesen sein soll«, wandte Katie ein.

»Das ist ja genau der Punkt! Allein, in ihre Gedanken versunken, war sie ganz und gar nicht scheu.«

»Sie überwand ihre eigenen Grenzen demnach nur in ihrer Fantasie«, setzte Katie Xenias Gedanken fort. »Aber bedeutet das nicht, dass sie sich insgeheim doch von hier fortsehnte?«

»Nicht unbedingt. Ich glaube, sie wollte ihr Leben genau so führen, wie sie es tat. Dennoch gab es eine Zeit, in der Emily und Charlotte Haworth verließen, um in Brüssel in der Schule einer gewissen Madame Héger Französisch zu lernen. Professor Héger, der die Klassen unterrichtete und in den sich Charlotte prompt verliebte, schrieb in einem Brief an Patrick Brontë, den Vater der beiden, dass Emily mit der Zeit zugänglicher geworden sei und ihre anfängliche Zurückhaltung aufgegeben habe. Trotzdem war jedermann klar, dass Emily Haworth niemals für immer den Rücken kehren würde – das Leben draußen interessierte sie im Grunde nicht, sie lebte in ihrer eigenen Welt, und ich vermute, das war ihr genug.«

»Es kann ja auch sein, dass sie wie andere Schriftsteller sehr egozentrisch war und eine vertraute Umgebung vorzog, um sich nicht ablenken zu lassen«, gab Katie zu bedenken.

»Das wird sicherlich auch eine Rolle gespielt haben. Emily ist als Perfektionistin bekannt, als jemand, der seine Kunst zur absoluten Vollkommenheit führen wollte. Insofern wird sie eine ruhige, bekannte Umgebung einer aufregenden Fremde vorgezogen haben.«

»Was ist denn aus Charlottes Liebe zu diesem Professor Héger geworden?«

»Ach, herrje, eine Katastrophe natürlich! Wie hätte sie sich auch entfalten sollen? Monsieur Héger war ein verheirateter Mann, und seiner Frau gehörte die Schule. Angeblich war Madame Héger zudem äußerst eifersüchtig. Wenn ich mich recht entsinne, gibt es sogar Gerüchte, dass sie Charlotte bei ihrem zweitem Aufenthalt in Brüssel mit größtem Argwohn verfolgte.«

»Und der Herr Professor?«, fragte Katie. »Hat er denn die Liebe seiner Schülerin nicht erwidert?«

»Nein!«, entgegnete Xenia sehr entschieden. Gleich darauf stutzte sie jedoch und verbesserte sich: »Oder vielleicht doch? Was weiß ich? Bekannt ist lediglich, dass sich Charlotte verliebte. Und nicht nur das, sie *begehrte* Monsieur Héger. Na, und wie ein Mann reagiert, wenn eine junge Frau ihm ihre Aufmerksamkeit schenkt und ihn leidenschaftlich verehrt, kannst du dir ja denken ... Also, wenn ich es mir recht überlege, möchte ich meine Hand für den Professor nicht ins Feuer legen.«

»Er wird sich zumindest geschmeichelt gefühlt haben«, überlegte Katie. »Womöglich hat er Charlotte sogar ermutigt und sich an sie herangemacht.«

Xenia brach in Gelächter aus. »Mag sein, Katie, aber selbst wenn – Charlotte hätte ihn niemals abgewiesen. Sie sehnte sich so sehr nach einer Affäre ... Nein, ich tue ihr Unrecht, Charlotte sehnte sich nach der *Liebe!* Wie dem auch sei, wir sollten nicht zu hart mit Monsieur Héger ins Gericht gehen, sondern ihm vielmehr danken, denn ohne ihn hätte Charlotte vermutlich weder ›Der Professor‹ noch ›Villette‹ geschrieben.«

»Das sind die beiden Bücher, die ich noch nicht gelesen habe. Ich kenne lediglich ›Shirley‹ und ›Jane Eyre‹. Was glaubst du, weshalb Charlotte so viel produziert hat und Emily so wenig?«

»Keine Ahnung! Soweit ich weiß, war Charlotte der unternehmerische Geist der Familie. Sie sorgte dafür, dass ihre Manuskripte gedruckt wurden, sie suchte Verleger auf, blieb stets hartnäckig, wenn sie abgewiesen wurde. Sie agierte sowohl als Agentin für sich selbst als auch für ihre Schwestern. Dahinter verbarg sich vorrangig die Absicht, die Lebensumstände ihrer Familie zu verbessern, doch überdies wollte Charlotte berühmt werden. Sie hatte keineswegs vor, still und unauffällig in Yorkshire zu sitzen und einsam ihre Gedanken aufzuschreiben, wie Emily es tat. Gott sei Dank, kann ich nur sagen, denn schließlich ist es Charlottes Verdienst, dass wir etwas von den Frauen wissen, die im 19. Jahrhundert in Haworth lebten und wundervolle Romane und Gedichte verfassten.«

Kurz darauf verließen Katie und Xenia das Pfarrhaus und spazierten durch die Gassen von Haworth. Xenia kannte sich in dem Ort gut aus und führte Katie zur Dorfkirche mit ihrem eckigen Turm und dann die Hügel hinauf, um von dort die Aussicht über das Tal zu genießen.

Nachdem die beiden Frauen die Anhöhe erklommen hatten, atmeten sie einige Male tief durch und blickten stumm auf die wilde, unberührte Moorlandschaft, die sich schier endlos bis zum Horizont erstreckte und einem Meer glich, in dem sich braune und violette Wellenkämme ablösten.

»Herrlich!«, erklärte Katie beeindruckt. »Es ist keine liebliche Landschaft, dafür ist sie zu schroff und zu karg, aber sie hat dennoch ihren Reiz.«

»Das empfinde ich genauso«, entgegnete Xenia. »Die Natur besitzt hier so etwas Ursprüngliches – und aufgrund ihrer Weite sogar etwas Beunruhigendes. Gleichzeitig ist sie einfach atemberaubend schön!« Sie lächelte verträumt und setzte hinzu: »Es ist eben eine Frage des Geschmacks. Ich kenne Menschen, die Yorkshire abstoßend finden, weil es ihnen zu öde und einsam ist, doch mir ergeht es da ganz anders. Du solltest die Landschaft einmal im August oder im September erleben, wenn die Heide blüht. Dann ist sie einfach grandios! Jetzt sind die Farben ja schon kurz davor zu verlöschen.«

Xenia deutete auf einen Punkt in der Ferne. »Siehst du die Mauern auf der Anhöhe?«, fragte sie. »Das ist Top Withens, das mutmaßliche Vorbild für Emilys ›Sturmhöhe‹. Es gibt allerdings auch Stimmen, die behaupten, Emilys habe sich an High Sunderland Hall orientiert, als sie das Haus der Earnshaws beschrieb, und jenes Gebäude auf diesen Hügel verlegt. Heutzutage ist alles verfallen, doch wir können trotzdem hinwandern, wenn du möchtest.« Sie hob ihren Kopf und spähte in den blassblauen Himmel. »Im Moment sieht das Wetter noch gut aus – wenngleich man in dieser Gegend nie weiß, ob und wann es umschlägt. Im Moor kann es von einem Moment auf den nächsten regnen – aber ich habe für alle Fälle einen Schirm eingesteckt.« Xenia klopfte zufrieden auf ihre Schultertasche. »Wie sieht's aus, willst du es wagen?«

»Ich würde gern ein wenig durchs Moor spazieren«, erwiderte Katie. »Es muss ja nicht gleich bis Top Withens sein. Ich glaube, ich muss mir auch nicht die Ruinen eines untergegangenen Anwesens angucken. Doch ein bisschen umherstreifen möchte ich schon, einfach um ein Gefühl für die Landschaft zu bekommen, in der Emily lebte.«

»Dann nichts wie los!«, entgegnete Xenia.

Die beiden folgten einem Pfad, der ins Moor hinaus führte, und wanderten schweigend nebeneinander her, jede in ihre Gedanken versunken.

Katie versuchte, sich Emily Brontë vorzustellen, die Frau, die für so viele Menschen rätselhaft und unergründlich geblieben war. Sie jedoch würde ihre Wesenszüge erfassen müssen, wenn sie die Figur auf der Bühne überzeugend darstellen wollte. Um der Rolle zu entsprechen, musste sie Emilys Beweggründe, Leidenschaften und Sehnsüchte kennen. Nur dann würde sie ihnen Ausdruck verleihen können.

Als sie sich die Schwierigkeiten vor Augen hielt, die sie erwarteten, verspürte Katie abermals einen Anflug von Panik. Allerdings stand ihr ja die Bibliothek von Burton Leyburn zur Verfügung, wo sie ihr karges Wissen aufbessern konnte. Verity hatte ihr angekündigt, dass die gesammelten Werke der Brontës für sie bereit stünden und außerdem umfangreiche Studien über das Leben der Familie. Katie durfte sich ausborgen, was sie wollte, und die Bücher für die erforderliche Zeit behalten, vorausgesetzt natürlich, sie gäbe sie später wieder zurück.

Katie nahm sich vor, sich gleich nach ihrer Rückkehr in der Bibliothek zu vergraben, um so wenig Material wie möglich mit nach London zu nehmen.

Katie und Xenia hatten kaum die Hälfte ihres Wegs zurückgelegt, als sich der Himmel mit einem Mal verdunkelte und ein heftiger Wind aufkam, der an ihren Mänteln zerrte.

»Da hast du's«, murmelte Xenia. »Haargenau wie ich es befürchtet hatte!« In der Ferne ertönte dumpfes Donnergrollen. »Ich glaube, wir machen uns besser auf den Rückweg«, setzte sie hinzu. »Falls mich nicht alles täuscht, wird es gleich in Strömen gießen, und wenn wir uns nicht sputen, werden wir bis auf die Knochen nass.«

»Ich glaube, du hast Recht«, entgegnete Katie. »Lass uns umkehren! Einen ersten Eindruck habe ich ja nun gewonnen.«

Als die ersten dicken Regentropfen aufschlugen, setzte sich Katie in Trab. »Nimm deine Beine in die Hand, Xenia«, rief sie ihrer Freundin zu. »Ich habe keinen Schirm dabei.«

»Du hättest einen mitnehmen sollen.« Xenia lachte. »Pell hat gesagt –«

»*Du* hast gesagt, dass sich Pell meistens irrt«, rief Katie zurück.

Im nächsten Moment rannten beide so schnell sie konnten über den Pfad in Richtung Dorf. Sie hatten das Moor noch nicht ganz hinter sich gelassen und die ersten Häuser von Haworth gerade erreicht, als der Regen mit aller Macht einsetzte.

»Du darfst mit unter meinen Schirm!«, sagte Xenia kichernd und wühlte in ihrer Schultertasche. »Vorausgesetzt, ich finde ihn überhaupt.« Gleich darauf hatte sie ihn jedoch entdeckt und spannte ihn auf. Leider war er geradezu winzig.

»Das ist ja ein Spielzeugschirm!«, bemerkte Katie, woraufhin Xenia ihr einen warnenden Blick zuwarf.

»Noch so eine Beleidigung, und du kannst sehen, wo du bleibst!«

Katie hakte sich schnell bei ihr unter, und gleich darauf eilten sie dicht nebeneinander über die leer gefegte Hauptstraße, wo ihre Schritte auf dem Kopfsteinpflaster widerhallten.

»Es hätte schlimmer kommen können«, bemerkte Xenia, als sie sich im Wagen auf ihre Sitze fallen ließen. Sie kramte ein Päckchen Papiertaschentücher aus dem Handschuhfach hervor und betupfte sich Gesicht und Haare. »Wenn wir nur eine Minute später den Rückwärtsgang eingelegt hätten, wären wir jetzt pitschnass.«

»Mir reicht es auch so«, erwiderte Katie und zupfte sich ein Taschentuch aus dem Päckchen, das Xenia ihr hinhielt. »Ich glaube, du hast dein Spielzeugschirmchen nur über dich gehalten.« Sie wischte sich die Regentropfen ab, die ihr über Gesicht und Hals rannen. Anschließend lehnte sie sich in ihrem Sitz zurück und fügte hinzu: »Trotzdem bin ich froh, dass wir den Ausflug gemacht haben – auch wenn er nur kurz war. Jetzt weiß ich, wo Emily gelebt hat.«

»Na, wenigstens etwas, du undankbares Ding!« Xenia grinste. »Du solltest immer auf mich hören, findest du nicht auch?«

Sie ließ den Motor an, setzte den Bentley zurück, wendete und überquerte den leeren Parkplatz. Die wenigen Gäste, die Haworth zu dieser Jahreszeit besuchten, hatten ihn offenbar schon vor einer Weile fluchtartig verlassen.

Auf der Rückfahrt schwiegen die beiden oder machten hier und da eine Bemerkung über die Landschaft, die nun in eintöniges Grau getaucht war. Mit einem Mal rief Xenia aus: »Ich weiß, wen du unbedingt zu den Brontës befragen musst: Rex Bellamy. Er wird dir jede erdenkliche Auskunft geben können, denn er befasst sich seit Jahren mit der Familie.«

»Den Eindruck hatte ich gestern Abend schon, als wir nach dem Abendessen zusammensaßen und er über die Gedichte und Romane der Schwestern sprach.«

»Wann soll das denn gewesen sein? Ich kann mich nicht erinnern, dass die Rede irgendwann auf die Brontës gekommen wäre.«

»So war es aber, mein Schatz, nämlich als du in dein Zimmer gelaufen bist, um dir einen Pullover zu holen und ewig nicht zurückkamst.«

»Das waren zwar höchstens fünf Minuten, aber auch in einer kurzen Zeit kann man ja einiges von sich geben.«

»Was tut Rex eigentlich?«, erkundigte sich Katie. »Ich meine, beruflich? Auf mich hat er einen sehr gelehrten Eindruck gemacht. Ist er Dozent oder so was?«

»Nein!« Xenia lachte. »Lass dich von seinem akademischen Gehabe nicht irreführen – wenngleich es genau das ist, was er beabsichtigt. Und ich muss zugeben: Er spielt seine Rolle ziemlich perfekt.«

Katie schaute sie verwundert an. »Ja, aber was tut er denn nun, und warum spielt er eine Rolle?«

Xenia zuckte mit den Schultern und schwieg.

Katie musterte ihre Freundin argwöhnisch. »Er ist also kein Dozent«, bohrte sie weiter.

»Nein, ganz und gar nicht«, entgegnete Xenia und schwieg erneut. Sie überwand sich sichtlich und erklärte im Flüsterton: »Rex ist Spion.«

»Spion?«, wiederholte Katie ungläubig. »Das ist doch nicht dein Ernst!«

»Sogar mein voller Ernst! Oder sagen wir lieber: Ich vermute es. Genau genommen glaube ich, dass er zu den Leuten des MI6 gehört.«

»Interessant«, bemerkte Katie. »Und was, bitte, soll das MI6 sein?«

»Das Gegenstück zu eurem CIA, eine Nachrichteneinheit, die auf Auslandsaktivitäten spezialisiert ist. Das MI5 hingegen befasst sich mit internen Angelegenheiten und entspricht dem FBI in Amerika.«

»Hmm«, machte Katie. Sie ließ sich das Gehörte einen Moment lang durch den Kopf gehen. Dann bemerkte sie: »Ich wusste nicht, dass Spione herumlaufen und anderen Menschen erzählen, dass sie Spione sind. Ich dachte immer, so etwas behält man für sich.«

»Natürlich verliert Rex kein Wort darüber, im Gegenteil! Du hast doch selbst gemerkt, dass er versucht, den Eindruck zu vermitteln, er sei Gelehrter, Professor, Schriftsteller oder was auch immer. Das ist die Rolle, die ich meinte. Sie fällt ihm leicht, denn er ist äußerst belesen und kennt sich bestens in Kunst und Literatur aus. Aber er ist als Agent tätig, darauf verwette ich mein letztes Hemd!«

»Ja, aber –« Katie stockte. Dann kam ihr ein neuer Gedanke, und sie fragte entgeistert: »Und Verity? Weiß sie Bescheid?« Ihre Stimme wurde ein wenig schrill, und sie fügte hinzu: »Oder ist sie etwa mit von der Partie?«

Xenia prustete los. »Nein, Verity ist keine Agentin. Ich übrigens auch nicht, falls du das als Nächstes fragen solltest. Ich vermute, Rex hat Verity über seine Tätigkeiten informiert, doch sie scheint das zu verdrängen. Jedenfalls weicht sie immer aus, wenn ich mich erkundige, wo sich Rex gerade rumtreibt. Er reist nämlich viel herum, sagt nie, wo er war, und erzählt keinerlei Einzelheiten. Doch wenn es um politische Themen geht, verfügt er über ein erstaunlich detailliertes Wissen, und hin und wieder rutscht ihm etwas heraus, das er im Nachhinein herunterspielt oder leugnet überhaupt gesagt zu haben. Als er beim Militär war, arbeitete er im Nachrichtendienst. Für mich ist die Sache klar: Rex ist James Bond!«

»Du nimmst mich auf den Arm!«, sagte Katie noch immer ein wenig fassungslos. Als Xenia heftig den Kopf schüttelte, beschloss sie, das Thema erst einmal ruhen zu lassen und sich nach etwas anderem zu erkundigen. »Ist Rex eigentlich Veritys Liebhaber?«, fragte sie.

Xenia brach abermals in Gelächter aus. »Also, Katie, wirklich! Glaubst du, dass Rex hier herumrennt und den Leuten erzählt, er ginge mit Verity ins Bett?« Als sie weitersprach, wurde sie ernst. »Nein, die beiden sind kein Liebespaar. Rex ist lediglich Veritys Freund, oder besser noch: Er ist ihr Seelengefährte. Die beiden kennen sich seit Urzeiten. Nach seiner Scheidung hat Rex begonnen, Verity regelmäßig zu besuchen, doch mehr steckt nicht dahinter. Wenn er gerade nicht seinen ... Geschäften nachgeht, lebt er in Yorkshire, wo seine Mutter ein wundeschönes Landhaus besitzt.«

»Aha, und wenn er seinen *Geschäften* nachgeht, bedeutet das: Er ist für den MI6 unterwegs.«

»Sagte ich doch. Er besitzt außerdem eine Wohnung in London und ist auch häufig dort. Wenn du Rex direkt nach seiner Beschäftigung fragst, wird er dir relativ ehrlich antworten. Normalerweise sagt er dann, für die britische Regierung tätig zu sein, genauer gesagt für das Außenministerium. Darüber hinaus bleibt er allerdings vage.«

»Und weshalb behauptest du, Verity verdränge seine wahre Identität?«

»Weil sie Angst hat, dass ihm etwas zustößt, vermute ich.« Xenia machte eine Pause. »Versteh mich nicht falsch, Katie«, fuhr sie fort. »Ich habe Rex sehr gern, und mir ist es piepegal, ob er im Ausland spioniert oder nicht. Er ist kultiviert, sieht fantastisch aus und benimmt sich ausgesprochen charmant. Außerdem hängt Verity sehr an ihm, und das ist für mich ausschlaggebend.«

»Und woher rühren seine Kenntnisse über die Brontës?«

»Das kann ich dir nicht genau beantworten. Ich nehme an, dass er sich wie die meisten Menschen, die aus Yorkshire stammen, in irgendeiner Weise mit der Familie Brontë verbunden fühlt. Am besten fragst du ihn selbst. Tu mir aber den Gefallen, dich nicht auch gleichzeitig zu erkundigen, ob er heimlich im Ausland spioniert.«

»Sag mal, hältst du mich eigentlich für absolut dämlich?«

»Nein«, antwortete Xenia mit unbewegter Miene, »ich glaube, du bist eine der klügsten Frauen der Welt!«

Kapitel 25

Die Bibliothek von Burton Leyburn war ein lang gezogener, hoher Raum mit geschwungenen Deckenbalken, sodass der Eindruck entstand, man befände sich im Mittelschiff einer ehrwürdigen Kathedrale. Allerdings wurden die Wände von voll gestellten Bücherregalen bedeckt, und vor dem Kamin befanden sich ein Sofa und eine Reihe tiefer, bequemer Lesesessel.

Katie trat an den schweren Eichentisch, der vor einem der Fenster stand, und nahm die Bücher in Augenschein, die Verity für sie bereit gelegt hatte. Sie entdeckte einen Band der Schriftstellerin Muriel Spark, die sich mit einem Autor namens Derek Stanford mit dem Leben und Werk der Emily Brontë befasst hatte.

Katie war gerade im Begriff, sich auf das Sofa fallen zu lassen, als sie erschrocken zurückfuhr. Vor ihr erhob sich Rex Bellamy aus einem Sessel.

Rex setzte ein entschuldigendes Lächeln auf und sagte: »O Katie, das tut mir Leid! Ich hatte keineswegs vor, Sie zu erschrecken. Verzeihen Sie bitte!«

»Ach, das ist doch nicht so schlimm«, entgegnete Katie. »Ich habe gar nicht gemerkt, dass noch jemand hier ist.«

»Sie sind trotzdem ein wenig blass um die Nase geworden«, bemerkte Rex. »Soll ich Ihnen einen stärkenden Drink kommen lassen?«

»Nein, nein«, wehrte Katie ab, »das ist wirklich nicht nötig, ich wollte nur –«

»Oh, ich verstehe«, fiel Rex ihr ins Wort. »Sie wollten hier in aller Ruhe ein wenig herumschmökern. Ich sehe, dass sie das Buch von Muriel Spark ausgewählt haben. Es ist ganz hervorragend.« Er lächelte. »Wie hat Ihnen eigentlich Haworth gefallen? Sie waren doch heute Vormittag dort, wenn mich nicht alles täuscht, oder?«

»Ich fand es sehr interessant!«, entgegnete Katie. »Ich habe bereits einiges in Erfahrung gebracht, das mir mit Sicherheit nützlich sein wird.« Sie zögerte für einen Moment. »Xenia sagte mir, dass Sie viel über die Familie Brontë wissen«, fügte sie schließlich hinzu. »Vielleicht könnten sie mir in der Beziehung ein wenig weiterhelfen, insbesondere was Emily betrifft ... Also, falls es Ihnen nichts ausmacht, meine ich, und natürlich nur, wenn Sie Zeit haben.«

»Sehr gern! Wie wäre es jetzt gleich, bevor der Tee serviert wird?«

Katie nickte begeistert, ließ sich auf das Sofa sinken und legte ihr Buch auf einem Beistelltischchen ab.

Rex nahm wieder in einem der Ohrensessel Platz und schaute Katie abwartend an.

»Ich hoffe, Sie empfinden es nicht als ungehörig, wenn ich Sie zuerst einmal frage, woher sie eigentlich so gut über die Brontës Bescheid wissen«, begann Katie.

»Das ist überhaupt nicht ungehörig, ich bitte Sie! Das habe ich meiner Schwester Eleanor zu verdanken, die ihre Examensarbeit über dieses Thema schrieb. Sie bat mich, ihr Werk zu lesen, und auf diese Weise wurde mein Interesse an den Brontës geweckt.« Rex lehnte sich ein wenig vor und stützte seine Ellbogen auf die Knie. Seine Augen begannen zu funkeln. »Ich mag alles, was geheimnisvoll ist«, setzte er hinzu, »und damals, als ich Eleanors Arbeit las, bemerkte ich, dass die Familie Brontë gleich mehrere Geheimnisse hütete. Ich witterte irgendwelche schrecklichen, düsteren Geschichten, vielleicht sogar kriminelle Machenschaften ...« Rex lachte laut auf. »Nun ja,«, ergänzte er, »mag sein, dass die Romane der Schwestern mich dabei in die Irre geführt haben. Wie dem auch sei, ich vertiefte mich in die Werke und die wissenschaftliche Literatur über die Brontës, und inzwischen ist das so etwas wie mein Hobby geworden.«

»Aha«, erwiderte Katie. »Dabei hätte ich geschworen, Ihre Leidenschaft für die Brontës sei beruflicher Natur.« Sie warf Rex einen kurzen Blick zu. Xenia hat Recht, dachte sie bei sich. Rex war wirklich ein gut aussehender Mann. Er besaß hohe, ausgeprägte Wangenknochen, ein schmales Gesicht, grau meliertes Haar und dunkle, beinahe schwarze Augen, die vor Humor und Intelligenz nur so sprühten. Katie gefiel außerdem die Art, wie er sie amüsiert musterte, während er seine Beine übereinander schlug und sich im Sessel zurücklehnte. Seine Kleidung wirkte zwanglos und leger, wie Katie feststellte, konnte jedoch nicht darüber hinwegtäuschen, dass sie aus erstklassigem Material von einem ebenso erstklassigen Schneider angefertigt worden war.

Nach kurzem Überlegen sagte Rex: »Nein, beruflich habe ich nichts mit den Brontës zu tun. Ich bin kein Lehrer oder gar Literaturprofessor, falls Sie das angenommen haben. Ich arbeite für die Regierung – genau genommen im Außenministerium.«

»Ach, wirklich?« Katie tat verwundert. »Und was tun Sie dort, wenn ich fragen darf?«

»Sie dürfen, meine Liebe. Ich bin im Nachrichtendienst tätig.«

»Oh!«, hauchte Katie. »Wie aufregend!« Sie spürte, wie die Röte in ihre Wangen stieg.

Rex lachte abermals auf, und das Funkeln seiner Augen verstärkte sich. »Ich möchte wetten, dass Xenia Ihnen das bereits erzählt hat!«, sagte er. »Vermutlich ist sie sogar noch einen Schritt weiter gegangen und hat behauptet, ich sei Spion ... 007, der Agent Seiner Majestät der Königin!« Er grinste breit. »Leider ist dem nicht so. Ich sitze in meinem Büro und erledige nichts sagenden Papierkram, anstatt mein Gewerbe bei Nacht und Nebel auszuüben. Das stößt bei Xenia jedoch auf taube Ohren. Sie liebt die Vorstellung, einen Geheimagenten zu kennen.«

Katie kicherte belustigt, doch da sie ihre Freundin nicht bloßstellen wollte, erklärte sie: »Nein, da irren Sie sich. Xenia hat nichts Derartiges verlauten lassen. Sie sagte lediglich, Sie wüssten eine Menge über die Brontës und würden mir womöglich weiterhelfen können. Ich erwähnte ja bereits, dass man mir in dem Stück ›Charlotte und ihre Schwestern‹ die Rolle der Emily angeboten hat. Vielleicht haben Sie es in London gesehen ...«

»Habe ich, und ich möchte dieses Erlebnis um nichts in der Welt missen«, entgegnete Rex. »Das Einzige, was ich an dem Stück zu bemängeln hätte, war die Darstellung der Emily.«

»Wirklich? Warum denn das?«

Rex schmunzelte. »Am besten erzähle ich Ihnen erst einmal, wie *ich* die Brontës verstehe, und erkläre Ihnen anschließend, warum ich mit der Art, wie die Emily auf der Bühne präsentiert wurde, nicht zufrieden war.«

»Oh, bitte, tun Sie das!«, antwortete Katie. »Ich bin sehr gespannt.«

»Kann sein, dass es Ihnen schnell Leid tut, meine Einschätzung zu hören. Ich werde jedoch darauf achten, mich zu zügeln, um Sie weder unangemessen zu beeinflussen noch zu Tode zu langweilen. Wie viel wissen Sie denn schon über die Familie?«

»Nicht viel. Ich kenne einige der Romane der Schwestern und habe mir hier nun einen ersten Eindruck von ihrem Zuhause verschafft.«

»Nun gut, dann beginnen wir am besten mit den Geschwistern. Die vier Kinder betrachtet man am besten als zwei Paare, nämlich Charlotte und Branwell auf der einen und Emily und Anne auf der anderen Seite. Die beiden standen sich jeweils am nächsten. In ihrem späteren Leben änderte sich das ein wenig, denn da hatte Charlotte einen engen Draht zu Emily, vermutlich seit dem Moment, als sie das Talent ihrer Schwester erkannte. Natürlich verfügten alle vier Kinder über eine außerordentliche künstlerische Begabung, die sie sowohl schreiben als auch malen ließ. Branwell war derjenige, der sich später der Malerei widmete, doch unglücklicherweise gab er sich ebenso dem Alkohol hin, entwickelte darüber hinaus eine verhängnisvolle Leidenschaft für Opium und Laudanum und starb infolgedessen relativ früh. Es ist kaum bekannt, wie seine Schwestern auf seine Exzesse reagierten. Fraglos liebten und bewunderten sie ihn, doch im Laufe der Zeit schien er ihnen Angst einzujagen. Außerdem waren sie wütend auf ihn, insbesondere nachdem er sich hoffnungslos verschuldet hatte und die gesamte Familie finanziell in Bedrängnis geriet.« Rex machte eine Pause und räusperte sich. Dann setzte er hinzu: »Er war nun einmal das schwarze Schaf der Familie.«

»Und von seinen Schwestern ist er vermutlich hoffnungslos verwöhnt worden«, ergänzte Katie.

»Gelegentlich vielleicht, aber die Regel war das nicht. Ich glaube, dafür besaßen die Schwestern nicht genügend Zeit. Ihre Mutter war früh gestorben, ihr Vater war mit seiner Pfarrei beschäftigt, und die Tante, die der Familie den Haushalt führte, spannte die Mädchen ordentlich ein. Abgesehen davon war Branwell ja nicht der kleine Bruder, der von seinen großen Schwestern verhätschelt wird. Die Kinder waren mehr oder weniger im gleichen Alter. Charlotte war die Älteste, ihr folgte Branwell, danach kam Emily und zuletzt Anne, die zwei Jahre jünger war als Emily.«

»Xenia erzählte mir, dass Charlotte später als Agentin für sich und ihre Schwestern fungierte und ihre Romane ohne ihr Zutun niemals das Licht der Welt erblickt hätten.«

»Damit dürfte sie Recht haben. Charlotte war in vieler Hinsicht die Entschlossenste von allen. Sie war diejenige, die am eifrigsten schrieb und am erfolgreichsten war, obwohl – nun, meiner Meinung nach war Emily das wahre Genie der Familie, denn sie verfasste großartige Gedichte. Und ›Die Sturmhöhe‹ besitzt eine Kraft und Wildheit, wenn nicht gar Zügellosigkeit, die man bei Charlotte und Anne vergeblich sucht. Doch wie Sie bereits sagten: Charlotte hatte das Geschäft im Auge und sorgte dafür, dass die Schwestern bekannt und berühmt wurden. Als Erstes ließ sie einen kleinen Gedichtband drucken, und zwar auf eigene Kosten. Von diesem Bändchen wurden nur zwei oder drei Exemplare verkauft, aber dennoch wurde die Kritik darauf aufmerksam, vor allem auf die Gedichte, die Emily geschrieben hatte. Die Schwestern veröffentlichten ihre Werke übrigens nicht unter ihrem Namen, sondern nannten sich Bell. Emily war Ellis Bell, Charlotte Currer Bell, und aus Anne wurde Acton Bell. Offenkundig wollten sie nicht als die Brontës bekannt werden.«

»Das habe ich bereits in Haworth erfahren«, bemerkte Katie. »Aber ich fand es seltsam, zumal sich Charlotte doch danach sehnte, Ruhm und Anerkennung zu erlangen.«

»Es wirkt ein wenig widersprüchlich, passt jedoch zu der Zeit, in der die Frauen lebten. Charlotte hatte nicht zu Unrecht den Verdacht, nicht ernst genommen zu werden, wenn erst ihr Geschlecht bekannt würde. Ihre Pseudonyme lassen ja keine eindeutigen Schlüsse zu, ob es sich bei den Autorinnen um Männer oder Frauen handelt. Wie dem auch sei, Charlotte trieb ihre Schwestern an, Romane zu schreiben, die sich verkaufen ließen. Sie hatte stets den finanziellen Erfolg im Auge –«

»Doch daran war Emily überhaupt nicht gelegen, nicht wahr?«, unterbrach Katie.

»Nein, Emily wollte weder ihr Werk gedruckt sehen noch strebte sie danach, als Person ins Licht der Öffentlichkeit zu treten. Ihr ging es ausschließlich darum, ein vollkommenes Werk zu schaffen. Emilys Leidenschaft zielte auf künstlerische Vollendung, alles andere war ihr vermutlich regelrecht verhasst. Zuletzt vernichtete sie ja sogar einen großen Teil dessen, was sie geschrieben hatte – interessanterweise nachdem ›Die Sturmhöhe‹ bereits veröffentlicht worden war.«

»Was halten Sie denn davon? Ich meine, von dem Roman.«

»Ich bin jedenfalls anderer Meinung als die meisten«, erwiderte Rex mit Nachdruck.

»Nämlich?«

»Gemeinhin wird das Buch als großartige Liebesgeschichte angesehen, doch das ist es gar nicht. Es geht vielmehr um Gewalt, Hass und Vergeltung. Es ist die Geschichte eines Mannes, der sich sowohl an einer Frau als auch an ihrer Familie, wenn nicht gar an der gesamten Gesellschaft rächt – wenn Sie so wollen, ist es die Geschichte einer ureigenen Obsession.«

»Nun, es ist aber doch auch eine Liebesgeschichte!«, hielt Katie ihm verwundert entgegen. »Heathcliff liebt Cathy Earnshaw und sie ihn –«

»Nein«, fiel Rex ihr ins Wort. »Zumindest nicht im herkömmlichen Sinn. Es sei denn, Sie bezeichnen diese düstere, dämonische Inbesitznahme voneinander als Liebe. Abgesehen davon bleibt die Leidenschaft der beiden ohne Erfüllung. Insofern gestehe ich Ihnen allenfalls noch zu, dass es die Geschichte einer Entsagung ist oder die einer Verweigerung, in der die Begierde fatale Umwege einschlägt und letztlich in Tod und Zerstörung endet.« Rex hielt inne und setzte dann hinzu: »Es fällt mir persönlich sehr schwer, so etwas als Liebe zu bewerten.«

»So habe ich das noch nie gesehen«, gestand Katie. »Und wie denken Sie über die Autorin? Was halten Sie von Emily Brontë als Frau?«

»Tja, merkwürdigerweise macht Emily den Eindruck einer ganz normalen jungen Frau, bodenständig, praktisch veranlagt ... Sie begnügte sich damit, den Pfarrhaushalt zu führen und sich zwischendurch fortzustehlen, um zu schreiben. Ich glaube, sie schätzte es, in ihrem vertrauten Milieu nach eigenem Gutdünken schalten und walten zu können. Sie war die Einzige, die nie als Gouvernante arbeitete oder eine Stelle als Hauslehrerin antrat, so wie die anderen Schwestern es taten. Emily wollte einfach ihre Ruhe haben, um kreativ zu sein.«

»Also doch die typische selbstsüchtige Künstlerin, nach der sich alles richten muss!«, bemerkte Katie. »Das habe ich gestern bereits zu Xenia gesagt.«

»Durchaus«, antwortete Rex. »Andererseits fordert jede Kunst, sei es das Schreiben, die Malerei oder auch die Schauspielerei, dass man sich ihr vollkommen überlässt und hingibt, vorausgesetzt man beabsichtigt, wirklich erfolgreich zu sein. So etwas führt wohl immer zu Selbstsucht, womöglich lässt sich das gar nicht vermeiden.«

»Und dennoch behaupten Sie, Emily sei eine ganz normale junge Frau gewesen – wohingegen die Allgemeinheit sie als geheimnisvoll und rätselhaft bezeichnet.«

»Sie war all das«, erwiderte Rex. »Sie war in der Lage,

kleine Briefchen an Bekannte zu verfassen, in denen sie unbeschwert plauderte und schilderte, was sie an täglichen Pflichten erledigt hatte, um sich im nächsten Moment zurückzuziehen und hochdramatische Texte zu schreiben. Ich halte sie für äußerst wandlungsfähig, eine Frau, die sich sowohl in das Leben ihrer ungestümen Charaktere hineinversetzen als auch einfach nur Emily Brontë sein konnte, eine junge Frau, die sich mit schlichter Haushaltsführung begnügt und sich um ihren Vater kümmert.«

Katie seufzte. »Ich muss ihren Charakter für meine Rolle noch einmal überdenken – sofern ich sie überhaupt annehme.«

»Sie dürfen sie auf keinen Fall ablehnen«, beschwor Rex sie. »Sie ist Ihnen wie auf den Leib geschnitten. Lesen Sie das Buch von Muriel Spark, und legen Sie die andere Literatur beiseite! Ich werde Ihnen einige wichtige Informationen über die Familie zusammenstellen.« Er beugte sich vor und schaute Katie eindringlich an. »Bitte, Katie, sagen Sie nicht ab! Ich spüre ganz deutlich, dass Sie die Rolle meisterhaft spielen werden!«

»Ich kann ohnehin kaum noch zurück«, murmelte Katie. »Ich habe der Produzentin bereits meine Zusage gegeben. Ich wünschte nur, ich wäre so sicher wie Sie und könnte glauben, dass es mir wirklich gelingt.«

»Verlassen Sie sich auf mich und meinen Instinkt, meine Liebe!«

Hinter ihnen öffnete sich die Tür. Rex' Augen leuchteten auf, und über sein Gesicht huschte ein freudiges Lächeln. »Da bist du ja, mein Schatz«, sagte er und stand auf. Er breitete seine Arme aus.

Verity küsste Rex' Wange und ließ sich in seine Arme sinken. Dann löste sie sich von ihm, drehte sich zu Katie um und sagte: »Ich wette, du hast dich bei Rex nach den Brontës erkundigt und bereust es inzwischen bitterlich, weil du schon nach kürzester Zeit nicht mehr wusstest, wie du ihm Einhalt gebieten und dein Gähnen unterdrücken solltest. War es so?«

Rex hob drohend seinen Zeigefinger. »Ich gelte als Experte auf diesem Gebiet.«

»Zumindest in diesem Haus«, spöttelte Verity liebevoll, ergriff seine Hand und hielt sie fest. Zu Katie gewandt bemerkte sie: »Xenia erzählte mir, ihr hättet euch in Haworth umgeschaut und euch weitergebildet, bis der Regen euch einen Strich durch die Rechnung gemacht hat.«

»Stimmt«, entgegnete Katie, »ich konnte mir aber trotzdem einen guten Eindruck verschaffen.«

»Na, prima!«, sagte Verity. »Dann haben wir uns ja den Tee alle redlich verdient.«

Pell schien mit seiner Vorhersage des Kälteeinbruchs doch Recht gehabt zu haben. Katie durchquerte mit Verity und Rex die Eingangshalle und hörte, wie der Wind die Fensterscheiben erzittern ließ. Als sie den beiden die Treppe hinauf folgte, überlief sie ein Kälteschauer, und sie beschleunigte ihren Schritt.

Als Verity die Tür zum großen Salon aufstieß und sah, wie sich Katie die Hände rieb, bemerkte sie lachend: »Mach dir keine Sorgen, Katie, in diesem Haus pfeift der Wind nur durch die dicken Außenmauern in der Halle. Warte nur, bis du am Kamin sitzt, da wird dir warm. Ich muss zugeben, dass sich Pells Vorhersagen doch fast jedes Mal bewahrheiten!«

»Pell ist eben ein echter Naturbursche, und seine Wetterberichte sind zuverlässiger als sämtliche im Radio oder Fernsehen.«

Auf dem kleinen Tisch vor dem Kamin war bereits

ein Tablett mit Häppchen und Gebäck bereit gestellt worden. Verity ließ sich auf dem Sofa nieder und griff nach der Teekanne, und Katie setzte sich in einen Sessel und überließ Rex den Platz neben ihrer Gastgeberin.

Kurz darauf flog die Tür auf, und Xenia kam in den Raum gestürmt, gefolgt von Lavinia, die einen feuerroten Overall mit passenden roten Ballerinas trug und wie immer hinreißend aussah.

Während Verity den Tee ausschenkte, reichten Xenia und Lavinia die kleinen Sandwiches herum, die mit Eiersalat, hauchdünn geschnittenem Fleisch, geräuchertem Lachs und Gurken- und Tomatenscheiben belegt waren.

Katie liebte die zarten Toastviertel, die – wie Xenia ihr erklärt hatte – ursprünglich für Kinder vorgesehen waren, doch sie begnügte sich mit zweien, wenngleich Rex sie mehrmals aufforderte, sich an die alte Regel zu halten, nach der aller guten Dinge drei seien.

Während Katie zufrieden ihre Sandwiches verzehrte und den Tag noch einmal Revue passieren ließ, warf sie Rex verstohlene Blicke zu. Sie hatte ihn ins Herz geschlossen, ebenso wie die anderen, selbst wenn jeder von ihnen auf seine Weise ein wenig eigentümlich war und ein kleines Geheimnis zu hüten schien. Doch wer tut das nicht?, fragte sie sich. Letztlich hat jeder Mensch irgendetwas zu verbergen.

Katie ließ ihren Blick in die Runde schweifen und merkte auf, als sie Xenia sagen hörte: »Ich gäbe sonst etwas darum, wenn ich wüsste, wo das Ding abgeblieben ist. Gestern Abend habe ich alles auf den Kopf gestellt – vergeblich. Dabei würde ich mir den Film liebend gern noch einmal anschauen. Laurence Olivier war ein großartiger Heathcliff, und Merle Oberon eine faszinierende Cathy Earnshaw. Merkwürdig, wie wenig *chi chi* sie wirkte, obgleich sie das zweifellos war.«

»Was ist denn *chi chi*?«, fragte Lavinia.

»Englisch-indischer Abstammung«, warf Rex ein.

»Das Einzige, was mich stört, ist, dass es sich bei etlichen Stellen sichtlich um Studioaufnahmen handelt, doch im Großen und Ganzen wirkt der Film ausgesprochen authentisch«, setzte Xenia hinzu.

»Sprecht ihr von dem Film ›Die Sturmhöhe‹?«, erkundigte sich Katie.

»Ja«, antwortete Verity. »Wir besaßen einmal das Video, doch offenbar ist es spurlos verschwunden. Aber warum sollten wir uns den Streifen zusammen anschauen, wenn Xenia ohnehin daran herummeckert?«

»Das habe ich noch nie getan!«, rief Xenia. »Ich halte den Film für einen absoluten Klassiker! Zumindest ist er hundert Mal besser als die entsetzlichen Remakes, die in den vergangenen Jahren auf den Markt gekommen sind. Die waren allesamt eine einzige Katastrophe. Wie kommst du überhaupt darauf, dass *ich* meckere, Verity?«, schloss sie grinsend. »Das tue ich doch nie!«

»Ich hätte den Film sehr gern gesehen«, murmelte Katie.

»Und ich glaube, ich weiß, wo die Kassette liegt«, verkündete Lavinia und erhob sich. »Wenn mich nicht alles täuscht, habe ich sie erst kürzlich in der Bibliothek gesehen, in einem der Bücherregale.«

»Was um alles in der Welt hätte sie denn dort zu suchen?«, fragte Verity mit gespielter Verwunderung. »Unsere Videos stehen doch alle schön alphabetisch geordnet in meinem Arbeitszimmer! Offenbar hat der Film Beine bekommen, nicht wahr, Lavinia?«

»Ich weiß nur, dass ich ihn in der Bibliothek gesehen habe«, entgegnete Lavinia leicht gekränkt und verließ den Raum. Offenbar wollte sie die Kassette umgehend aufspüren, obwohl Verity ihr nachrief, das habe noch Zeit.

»Und Sie kennen den Film tatsächlich nicht, Katie?«, wunderte sich Rex. »Das kann ich gar nicht glauben.«

Katie nickte. »Es ist wirklich seltsam, denn ich liebe Laurence Olivier und halte ihn für einen der größten Schauspieler überhaupt.«

»Ganz meine Meinung«, stimmte Rex zu und hielt Katie eine Platte mit kleinen Kuchenstücken hin.

Gegen ihren Willen wählte Katie ein Cremetörtchen aus und schwor sich, gleich nach ihrer Rückkehr nach London mit einer Diät zu beginnen.

Es dauerte nicht lange, bis Lavinia zurückkam und das Video triumphierend durch die Luft schwenkte. Sie reichte es Xenia, ließ sich in ihren Sessel fallen und erklärte an Verity gewandt: »Ich wusste doch, dass es da liegt!«

»Meine Güte, welch eine Besetzung!«, rief Xenia begeistert aus. »Hört euch das an: Laurence Olivier, Merle Oberon, David Niven, Flora Robson, Geraldine Fitzgerald und Donald Crisp. Die Regie führte William Wyler, Sam Goldwyn war der Produzent, und das Drehbuch wurde von Ben Hecht und Charles MacArthur geschrieben. Ich hatte ganz vergessen, dass dort eine solche Starparade aufmarschierte. Lavinia, was würden wir bloß ohne dich anfangen?« Sie zwinkerte Lavinia zu und wandte sich an Verity. »Was meinst du, sollen wir uns den Film heute Abend nach dem Essen alle gemeinsam zu Gemüte führen?«

»Von mir aus gern«, erwiderte Verity. »Zumal die Aufzählung dieser berühmten Darstellerinnen und Darsteller mich an eine gewisse Party im November erinnert. Bei den Wainrights ... Rex, mein Lieber, es hat wenig Zweck, betreten zu Boden zu schauen! Du hast mir versprochen, mich zu begleiten.«

»Ich weiß«, brummte Rex. Er hob die Hände und schaute die anderen Hilfe suchend an. »Eine Kostümparty!«, erklärte er mit gespielter Verzweiflung. »Unter dem Motto: Hollywoodstars der Vergangenheit! Ist das nicht albern? Ich verabscheue derartige Maskeraden.«

»Du hast es aber versprochen!«, wiederholte Verity und bedachte Rex mit einem vorwurfsvollen Blick.

»Du könntest dich als Harry Lime verkleiden«, schlug Xenia vor. »Aus ›Der dritte Mann‹.«

»Soll ich das etwa als Kompliment auffassen?«, fragte Rex und strich über seinen schlanken Oberkörper. »Gibt es hier noch eine Dame, die findet, dass ich Orson Welles ähnlich sehe?«

»Bevor er so fett wurde, sah Orson Welles fantastisch aus!«, beschwichtigte Xenia ihn. »Als junger Mann hatte er etwas sehr Aufregendes und Verführerisches.«

»Hör auf, Rex den Kopf zu verdrehen!«, befahl Verity. »Er ist schon eingebildet genug.«

Rex wedelte mit der Hand, um sie zum Schweigen zu bringen. »Sprich weiter, Xenia«, bat er. »Ich bin ganz Ohr.«

Xenia kicherte und schüttelte den Kopf. »Verity hat Recht«, sagte sie. Sie schaute Verity an. »Weißt du schon, als was du dich verkleiden wirst? Ich kann mir dich sehr gut als Katherine Hepburn vorstellen oder auch als Marlene Dietrich.«

»Jetzt wird es aber wirklich zu bunt mit den Schmeicheleien«, erklärte Verity. »Ich weiß noch nicht, wie ich mich kostümiere ...« Sie verstummte, blickte verträumt vor sich hin und murmelte: »Doch wenn ich mir es genau überlege – was wäre eigentlich gegen die Dietrich einzuwenden?«

Kapitel 26

Obwohl die Heizung angestellt worden war, machte sich die plötzliche Kälte in Katies Zimmer bemerkbar. Daher ging Katie zum Kamin und schickte sich an, den vorbereiteten Holzstapel zu entfachen.

Nachdem Katie das bereitgelegte Zeitungspapier angezündet hatte, brannten schnell die ersten Holzscheite. Sie schlenderte ins Bad und ließ die Wanne mit heißem Wasser voll laufen. Katie ließ das Badesalz, das nach Lavendel duftete, ins Wasser rieseln, bis sich die ersten Schaumberge auftürmten.

Für eine Weile sah sie dem dampfenden Wasser zu. Dann entkleidete sie sich und ließ sich mit einem tiefen, wohligen Seufzer in die prickelnden Fluten gleiten. Anschließend lag sie bis zum Hals im Schaum reglos da und genoss die wohlige Wärme, die sie umgab.

Erst als sich die Duftschwaden allmählich verflüchtigten und das Wasser abzukühlen begann, erhob sich Katie, rubbelte sich trocken, schlüpfte in einen flauschigen Bademantel und kehrte in ihr Zimmer zurück.

Dort zog sie ihr Tagebuch aus ihrer Reisetasche hervor und ließ sich am Sekretär nieder. Sie lauschte dem Knistern und Knacken des Kaminfeuers, schaute eine Zeit lang versonnen in die Flammen, drehte ihren Stift in den Händen und machte sich schließlich an die Niederschrift dessen, was ihr durch den Kopf ging.

23. Oktober, 1999
Burton Leyburn, Yorkshire

Ich muss das, was ich erlebe, aufschreiben, denn sonst laufe ich Gefahr, die Einzelheiten dieses Wochenendes zu vergessen. Und das wäre wirklich schade, denn ich weiß nicht, wann ich zuletzt irgendwo eine so schöne Zeit verbracht habe. Natürlich hängt das auch mit meiner Verfassung zusammen, denn ich fühle mich viel entspannter als sonst ... Vielleicht liegt das an diesem wundervollen Haus und an den Menschen, die ich hier kennen gelernt habe.

Jeder von ihnen ist auf seine Art etwas Besonderes, ganz anders als meine anderen Freunde und Bekannte. In gewisser Weise könnte man sie sogar als ein wenig eigentümlich bezeichnen, wenn nicht gar geheimnisvoll und etwas versponnen ... Na ja, was macht das schon? So stellen wir Amerikaner uns die Engländer ja ohnehin vor.

Andererseits würde ich gern dahinter steigen, was die einzelnen Personen bewegt, doch das braucht natürlich seine Zeit. Lavinias Rolle in diesem Haus finde ich zum Beispiel äußerst rätselhaft. Man könnte meinen, sie sei ein Familienmitglied, doch sie ist weder mit Verity noch mit Xenia verwandt, sondern eine Angestellte und die Tochter der Köchin. Verity behandelt sie jedoch, als ob Lavinia ihre eigene Tochter wäre.

Gestern machte ich in diesem Zusammenhang gegenüber Xenia eine Bemerkung, woraufhin sie mich dermaßen verblüfft anschaute, dass ich das Thema umgehend wechselte. Kurz darauf kam Xenia jedoch von sich aus darauf zurück und erklärte, Verity sei tief in ihrem Inneren eine echte und überzeugte Demokratin und führe ihr Haus keineswegs als Herrin. Sie verhält sich ihren Angestellten gegenüber in keiner Weise von oben herab und spielt sich nicht als ihre Vorgesetzte auf, sie benutzt ja nicht einmal ihren Titel!. Dabei heißt sie eigentlich Lady Verity Leyburn und aufgrund ihrer Ehe darüber hinaus Lady Verity Hawes.

Lavinia klärte mich später über die Namensgepflo-

genheiten des englischen Adels auf. Lediglich Damen adliger Geburt dürfen ihren Vornamen benutzen. Wäre Verity vor ihrer Ehe bürgerlich gewesen, dürfte sie sich nur als Lady Hawes bezeichnen.

Mir schwirrte bereits nach kürzester Zeit der Kopf, und ich versuchte Lavinia klar zu machen, dass solche Dinge für Amerikaner grundsätzlich zu kompliziert seien, woraufhin Lavinia einen kleinen Flunsch zog und bemerkte, in England sei es aber äußerst wichtig, so etwas zu wissen.

Dann gibt da noch Rex. Er ist ausgesprochen liebenswürdig und charmant, und ich bin ihm unglaublich dankbar, weil er mir die wesentlichen Informationen über die Brontës zusammenstellen wird. Doch wenn einer geheimnisvoll ist, dann er. Xenia behauptet nämlich, er sei Spion – was er jedoch vehement abstreitet. Aber wer würde das schon zugeben? Andererseits hat er bestätigt, dass er für den Nachrichtendienst arbeitet. Außerdem glaube ich, dass er Verity liebt und sie ihn, obwohl Xenia da anderer Ansicht ist. Sie wäre jedoch äußerst verwundert gewesen, wenn sie den Blick gesehen hätte, mit dem Rex Verity in der Bibliothek bedachte …

Ich bin sicher, dass die beiden eine Liebesbeziehung haben, und zwar mit allem, was dazu gehört.

Verwirrend finde ich wiederum, dass sich Rex Lavinia gegenüber regelrecht väterlich gibt. Das ist mir heute während des Tees aufgefallen. Und oft huscht dann ein verklärter Ausdruck über Veritys Gesicht, sodass man als Außenstehender annehmen könnte, die beiden seien Lavinias Eltern.

Seltsam ist auch die Art, in der sich Lavinia über Veritys Vater, den Earl of Leyburn, äußert. Man könnte annehmen, sie heiße es nicht gut, dass er sich in sei-

nem Kummer ins Ausland zurückgezogen hat und seine Pflichten gegenüber Burton Leyburn auf seine Tochter abwälzt. Heute habe ich in der Bibliothek sein Foto betrachtet. Xenia hatte mich darauf hingewiesen. Auf dem Foto trug er die Uniform der Royal Air Force. Es handelte sich um ein Bild, das während des Zweiten Weltkrieges aufgenommen wurde. Nach Xenias Worten war ihr Onkel Thomas offenbar ein Held, einer jener tollkühnen Piloten, die in der Schlacht um England ihr Leben riskierten. Er sah damals fantastisch aus. Xenia findet ihn noch heute sehr attraktiv, und die Frau, mit der er in Frankreich zusammenlebt, ist wohl außerordentlich verliebt in ihn.

Etliche Einsichten in die Familienzusammenhänge verdanke ich Lavinia, die – wenn man mit ihr allein ist – alles frisch von der Leber weg erzählt. Als ich ihre Bilder betrachtete, bestätigte sie das, was ich Xenias Worten bereits entnommen hatte: dass die Familie ihr finanzielles Überleben nämlich allein Verity verdankt, die nicht nur einen Großteil des Familienschmucks und der Gemälde verkaufte, um Burton Leyburn zu erhalten, sondern auch ein Unternehmen gegründet hat, das nun äußerst erfolgreich ist. Außerdem hat Lavinia mir anvertraut, dass sich Xenia ihrer Überzeugung nach nie mehr verlieben wird, dass sie sich das gar nicht gestattet, sondern nur in der Erinnerung an ihren Mann lebt. Zudem erfuhr ich, dass auch Xenia einen Titel besitzt und eigentlich Viscountess Leyburn heißt, jenen allerdings nie benutzt.

Ich kann dies alles gut nachvollziehen. Außerdem bin ich ohnehin der Meinung, dass jeder Mensch seine individuellen Eigenheiten bewahren sollte, gleichgültig, was die Umgebung dazu sagt. Ich habe die Menschen hier sehr lieb gewonnen, ganz besonders Xenia.

Ich finde es wundervoll, endlich wieder mit jemandem eng befreundet zu sein – oder mehr noch: wieder eine beste Freundin zu besitzen! Zwar wird Xenia natürlich niemals Carly und Denise aus meinem Herzen verdrängen, doch ich spüre, wie nahe wir uns sind. Deshalb wünsche ich mir auch, dass sich Lavinia irrt und sich Xenia eines Tages doch erneut verliebt und eine zweite Chance erhält, um mit einem Mann glücklich zu werden.

Bei diesen Gedanken taucht Denise vor mir auf – und Carly, die noch immer auf der Pflegestation im Krankenhaus liegt. Seit über einem Jahr habe ich Carly nicht mehr gesehen, doch Mom besucht sie mindestens einmal im Monat und erstattet mir regelmäßig Bericht. Leider hat sich Carlys Zustand nicht verändert. Mom glaubt nicht, dass sie jemals wieder aufwachen wird.

Wenn ich darüber nachdenke, muss ich mich jedes Mal beherrschen, um nicht in Tränen auszubrechen ...

Ich habe noch immer große Angst, nach New York zurückzukehren. In den vergangenen Tagen habe ich häufig an mein Gespräch mit Xenia zurückgedacht. Es entspricht der Wahrheit, dass ich mich nicht mehr vor dem Mörder fürchte. Wenn er mich nicht aufgespürt hat, als ich drüben lebte, warum sollte er es jetzt tun? Und dennoch möchte ich nicht zurück und zögere immer wieder aufs Neue, mich endgültig für die Rolle der Emily zu entscheiden. Ich habe mich gefragt, warum das eigentlich so ist. Ich denke, ich bin in New York nie glücklich gewesen. Seit ich in London lebe, ist mir das nach und nach klar geworden ...

Draußen klopfte jemand an die Tür. Katie zuckte zusammen. Sie legte den Stift ab, erhob sich hastig und lief zur Tür.

Dodie stand mit einem Arm voller Handtücher auf dem Flur. »Tut mir Leid, wenn ich Sie gestört habe, Miss Byrne. Ich dachte, Sie bräuchten vielleicht frische Handtücher ... und die hier kommen gerade aus der Wäsche.«

»Das ist aber nett, vielen Dank!«, entgegnete Katie, zog die Tür ein Stück weiter auf und bat die Haushälterin mit einem Wink einzutreten. Dodie eilte mit gesenktem Blick an ihr vorbei in Richtung Badezimmer.

Gleich darauf kam sie zurück, verharrte für einen Moment und schaute an Katie vorbei zum Kamin hinüber. »Wie ich sehe, haben Sie sich selbst ein Feuer gemacht«, murmelte sie. »Ich schicke Ihnen einen der Jungen hoch, der bringt Ihnen noch ein paar Scheite Holz.«

»Danke, Dodie, das ist sehr freundlich von Ihnen!«

Dodie nickte und steuerte auf die Tür zu. Auf dem Weg hielt sie plötzlich inne. »Darf ich Sie mal was fragen, Miss?«

»Natürlich«, erwiderte Katie.

»Ich habe mich neulich abends etwas komisch benommen – als ich sie das erste Mal sah, meine ich. Es ist Ihnen ja aufgefallen, und auch Lady Verity hat es gemerkt ... und Miss Xenia – obwohl niemand etwas gesagt hat.«

Katie nickte und wartete darauf, dass Dodie weitersprach.

Dodie schwieg jedoch und schaute Katie stattdessen eindringlich und forschend in die Augen.

Katie wurde allmählich unbehaglich zumute. »Und warum haben Sie sich so verhalten, Dodie?«, fragte sie schließlich. »Sie können es mir ruhig sagen. Ich verspreche, dass ich es nicht übel nehmen werde.«

Dodie schluckte mehrmals. Dann holte sie tief Luft

und sagte mit fester Stimme: »Ich wurde hier im Dorf geboren. Und ich habe von Kindheit an in diesem Haus gelebt. Wenn Sie so wollen, gehöre ich zur Familie ...« Sie brach erneut ab.

»Ja, und weiter?«, ermunterte Katie sie.

»Ich bin nicht verrückt. Lady Verity kennt mich in- und auswendig. Sie vertraut mir ... Und sie weiß, dass ich gewisse Dinge sehe – Dinge, die anderen Menschen verborgen bleiben. Miss Xenia weiß das im Grunde auch, doch manchmal sagt sie, sie würde nicht daran glauben, und behauptet, ich bilde mir etwas ein. Das stimmt aber nicht, im Gegenteil! Sehen Sie, Miss, damals zum Beispiel – an jenem schrecklichen Tag – habe ich Lord Tim inständig gebeten, nicht nach Harrogate zu fahren, doch er wollte nicht auf mich hören. Dabei hatte ich ein ganz deutliches Gefühl und wusste, dass etwas Schlimmes passieren würde. Ich spürte den Tod, ich konnte seine Gegenwart fühlen ... Und kurz danach ist der Unfall passiert.«

Katie starrte die Haushälterin erschrocken an. »Dodie«, flüsterte sie schließlich, »was hat dich denn dermaßen beunruhigt, als du mich zum ersten Mal sahst? Wenn du diese Gabe besitzt ... wenn du bestimmte Dinge wahrnimmst, dann hast du etwas erkannt. Du musst mir sagen, was es war!«

»Sie brauchen keine Angst zu haben«, beschwichtigte Dodie sie. »Ich habe nur Ihren Schmerz gespürt, sobald ich den Raum betrat ... Er ist tief in Ihnen, er umgibt sie wie eine Hülle. Sie versuchen, ihn zu überdecken, doch ich habe es sofort gemerkt.«

Katie spürte, wie ihr ein Schauer über den Rücken lief. Sie wollte etwas entgegnen, doch sie brachte keinen Laut hervor.

»Ich sehe eine Gewalttat in Ihrer Vergangenheit«,

fuhr Dodie fort. »Etwas Schreckliches ist da vorgefallen, etwas, das Ihr Leben verändert hat ... Sie müssen nach Hause zurückkehren, Miss Byrne!«

»Nach New York?«, hauchte Katie.

»Nein, Miss, aber nach Amerika. Irgendetwas ist noch nicht zu Ende ... Sie werden dort gebraucht. Sie müssen es zu Ende bringen!«

»Was meinen Sie denn?«, wisperte Katie. »Wer braucht mich in Amerika? Und was muss ich zu Ende bringen?«

Dodie schüttelte den Kopf und wiederholte: »Sie müssen nach Hause gehen. Dort wird sich alles aufklären.«

»Ich fahre Weihnachten zu meinen Eltern ...«, hob Katie unsicher an.

»Nein, Miss«, unterbrach Dodie sie, »früher! Es muss früher geschehen.«

Die Haushälterin begann zu zittern, und Katie legte ihr die Hand auf den Arm.

»Dodie«, sagte sie erschrocken, »was hast du? Ist alles in Ordnung? Möchtest du dich hinsetzen?«

»Nein«, wehrte Dodie ab. »Mir fehlt nichts.«

»Du bist aber leichenblass«, murmelte Katie.

Dodie berührte Katies Hand. »Hören Sie auf mich, Miss Byrne!«, bat sie. »Ich sehe die Zeit, die vor Ihnen liegt. Ehe Sie Ihr Leben fortführen, müssen Sie noch etwas erledigen. Eine alte Geschichte wartet darauf, aufgeklärt zu werden. Tun Sie es, Katie! Ihnen wird nichts zustoßen.«

»Aber ich kann noch nicht fort«, erwiderte Katie unsicher. »Zuerst muss ich meine Ausbildung beenden, und danach ...« Ihre Stimme verebbte, als Dodie den Druck auf ihre Hand verstärkte.

»Gehen Sie bald!«, flüsterte Dodie. »Dann wird alles

gut.« Sie ließ Katies Hand los und wandte sich zum Gehen. »Ich werde Lady Verity erzählen, was ich Ihnen geraten habe, Miss Byrne. Ich sage ihr immer, was ich gesehen habe.«

Mit raschen Schritten durchquerte Dodie den Raum. An der Tür blieb sie noch einmal stehen, wandte sich um und bemerkte in sachlichem Ton: »Ich sage dem Jungen Bescheid, Miss Byrne. Er kommt in ein paar Minuten hoch, um Ihnen Holz zu bringen.«

Teil III

Liebe

New York – Connecticut 2000

Ach, dass ich gelitten habe,
Erschwert, mich zu lieben.
Doch liebt mich – wollt ihr?
Öffnet weit euer Herz ...

Elizabeth Barrett Browning

Im ersten Traum, der mit dem Schlafe naht,
eile ich, eile ich, fliege ich an dein Herz.

Alice Meynell

Kapitel 27

Katie stand allein auf der Bühne und schaute gedankenverloren auf die leeren Zuschauerreihen, die im Halbdunkel lagen. Das Licht eines Scheinwerfers fiel auf ihr rotes Haar und ließ es wie Kupfer glänzen. Darunter schimmerte ihr bleiches Gesicht.

Katie trat einige Schritte vor. Sie setzte sich auf den Schemel, der dort stand, beugte sich vor, den Ellbogen auf dem Knie und den Kopf in die Hand gestützt. Nach einem Moment der Besinnung hob sie an: »Sein oder nicht sein, das ist die Frage – ob's im Geiste edler ist, die Geschosse und Pfeile des wütenden Geschickes zu erdulden, oder die Waffen gegen ein Meer von Plagen zu erheben und sie durch Widerstand zu enden. Sterben, schlafen – nichts weiter; und zu sagen, dass wir durch einen Schlaf das Herzeleid und die tausend naturgegebenen Erschütterungen enden, die Erbteil unseres Fleisches sind, s'ist eine Vollendung, inbrünstig zu erhoffen. Sterben, schlafen – schlafen, vielleicht träumen ... ja, da hakt es: Denn was in jenem Todesschlaf für Träume kommen mögen, wenn wir dies sterbliche Geschlinge losgeworden sind, das muss uns zögern machen – die Erwägung ist es, die dem Elend so zu langem Leben hilft ...«

Katie hielt inne, um Luft zu holen, doch in diesem

Augenblick begann im Zuschauerraum jemand kräftig Beifall zu klatschen.

Katie zuckte zusammen. Ihre Konzentration war dahin. Sie stand auf und spähte verärgert in den dämmrigen Raum, wo sich nun eine schmale Gestalt erhob, die über den Mittelgang langsam nach vorn geschlendert kam.

Es war Melanie Dawson.

»Melanie!«, rief sie aus. »Ich wusste ja gar nicht, dass du hier bist. Ich wähnte mich mutterseelenallein im Saal.«

»Schatz, erinnere mich daran, dir die Hauptrolle anzutragen, falls Harry und ich uns jemals entschließen sollten, den ›Hamlet‹ auf die Bühne zu bringen. Besser als gerade habe ich den Monolog noch nie gehört! Was hältst du von der Idee? Wenn ich darüber nachdenke, gefällt mir die Vorstellung, den Hamlet einmal von einer Frau spielen zu lassen.«

»Ich finde die Idee prima.« Katie lächelte. »Aber du hast nur den ersten Teil des Monologs gehört.«

»Das weiß ich. Dennoch stelle ich immer wieder gern fest, wie begabt du bist. Weshalb ich glücklich – nein, selig bin, dass du die Rolle der Emily angenommen hast. Glücklich bin ich, weil ich nicht gern dabei zugeschaut hätte, wie du dein Talent verkümmern lässt, und selig deshalb, weil es *mein* Stück ist, das dank deiner Schauspielkunst zu einem Bombenerfolg werden wird.«

Katie lachte schallend auf. »Die Schauspielerin dankt dir für das Kompliment«, erwiderte sie, »und die Freundin gönnt dir den Kassenerfolg.«

Melanie rieb sich zufrieden die Hände. »Ich hätte keine bessere Emily Brontë erwischen können!«, bemerkte sie. »So viel steht für mich fest.«

»Ich bin froh, dass du mit meiner Darstellung der Emily einverstanden bist«, erwiderte Katie. »Anfänglich habe ich mir nämlich Sorgen gemacht, weil ich die Rolle ja ein wenig anders angelegt habe, als es in der Londoner Aufführung der Fall war.«

»Mir hat deine Interpretation gleich von der ersten Probe an besser gefallen«, antwortete Melanie. »Du siehst die Emily mit anderen Augen und hast sie zu einer spannenden Frau gemacht. Ich glaube, das ist es, was deine Darbietung auszeichnet. Übrigens weiß ich noch immer nicht, was für dich letztlich den Ausschlag gab, die Rolle anzunehmen. Du wolltest mir das bereits hundert Mal erklären, doch immer ist etwas dazwischen gekommen. Also, schieß los! Wir haben ja jetzt Zeit.«

»Ach herrje, Melanie, das ist doch bereits verjährt! Aber wenn du darauf bestehst ... Als ich im Herbst mit Xenia in Yorkshire war, traf ich im Haus ihrer Schwägerin einen Mann namens Rex Bellamy. Er hat mir die Augen geöffnet, was das Leben der Emily betrifft. Er befasst sich schon seit langem mit den Brontës. Zwar hat er mir nicht gesagt, wie ich meine Rolle spielen soll, doch er vermittelte mir einen Eindruck von Emilys Wesen – und der unterschied sich erheblich von den üblichen Auffassungen. Von da an hatte ich gewissermaßen ihre Fährte aufgenommen.«

»Mit anderen Worten: Dieser Mann hat dir die *wahre* Emily gezeigt, jenseits ihres Mythos', und die willst du darstellen.«

»Ich glaube, das trifft es ziemlich genau.«

»Und es funktioniert, meine Liebe, denn deine Emily ist etwas ganz Besonderes.«

»Dank Rex halte ich Emily für eine durch und durch moderne Frau, und das kommt in dem Stück sowohl ihr als auch mir zugute. Sie war unabhängig, eigensinnig und selbstbewusst und darüber hinaus mit einer unglaublichen Willenskraft ausgestattet – auf ihre Weise halte ich sie sogar für ausgesprochen emanzipiert. Jedenfalls hat sie ihr Leben nicht danach ausgerichtet, einen Mann zum Heiraten zu ergattern.«

Melanie gluckste leise vor sich. »Da kenne ich noch jemanden, der sich ähnlich – emanzipiert verhält.«

»Fang nicht wieder mit diesem Thema an!« Katie grinste. »Ich werde sonst sofort von der Bühne steigen und –«

»Das kannst du dir sparen«, fiel Melanie ihr ins Wort. »Ich komme zu dir hoch und begleite dich in deine Garderobe. Da ist nämlich noch etwas, das ich mit dir besprechen will.«

Gleich darauf begaben sie sich zur Rückseite der Bühne, wo Katie eine Tür öffnete, hinter der sich ein langer Gang befand.

»Ich habe dich heute schon überall gesucht«, sagte Melanie, »doch ich wurde wie immer aufgehalten. Irgendwann sah ich dich in Richtung Bühne huschen. Nachdem ich dir gefolgt war, habe ich zuerst für ein Weilchen dagestanden – dir zugeschaut und gelauscht –«

»Melanie«, unterbrach Katie sie, »um was geht es? Erst machst du mich neugierig und dann –«

»Meine Güte«, erwiderte Melanie, »bist du ungeduldig! Es ist gar nichts Besonderes. Ich möchte, dass du dich mit Selda Amis Yorke zusammentust. Ich habe es geschafft, sie als Kostümbildnerin zu gewinnen, was ehrlich gesagt ein hartes und unerfreuliches Stück Arbeit war. Jedenfalls bittet die Gnädigste dich, morgen Früh in ihrem Atelier zu erscheinen, um deine Maße zu nehmen und die Einzelheiten für dein Kostüm mit dir durchzugehen. Ist dir das recht?«

»Ja, klar, ich habe kein Problem damit. Wenn Selda nicht herkommen möchte, gehe ich natürlich zu ihr.«

»Du bist ein braves Mädchen.«

»Weiß ich. Ich bin dir immer noch sehr dankbar für die Rolle, Melanie, und –«

»Das hast du schon tausend Mal gesagt, Katie«, schnitt Melanie ihr das Wort ab und machte eine abwehrende Geste.

»Mag sein«, entgegnete Katie. »Ich wollte jedoch noch einmal sagen, dass mich das Vertrauen, das du in mich setzt, sehr ehrt. Ich werde dich bestimmt nicht enttäuschen.«

»Aber das weiß ich doch, mein Schatz!«

Maureen Byrne war gerade dabei, in Katies kleiner New Yorker Wohnung ein wenig Ordnung zu schaffen und Staub zu wischen, als das Telefon läutete. Sie nahm den Hörer ab und meldete sich mit einem kurzen »Hallo«. Währenddessen ließ sie ihre Blicke prüfend umherschweifen, um Stellen zu entdecken, die sie noch nicht poliert hatte.

»Bist du das, Katie?«, fragte eine Männerstimme.

»Nein, ich bin die Mutter. Mit wem spreche ich, bitte?«

»Oh – ähm – oh, hallo Mrs Byrne. Wie geht es Ihnen? Hier spricht Grant. Grant Miller.«

»Hallo Grant. – Es tut mir Leid, aber Katie ist nicht da. Sie ist im Theater.«

»Meine Güte, natürlich – ähm, wie dumm von mir! Ich vergesse ständig, dass sie ja gerade probt. Wann erwarten Sie sie zurück?«

Maureen zögerte. Sie mochte Grant nicht, und wenn sie mit ihm sprach, musste sie sich stets bemühen, um höflich zu bleiben. Grant sei der geborene Langweiler, hatte sie Katie einmal erklärt. Katie hatte ihr zugestimmt, doch trotzdem hielt sie ihn für einen äußerst talentierten Schauspieler. Maureen gab sich einen Ruck, räusperte sich und sagte: »Ich glaube, gegen sechs Uhr wird sie im Theater –«

»Punkt sechs, um genau zu sein«, unterbrach Grant sie. »So ist das beim Theater. Dort arbeiten die Leute von zehn bis sechs, und dabei spreche ich lediglich von den Tagen, an denen geprobt wird, Mrs Byrne. Es ist die größte Schinderei, die man sich denken kann! Dem Himmel sei Dank, dass ich vom Theater weg bin! Ich bin inzwischen in Hollywood, ich weiß nicht, ob Sie –«

»Nein«, fiel Maureen ihm ins Wort. Sie zwang sich, wenigstens eine gewisse Begeisterung in ihre Stimme zu legen, und setzte hinzu: »Das ist wirklich toll, Grant. – Soll ich Katie etwas ausrichten?«

»Also ... ich bin mir nicht so sicher. Ich glaube, ich sollte besser selbst mit Katie sprechen ...«

Da Maureen dazu keine Antwort einfiel, schwiegen sie beide für einen Augenblick. Maureen hörte Grant am anderen Ende der Leitung seufzen. Sie zog den Notizblock näher zu sich heran und ergriff einen Stift. »Wissen Sie was?«, fragte sie schließlich munter. »Sie geben mir jetzt einfach Ihre Telefonnummer, und Katie ruft Sie zurück, sobald sie zu Hause ist. Vorausgesetzt, der Tag hat sie nicht zu sehr angestrengt und erschöpft.«

Grant atmete hörbar auf. »Ich bin unter meiner Nummer in Beverly Hills zu erreichen«, erklärte er und trug mit großer Bedeutsamkeit seine Telefonnummer vor. »Es wäre tatsächlich gut, wenn Katie mich anriefe. Es handelt sich nämlich um eine etwas ... delikate Angelegenheit, und gewisse Dinge sollte ein Mann nicht einfach als Nachricht hinterlassen.«

»Hm«, machte Maureen. »Nun, da haben Sie gewiss Recht. Ich wusste ja nicht, dass es sich um etwas ... Delikates handelt.«

»Aber genau das ist es, Mrs Byrne. Sehen Sie ... na gut, vielleicht sollte ich Ihnen die Sache besser vorab schon einmal erklären. Dann können Sie Katie schonend darauf vorbereiten.«

»Nun gut, Grant, dann erzählen sie mal. Worum geht es denn eigentlich?«

»Ja, also es ist so, Mrs Byrne ... ich werde heiraten, und zwar schon bald. Für Katie wird das ein fürchterlicher Schock sein – das ist mir natürlich bewusst. Dabei möchte ich ihr weiß Gott nicht wehtun ... und auch vermeiden, dass sie es sich allzu sehr zu Herzen nimmt.«

Als Maureen nichts sagte, fragte Grant aufgeregt: »Sind Sie noch da, Mrs Byrne?«

»Ja, sicher. Ich höre Ihnen zu.«

»Aha. Nun, wo war ich? Also, ich möchte nicht, dass Katie leidet. Glauben Sie mir, ich will ihr wirklich keinen Kummer bereiten –« Grant brach ab. »Wie wird Sie Ihrer Meinung nach reagieren, was glauben Sie?«, erkundigte er sich dann zerknirscht.

Sie wird aufatmen, hätte Maureen um ein Haar geantwortet, doch stattdessen entgegnete sie sachlich und freundlich: »Oh, machen Sie sich um Katie keine Gedanken, Grant, sie geht zurzeit vollkommen in ihrer Rolle auf und hat kaum Zeit für andere Dinge. Vermutlich wird sie Ihnen von Herzen alles Gute wünschen – und ich natürlich auch. Ich hoffe, Sie werden glücklich! Leider bin ich etwas in Eile ... Also, leben Sie wohl, Grant.«

Von Grant hörte Maureen lediglich ein paar verdutzte Abschiedsgrüße, die abrupt verstummten, als Maureen den Hörer auflegte.

Das wäre erledigt, dachte Maureen zufrieden und nahm ihren Staublappen wieder auf. Als sie sich ins Bad begab, summte sie fröhlich vor sich hin. Plötzlich fiel ihr ein, dass Michael Grant stets als Lackaffen bezeichnet hatte, und sie lachte unvermittelt auf. Welch eine Vorstellung, dass Katie gekränkt und unglücklich sein könnte, weil Grant Miller eine andere heiraten wollte! Hatte er denn tatsächlich nicht erfasst, dass Katie nicht mehr das Geringste für ihn empfand? Bereits vor einem Jahr hatte Katie ihr anvertraut, dass ihre Beziehung zu Grant nirgendwohin führe, dass sie im Grunde beendet sei und Grant das einfach nicht wahrhaben wolle.

Seitdem lebte Katie ihr Leben, wie es viele junge Frauen taten, doch Maureen seufzte unwillkürlich auf, als ihr bewusst wurde, dass sie eigentlich gern einen Mann an Katies Seite gewusst hätte. Doch für ihre Tochter schien offenbar nur die Rolle der Schauspielerin in Frage zu kommen, nicht die der Ehefrau.

Meine Güte, wozu zerbreche ich mir bloß den Kopf!, schalt sich Maureen. Andere Mütter wären froh, wenn sich ihre Töchter derart hingebungsvoll ihrer beruflichen Laufbahn widmeten anstatt nach Männern Ausschau zu halten.

Wie erleichtert und glücklich Maureen gewesen war, als Katie nach Amerika zurückkehrte! Zwar hatte sie damals verstanden, dass Katie das Angebot, in London zu studieren, annahm, doch gern ließ sie ihre Tochter nicht nach Europa ziehen. Es hätte schließlich auch passieren können, dass Katie dort blieb. Das wollte sich Maureen gar nicht weiter ausmalen.

Ihre Schwester Bridget war im Gegensatz zu ihr von vornherein voller Zuversicht, dass Katie zurückkehren würde. Sie war auch diejenige gewesen, die darauf bestanden hatte, dass Katie ihre New Yorker Wohnung erst einmal behielt. »Glaub mir, Maureen, deine Kleine ist im Handumdrehen wieder hier, und eine Wohnung wie diese findet sich nicht alle Tage. Nicht in Manhattan in der 70. Straße! Gib dir einen Ruck und zahl für das eine Jahr Katies Miete. Du und Michael könnt doch darin wohnen, wenn ihr nach New York kommt. Viel teurer als ein Hotel ist das auch nicht.«

Wie sich herausstellte, war Bridgets Rat richtig gewesen. Maureen und Michael hatten die Gelegenheit beim Schopfe gepackt und das Jahr, als Katie in London lebte, dazu genutzt, etliche Wochenenden in Manhattan zu verbringen. Sie gingen ins Theater oder ins Kino, besuchten neue Restaurants oder streiften einfach nur durch die Stadt und machten einen Einkaufsbummel. Auch Niall hatte von der freien Wohnung in New York Gebrauch gemacht und war dort während seiner Geschäftsreisen abgestiegen.

Niall ... Der nächste Seufzer entrang sich Maureens Brust. Ihr Ältester, neunundzwanzig Jahre alt und noch immer nicht verheiratet. Früher hätte sie geschworen, dass sie inzwischen längst das erste Enkelkind auf den Knien schaukeln würde. Doch Niall schien sich niemals für eine bestimmte Frau zu interessieren. Fast gleichmütig wanderte er von einer zur anderen.

Was Fin betraf, so machte sich Maureen keinerlei Sorgen. Ihr Jüngster war zweiundzwanzig und würde in einem Jahr sein Studium an der Universität von Oxford beenden. Er wirkte stets ausgeglichen und war offenbar mit sich im Reinen. Er studierte bislang äußerst erfolgreich und nahm seine Auszeichnungen allesamt mit großer Gelassenheit und wie selbstverständlich entgegen. Fin war ein Einzelgänger, was er zum Teil vielleicht Katie und Niall verdankte, die ihn nie in ihren Zweierbund aufgenommen hatten. Er ist so besonnen, dachte Maureen. Es würde mich wundern, wenn er mir jemals Kummer machte. Wahrscheinlich heiratet er noch vor seinen Geschwistern – irgendeine nette, intelligente Studienkollegin ...

Maureens Blick fiel auf ein Foto, das in Katies Bücherregal stand. Katie, Carly und Denise. Sie ergriff es, ließ sich auf einem Sessel nieder und betrachtete das Foto. Wie so oft wurden ihre Augen dabei feucht.

Das Foto war aufgenommen worden, als die Mädchen sechzehn Jahre alt waren, genauer gesagt an Katies sechzehntem Geburtstag. Maureen hielt das Foto dichter vor ihr Gesicht und spähte in die strahlenden Mienen der drei Freundinnen. So jung und unschuldig, dachte sie, und dann ein solch grausamer Schicksalsschlag. Damit hatte niemand gerechnet!

Eine Träne rann über ihre Wange. Maureen entsann sich noch gut der Ausgelassenheit der Mädchen an diesem Tag ... Wie fröhlich und arglos wir damals waren!, dachte sie. Wir hätten nie gedacht, dass irgendetwas unser Glück trüben könnte.

Doch nun war Denise schon lange tot, Carly vegetierte nur noch vor sich hin, und Katie? Katie war äußerlich unversehrt geblieben, doch dass sich die Gewalttat in Katies Seele eingebrannt hatte, stand für Maureen außer Zweifel.

Doch das Leben war weitergegangen, und jeder der Zurückgebliebenen hatte auf seine Art versucht, mit seinem Schmerz fertig zu werden.

Niall, von dem Maureen wusste, wie sehr er an Denise gehangen hatte, war kurz nach ihrem Tod als gleichberechtigter Partner in das Geschäft seines Vaters eingestiegen und hatte sich in die Arbeit gestürzt. Daran mangelte es in den folgenden Jahren nicht, insbesondere seit sich vermögende New Yorker Wochenendhäuser auf dem Land einrichteten und bevorzugt neuenglische Kolonialbauten erstanden, die renoviert und ausgebaut werden mussten. Dadurch war nicht allein Michael, sondern auch Niall zu bedeutendem Wohlstand gekommen. Doch nach Maureens Einschätzung war die Arbeit für Niall zum Ersatz geworden, mit dem er die Leere in seinem Herzen ausfüllte.

Allerdings war sich Maureen darüber im Klaren, dass Katie diejenige war, die am meisten unter dem Tod von Denise litt. Auch der unverändert schlechte Zustand Carlys hatte das Leben ihrer Tochter verändert, hatte ihr den Schwung geraubt, sie scheu und ängstlich gemacht – bis vor nicht allzu langer Zeit.

Es war etwas geschehen, das Maureen nicht bekannt war, doch es hatte Katie veranlasst, neuen Mut zu fassen, eine große und schwierige Rolle anzunehmen und nach New York zurückzukehren. Maureen ließ das Foto sinken. Katie scheint wirklich glücklich zu sein, dachte sie bei sich. Sie scheint das aufregende Treiben dieser Stadt zu genießen, nimmt wieder am Leben teil und ist beinahe so unbeschwert wie damals, als sie noch ein junges Mädchen war.

Während ihrer ersten New Yorker Zeit war Katie sehr niedergeschlagen gewesen, hatte keine Freundschaften geschlossen, sondern sich an Bridget geklammert. Jene nahm ihre Nichte gern unter ihre Fittiche. Sie war unverheiratet und kümmerte sich um Katie wie um eine Tochter.

Dafür war Maureen ihrer Schwester sehr dankbar, doch sie hatte sich eigentlich nie ernsthaft Sorgen um ihre Tochter gemacht. Sie wusste, dass jene ein vernünftiges, gescheites Mädchen war, das auf sich aufpassen konnte.

Wenn sich Katie jedoch in Connecticut aufhielt und

ihre Familie besuchte, wurde Maureen stets unruhig und nervös. Im Gegensatz zu ihrem Mann glaubte sie nämlich für keine Minute daran, dass Denises Mörder die Gegend von Malvern verlassen hatte.

Ohne dass sie gewusst hätte warum, spürte Maureen, dass der Täter noch in der Nähe war und wahrscheinlich ein völlig unauffälliges Leben führte. Ob er wohl noch andere junge Frauen getötet hatte? Soweit Maureen bekannt war, hatte es in der Gegend keine weiteren Morde gegeben. MacDonald hätte sie auf jeden Fall darüber informiert. Doch wer konnte schon mit Gewissheit behaupten, dass der Täter in den vergangenen zehn Jahren kein weiteres Unheil angerichtet hatte? Vielleicht hatte er sich dazu einen anderen Ort ausgesucht und seine Spuren ebenso erfolgreich verwischt wie zuvor.

Zärtlich berührte Maureen Carlys Gesicht auf dem Foto. Genauso liebevoll strich sie der jungen Frau stets über die Wange, wenn sie sie im Krankenhaus besuchte, doch Carly reagierte nie darauf. Dennoch fühlte sich Maureen jedes Mal besser, nachdem sie Carly besucht hatte. Sie wollte ihr so gern etwas Gutes tun! Die Krankenschwestern erklärten zwar, man könne nicht einmal mit Sicherheit sagen, ob Carly spürte, dass jemand an ihrer Seite saß, doch Maureen störte sich nicht an derartige Aussagen. Für sie zählte allein die Hoffnung, dass Carly ihre Stimme vernahm, dass sie im tiefsten Inneren fühlte, dass jemand bei ihr war, der sie liebte.

Carlys Mutter besuchte ihre Tochter einmal in der Woche. Wer jedoch nie auftauchte, war Denises Familie. Maureen nahm an, dass es einfach zu schwer für sie war und sie nicht mehr an das Geschehen jenes Tages erinnert werden wollte. Abgesehen davon waren die Matthews' nicht lange nach Denises Beerdigung fortgezogen. Sie hatten ihr Haus und ihr Restaurant in Kent verkauft und waren von da an wie vom Erdboden verschluckt. Niemand wusste, wo sie sich aufhielten. Sie hatten es offenkundig nicht ertragen, weiter an dem Ort zu leben, wo sie alles an ihre Tochter erinnerte.

Maureen spürte einen Kloß im Hals. Sie stellte das Foto an seinen Platz zurück und ging dann in die Küche. Jeder musste irgendwie mit seinem Kummer leben. Doch es gab Zeiten, da ihr das Herz schwer wurde und es ihr vorkam, als habe der Überfall gerade erst stattgefunden.

Maureen füllte den Wasserkessel und setzte ihn auf. Katie würde bald nach Hause kommen, und es gehörte zu ihrem täglichen Ritual, dass sie als Erstes gemeinsam eine Tasse Tee tranken.

Als das Telefon schrillte, fuhr Maureen zusammen. Sie ergriff den Hörer ergriff und bemerkte, dass ihre Hand ein wenig zitterte. Mit einem leisen »Hallo« meldete sie sich.

»Hallo Mrs Byrne, ich bin's, Xenia!«

»Oh, mein Gott – Xenia! Du hast mir gerade einen richtigen Schrecken eingejagt, weißt du das?«

»Wirklich?« Xenia lachte. »Ich habe doch noch gar nichts gesagt.«

»Nein, natürlich nicht«, entgegnete Maureen erleichtert. »Ich war nur total in Gedanken versunken, als das Telefon klingelte.«

»Das tut mir Leid«, antwortete Xenia. »Ich hatte selbstverständlich nicht die Absicht, Sie zu erschrecken. Darf ich mich trotzdem erkundigen, wie es Ihnen geht?«

»Gut, meine Liebe. Und selbst?«

»Könnte kaum besser sein! Ist Katie zu Hause?«

»Nein, leider nicht. Sie ist noch im Theater. Wo sind Sie denn? Kann sie Sie zurückrufen?«

»Hmm«, machte Xenia. »Im Moment nicht. Ich bin

gerade in Chicago, und in wenigen Minuten treffe ich mich mit einem Kunden. Allerdings komme ich nächste Woche nach New York. Ich hoffe, dass Katie dann ein wenig Zeit für mich hat.«

»Davon bin ich fest überzeugt. Soll ich ihr ausrichten, dass Sie sich später noch einmal melden?«

»Das wäre sehr nett. Wie läuft es mit Katies Proben?«

»Gut, Xenia – das hat Sie Ihnen zu verdanken.«

»Mir?«, fragte Xenia. »Ich wüsste nicht –«

»O doch!«, fiel Maureen ihr ins Wort. »Sie haben Katie darin bestärkt, die Rolle der Emily anzunehmen. Ich kann Ihnen kaum sagen, wie glücklich ich darüber bin! Ich glaube, dass das Stück Katies Leben verändern wird.«

»Nun, das ganz bestimmt«, gab Xenia zu. »Es wird ihr Durchbruch sein.«

»So sehe ich das auch.«

»Ich drücke ihr ganz fest die Daumen – obwohl ihrem Erfolg nichts mehr im Weg stehen dürfte. Und das Barrymore Theater ist ideal für die Aufführung.«

»Dasselbe sagt Katie auch, selbst wenn es eins der kleineren Häuser ist. Sie findet, es passt zur Atmosphäre des Stückes.«

»Wann ist denn die Premiere, Mrs Byrne? Ich werde alles daransetzen, an dem Tag in New York zu sein.«

»In einem Monat. Bereits in der nächsten Woche beginnen die Voraufführungen, doch der große Tag ist der 20. Februar. Anschließend gibt es einen festlichen Empfang im *Tavern on the Green*. Die Einladungen dazu sind gerade verschickt worden. Ich hoffe, dass Sie kommen können.«

»Das werde ich mir um nichts in der Welt entgehen lassen! Also bis dann, Mrs Byrne! Ich freue mich schon darauf, Sie wiederzusehen.«

»Ich freue mich auch, Xenia. Arbeiten Sie bis dahin nicht zu viel!«

Als Maureen den Hörer auflegte, klang ihr Xenias belustigtes Gekicher noch in den Ohren.

Der Wasserkessel begann zu pfeifen, und Maureen nahm ihn von der Herdplatte und goss das Wasser in die Teekanne. Dann setzte sie sich ins Wohnzimmer, um auf Katie zu warten. Als sie dort auf dem Sofa saß, begann sie sich den Abend von Katies Premiere auszumalen. Aus diesem Grund war sie nach New York gekommen. Bis dahin wollte sie ihrer Tochter ein wenig beistehen.

Maureen dachte an ihr schwarzes Abendkleid, das sie zu diesem Anlass tragen würde. Es war schmal geschnitten, eins der letzten Stücke, die im Modehaus *Trigère* angefertigt worden waren, kurz bevor sich Madame Trigère zur Ruhe gesetzt hatte. Dass es bereits ein wenig älter war, sah man dem Kleid jedoch nicht an, denn es war von zeitloser Eleganz. Am Vortag war Maureen mit Bridget unterwegs gewesen, um passende schwarze Seidenschuhe und eine schwarze Abendtasche zu erstehen.

Inmitten dieser Einkäufe war Maureen mit einem Mal die ganze Tragweite von Katies Auftritt bewusst geworden. Endlich, dachte sie, endlich ist es soweit! Katies Traum ist in Erfüllung gegangen: Sie wird am Broadway spielen – und wir werden Zeugen dieses Ereignisses sein. Sie und Michael, Katies Großeltern, Bridget ... Alle würden da sein, um Katies Erfolg mitzuerleben und zu feiern.

Zuweilen sorgte sich Michael um Katie und fragte sich, ob sie wohl die Kraft besaß, dem Druck, der auf ihr lastete, standzuhalten und die Erwartungen, die man in sie gesetzt hatte, zu erfüllen. Maureen hegte daran nicht den geringsten Zweifel, denn sie hatte großes Vertrauen in Katies Stärke. Es wird ein Triumph werden, dachte sie, der Triumph der Katie Byrne! Meine Kleine hat einen schweren Weg zurückgelegt, um ihr Ziel zu erreichen. Sie hat den Erfolg wie kein anderer verdient.

Maureen lehnte sich zurück und schloss die Augen. Wenn jedoch Xenia nicht gewesen wäre, dann hätte Katies Debüt wohl noch ein wenig auf sich warten lassen. Maureen atmete tief aus. Wie froh sie war, dass Katie eine neue Freundin gefunden hatte! In den Jahren zuvor war sie jeglichem engeren Kontakt ausgewichen. Sie hatte sich ihrer Umgebung entzogen und war allein ihrer Wege gegangen, denn die Trauer um Carly und Denise wollte einfach nicht weichen. Eine neue Freundin zu haben, wäre ihr wie Untreue erschienen, als würde sie die Erinnerung an die beiden nicht wach halten. Maureen öffnete die Augen. Natürlich hatte der Grund für Katies Zurückhaltung ebenso an den Schuldgefühlen gelegen, die sie ihrer Tochter nie hatte ausreden können ...

Maureen hörte den Schlüssel, der in die Tür gesteckt wurde. Sie wandte ihren Kopf. Katie betrat das Wohnzimmer und kam auf sie zu.

»Hi Mom!«

Maureen stand auf und schloss ihre Tochter in die Arme. Sie küsste sie auf die Wange und murmelte: »Du siehst erledigt aus, mein Schatz, und vollkommen durchgefroren. Komm, lass uns in die Küche gehen und eine Tasse Tee trinken!«

»Dagegen habe ich nichts einzuwenden«, entgegnete Katie, löste sich von ihrer Mutter und begann, sich aus ihrem breiten Kaschmirschal und ihrem Mantel zu schälen. Danach folgte sie ihrer Mutter in die winzige Küche.

»Wie war dein Tag, Mom?«

»Oh, ich war sehr fleißig und habe deine Wohnung geputzt.«

»Die war doch gar nicht schmutzig.« Katie lachte. »Das wäre wirklich nicht nötig gewesen. Trotzdem vielen Dank!«

»Nein, schmutzig war sie nicht«, entgegnete Maureen. »Lediglich ein wenig verstaubt. Unter dem Sofa kamen mir schon die Wollmäuse entgegen.« Sie entnahm dem Küchenschrank zwei Becher. »Übrigens hat dein alter Freund Grant Miller angerufen.«

»Hilfe!«, rief Katie entsetzt. »Was wollte er denn? Er ist doch hoffentlich nicht in New York, oder?«

»Nein«, erwiderte Maureen amüsiert. »Er rief aus Beverly Hills an und hat seine Nummer hinterlassen. Du möchtest ihn zurückrufen, lässt er dir ausrichten.«

»Kommt gar nicht in Frage!«

»Vielleicht überlegst du es dir noch mal, Liebling.«

»Warum sollte ich? Ich will nichts mehr mit ihm zu tun haben.«

»Er trägt sich mit dem Gedanken zu heiraten. Ich finde, du könntest ihm zumindest –«

»Hurra!«, unterbrach Katie ihre Mutter. »Großartig. Fantastisch! Ein Problem weniger auf der Welt.«

»Ich wollte sagen, du könntest ihm zumindest alles Gute wünschen.«

»Na ja, von mir aus«, räumte Katie ein.

»Wusstest du, dass er inzwischen beim Film gelandet ist?«

»Ja, und das hat mich auch gar nicht überrascht. Grant sieht sehr gut aus. Er passt nach Hollywood.«

Maureen fasste das Telefonat kurz für Katie zusammen, woraufhin ihre Tochter erklärte: »Was für ein Idiot! Wie kommt er darauf, dass mir seine Hochzeit nahe geht oder auch nur irgendetwas ausmacht?«

»Katie!«, mahnte ihre Mutter. »Sei nicht so grob! – Außerdem hat sich Xenia gemeldet«, fuhr sie fort. »Sie ist in Chicago und ruft später noch einmal an.« Sie schenkte Tee in die Becher.

Katies Miene hellte sich auf. »Kommt sie nach New York?«

»Ja, nächste Woche. Sie will dich dann gern treffen. Und sie ist definitiv bei der Premiere dabei.«

»Oh, prima! Das bedeutet mir wirklich viel, weißt du?«

»Das dachte ich mir.« Maureen ergriff die Becher mit dem dampfenden Tee und bedeutete Katie mit einem Kopfnicken, ins Wohnzimmer hinüberzugehen. Sie reichte Katie einen Becher und nahm auf dem Sofa Platz.

Katie ließ sich ihrer Mutter gegenüber auf einem Sessel nieder, schwieg einen Moment lang und bemerkte anschließend: »Ich habe immer angenommen, du könntest Xenia nicht besonders gut leiden, Mom.«

Maureen errötete ein wenig. »Anfänglich mochte ich sie auch nicht«, gab sie zu. »Später war ich mir dann nicht so sicher, was ich von ihr halten soll.«

»Warum denn nur? Xenia ist unglaublich nett!«

»Ja«, erwiderte Maureen, »bestimmt ist sie nett. Ich hatte aber zunächst den Eindruck, sie wäre eingebildet. Das hängt wohl mit ihrer Herkunft zusammen – ihr beide seid so verschieden. Ich konnte mir nicht vorstellen, dass eure Freundschaft Bestand hat.«

Katie lachte auf. »Aber warum denn? Weil ich in Amerika auf dem Land aufgewachsen bin? Ein Niemand aus dem Nirgendwo? Hast du das gedacht?«

»Na ja, das wohl nicht«, brummte Maureen. »Natürlich bist du kein Niemand!«

»Xenia ist kein Snob, Mom. Sie arbeitet sehr hart für ihren Unterhalt, ebenso wie ihre Schwägerin. Die beiden leben nicht von ihrem Erbe, falls du das glaubst. Xenia und ich – wir haben uns auf Anhieb verstanden, und nachdem wir uns besser kennen gelernt hatten, entdeckten wir, dass wir einiges gemeinsam haben, was vielleicht auf den ersten Blick nicht ersichtlich ist.«

»Ach – was denn zum Beispiel?«, erkundigte sich Maureen verblüfft.

»In unserem Leben sind tragische Dinge passiert. Wir beide haben geliebte Menschen verloren.«

Maureen schaute ihre Tochter verwundert an. »Xenia hat –«

»O ja, Mom! Ich glaube, es ist an der Zeit, dir ihre Geschichte zu erzählen. Allerdings musst du mir versprechen, dass du sie für dich behältst.«

Kapitel 28

Die Probe war in vollem Gange.

Charlotte und Anne Brontë, die von Georgette Allison und Petra Green dargestellt wurden, saßen im Salon des Pfarrhauses von Haworth um einen runden Biedermeiertisch. Durch das geöffnete Fenster waren ein bewölkter, gewittriger Himmel zu sehen und außerdem ein Stück raue, sturmgepeitschte Moorlandschaft.

Die Einrichtung des Salons entsprach der historischen Vorlage bis ins kleinste Detail. Larry Sedgwick, einer der bekanntesten Bühnenbildner Englands, hatte seinem Namen alle Ehre gemacht und mit seiner Ausstattung eine Atmosphäre geschaffen, die den Betrachter umgehend in vergangene Zeiten versetzte.

Die beiden Frauen, die mit aufgeschlagenen Büchern dasaßen, waren in ihre Lektüre vertieft, bis Charlotte mit einem Mal aufsah und Anne ansprach ...

Katie befand sich im Seitenflügel der Bühne und wartete auf ihr Stichwort.

Als es soweit war, lief sie hinaus. Im grellen Scheinwerferlicht blinzelte sie für den Bruchteil einer Sekunde, doch dann hob sie mit klarer Stimme an: »Charlotte, hör zu, ich habe über das, was du vorgeschlagen hast, nachgedacht und bin zu einem Schluss gekommen. Ich will nicht, dass unsere Bücher unter unseren Namen veröffentlicht werden. Schlag dir das aus dem Kopf. Ich werde es auf keinen Fall zulassen!«

»Emily, bitte«, entgegnete Charlotte, »du weißt, ich mag es nicht, wenn du hereinplatzt, sofort aufbraust und immer den Ton angeben willst.«

Anne berührte beschwichtigend Charlottes Arm. »Charlotte«, sagte sie, »Emily hat Recht. Ich bin derselben Ansicht. Es wäre nicht klug, wenn wir unsere eigenen Namen benutzten. Ich fände es äußerst ungehörig, sich auf diese Weise zur Schau zu stellen.«

Charlotte setzte zu ihrer Erwiderung an.

Aber Katie verstand nichts von dem, was Charlotte sagte. Zuerst vernahm sie noch ein dumpfes Gemurmel, doch als Nächstes konnte sie lediglich lautlose Mundbewegungen erkennen. Charlotte starrte sie an. Katie wusste: Es war nun an ihr, eine Antwort zu geben, doch aus ihrer Kehle kam kein Laut.

Georgette war nicht mehr Georgette. Georgette war Carly! Katie sah das schwarze glänzende Haar im Scheinwerferlicht, die blauen Augen, die sie verwundert anblickten.

Und aus Petra war Denise geworden – das lange blonde Haar floss über ihren Rücken, die braunen Augen blickten sanft und waren voller Zuversicht. Denise nickte ihr aufmunternd zu ...

Etwas stimmte nicht mit dem Scheinwerferlicht ...

Katie fuhr sich über ihre feuchte Stirn, schloss die Augen und öffnete sie wieder. Dann trat sie einen Schritt auf die beiden Frauen zu und blickte sie hilflos an. Sie wollte etwas entgegnen, wollte ihren Text vortragen, doch sie blieb stumm. Verwirrt schaute Katie zu Boden. Das kann nicht sein, dachte sie, das darf einfach nicht passieren! Ich muss jetzt etwas sagen, aber ich weiß meinen Text nicht mehr! Sie spürte den Schweiß, der in ihre Achselhöhlen trat, und begann plötzlich heftig zu zittern.

Vor ihr saßen Carly und Denise, sie erkannte die beiden nun ganz deutlich. Es war an jenem letzten Tag, als sie gemeinsam in der Scheune waren und an dem Holzbock Platz genommen hatten. Die einstudierten Zeilen stammten aus berühmten Shakespeare-Passagen, die sie für die Weihnachtsfeier der Schule auswendig lernen mussten.

Katie schlug ihre Hände vors Gesicht, versuchte ihrer Panik Herr zu werden, doch da formten sich bereits die nächsten Bilder, zuckten auf und verblassten ... Carly und Denise auf dem Waldboden, Carly mit blutüberströmtem Gesicht, Denise auf dem Rücken, den Rock bis zur Taille hochgeschoben, leblos, mit zerrissener Strumpfhose und zerfetztem Schlüpfer ... tot ...

Während es in Katies Kopf summte und tobte und sie aufstöhnte, ohne es zu merken, stand sie wie gelähmt auf der Bühne.

Mit einem Mal drang die Stimme eines Mannes an ihr Ohr. Es war Jack Martin, der Regisseur. »Was ist los, Katie? Was soll das werden?«

Katie schwankte leicht. Sie wandte sich der Stimme zu. »Ich weiß es nicht«, murmelte sie. »Mir ist schwindlig ... und übel.«

Im nächsten Augenblick war Jack an ihrer Seite und legte seinen Arm um ihre Taille. Er führte sie auf den

Seitenflügel zu und dann in ihre Garderobe. »Setz dich«, sagte er. »Willst du ein Glas Wasser? Oder lieber etwas Stärkeres?«

Katie schüttelte stumm den Kopf.

Gleich darauf ertönten von draußen die Schritte von jemandem in Stöckelschuhen.

Melanie.

Katie barg ihr Gesicht in den Händen. Ich habe sie enttäuscht, schoss es ihr durch den Kopf. Obwohl ich ihr versprochen habe, mein Bestes zu geben. Melanie wird mir nie wieder eine Rolle anvertrauen ...

»Vielleicht erklärst du mir jetzt einmal, was da eben vor sich gegangen ist«, sagte Jack Martin gereizt. Er war ein Mann, der nicht nur für seine außergewöhnliche Kompetenz berühmt war, sondern auch für seine Ungeduld und sein unbeherrschtes Wesen.

Katie starrte ihn erschrocken an. Ihre Hände krallten sich um die Beine ihres Stuhls.

Jack schaute auf sie herab. Seine Augen blitzten kalt, und er fragte: »Was ist, hast du deine Zunge verschluckt? Soll das nun ein Dauerzustand werden? *Katie!* Mach den Mund auf und sag mir, was da draußen passiert ist!«

Die ersten Tränen rannen über Katies Wangen. »Ich weiß es nicht, Jack«, flüsterte sie.

»Sag bloß nicht, du fühlst dich unpässlich oder dir steckt eine Krankheit in den Knochen! Das fehlte gerade noch. Wir fangen in dieser Woche mit den Kostümproben an – alles, was ich jetzt brauche, ist die lahme Ente, die wir als Zweitbesetzung haben.«

Katie wischte sich ihre Tränen ab. »Es geht schon wieder«, murmelte sie. »Mir geht's bereits besser. Lass uns zurück auf die Bühne gehen, ich spiele die Szene noch einmal.«

»Nein, das tust du nicht!«, schaltete sich Melanie ein, die sich inzwischen neben Katie gesetzt hatte. Sie reichte ihr eine Packung mit Papiertaschentüchern. »Dir steht der Schweiß auf der Stirn, und es ist weiß Gott nicht besonders warm hier. Entweder ist bei dir eine Grippe im Anzug oder du hast dir sonst etwas geholt.«

Katie ergriff ein Taschentuch und tupfte sich über Gesicht und Nacken. Sie schüttelte den Kopf. »Nein, Melanie, ich habe mir nichts eingefangen. Ich habe keine Ahnung, was über mich gekommen ist. Wärst du wohl so lieb und gießt mir ein Glas Wasser ein?«

Melanie blickte sich suchend um und entdeckte Gläser und eine Wasserflasche auf der Kommode. Sie stand auf, schenkte ein und brachte Katie ein Glas. »Hier«, sagte sie. »Trink erst mal einen großen Schluck!«

»Danke«, wisperte Katie.

Jack hob seine Hände. »Ich guck mir das nicht länger an«, bemerkte er. »Ich muss auf die Bühne zurück. Wir machen mit der nächsten Szene weiter, die zum Glück ohne Emily Brontë auskommt. Herrgott noch mal, Katie, reiß dich –«

»Ist schon gut, Jack«, unterbrach Melanie ihn. »Lass sie in Frieden. Katie fängt sich schon wieder.«

»Das will ich auch hoffen«, brummte Jack. Er machte kehrt und verschwand. Hinter ihm fiel die Tür mit einem lauten Knall ins Schloss.

Melanie nahm abermals Platz. Sie ergriff Katies Hand. »Ich kenne dich, Katie«, begann sie. »Ich weiß, dass du deinen Text nicht vergessen hast. Deshalb möchte ich, dass du mir jetzt sagst, was da eben vorgefallen ist.«

»Das weiß ich selbst nicht, Melanie. Mit einem Mal hat sich alles gedreht, in meinen Ohren hat es gerauscht, und ich wusste überhaupt nicht mehr weiter. Ich habe keine Ahnung, woran es lag, glaub mir – bitte!«

Melanie musterte Katies schneeweißes Gesicht. »Wenn du krank bist, musst du mir das sagen!«, setzte sie erneut an. »Wir befinden uns kurz vor der Voraufführung, und danach kommt die Premiere. Katie, wir können uns keine Ausfälle leisten! Deshalb bitte ich dich noch einmal inständig: Erzähl mir, was dich eben daran gehindert hat, die Szene weiterzuspielen!«

Katie biss sich auf die Unterlippe und schwieg. Ihre Augen füllten sich abermals mit Tränen.

»Du bist doch nicht dumm, Katie«, fuhr Melanie mit sanfter Stimme fort. »Im Gegenteil, du bist eine äußerst intelligente junge Frau. Du weißt ja, dass es um eine Menge Geld geht, das ich und einige andere investiert haben, weil wir das Stück für ein hervorragendes Projekt halten. Ein Projekt mit dem Potenzial, ein Sensationserfolg zu werden. Insofern tragen wir beide, Katie – *du* und *ich* – eine gewisse Verantwortung. Eine Voraufführung oder gar eine Premiere, in der du aus unerfindlichen Gründen patzt, deine Zeilen vergisst oder wie eben zur Salzsäule erstarrst, ist undenkbar! Verstehst du mich?«

»Ja«, murmelte Katie. »Und es tut mir sehr Leid, Melanie. Ich schwöre dir, es kommt nicht wieder vor!«

»Was ist dieses *es,* Katie? Was hat dich mit einem Mal derart kopflos werden lassen? Ich habe ein Recht darauf, es zu erfahren, findest du nicht?«

»Doch«, antwortete Katie mit erstickter Stimme. »Du bist immer so großzügig und – geduldig gewesen ...« Sie bemühte sich, den Kloß in ihrem Hals hinunterzuschlucken.

»Melanie«, hob sie schließlich an, »ich weiß nicht, wie ich dir erklären soll, was eben auf der Bühne geschehen ist. Es war ... etwas aus meiner Vergangenheit, das mich eingeholt hat, Bilder, die ich plötzlich vor Augen hatte ...« Ihre Stimme verebbte.

»Sprich weiter«, forderte Melanie sie leise auf. »Ich höre dir zu und rühre mich nicht eher vom Fleck, bis du mir alles erzählt hast.«

Katie knetete ihre Finger und blickte verlegen zu Boden. Melanie war nicht nur ihre Produzentin, sie war vor allem ihre Freundin und Gönnerin. Außerdem war sie eine Frau, die hart für ihren Erfolg gearbeitet hatte, die sich nie schonte ... und die ihr vertraut hatte. Sie *musste* ihr die Wahrheit sagen.

»Heute vor zehn Jahren«, erklärte Katie, »fast auf den Tag genau, ist etwas passiert, das mein Leben verändert hat. Und obwohl ich nicht genau weiß warum, sind vorhin die Einzelheiten jenes Tages hochgekommen, sie sind mir plötzlich durch den Kopf geschossen ... es war wie ... *damals,* als wäre ich wieder ... dort und müsste alles noch einmal durchleben.«

»Aber was denn, mein Schatz?«, fragte Melanie. »Es muss etwas Schreckliches gewesen sein –«

»Ja – es war – schrecklich!«

»Ach, Katie, mein armer Liebling!«, murmelte Melanie. »So etwas Ähnliches habe ich mir schon seit geraumer Weile gedacht. Ich hatte stets den Eindruck, dass dich etwas Bestimmtes nach London getrieben hat, mehr als nur die Royal Academy ... dass du auf der Flucht vor etwas bist, das mit New York zusammenhängt.« Mit gerunzelter Stirn fuhr sie fort: »Es war ein seltsames Gefühl, das mir sagte: In Katies Leben gibt es eine ... Sache, die sie behindert und die sie nicht zu überwinden vermag.« Melanie ergriff erneut Katies Hand und begann sie vorsichtig zu streicheln. »Sag mir, was es ist, Liebes!«

Katie holte tief Luft und erzählte Melanie stockend von den schlimmen Ereignissen.

»O mein Gott!«, stieß Melanie hervor, nachdem Katie geendet hatte. Sie war bleich geworden und schien um Fassung zu ringen. Schließlich erklärte sie: »Das hätte ich natürlich niemals gedacht! Welche Last du mit dir herumgeschleppt hast!«

»Ja«, sagte Katie knapp. »Aber ich verstehe nicht, warum jener Tag schlagartig in meinem Kopf auftauchte. Ohne jeden Anlass ...«

Melanie schwieg. »Ist das zuvor denn schon einmal geschehen? Hat dich die Erinnerung öfter aus heiterem Himmel überfallen?«

»Nein – oder zumindest noch nie, während ich auf der Bühne stand.«

»Katie, ich glaube, so etwas bezeichnet man als Trauma, etwas, das in einem schlummert, oft ohne dass man es merkt. Hast du jemals mit einem Psychologen darüber gesprochen?«

»Nein, nie.«

»Vielleicht solltest du das einmal tun.«

»Nein, Melanie, das möchte ich nicht. Ich kann mir nicht vorstellen, dass ein anderer Mensch weiß, wie ich meine Probleme zu lösen habe. Meiner Meinung nach ist das etwas, das man ganz allein zu bewältigen hat.«

Melanie seufzte. »Aber es hat dir doch gut getan, *mir* alles zu erzählen, oder? Natürlich bin ich keine Psychologin, aber ist es nicht erleichternd, wenn du deinen Kummer mit jemandem teilst –«

»Nein«, unterbrach Katie sie bestimmt. »Meine Großmutter behauptet, Gott bürdet uns nichts auf, was wir nicht tragen können. Ich weiß nicht, ob sie Recht hat, doch bisher habe ich das so akzeptiert.«

»Deine Großmutter ist offenbar eine fromme Frau, und aus ihrem Glauben zieht sie wahrscheinlich ihre Kraft. Der Rest der Menschheit …« Melanie seufzte erneut und fuhr dann fort: »… der Rest schlägt sich mit seinen Problemen eher schlecht als recht durch.« Sie erhob sich und legte ihre Hand auf Katies Schulter. »Ich bin froh, dass du dich mir anvertraut hast, Liebes. Und mach dir keine Sorgen, ich werde deine Geschichte natürlich für mich behalten. Jack wird nichts davon erfahren.«

»Ich danke dir, Melanie. Für alles!«

»Ach was«, winkte Melanie ab. »Ich möchte, dass du deine Rolle gut spielst. Außerdem bin ich deine Freundin. Du musst mir allerdings einen Gefallen tun.«

»Jeden.«

»Nimm dir dieses Wochenende frei! Und lass die Proben morgen ausfallen. Ruh dich gründlich aus, und am Montag stehst du wieder auf der Bühne – frisch und gestärkt.«

»Aber –«, wollte Katie einwenden.

Melanie hob ihren Zeigefinger. »*Jeden* Gefallen – du hast's versprochen!«

»Ja, aber was wird Jack dazu sagen?«, beharrte Katie.

»Überlass Jack ruhig mir! Um den brauchst du dir keine Gedanken zu machen. Ich weiß, dass du deine Rolle beherrschst. Ein, zwei versäumte Proben sind kein Weltuntergang. Ich bin der festen Überzeugung, dass eine kleine Erholungspause Wunder wirkt.«

»Aber glaubst du nicht, dass sich Jack –«

»– wie ein Wahnsinniger aufführen wird?«, beendete Melanie Katies Satz. »Klar wird er das, doch er gehört zu deinen größten Bewunderern, selbst wenn er das nicht zugibt oder auch nur ansatzweise erkennen lässt. Es spielt jedoch keine Rolle, ob er tobt oder nicht, denn *ich* bin die Produzentin, es ist vor allem *mein* Geld, das auf dem Spiel steht. Insofern habe ich das Sagen, und ich möchte, dass du an diesem Wochenende eine Pause einlegst.«

Gegen ihren Willen musste Katie lachen. »Zu Befehl!«, erwiderte sie. »Danke, Melanie!«

Katies Zimmer sah noch genauso aus, wie sie es vor Jahren verlassen hatte. Ihr Vater frischte lediglich in gewissen Abständen die Farbe der Wände auf. Sie waren nach wie vor in einem blassen Rosa gehalten, von dem sich die Tür und die Fensterrahmen in leuchtendem Weiß abhoben.

Als Katie auf ihrem Bett saß und ihren Blick über die vertraute Umgebung schweifen ließ, atmete sie auf. Sie spürte, wie gut ihr es tat, zu Hause zu sein, bei den Menschen, die ihr am nächsten standen und die sie über alles liebte. Sie würden ihr die Kraft geben, die sie in den folgenden Wochen benötigte.

Katie erhob sich, um ihre Reisetasche auszupacken. Sie hängte ihren hellgrauen Hosenanzug auf einem Bügel in den Schrank. Nachdem sie ihre restlichen Kleidungsstücke verstaut hatte, warf sie einen Blick auf ihre Armbanduhr. Es war halb fünf. Ihre Mutter war einkaufen gegangen und würde frühestens in einer Stunde zurück sein. Katie zog ihr Tagebuch hervor, das zuunterst in der Reisetasche gelegen hatte. Es war inzwischen reichlich abgenutzt und nahezu vollgeschrieben. Höchste Zeit, sich ein neues Exemplar zuzulegen.

Katie ließ sich an ihrem Schreibtisch nieder. Für eine Weile schaute sie grübelnd aus dem Fenster. Dann schlug sie ihr Tagebuch auf und begann zu schreiben.

21. Januar, 2000
Malvern, Connecticut

Ich kann kaum beschreiben, wie schrecklich ich mich fühlte, als ich heute in meine Wohnung zurückkehrte. Mir war klar, dass ich sowohl Jack als auch Melanie einen riesigen Schrecken eingejagt und sie zutiefst beunruhigt hatte. Doch das, was auf der Bühne passierte, konnte ich nicht beeinflussen und schon gar nicht verhindern. Ich war dem vollkommen ausgeliefert und war wie gelähmt. Ich konnte mich nicht gegen die Bilder wehren ...

Xenia sagte einmal, Verity sei einfach perfekt, von ihr könne sich jeder ein Stück abschneiden, denn sie sei absolut vorbildlich in ihrem Verhalten. Damals wusste ich mit Xenias Aussage nicht allzu viel anzufangen, doch nun ist mir klar, was sie ausdrücken wollte. Das Gleiche könnte ich nämlich von Melanie behaupten. Sie hat mir heute ihre Freundschaft bewiesen. Es war gut und richtig, sich ihr anzuvertrauen – und es hat mir sehr geholfen.

Melanie war unendlich verständnisvoll und mitfühlend, und dennoch blieb sie gefasst und wusste, wie sie mit der Situation umzugehen hatte. Ja, ich glaube, es ist die Verbindung von Klugheit und Einfühlungsvermögen, die sowohl Verity als auch Melanie ausmacht.

Melanie bestand darauf, dass ich mir das Wochenende frei nehme. Und ich fürchte, ich wäre sonst auch verrückt geworden. Dennoch fühlte ich mich elend und hatte ein schlechtes Gewissen, als ich das Theater verließ. Noch schlimmer wurde es, als ich zu Hause ankam. Als ich am helllichten Tag in meiner Wohnung aufkreuzte, fiel Mom aus allen Wolken, sie dachte vermutlich, Jack hätte mich gefeuert. Als ich ihr erklärte, dass es mir lediglich nicht gut ging und mir offiziell bis zum Montag eine Erholungspause verordnet worden war, atmete Mom auf. Danach beschloss sie kurzerhand, mit mir übers Wochenende nach Malvern zu fahren, damit ich fernab von New York einmal richtig ausspanne. Na ja – großartig überreden musste sie mich nicht, denn ich habe bereits schon länger Heimweh – und vor allem Sehnsucht nach Dad und Niall.

In solchen Momenten wird mir bewusst, wie glücklich ich mich schätzen kann, eine solche Familie zu besitzen – nicht wie viele andere, denen ihre Familie gleichgültig ist oder die sich mit ihr womöglich überworfen haben.

Ich war so froh, Carly noch einmal besuchen zu können! Das tat ich sofort nach meiner Ankunft. Doch leider hat sich ihr Zustand nicht verändert. Sie liegt reglos da wie immer.

Doch ich rechne ja auch gar nicht mehr damit, dass sich Carlys Zustand bessert. Oder vielleicht doch? Wie auch immer, ich konnte es nicht abwarten, sie zu sehen, ihre Hand zu halten und mit ihr zu sprechen – so wie früher. Dabei hoffe ich jedes Mal, dass sie meine Nähe spürt ... und dass es ihr hilft.

Mom sagt, ihr erginge es ähnlich, auch sie glaubt fest daran, dass ihr Besuch Carly gut tut. Sie kann mir jedoch auch nicht erklären, woher sie ihre Überzeugung nimmt ...

Auf der Fahrt hierher bin ich eingenickt. Als ich aufwachte, waren wir bereits in New Milford. Und dann ist etwas Eigentümliches passiert. Wir hatten den Ort gerade hinter uns gelassen, als es mich wie ein Blitzschlag traf. Plötzlich verstand ich, weshalb die Erinnerung mich übermannte, als ich auf der Bühne stand.

Wir drei hätten nämlich in dem Stück auftreten kön-

nen, Carly, Denise und ich. Wir hätten die Schwestern Brontë darstellen müssen – die drei Schwestern, die so eng wie wir miteinander verbunden waren. Von einem derartigen Stück, von einer solchen Aufführung am Broadway hatten wir immer geträumt.

Als wir Malvern erreicht hatten, war mir alles klar. Es lag ja eigentlich auf der Hand. Ich frage mich nur, warum mir der Gedanke nicht früher gekommen ist. Hinzu kommt, dass Georgette Carly ähnlich sieht und Petra Denise. Und als die beiden auf der Bühne am Tisch saßen, erinnerten sie mich plötzlich ganz intensiv an meine Freundinnen. Das muss die blitzartige Erinnerung ausgelöst haben.

Wie gut es tut, die Dinge niederzuschreiben und sich Klarheit zu verschaffen!

Wenn ich Theater spiele, findet etwas Ähnliches statt wie beim Schreiben. Bevor ich eine Rolle übernehme, verdeutliche ich mir immer zuerst die Motive der Figur, die ich verkörpern soll, und entscheide dann.

Mom muss nun allein einkaufen gehen, weil ich unbedingt zuerst alles notieren wollte. Das habe ich ihr natürlich nicht gesagt, denn sie möchte ja genau wie Melanie, dass ich von allem Abstand gewinne. Mom wäre es lieber gewesen, ich hätte sie begleitet ... Ich weiß, dass sie sich Sorgen macht ...

Ob Melanie im Ernst annimmt, Jack sei ein Bewunderer von mir? Ich kann mir das beim besten Willen nicht vorstellen! Jack ist gnadenlos, was seine Erwartungen und Anforderungen betrifft, und er hat mir noch nie ein Lob ausgesprochen. Na ja, aber mit meiner Darstellung der Emily scheint er zufrieden zu sein. Wenn nicht, würde ich es definitiv wissen, denn Jack nimmt niemals ein Blatt vor den Mund.

Wenn mir alles gelingt, verdanke ich das Rex. Nicht

nur deshalb, weil er mir die Geschichte der Brontës erzählt und mir Einsichten in Emilys Leben verschafft hat, sondern auch aufgrund des Gedichtes, das er mir zeigte. Emily hat es im Alter von sechsundzwanzig Jahren geschrieben – da war sie zwei Jahre jünger als ich heute. In Rex' Augen verweist das Gedicht auf Emilys Faszination für die Vergangenheit und auf die Art und Weise, wie die Erinnerung unser Bewusstsein prägt. Ich bewundere Rex für seine Klugheit und Fähigkeit, die Dinge zu durchschauen. Ich weiß lediglich, dass mich Emilys Gedicht sofort begeistert und auf seltsame Weise berührt hat.

Katie hielt inne und legte den Stift beiseite. Dann machte sie sich erneut an ihrer Reisetasche zu schaffen. Unter den Büchern, die sie mitgenommen hatte, befand sich auch ein Sammelband mit Emilys Gedichten. Katie klappte das Buch auf, fand die Stelle, die sie suchte, und lehnte das aufgeschlagene Buch an die Schreibtischlampe. Danach übertrug sie besagtes Gedicht in ihr Tagebuch.

Kalt in der Erde – der Schnee hoch gehäuft darüber,
In Grabestiefe halt, entrückt so weit!
Hab ich vergessen die Liebe zu dir, mein Lieber,
Trennt uns zuletzt die alles trennende Zeit?

Und kreisen, allein nun, nimmer meine Gedanken
Über den Bergen am Nordmeer, über der Flut,
Nicht wo ihre Flügel in Heide und Farnkraut sanken,
Dort wo dein edles Herz für immer ruht?

Kalt in der Erde – und fünfzehn Dezemberfröste,
Im Frühjahr herabgetaut vom Hügel, dem braunen:

Treu wahrlich die Seele, die nicht vom Erinnern sich löste
Nach solchen Leidensjahren und Schicksalslaunen!

Vergib, mein Frühgeliebter, wenn ich dich vergessen,
Im reißenden Strom der Welt, der mich mit sich entführt,
Ich bin von andrem Verlangen und Hoffen besessen,
Ein Hoffen, das dich verdunkelt, doch nicht berührt!

Kein späteres Licht hat meinen Himmel erhellt,
Kein zweiter Morgen ist aufgeleuchtet vor mir;
Mein ganzes Glück ist mit deinem Leben zerschellt,
Mein ganzes Glück ist in dem Grab bei dir.

Doch als dann die Tage goldenen Träumens verweht,
Und selbst die Verzweiflung ohnmächtig und nicht mehr versehrt,
Da wahrlich lernt ich wie man das Dasein besteht,
Gestärkt und ohne das Zubrot der Freude genährt.

Da gewöhnt ich mir ab, mich so jung nach dir zu verzehren,
Und stillte den heißen Strom vergeblicher Tränen –
Versagte mir streng der Seele brennend Begehren
In jene Gruft zu sinken, sie mein zu wähnen.

Zwar schmacht ich nicht, bin nicht in Schmerz versunken,
Wag's nicht, noch dem Erinnrungskult zu frönen;
Doch einmal tief aus reinster Qual getrunken,
Wie könnt ich noch die leere Welt ersehnen?

Nachdem Katie das Gedicht fein säuberlich abgeschrieben hatte, las sie es Zeile für Zeile und ließ sich Rex' Worte noch einmal durch den Kopf gehen.

Mochte sein, dass seine Überlegungen zutrafen, doch für sie waren der Klang der Worte, der Versrhythmus und die Stimmung, die die Worte vermittelten, viel wichtiger.

Rex hatte erklärt, dass in dem Gedicht Rosa Alcona spreche, eine Figur aus Emilys früheren Werken.

Mich erinnern die Verse an Denise und Carly, dachte Katie, es erscheint mir so, als ob Emily ihr Gedicht für uns geschrieben hätte.

Katie verstaute die Gedichtsammlung wieder in ihrer Reisetasche und schrieb weiter.

Wie praktisch Melanie immer denkt! Sie an meiner Stelle hätte gewiss längst einen Psychologen aufgesucht, um ihre Probleme zu lösen. Ich jedoch kann das nicht tun. Selbst wenn ich nicht so gläubig bin wie Großmama Catriona, so teile ich doch ihre Ansicht, dass man seine Bürde tragen muss.

Ich glaube, dass ich das schaffen werde. Vieles fällt mir bereits leichter als früher. Ich bin in der Lage, in New York zu leben, ich liebe meine Arbeit und kann zuweilen richtig unbeschwert sein ...

O ja – meine Arbeit! Was würde ich ohne sie tun? Die Arbeit scheint den Menschen nicht nur abzulenken, wie man immer sagt, sondern sie verschafft ihm auch Trost und heilt alle Wunden.

Morgen werde ich Carly noch einmal besuchen und auch am Sonntag, ehe ich nach New York zurückfahre.

Ich bin unglaublich erleichtert, dass ich nun weiß, wie die Rückblenden zu Stande kamen, die mich im

Theater überfielen. Als es passierte, dachte ich, ich würde wahrhaftig den Verstand verlieren.

Jetzt ist mir zudem klar, warum das nicht bereits früher geschehen ist, warum meine Erinnerungen nicht schon einsetzten, als wir mit den ersten Proben begannen. Es lag an dem Bühnenbild, das gerade erst fertig gestellt worden ist. Das wird der Auslöser gewesen sein. Mit einem Mal schien mir alles so endgültig, und da wusste ich plötzlich ohne jeden Zweifel: Ich würde mein Leben lang ohne Carly und Denise Theater spielen. Und sollte ich Erfolg haben, würde ich ihn nie mit ihnen teilen können. Nichts von dem, was wir uns früher ausgemalt haben, kann jemals Wirklichkeit werden ...

Trotzdem spüre ich, dass ich seitdem ein wenig aufatme ...

Ich glaube, ich beginne nun meine Vergangenheit zu akzeptieren – etwas, das ich zuvor nicht getan habe.

Ich werde allerdings weiterhin an mir arbeiten und einen Schritt nach dem anderen machen müssen. Ich darf nichts überstürzen, sondern muss mich langsam und behutsam von meinem Schmerz lösen.

Katie hörte, wie die Eingangstür ins Schloss geworfen wurde. Sie klappte ihr Tagebuch zu, schob es in die Schreibtischschublade und stand auf. Sie lief bereits die Treppenstufen hinunter, als die Tür ein zweites Mal zuschlug und eine Männerstimme ertönte: »Ich bin's, Mom.«

»Hallo, Niall«, scholl es aus der Küche zurück. »Katie ist mit mir hergekommen. Sie steckt oben in ihrem Zimmer.«

»Tut sie nicht«, rief Katie lachend. Gleich darauf lag sie in Nialls Armen und kreischte auf, als er sie wie in alten Zeiten hochhob und im Kreis herumwirbelte.

»Wie schön, dich zu sehen, Schwesterherz!«, sagte Niall, nachdem er Katie wieder auf die Füße gestellt hatte. »Was führt dich denn hierher? Ich dachte, du hättest alle Hände voll zu tun.«

»Habe ich auch.« Katie strahlte ihren Bruder an. »Aber man hat mir das Wochenende freigegeben. Eine kurze Ruhepause, bevor wir mit der Kostümprobe beginnen.«

»Ist das etwa die Stimme der berühmten Katie Byrne, die ich da vernehme?«, erkundigte sich jemand aus dem Hintergrund.

Katie ließ ihren Bruder los und rannte in die Küche. »Dad!«, rief sie und flog in die Arme ihres Vaters.

Michael Byrne drückte Katie an sich und hielt sie für einen Moment fest. »Mein Mädchen«, murmelte er an Katies Ohr. »Ich bin so froh dich zu sehen! Geht es dir gut?«

»Ja, Dad«, flüsterte Katie. »Jetzt geht es mir gut.«

Katie, Niall und ihre Eltern nahmen um den Küchentisch herum Platz, um ihren Nachmittagstee zu trinken.

Während sie den Kuchen aßen, den Maureen gekauft hatte, drehte sich ihr Gespräch um das Theaterstück, die anstehende Premiere und die daran anschließende Feier im *Tavern on the Green.*

Katies Vater und Niall hatten tausend Fragen, und Katie beantwortete geduldig jede einzelne davon.

Maureen schenkte Tee ein, reichte Kuchen herum und lächelte zufrieden. Wie schön, dass wir hier alle noch einmal beisammen sitzen!, dachte sie. Nun fehlte nur noch Fin. Was Katie nicht wusste: Ihr Vater hatte Finian ein Flugticket zugesandt. Er würde als besondere Überraschung zu Katies Premiere erscheinen.

Als sich die Unterhaltung anderen Themen zuwandte, lehnte sich Katie behaglich zurück und ließ ihre Blicke über die Gesichter ihrer Eltern gleiten. Wie jung sie noch aussehen!, dachte sie. Aber natürlich waren die Jahre nicht spurlos an ihnen vorübergegangen.

Das dunkle Haar ihres Vaters wurde von den ersten Silberfäden durchzogen, und sein Gesicht war ein wenig zerfurchter als früher, doch er war keinen Deut weniger attraktiv als vor zehn Jahren.

Ihre Mutter, fand Katie, sah nach wie vor wundervoll aus. Sie hatte sich ihre schlanke Figur bewahrt, und ihr Gesicht war nahezu frei von Falten. Vielleicht hatte das intensive Blau ihrer Augen ein wenig nachgelassen, doch ihr Haar war noch immer üppig und besaß das flammende Rot ihrer Jugendjahre, ohne dass ein einziges graues Haar zu sehen war. Katie grinste verstohlen. Vermutlich war ihre Mutter noch immer so eitel wie früher, sodass sie vermutlich jedes graue Haar, das sich hervorwagte, sofort färben ließ. Und wenn schon? Es war durchaus verständlich, wenn sie noch im Alter von fünfundfünfzig Jahren die anziehende und schöne Frau sein wollte, die sie immer gewesen war.

Niall glich seinem Vater aufs Haar. Er konnte weder seine irische Abstammung noch seine Familienzugehörigkeit verleugnen. Vater und Sohn hatten stets große Ähnlichkeit miteinander besessen, doch mit den Jahren hatte sie sich bei Niall noch deutlicher ausgeprägt. Inzwischen besaß er den kräftigen, muskulösen Körperbau eines erwachsenen Mannes, den er – wie Katie wusste – nicht allein seinem Beruf, sondern zudem seinem sorgfältigen Training verdankte. Wie Michael war er gebräunt von der Arbeit im Freien, und um seine Augen hatten sich erste kleine Fältchen gebildet, die seinem kantigen Gesicht eine interessante Note verliehen. Dass die Frauen Niall zu Füßen lagen, wunderte Katie nicht im Geringsten.

Was sein Wesen betraf, so war Niall jedoch völlig anders als sein Vater, denn ihm fehlte Michaels unbeschwerte und gesellige Natur. Stattdessen neigte er dazu, eigene Wege zu gehen und seine Gedanken für sich zu behalten. Während der Weihnachtsfeiertage hatte Katie den Verdacht gehabt, er könne sich eines Tages womöglich sogar zum Eigenbrötler entwickeln.

Nicht nur ihre Mutter, auch Katie fragte sich häufig, warum Niall nicht heiratete. Zuweilen fürchtete sie, dass Niall nie über den Verlust von Denise hinweggekommen war. Er musste sie mehr geliebt haben, als Katie damals vermutet hatte.

Kapitel 29

Niall hatte darauf bestanden, Katie zum Krankenhaus zu fahren. Als sie aufbrachen, schien die Sonne von einem strahlend blauen Himmel herab, und es wehte ein frischer Wind. Von dem Schnee, den der Meteorologe im Radio am Vorabend angekündigt hatte, war noch nichts zu spüren.

Als sie das Haus verließen, setzte Niall eine geheimnisvolle Miene auf und sagte: »Bleib einen Moment lang hier stehen, Katie, ich muss dir etwas zeigen!«

»O nein!«, rief Katie aus. »Nicht schon wieder ein neues Auto! Was ist es denn dieses Mal für eins?«

»Ein BMW«, gestand Niall mit verlegenem Grinsen.

»O lala!«, bemerkte Katie. »Da schau an! Da hat aber jemand ganz schön tief in die Tasche gelangt.«

Niall lachte. »Zugegeben, der Wagen war nicht billig, doch dafür ist er sehr praktisch.«

»Praktisch?«, wiederholte Katie mit hochgezogenen Brauen.

»Nun ja, vielleicht hätte ich besser *solide* sagen sollen«, gab Niall zu. »Aber es ist der einzige Luxus, den ich mir gönne, und außerdem brauche ich den Wagen aus geschäftlichen Gründen.«

»Aha«, sagte Katie zweifelnd. »Seit wann wird Baumaterial denn im BMW transportiert?«

»Dafür benutze ich natürlich weiterhin den Transporter oder den Jeep«, erwiderte Niall. »Den BMW nehme ich, wenn ich Kundenbesuche mache.«

Niall öffnete das Garagentor. Als Katie das silbergraue Cabrio erblickte, sog sie scharf die Luft ein. »Alle Achtung!«, murmelte sie. »Nicht schlecht für ein praktisches – oder eher solides Auto.«

Niall begab sich hinter das Steuer und setzte den Wagen rückwärts aus der Garage heraus.

Als Katie die Beifahrertür öffnete und den starken Ledergeruch der Sitze einatmete, pfiff sie durch die Zähne. »Der muss dich ein Vermögen gekostet haben«, bemerkte sie.

»Katie!«, mahnte Niall. »Setz dich rein und sei still! Wenn du noch weiter herumpalaverst, nehmen wir den Transporter, um ins Krankenhaus zu fahren.«

»Ist ja schon gut«, murmelte Katie und kletterte auf den Beifahrersitz.

Nachdem sie Malvern verlassen hatten, schnitt Katie ein anderes Thema an – etwas, das sie bereits seit langem beschäftigte.

»Warum wohnst du eigentlich immer noch zu Hause,

Niall?«, fragte sie. »Warum legst du dir keine eigene Wohnung zu?«

Niall runzelte die Stirn und schwieg einen Moment lang. Dann erwiderte er: »Aus einer Reihe von Gründen. Zunächst einmal möchte ich Mom und Dad nicht allein lassen. Du bist fort, Fin ist aus dem Haus ... Ich glaube, unsere Eltern finden es schön, wenigstens eins ihrer Kinder um sich zu haben, insbesondere Mom. Der zweite Grund ... na ja, du weißt schon.«

»Nein, tu ich nicht.«

Niall warf Katie einen Seitenblick zu und grinste. »Bei den Eltern zu leben bedeutet eine gewisse Art von Schutz.«

»Vor was oder vor wem musst du dich denn schützen?«

»Vor Frauen«, entgegnete Niall knapp.

»Das ist ja was ganz Neues«, gluckste Katie. »Seit wann denn das?«

»Seit eh und je«, antwortete Niall. »Solange ich mit Mom und Dad zusammenwohne, kommt jedenfalls keine Frau auf den Gedanken, bei mir einziehen zu wollen. Und ich lege nun einmal keinen Wert auf eine feste Beziehung.«

»Bedeutet das, es gibt immer noch keine Frau, die dich besonders interessiert?«

Niall schüttelte den Kopf. »Nein.«

»Aber du hast doch schon jede Menge Affären gehabt. Sag bloß, du achtest dabei darauf, dass die jeweilige Dame eine eigene Wohnung besitzt!«

»Klar!«

Katie schaute ihren Bruder entgeistert an und erkannte das Lächeln, das um seine Lippen spielte. »Niall, du bist der Teufel in Person«, kicherte sie und boxte ihn scherzhaft in die Seite. Dann wurde sie jedoch wieder ernst und fuhr fort: »Du weißt aber, dass Mom es sehr gern sähe, wenn du heiraten würdest? Sie möchte, dass du sesshaft wirst.«

»Ich *bin* sesshaft«, erklärte Niall. »Ich lebe bei meinen Eltern. Mom und Dad gefällt das.«

»Es gefiele ihnen aber noch besser, endlich Enkelkinder zu bekommen.«

»Was du nicht sagst! Wie steht es denn mit dir, Katie? Warum schenkst du ihnen keine Enkelkinder? Oder betrifft dich die Erwartung unserer Eltern nicht?«

»Ich habe noch niemanden kennen gelernt, der mich derartig fasziniert hätte, dass ich mir vorstellen könnte, ihn zu heiraten. Das ist alles.«

»Ah, da schau an! Nun, dasselbe könnte ich von mir behaupten. Was ist überhaupt aus Grant geworden – oder wie hieß der Bursche noch gleich?«

»Der Bursche *hieß* Grant. Nichts ist aus ihm geworden. Aus den Augen aus dem Sinn! Außerdem heiratet er bald eine andere.«

»Wie schön für ihn!«

»Hast du denn vor, zeit deines Lebens Junggeselle zu bleiben?«

»Warum nicht? Die Welt ist voller Junggesellen.«

Katie sah ein, dass es keinen Zweck hatte, weiter nachzuhaken. Sie zuckte mit den Schultern und blickte aus dem Fenster. Es würde nicht mehr lange dauern, und sie sah Carly wieder. Sie spürte das Kribbeln im Magen, das sich jedes Mal einstellte, wenn sie auf dem Weg zu Carly war. Sie wusste, woher dieses Gefühl rührte: Bei jedem Besuch hoffte sie, dass sich Carlys Zustand verändert hatte, wenngleich ihr im selben Moment klar wurde, dass ihre Hoffnung vergebens war.

»Halt am nächsten Blumengeschäft an, Niall!«, bat

sie ihren Bruder. »Ich will Carly ein paar Veilchen kaufen, die mag sie am liebsten.«

Der Mann kam wie eine Rakete durch die Schwingtüren geschossen. Um ein Haar hätte er Katie umgerannt. Sie ruderte mit den Armen in der Luft, um ihr Gleichgewicht zu halten. Die Veilchen fielen zu Boden.

Als Nächstes trat der Mann genau auf den Blumenstrauß. Als er das bemerkte, blieb er wie angewurzelt stehen, wurde rot und rief: »Himmel, ich bin ein Trottel! Ich bitte tausend Mal um Verzeihung! Bitte entschuldigen sie, du liebe Zeit ...« Er bückte sich, um die zertretenen Blumen aufzuheben, und überreichte sie Katie mit zerknirschter Miene.

»Sie haben wohl keine Augen im Kopf!«, zischte Katie wütend und riss ihm das ramponierte Sträußchen ungeduldig aus der Hand.

Der Mann hob beschwichtigend die Hände. »Eigentlich schon«, erwiderte er. »Warten Sie, geben Sie mir die Blumen – vielleicht kann ich ja etwas retten ...« Er griff nach dem Sträußchen, zupfte an den Blüten und danach an der weißen Manschette, mit der es eingebunden war. »Ich bin etwas in Eile«, murmelte er. »Ich muss wohl blindlings durch die Tür gerannt sein.«

»Das kann man wohl sagen!«, blaffte Katie.

»Es tut mir wirklich Leid«, wiederholte der Mann und hielt Katie die Veilchen hin.

Katie warf einen verärgerten Blick darauf. »Sie haben die Blüten total zertrampelt«, erwiderte sie.

»Nein, das stimmt nicht. Nur das Papier ist ein wenig zerknittert. Aber wenn Sie möchten, besorge ich Ihnen einen neuen Strauß.« Er warf Katie einen reumütigen

Blick zu. Dann weiteten sich seine Augen, und er rief: »Sie sind doch Katie Byrne, nicht wahr? Oder täusche ich mich?«

»Nein, ich bin's«, gab Katie schnippisch zurück.

Der Mann streckte seine Hand aus. »Christopher Saunders. Sehr erfreut!«

Katie übersah die dargebotene Hand. »Sollte ich Sie irgendwoher kennen?«, fragte sie.

»Nein, natürlich nicht«, beeilte sich Saunders zu versichern. »Wie auch? Ich war ja nur im Zuschauerraum –« Er brach ab und grinste verlegen. »Ich habe Sie vor Jahren auf der Bühne gesehen. In New York. Sie waren die Alice in ›Ein Löwe im Winter‹ –«

»*Der* Löwe im Winter«, verbesserte Katie ihn. »Und ich habe die Rolle der Alaïs gespielt.«

»Oh, ich bitte abermals um Verzeihung!«, erklärte er mit einer kleinen Verneigung. »Ich scheine heute aber auch wirklich alles verkehrt zu machen. Doch sind Sie nicht auch in Melanie Dawsons neuem Stück zu sehen? Ich glaube mich zu erinnern, Ihren Namen auf einer der Ankündigungen gelesen zu haben. Es hat irgendetwas mit den Brontës zu tun –«

»In der Tat«, antwortete Katie knapp. »Wenn Sie mich nun entschuldigen würden, ich bin auf dem Weg zu einem Krankenbesuch. Es war ein Erlebnis, Ihre Bekanntschaft zu machen.«

»Tja«, sagte Saunders. »Das ist heute wohl nicht mein Tag. Ich hoffe dennoch, Sie bald einmal wiederzusehen. Vielleicht in der Premiere ...«

»Das ist unwahrscheinlich«, versetzte Katie. »Die Karten dafür sind bereits restlos ausverkauft.«

Christopher Saunders runzelte die Stirn. »Das ist kein Problem«, erklärte er. Seine Miene hellte sich auf. »Sie spielen die Emily, nicht wahr? Das ist bestimmt eine faszinierende Rolle. Emily Brontë war schließlich eine ausgesprochen geheimnisvolle Frau.«

Katie hatte sich bereits ein wenig entfernt. Nun wandte sie sich noch einmal um und betrachtete Christopher Saunders genauer. »Ja«, bestätigte sie. »Das stimmt.«

Christopher Saunders schenkte ihr ein Lächeln, das Katie gegen ihren Willen äußerst charmant fand. Sie ergatterte einen Blick auf gerade weiße Zähne und braune Augen, die einen intensiven, warmen Glanz verströmten. Für einen Moment trafen sich ihre Blicke, dann schaute Katie jedoch schnell weg und sagte: »Ich muss nun los.«

»Oh, ich will Sie keineswegs aufhalten«, beeilte sich Christopher Saunders zu versichern. Ein spitzbübisches Funkeln hatte sich in seine Augen geschlichen. »Ich sehe sie dann in New York. Auf Wiedersehen, schöne Frau!«

»Auf Wiedersehen«, antwortete Katie, wandte sich um und unterdrückte verzweifelt ein Lächeln, das sich auf ihrem Gesicht breit machen wollte. *Christopher Saunders* ... Sie eilte über den Krankenhausflur. *Ich möchte wetten, dass er es faustdick hinter den Ohren hat!*

Als Katie in die Pflegestation einbog, winkte ihr eine der Schwestern zu. »Miss Byrne, wie schön Sie zu sehen! Wie geht es Ihnen?«

»Danke, Jane, gut«, erwiderte Katie. Sie spürte, wie ihre Anspannung wuchs, fragte jedoch wie immer: »Was ist mit Carly? Hat sich etwas –?«

»Nein, meine Liebe, natürlich nicht. Kommen Sie, geben Sie mir Ihre Blumen. Ich besorge Ihnen eine kleine Vase und stelle sie ins Wasser.«

»Danke«, murmelte Katie und reichte der Schwester

den zerrupften Veilchenstrauß. Dann öffnete sie die Tür zu Carlys Zimmer. Helles Sonnenlicht umflutete sie. Auf einer kleinen Kommode entdeckte sie eine Vase mit einem bunten Blumenstrauß.

Carly lag auf dem Rücken in ihrem Bett. Über ihr hing ein Tropf. Ihre Augen standen wie so oft weit offen.

Katie setzte sich an Carlys Bett, blickte in die Augen ihrer Freundin und suchte nach einem Funkeln, nach einem Hinweis, dass noch Leben in dem reglosen Körper war. Doch Carlys Blick blieb starr, wie der einer Blinden. Für einen Moment schaute Katie zur Seite. Es war so bedrückend, diese schönen Augen zu betrachten, die leer in dem bleichen Gesicht lagen, das über die Jahre hinweg kaum gealtert war.

Katie stellte ihre Handtasche auf dem Boden ab und ergriff Carlys Hand. Sie war schlaff und kühl. Für eine Weile streichelte Katie darüber. »Hi Carly«, sagte sie. »Ich bin's, Katie. Ich bin noch einmal gekommen, um dich zu besuchen. Ich denke sehr oft an dich, und du fehlst mir so. Ich wünschte, du könntest mich hören, Carly – aber vielleicht tust du das ja ...«

Hinter Katie ertönte ein Knarren. Als sie den Kopf wandte, erblickte sie Jane, die eine kleine Vase mit den Veilchen in der Hand hielt. »Ich stelle sie zu den anderen Blumen«, sagte sie leise. »In einer Sekunde bin ich wieder draußen und lasse Sie allein.«

Katie richtete ihre Aufmerksamkeit erneut auf Carly und fuhr fort, ruhig mit ihr zu sprechen. »Wir haben die Vorproben so gut wie abgeschlossen, Carly. Nächste Woche fangen wir mit der Kostümprobe an. Erinnerst du dich, dass ich dir Weihnachten erzählt habe, ich würde die Emily Brontë in einem Stück am Broadway spielen? Es ist so, wie wir uns das früher immer erträumt haben. Allerdings wird mein Name noch nicht in Leuchtbuchstaben erscheinen. In diesen Genuss kommen nur die anderen beiden Hauptdarstellerinnen. Mich kennt ja bisher sowieso noch keiner.«

Außer Christopher Saunders, dachte Katie und vertrieb das ausdrucksvolle Männergesicht aus ihren Gedanken. Sie beugte sich vor und strich über Carlys Wange. »Im Theater gibt es eintausend Plätze, Carly. Kannst du dir das vorstellen? Jeden Abend werden mir eintausend Menschen zusehen ... O Carly, ich wünsche mir so sehr, du wärst einer von ihnen ... Carly, Liebes, hörst du mich denn wirklich nicht?«

Katie lehnte sich zurück, schloss die Lider und schluckte ihre Tränen hinunter. Sie versuchte mit aller Kraft zu verhindern, dass ihr Kummer sie übermannte oder die anderen Gefühle aus ihr herausbrachen, die sich stets in ihren Kummer mischten, insbesondere eine solch unbändige Wut, wenn sie daran dachte, dass da draußen noch immer der Täter frei herumlief. Es gibt keine Gerechtigkeit, dachte Katie bei sich. Ich muss das endlich einsehen und akzeptieren!

Indem sie sich abermals vorbeugte, begann sie von Neuem. »Carly, ich denke unentwegt an dich und an Denise. Du darfst nicht glauben, dass ich euch jemals vergesse. Weißt du noch, ich habe dir erzählt, dass ich die Rolle der Emily auch euch zuliebe angenommen habe. Zuerst wusste ich nicht, ob ich das schaffe. Doch dann wurde mir klar: Wenn ihr bei mir wärt, dann hätte ich überhaupt keine Angst mehr. Und schließlich habe ich begriffen, dass ihr immer bei mir seid, in meinen Gedanken und in meinem Herzen, und daran wird sich niemals etwas ändern. Ich habe dir schon mal von Xenia erzählt, Carly. Ich habe mich mit ihr angefreundet, und sie hat mir bei meiner Entscheidung geholfen. Du würdest sie mögen. Sie ist anders als Denise und du, und auch anders als ich, trotzdem hätte sie gut zu uns gepasst. Weißt du, sie ist die einzige Freundin, die ich gewonnen habe, seitdem du und Denise –«

Katie hielt inne und begann abermals heftig zu schlucken.

Für lange Zeit saß sie still da, hielt Carlys Hand, drückte sie ab und zu und redete leise weiter. Zuletzt trug sie Carly einige Passagen aus »Der Kaufmann von Venedig« vor, der zu Carlys Lieblingsstücken gehört hatte, und danach Emilys Brontës Gedicht »Kalt in der Erde«.

Danach blieb Katie schweigend sitzen. Schließlich erhob sie sich und küsste Carly auf die Wange. »Ich muss mich nun verabschieden, mein Schatz«, flüsterte sie. »Ich komme aber bald wieder.« Hastig wischte sie sich das Gesicht ab, ergriff ihre Tasche und machte sich zum Gehen bereit. Doch die Tränen rannen nun ungehindert über ihre Wangen. An der Tür wartete Katie einen Moment lang, bis sie sich wieder gefangen hatte. Danach trat sie auf den Flur hinaus.

Während Katie in ihrer Tasche wühlte und nach einem Taschentuch suchte, ertönte eine Stimme an ihrem Ohr: »Ist alles in Ordnung, Miss Byrne?«

Katie schrak hoch und erkannte Dr. Nelson, der wie aus dem Erdboden aufgetaucht war.

»Oh, hallo Dr. Nelson. Ja, mir fehlt nichts,«, erwiderte Katie. »Es macht mir nur immer wieder zu schaffen, Carly in diesem Zustand zu sehen.«

»Liebe Miss Byrne, das ist doch nur zu verständlich –«

»Bitte nennen Sie mich doch Katie!«

Dr. Nelson lächelte. »Gern – Katie. Wie läuft es denn mit Ihrem Theaterstück? Sind Sie zufrieden?«

»Danke, ja, bisher schon. Ich hoffe, das Publikum wird es ebenfalls sein.«

»Ich begleite Sie noch ein Stück«, schlug Dr. Nelson vor. »Das heißt, wenn es Ihnen recht ist.«

»Aber selbstverständlich«, erwiderte Katie. Sie betrachtete den Arzt verstohlen und überlegte, ob er etwas Bestimmtes auf dem Herzen hatte, doch seiner Miene war nichts zu entnehmen. Er wirkte so ruhig und gelassen wie sonst auch.

Wortlos durchschritten sie die Flure bis zur Eingangshalle, wo Dr. Nelson ihr Schweigen unterbrach und sagte: »Katie, ich glaube, ich sollte Ihnen etwas erklären. Etwas, das Ihre Freundin betrifft. Oder vielmehr sollte ich einen Befund korrigieren. Carly liegt nicht richtig im Koma, sondern –«

Katie war abrupt stehen geblieben und starrte den Arzt entgeistert an. »Was soll das heißen?«, fragte sie, wobei ihre Stimme ein wenig schrill wurde.

»Bitte, Katie, regen Sie sich nicht auf!«, sagte Dr. Nelson beschwichtigend. »Carly lag für etwa fünf bis sechs Wochen nach dem Überfall in einem echten Koma«, fuhr er fort. »Seitdem befindet sie sich in einem Zustand, den ich als Wachkoma bezeichnen möchte.«

»Ich verstehe kein Wort«, erwiderte Katie aufgebracht. »Was ist denn daran anders? Worin liegt der Unterschied?«

»Nun, bei einem Koma bleiben zum Beispiel die Augen des Patienten für gewöhnlich geschlossen –«

»Aber Carlys Augen sind doch offen!«, unterbrach Katie ihn.

»Eben darauf will ja hinaus. Carly durchläuft Phasen des Schlafens und des Wachens. Allerdings bedeutet das nicht, dass sie zwangsläufig über ein Bewusstsein verfügt, das sie die Nähe von Personen wahrnehmen lässt.

Ihr Körper lebt, aber es ist fraglich, was in ihrem Kopf vor sich geht.«

»Ich verstehe noch immer nicht, was Sie mir sagen wollen, Dr. Nelson. Was mich interessiert ist, ob Carly für immer in diesem Zustand, wie immer er heißt, sein wird oder nicht. Gibt es noch Hoffnung?«

»Nun, das –« Dr. Nelson brach ab und seufzte. »Das lässt sich nicht vorhersagen, Katie«, fuhr er schließlich fort.

»Ist denn jemals ein Mensch wieder zu sich gekommen, nachdem er jahrelang so dahinvegetiert hat?«

»Katie –«

»Meine Frage war sehr einfach, Dr. Nelson. Sagen Sie bitte nur ja oder nein.«

»Es ist bisher nur äußerst selten passiert.«

»Dann verstehe ich nicht recht, was dieser Unterschied bedeutet«, sagte Katie. Sie fuhr mit der Hand über ihre Stirn. »Weiß Carlys Mutter darüber Bescheid?«

»Ja«, antwortete Dr. Nelson. »Allerdings habe ich den Eindruck, das Mrs Smith ihre Tochter bereits aufgegeben hat.«

Für einen Moment schaute Katie ihn nachdenklich an. »Dasselbe ist mir auch schon durch den Kopf gegangen«, murmelte sie dann. »Es sieht aus, als wolle sie sich nicht mehr damit beschäftigen. Sie meidet auch meine Eltern, ruft nie zurück ...«

»Sie verdrängt den Zustand ihrer Tochter, Katie«, erklärte Dr. Nelson. »Der Gedanke daran wird einfach zu schmerzhaft für sie sein.«

»Es ist auch für mich sehr schmerzhaft«, gab Katie zurück. »Aber natürlich befindet sie sich in einer anderen Situation.«

Dr. Nelson machte eine hilflose Geste. »Wir sind

nicht alle gleich stark«, bemerkte er. »Mrs Smith schützt sich, und das sollten wir ihr nicht zum Vorwurf machen.«

»Ich mache ihr keinen Vorwurf«, erwiderte Katie zögernd. »Ich verstehe ihr Verhalten nur nicht. Denn wenn es auch nur eine winzige Hoffnung –«

»Sehen Sie, genau diese Vorstellung kann Carlys Mutter nicht ertragen. Ungewissheit ist etwas, mit dem wir nur sehr schwer umgehen können.«

»Das mag ja sein, aber trotzdem –«

»An diesem ›Trotzdem‹ wollen wir beide uns festhalten, Katie, abgemacht?«

»In Ordnung«, sagte Katie und blickte den Arzt mit einem traurigen Lächeln an. »Und vielen Dank, Dr. Nelson!«

Draußen auf der Treppe schien die Sonne so stark, dass Katie blinzelte und die Augen mit der Hand beschirmen musste, um nach Niall Ausschau zu halten. Doch der BMW war nirgends zu sehen. Weil der Morgen noch immer schön und erstaunlich mild war, setzte sich Katie auf ein Mäuerchen, um auf ihren Bruder zu warten. Es würde nicht lange dauern, bis er auftauchte, denn Niall war in der Regel ebenso pünktlich und zuverlässig wie sie selbst.

Im nächsten Augenblick fiel ein Schatten über sie. Als sie aufschaute, stand Christopher Saunders vor ihr.

»Zum zweiten Mal einen guten Tag«, sagte er. Sein Blick ruhte sichtlich zufrieden auf Katie, und auf seiner Miene machte sich ein Grinsen breit, das seine Augen vergnügt funkeln ließ.

»Nanu«, murmelte Katie und sah ihn verdutzt an. »Ich dachte, Sie hätten es so eilig gehabt.« Sie überlegte, ob er womöglich in der Nähe gelauert hatte, um sie abzupassen.

Als ob er ihre Gedanken gelesen hätte, bemerkte er: »Ich habe auf Sie gewartet. Ich habe mich vorhin wirklich unmöglich verhalten und mich gar nicht angemessen entschuldigt. So wie ich angeschossen kam, ohne nach links oder rechts zu sehen, hätte ich einem Menschen ernsthaften Schaden zufügen können. Sie wären beinahe gestürzt oder –«

»So schwach und zerbrechlich bin ich nun auch wieder nicht!«, entgegnete Katie Sie zwang sich, ihren Blick von ihm abzuwenden. Christopher Saunders hatte etwas äußerst Anziehendes an sich, und das beunruhigte sie. Ich will nicht, dass jemand mir gefällt, den ich überhaupt nicht kenne, dachte sie bei sich.

»Ich hoffe, der Kranke, den Sie besucht haben, hat sich an den zerdrückten Blumen nicht gestört«, fuhr Christopher fort. Er klang aufrichtig besorgt.

»Nein«, erwiderte Katie. »Der Kranke ist übrigens meine Freundin –« Sie brach ab.

»Es ist etwas Schlimmes, nicht wahr?«, fragte Christopher leise. »Ich sehe es Ihrem Gesicht an.«

»Sie wird nie wieder gesund«, entgegnete Katie.

Christopher schaute sie mitfühlend an. »Was fehlt ihr denn? Oder möchten Sie nicht darüber sprechen? Sie müssen natürlich nicht antworten, wenn Sie nicht wollen.«

»Ich weiß nicht, was ihr genau fehlt«, setzte Katie an. »Dr. Nelson sagte gerade, dass –«

»Oh, Jamie Nelson ist der beste Arzt, den man sich vorstellen kann«, fiel Christopher Saunders ihr ins Wort. »Wenn er für Ihre Freundin zuständig ist, dann befindet sie sich in besten Händen.«

»Woher wollen Sie das wissen?«

»James Nelson ist mein Freund. Wir sind gemeinsam aufgewachsen und zur Schule gegangen, haben in New York zusammengewohnt –«

»Oh, sind Sie seinetwegen hier?«, unterbrach Katie ihn interessierter und eifriger, als sie beabsichtigt hatte. »Oder haben Sie jemandem einen Krankenbesuch abgestattet?«

»Nein, ich habe mich mit Jamie getroffen. Er wollte, dass ich ihm etwas aus New York besorge. Ich mache hier nur eine kleine Stippvisite.«

»Ach so«, murmelte Katie und ärgerte sich über die Enttäuschung, die in ihrer Stimme mitschwang.

»Das mit Ihrer Freundin tut mir Leid«, bemerkte Christopher. Er ließ sich neben Katie auf dem Mäuerchen nieder. »Wenn jemand, der einem am Herzen liegt, unheilbar krank ist, wird man seines Lebens nicht mehr froh, nicht wahr?«

»Sie war meine beste Freundin – *ist* meine beste Freundin«, erklärte Katie ihm. »Doch vor zehn Jahren wurde sie überfallen, und seitdem liegt sie im Koma. Sie merkt nicht einmal, dass ich sie besuche.«

»Das muss schrecklich sein!«, sagte Christopher betroffen.

»Ja, allerdings«, erwiderte Katie.

»Wie ist es denn passiert?«, erkundigte er sich. »Wurde sie auf der Straße angegriffen? War es ein Raubüberfall?«

Als Katie schwieg, fügte er hinzu: »Ich will Sie keineswegs bedrängen. Wenn Sie nicht darüber sprechen möchten, ist das nur verständlich.«

»Ein Wahnsinniger hat sie bewusstlos geschlagen«, antwortete Katie. »Und dabei hat sie noch Glück gehabt, denn das andere Opfer – meine Freundin Denise – wurde von demselben Täter vergewaltigt und getötet. Er hat sie beide auf dem Gewissen, die eine ist tot, und die andere vegetiert nur noch vor sich hin. Und es gibt keinerlei Hoffnung, dass jemals –«

Christopher legte rasch seine Hand auf Katies Arm. »Ganz ruhig«, bat er. »Das ist eine furchtbare Geschichte! Doch Sie dürfen Ihre Freundin nicht aufgeben. Jamie tut bestimmt sein Bestes.«

Katie schüttelte seine Hand ab. »Ich brauche kein Mitleid«, erklärte sie schroff. »Mir ist ja glücklicherweise nichts zugestoßen. Durch reinen Zufall bin ich verschont geblieben.«

Christopher schaute sie schweigend an. Schließlich nickte er und sagte: »Ich verstehe.«

»Nein, das tun Sie nicht«, murmelte Katie. Sie begriff nicht, warum sie sich überhaupt dazu hatte hinreißen lassen, mit einem Fremden über das Schicksal von Carly und Denise zu sprechen.

Christopher schwieg, weil er befürchtete, abermals etwas Falsches zu sagen und es sich mit Katie endgültig zu verscherzen. Aber was soll schon passieren?, fragte er sich plötzlich und schüttelte insgeheim den Kopf. Es gab im Grunde nichts, was er verderben konnte. Er hatte lediglich eine Frau, die er nicht kannte, nach einer flüchtigen Begegnung abgefangen, um noch einmal mit ihr sprechen zu können. Das heißt, eigentlich hatte er nicht nur ein Gespräch im Kopf. Er wollte gern etwas mit ihr trinken gehen, nein, lieber noch würde er sie auf der Stelle zum Essen einladen ... Du musst vorsichtig verfahren, ermahnte er sich. Sie trauert um ihre Freundinnen, und darüber hinaus ist sie stur und kratzbürstig ...

»Ist Dr. Nelson eigentlich verheiratet?«, unterbrach Katie seine Gedanken.

»Nein, wieso?«, fragte Christopher überrascht und

setzte im nächsten Atemzug hinzu: »Ich übrigens auch nicht. Warum fragen Sie? Sind Sie etwa verheiratet?«

Katie unterdrückte ein Lächeln. »Nein«, antwortete sie.

»Katie –«, begann Christopher und errötete. »Entschuldigung, darf ich Sie Katie nennen, oder haben Sie etwas dagegen?«

»Nein, ganz und gar nicht. Jeder nennt mich so.«

Christopher nahm all seinen Mut zusammen. »Hätten Sie vielleicht Lust, mit mir etwas trinken zu gehen?«, fragte er. »Ein Glas Wein vielleicht?«

»Du liebe Zeit, nein, danke!«, entgegnete Katie. »Ich trinke um diese Uhrzeit nie Alkohol.«

»Dann eine Tasse Kaffee? Oder vielleicht möchten Sie lieber essen gehen. Darf ich Sie irgendwohin einladen?«

»Tut mir Leid, nein – das geht nicht«, erklärte Katie. »Meine Mutter wartet bereits mit dem Essen auf mich.«

»Wo wohnen Sie denn? Darf ich Sie wenigstens nach Hause fahren?«

»Sie sind wirklich hartnäckig –« Katie stieß den Atem aus. »Das ist sehr freundlich von Ihnen, Christopher, doch ich warte auf jemanden. Ich werde hier abgeholt – na, bitte, da ist er ja schon.« Katie erhob sich. »Es war nett, Sie kennen zu lernen. Auf Wiedersehen!« Sie winkte kurz und lief auf den BMW zu, der sich ihnen näherte.

Christopher schaute Katie verwirrt nach und hätte sich am liebsten geohrfeigt. Wie hatte er sich nur dermaßen ungeschickt und aufdringlich benehmen können! Natürlich hatte eine Frau wie Katie Byrne einen Freund, der sie abholte, selbst wenn sie nicht verheiratet war. Wie der letzte Idiot hatte er sich verhalten, wie ein Anfänger, wie ein totaler Blödmann ...

»Hey, Chris!«, hörte er eine Stimme rufen. »Träumst du mit offenen Augen oder was ist mit dir los?«

Christopher erkannte mit einem Mal den Mann, der dem BMW entstiegen war. »Niall Byrne?«, rief er verwundert. »Bist du das?«

»Nein«, erwiderte Niall grinsend, »ich sehe nur so aus. Seit wann kennt ihr euch denn?«, fragte er an Katie gewandt, die ihn ebenfalls verblüfft ansah.

Christopher ging auf Niall zu und schüttelte seine Hand, wobei er sich eingestand, dass er unendlich erleichtert war. Natürlich wurde Katie von ihrem Bruder abgeholt – weshalb war er nicht früher darauf gekommen, dass Katie Byrne etwas mit Niall Byrne zu tun hatte? »Wir kennen uns gar nicht«, murmelte er geistesabwesend.

»Hmm«, machte Niall und betrachtete ihn besorgt.

»Wir sind uns nur zufällig begegnet«, schaltete sich Katie ein. »Christopher ist ein Freund von Dr. Nelson.«

»Christopher?«, wiederholte Niall mit hochgezogenen Brauen. »Tja, dann ... War schön dich wiederzusehen – *Christopher*.«

»Ähm ...«, stammelte Christopher.

»Ja, genau meine Meinung«, entgegnete Niall grinsend und hielt Katie die Tür auf.

»Vielleicht sieht man sich ja noch mal«, brachte Christopher mühsam hervor.

»Vielleicht.«, sagte Katie und zog ihre Autotür zu. »Auf Wiedersehen!«

»Bis dahin, Christopher!« Niall lachte, dann setzte er sich hinter das Steuer seines Wagens und ließ den Motor an.

»Woher kennst du denn Christopher Saunders?«, fragte Katie, noch ehe sie es sich in ihrem Sitz bequem gemacht hatte.

»Unsere Firma hat das Haus seiner Eltern renoviert und zum Teil auch umgebaut.«

»Ach so. – Und wo wohnen seine Eltern?«

»In Washington. Das Haus ist fantastisch geworden, schöner Park, tolle Aussicht über –«

»Wohnt die ganze Familie dort?«

»Keine Ahnung. Ich nehme es an. Allerdings besitzen sie auch eine Wohnung in New York.«

»Und wann bist du Christopher zum ersten Mal begegnet?«

»Herrgott, Katie, sag doch nicht immer diesen albernen Namen! Er heißt Chris, zumindest nennen ihn seine Freunde so.«

»Ist ja gut. Also, wann?«

»Während des Umbaus natürlich. Er und seine Schwester haben bei den Entwürfen mitgewirkt.«

»Dann wohnt er nicht in New York, oder?«

»Keine Ahnung. Ich glaube, damals war von einem Job im Ausland die Rede.«

»Was macht er denn beruflich?«

»Ehrlich gesagt, erinnere ich mich nicht mehr. Es war irgendetwas Merkwürdiges.«

»Inwiefern merkwürdig?«

»Sag mal, warum interessiert dich das eigentlich alles? Hast du dich etwa in ihn verknallt?«

»Spinnst du? Wie kommst du denn darauf? Ich kenne ihn doch gar nicht. Was für eine alberne Idee!«

Niall grinste und schwieg.

Kapitel 30

»Das klingt alles so furchtbar aufregend!« Xenias Augen funkelten Katie an. »Gib zu, dass du jetzt froh bist, die Rolle angenommen zu haben!«

»Bin ich«, gestand Katie. »Und das verdanke ich dir. Dir und Rex. Es ist seltsam, doch mir ist es erst mit eurer Hilfe gelungen, mein Selbstvertrauen zurückzugewinnen.«

»Rex ist echt ein toller Typ«, stimmte Xenia ihr zu. »Doch die Entscheidung, die Rolle anzunehmen, kannst du dir selbst zuschreiben. Davon abgesehen hatte es jedoch noch etwas Gutes, dass wir in Burton Leyburn waren: An dem Wochenende sind wir *richtige* Freundinnen geworden. Für mich war das unglaublich wichtig.«

»Für mich auch! – Burton Leyburn«, wiederholte Katie versonnen. »Der Ort der geheimnisvollen Bewohner – das heißt, ich sollte wohl besser Bewohnerinnen sagen.«

»Wie kommst du darauf, das sie geheimnisvoll sind?«, erkundigte sich Xenia.

»Sie alle haben eine ganz spezielle Vergangenheit«, erwiderte Katie.

Xenia lachte auf. »Nun, das ist aber doch bei jedem der Fall, Katie, findest du nicht?«

»Du weißt, was ich meine!«, entgegnete Katie ein wenig vorwurfsvoll.

»Na gut, wenn du so willst, besitzen die Frauen dort allesamt kleine Geheimnisse – möglicherweise mehr als andere. Eines Tages erzähle ich dir vielleicht sogar etwas darüber –«

»Warum nicht jetzt?«, hakte Katie ein. »Es ist nicht fair, etwas anzudeuten und einen dann auf später zu vertrösten.«

»Es würde Ewigkeiten dauern, Katie, und dann säßen wir morgen Früh noch hier.«

»Aber bald, Xenia, versprichst du mir das?«

»Das habe ich doch gerade getan, Schätzchen. Warum berichtest du mir nicht lieber, wie deine Proben laufen?«

»Bestens! Morgen findet die letzte Kostümprobe statt. Danach beginnen wir mit den Voraufführungen, und im Februar ist Premiere. Du kommst doch, oder?«

»Ich würde es niemals wagen, deine Premiere zu versäumen. Ich muss doch dabei sein, um wie eine Wilde Beifall zu klatschen.«

»So ist's recht«, entgegnete Katie. »Du, meine Familie und Melanie werdet mir applaudieren, während die anderen buh rufen.«

»Ach was, was für ein Unsinn! Wie geht es übrigens Melanie?«

»Blendend. Sie ist ein Engel, wusstest du das schon? Sie hat mir mehr geholfen, als du dir vorstellen kannst. Und was das Stück anbelangt ... nun, damit ist sie äußerst zufrieden.«

»Na, also, was willst du mehr? Melanie ist schließlich dafür bekannt, dass sie hohe Ansprüche stellt.«

»Das muss sie wohl. Sie hat ja jede Menge Geld in die Aufführung gesteckt.« Katie trank einen Schluck Wein. »Zuweilen war es die reinste Hölle! Nicht nur für mich, sondern auch für die anderen Beteiligten. Das gehört wahrscheinlich dazu. Schauspielen ist nämlich beileibe nicht so einfach, wie sich das der Durchschnittsmensch vorstellt.«

»Unter dem Durchschnittsmenschen verstehst du vermutlich solche Langweilerinnen wie mich«, grinste Xenia.

Katie errötete. »Nein, natürlich nicht! Ich hätte

Laien sagen sollen. Du bist doch alles andere als langweilig, Xenia, das weißt du doch. Chris findet übrigens, das Publikum dürfe nicht merken, wie viel Aufwand hinter einer Rolle steckt –«

»Wer ist Chris?«

»Ähm – oh, Chris ist ein Freund von mir. Ein neuer Freund. Du kennst ihn nicht.« Katie war feuerrot geworden und schaute betreten zur Seite.

»Holla!«, rief Xenia. »Was hat denn mit einem Mal die merkwürdige Farbe in deinem Gesicht zu suchen? Chris scheint mir nicht nur *ein* neuer Freund zu sein, sondern eher *dein* neuer Freund. Also los, rück schon raus mit der Sprache!«

»Xenia, sei nicht albern«, murmelte Katie verlegen. »Ehrlich gesagt, kenne ich ihn kaum, erst seit einer Woche. Seit letztem Samstag, um genau zu sein. Er ist ... einfach nur ein Freund.«

»Wie kann denn ein Mann, den du erst seit letztem Samstag kennst, bereits ein Freund sein? Und wo hast du ihn überhaupt getroffen?«

»Zu Hause, in Connecticut. Ich war im Krankenhaus, um Carly zu besuchen, und da sind wir uns begegnet. Chris ist mit Dr. Nelson befreundet – Dr. Nelson ist der Arzt, der Carly betreut.«

»Wie geht es Carly denn?«

»Ihr Zustand ist unverändert, doch Dr. Nelson hat mir erklärt, dass es womöglich doch eine winzige Hoffnung gibt.«

»Hmm. – Und weiter? Ich meine, was war mit diesem Chris?«

»Nichts weiter.«

»Katie, lass dir doch nicht alles aus der Nase ziehen! Wie hast du diesen Typen denn nun kennen gelernt?«

»Als ich das Krankenhaus betrat, hätte er mich beinahe umgerannt. Und später hat er sich bei mir entschuldigt.«

»Interessant«, bemerkte Xenia. »Und warum hat er das nicht direkt getan?«

»Hat er, aber er fand das wohl nicht ausreichend.«

»Aha.«

»Warum sagst du das in einem so komischen Ton?«

»Na ja, vielleicht hast du ihm gefallen, könnte doch sein, oder? Er hat dich immerhin abgepasst, um sich ein zweites Mal zu entschuldigen.«

»Wie kommst du darauf?«

»Keine Ahnung. Womöglich hängt das mit deinem wunderschönen roten Haar zusammen, deinen saphirblauen Augen, deinen aufregenden Wangenknochen ...« Xenia begann zu prusten. »Was hat er denn genau gesagt? Ich meine, irgendetwas Eindeutiges?«

»Quatsch! Wir haben lediglich auf einer kleinen Mauer gesessen und uns unterhalten, bis Niall kam, um mich abzuholen. Danach stellte sich heraus, dass er Niall kennt –«

»Ach, Chris ist also ein Freund der Familie«, spöttelte Xenia.

Katie wurde abermals rot. »Hör auf, mich auf den Arm zu nehmen!«, wehrte sie sich. »Chris ist keineswegs ein Freund der Familie. Niall und Dad haben das Haus seiner Eltern restauriert, das ist alles.«

»Hast du ihn inzwischen wiedergesehen?«

»Ja.«

»Und wo?«

»Hier in New York.«

»Aha. Und wie kam das?«

»Nun, er rief mich an jenem Samstag später noch mal an und fragte mich, ob ich abends mit ihm ausgehen wolle. Nach einigem Hin und Her endete es damit, dass ich ihn zu uns einlud – und dann ist er zum Abendessen gekommen. Dabei bot er an, mich am nächsten Tag in seinem Wagen mit nach New York zu nehmen. Ich konnte ihm das schlecht abschlagen, zumal meine Mutter mich sonst hätte fahren müssen. Ab da hat sich die Sache eben so entwickelt.«

»Was? Was hat sich entwickelt?«

»Na ja, am Sonntagabend sind wir zusammen essen gegangen. Chris ist ein ziemlich entschlossener Mensch – womit ich nicht sagen will, dass er mich bedrängt ... Er denkt praktisch und handelt dementsprechend.«

»In der Tat – sehr praktisch veranlagt, der Junge.«

»Xenia!«

»Was ist denn, mein Schatz?«

»Chris riet mir, dringend etwas zu essen, um bei Kräften zu bleiben. Meine Güte, wir sind Spaghetti essen gegangen, sonst nichts!«

»Und anschließend?«

»Nichts anschließend ... Er hat mich nach Hause gefahren. In *meine* Wohnung wohlgemerkt. Und er ist nicht mit hineingekommen.«

»Hast du ihn denn seitdem noch einmal gesehen?«

»Ja. Am Montag wartete er nach der Probe auf mich, um mich zum Essen einzuladen.«

»Schon wieder?«

»Ja. Und auch am Dienstag, Mittwoch und Donnerstag.«

»Und heute ist Freitag«, murmelte Xenia. Mit einem Mal erhellte sich ihr Gesicht. »Mein lieber Mann, ich fühle mich wirklich geschmeichelt! Du hast ihn heute Abend wegen mir sitzen lassen.«

»Nicht ganz«, erklärte Katie zögernd. »Er stößt nachher noch zu uns. Ich dachte, du würdest ihn vielleicht gern kennen lernen ...«

»Darauf kannst du Gift nehmen! Was weißt du sonst noch über diesen Herrn?«

»Er ist dreiunddreißig Jahre alt und Ökologe. Er hat sein Büro in Buenos Aires, und dort lebt er auch. Allerdings besitzt er außerdem eine Wohnung in New York.«

»O Katie, sag bloß nicht, dass du dich auf eine Fernbeziehung eingelassen hast!«

»Ich habe mich auf gar keine *Beziehung* eingelassen!«

»Nein? Was ist es denn dann? Katie, meine Süße, du redest mit *mir*, mit Xenia, deiner liebsten Freundin. Tu nicht so, als wäre ich deine Mutter! Also, was empfindest du für ihn?«

»Ich mag ihn«, erwiderte Katie. »Sehr sogar. Er ist nett und intelligent und kultiviert, und es macht Spaß, sich mit ihm zu unterhalten. Er kennt sich in Literatur aus und in Geschichte. Er liest sehr viel. Und er schreibt. Ursprünglich wollte er Journalist werden, doch dann hat er begonnen, sich mit Umweltproblemen zu befassen.«

»Will er den Planeten retten?«

»Warum nicht?«, fragte Katie spitz. »Hast du was dagegen?«

»Nein, ganz im Gegenteil!«, beeilte sich Xenia zu versichern. »Sein Engagement verdient meine volle Hochachtung.«

»Eben. Das finde ich auch.«

»Katie, jetzt sei nicht beleidigt«, bat Xenia und tätschelte besänftigend Katies Hand. »Ich wollte mich wirklich nicht über ihn lustig machen. Allerdings wundere ich mich ein wenig über dich. Du warst stets auf der Hut, wenn es um Männerbekanntschaften ging. Und nun, bei diesem Chris, bist du mit einem Mal so forsch und ohne jegliche Bedenken.«

»Du hast Recht«, gab Katie zögernd zu. »Im Grunde

bin ich selbst überrascht. Ich weiß, dass ich sonst schon nervös werde, wenn ein Mann auch nur leises Interesse an mir zeigt. Doch mit Chris ist es anders. Bei ihm habe ich mich von Anfang an wohl gefühlt.« Ein Lächeln huschte über ihr Gesicht. »Ich kenne ihn zwar erst seit einer Woche, doch ich habe das Gefühl, als wären wir bereits seit ewigen Zeiten befreundet und ...«

»Und weiter?«, drängte Xenia.

»Mehr nicht. Wir sind nur gute Freunde.«

Xenia lachte leise. »Doch es könnte mehr daraus werden, nicht wahr?«

»Ich glaube schon«, gestand Katie.

In diesem Moment brachte der Kellner ihnen die zarten Seezungenfilets auf gedünstetem Lauch, die sie bestellt hatten. Die beiden verstummten. Nachdem der Kellner verschwunden war, warf Katie einen zufriedenen Blick auf ihren Teller und erklärte: »Ich finde es toll, dass du mich hierher eingeladen hast, Xenia. Ich war erst zweimal im *Le Cirque,* vor längerem mit Tante Bridget und dann mit Chris. Es war jedes Mal ein Erlebnis.«

»Soll das heißen, dass du in dieser Woche bereits zum zweiten Mal im *Le Cirque* tafelst? Meine Güte, Katie, du wirst ganz schön mondän!«

Katie zuckte mit den Schultern und grinste.

»Na ja«, gab Xenia zu, »ich habe gegen das Restaurant auch nichts einzuwenden. Außerdem gibt es für mich ebenfalls etwas zu feiern, denn Alan und ich haben gerade einen neuen Vertrag abgeschlossen. Wir werden in diesem Jahr für eine Kosmetikfirma vier große Produktpartys veranstalten.«

»Oh, prima! Meinen Glückwunsch! Welche Firma ist es denn?«

»Peter Thomas Roth – ein riesiges Pharma-Unternehmen, das kürzlich in die Kosmetikbranche eingestiegen ist.«

Katie hob ihr Weinglas. »Dann trinken wir auf deinen Erfolg.«

»Und auf deinen«, sagte Xenia. Die beiden stießen an. »Ich glaube, das Jahr 2000 wird für uns beide ein Knüller«, setzte sie hinzu.

Die beiden Frauen waren gerade bei ihrem Nachtisch angelangt, als Christopher Saunders an ihren Tisch geführt wurde.

Nachdem Katie ihn und Xenia miteinander bekannt gemacht hatte, ließ sich Chris an ihrem Tisch nieder und bestellte sich einen Espresso.

Xenia musterte ihn mehr oder weniger unauffällig und kam zu dem Ergebnis, dass er ihr gut gefiel. Er war von mittlerer Größe, besaß volles, dunkles Haar, warme braune Augen und eine leicht verwegene, jungenhafte Ausstrahlung. Seine Kleidung war tadellos und eindeutig von einem erstklassigen Herrenausstatter angefertigt worden. Gute Familie, dachte sie im Stillen, privilegiert, wohlhabend – und dennoch nicht langweilig.

»Hättest du auch Lust mitzukommen?«, unterbrach Katie Xenias Überlegungen.

»Wohin denn?«, fragte Xenia. »Entschuldige, ich fürchte, ich habe dir nicht richtig zugehört. Wovon war gerade die Rede?«

»Morgen Abend findet die letzte Kostümprobe statt. Da werden normalerweise Freunde und Familienangehörige der Schauspieltruppe eingeladen. Ich habe Mom und Dad gegenüber jedoch nichts verlauten lassen, weil es mir lieber ist, wenn sie das Stück erst bei der Premiere sehen. Gerade habe ich Chris dazu eingeladen, und ich würde mich freuen, wenn du ebenfalls dabei sein könntest.«

»Liebend gern«, erwiderte Xenia. »Ich fliege erst Sonntagmorgen nach London zurück, und für morgen Abend habe ich noch nichts vor. Ich fühle mich geehrt.«

»Soll ich bei Ihnen vorbeikommen und Sie abholen?«, erkundigte sich Chris.

»Das wäre ideal«, entgegnete Xenia. Sie wandte sich an Katie. »Dann kann ich Rex und allen anderen in Burton Leyburn gleich von deinem Auftritt berichten. Wahrscheinlich sind sie bereits furchtbar gespannt.«

Katie wollte etwas entgegnen, doch im letzten Moment schluckte sie ihren Satz herunter. Plötzlich waren ihr Dodie und deren Worte in den Sinn gekommen, die sie an jenem Abend in ihrem Zimmer geäußert hatte.

»Was hast du denn, Katie?«, fragte Xenia. »Warum machst du plötzlich ein so seltsames Gesicht?«

»Mir ist gerade eingefallen, was Dodie damals zu mir gesagt hat. Erinnerst du dich? Ich habe dir davon erzählt.«

»Ja, klar«, erwiderte Xenia. »Doch wie kommst du jetzt darauf?«

»Nun, sie riet mir doch, umgehend nach Hause zurückzukehren, und beharrte darauf, dass hier meine Zukunft liegt. Ich glaubte, sie bezöge sich auf Amerika oder auf New York, doch eben ist mir der Gedanke gekommen, dass sie mein richtiges Zuhause gemeint haben könnte, das heißt, das Haus meiner Eltern in Malvern.«

»Wer ist denn Dodie?«, wollte Chris wissen.

»Oh, sie ist die Haushälterin meiner Schwägerin, und sie schwört, dass sie hellsehen kann. Zuweilen befürchte ich, dass ich die Einzige bin, die nicht daran glaubt. Ich finde Dodie nur ausgesprochen verdreht und eigentümlich.«

»Vielleicht sollten Sie Ihre Haltung noch einmal überdenken«, bemerkte Chris. »Wenn ein Mensch so etwas von sich behauptet, trifft es auch meistens zu. Hellseher wissen um die Gabe, die sie besitzen. Ich würde das nicht so einfach abtun.«

Katie und Xenia blickten ihn entgeistert an.

Als Chris ihre Gesichter sah, musste er lachen. »Warum sollte diese Dodie keine Hellseherin sein?«, fuhr er fort. »Selbst wenn sie eigentümlich ist ...«

Xenia lächelte ein wenig gezwungen, und Katie erklärte: »Na ja, aber Dodie ist äußerst vage geblieben und konnte mir nichts Genaues sagen. Wo ist denn nun dieses ›Zuhause‹? Ich kann mir da alles Mögliche zusammenreimen, wenn ich will, oder nicht? Mag sein, dass sie Malvern gemeint hat, mag sein, dass sie von New York sprach. Doch liegt hier meine Zukunft? Werde ich hier gebraucht?«

»Natürlich«, warf Chris ein. »Es passt alles zusammen. Carly braucht dich, deine Mutter ebenso – und ich brauche dich auch.«

Katie starrte ihn entgeistert an, und auch Xenia warf ihm einen äußerst verwunderten Blick zu.

»Tja«, sagte Chris an Xenia gewandt. »Wie finden Sie das? Komischer Kerl, der einer Frau auf diese Weise eine Liebeserklärung macht, nicht wahr? Und das, nachdem er sie erst seit einer Woche kennt.« Er blickte Katie an, ergriff ihre Hand und küsste sie. »Aber so empfinde ich nun mal. Außerdem kommt es mir vor, als würde ich dich bereits seit ewigen Zeiten kennen.«

Kapitel 31

Katie saß in ihrer Garderobe am Schminktisch und überprüfte im Spiegel zum letzten Mal ihr Make-up sowie den Sitz ihrer Perücke. Ich sehe Emily Brontë tatsächlich ähnlich, dachte sie zufrieden.

Diesen Eindruck hatte sie vor allem der Perücke zu verdanken, denn sie hatte sie getreu einer Zeichnung anfertigen lassen, auf der Emily mit Mittelscheitel und weichen Wellen, die sich um ihre Schläfen schmiegten, abgebildet war. Bereits nach der ersten Anprobe hatte sie festgestellt, dass die Perücke einfach perfekt saß und ihr genau die richtige Ausstrahlung verlieh.

Katie lächelte ihrem Spiegelbild verhalten zu, so wie es sich für eine junge Frau des 19. Jahrhunderts gehörte. In wenigen Minuten würde sie sich erheben, hinausgehen und mit sittsamen Schritten die Bühne betreten – sie würde Emily sein.

Es war Sonntagabend, der 20. Februar – der Premierenabend von »Charlotte und ihre Schwestern«. Sie, Katie Byrne, würde am Broadway auftreten. Es war soweit. Sie hatte es endlich geschafft!

Katie zog ihre Schublade auf. Dort lag das Foto, auf dem sie mit Carly und Denise zu sehen war, aufgenommen an ihrem sechzehnten Geburtstag. Sie nickte den beiden zu. Heute Abend wird unser Traum wahr, dachte sie, für uns alle!

Katie stand auf und strich den Rock ihres langen blauen Kleides glatt. Sie warf einen letzten Blick in den Spiegel ...

Es klopfte. »Noch fünf Minuten, Miss Byrne!«, rief eine Stimme. Katie holte tief Luft, durchquerte den kleinen Raum und öffnete die Tür.

Auf der Bühne hatte die erste Szene des ersten Aktes

begonnen. Charlotte und Branwell saßen zusammen, plauderten ungezwungen miteinander und lachten. Katie stand im Seitenflügel und wartete auf ihr Stichwort. Mit einem Mal wurde sie nervös und begann zu zittern. O nein, dachte sie, lieber Gott, bitte tu mir das nicht an! Das allseits gefürchtete Lampenfieber, die große Angst, da draußen auf der Bühne zu versagen, ein Fluch, der auf zahllosen Schauspielern lastete, ergriff sie. Sogar Richard Burton hatte darunter gelitten, das hatte Katie einmal gelesen. Und nicht genug damit – er hatte seine Aufregung mit einem Glas Brandy zu bekämpfen versucht, zuerst mit einem, dann mit zweien, und zuletzt war er zum Trinker geworden.

Katie schüttelte den Gedanken ab und konzentrierte sich auf das, was auf der Bühne geschah – und da war es. Ihr Stichwort, ihr Einsatz.

Für einen Moment stand sie wie gelähmt da und befürchtete, ihren Text vergessen zu haben, doch da strömte bereits das Adrenalin durch ihre Adern. Sie bewegte sich wie von fremder Hand gesteuert. Und plötzlich befand sie sich auf der Bühne, die grellen Scheinwerfer brannten auf sie herab, und die Worte, mit denen sie anzusetzen hatte, schossen durch ihren Kopf.

»Schau an«, begann sie. »Branwell sitzt da und tut, als sei die Welt in Ordnung, lungert herum und wartet nur darauf, dass es Abend wird und somit Zeit, ins Wirtshaus zu gehen. Wie wäre es, wenn wir zur Abwechslung einmal über deine Rechnungen sprächen? Oder legst du es darauf an, dass wir alle im Schuldturm enden? Ist es dir eigentlich gleichgültig, ob du deine Familie ins Verderben stürzt? Möchtest du, dass wir in Schande leben, dass unser Vater vor Scham vergeht, weil sein verlorener Sohn ein Taugenichts ist? Und – oh, da wir schon einmal bei diesem Thema sind, Branwell, hör auf, Anne zu beschwatzen, dir heimlich Opium zu besorgen! Ich verbiete dir das ein für alle Mal. Ich hoffe, du hast mich verstanden.«

Mit schlafwandlerischer Sicherheit meisterte Katie eine Szene nach der anderen, bis der erste Akt vorüber war.

Der Vorhang fiel. Stürmischer Beifall brandete auf, und alle auf der Bühne spürten die Begeisterung des Publikums. Sie wussten, dass das Stück ein Erfolg wurde, es würde New York ebenso erobern wie London.

Nach dem ersten Akt eilte Katie in ihre Garderobe zurück, um sich umzuziehen und ihr Make-up aufzufrischen. In Gedanken war sie bereits beim zweiten Akt, der um einiges schwieriger als der erste war und zudem eine Sterbeszene enthielt.

Jene würde die entscheidende sein. Es gab nur zwei Möglichkeiten: Entweder bewältigte Katie die Herausforderung mit Bravour, oder sie ging mit fliegenden Fahnen unter.

Und sie glänzte.

Die Premierenfeier im *Tavern on the Green* war bereits in vollem Gange, als Katie mit Christopher Saunders erschien. Während sich Katie in ihrer Garderobe abgeschminkt, frisiert und ihr Haar aufgesteckt hatte und in ihr Abendkleid gestiegen war, hatte Chris im Foyer auf Katie gewartet. Sie trug ein langes schwarzes Samtkleid, das ihr einen leicht altmodischen Anstrich verlieh, den sie speziell für diesen Abend gewählt hatte. Als einzigen Schmuck trug sie ein Paar Hängeohrringe mit funkelnden Amethysten – ein Geschenk von Chris.

Chris hatte eine Limousine mit Chauffeur bestellt, die sie vom Theater zum *Tavern on the Green* fahren sollte. Als er im Fond saß und Katies Hand ergriff, murmelte er immer wieder: »Du warst wundervoll, Katie, einzigartig, einfach grandios! Ich kann es noch immer nicht fassen!«

»Die anderen waren ebenfalls großartig!«, entgegnete Katie. »Wir haben alle unser Bestes gegeben.«

»Aber du hast sie bei weitem übertroffen«, beharrte Chris und küsste Katie auf die Wange.

Der Wagen hielt vor dem Restaurant. Chris öffnete die Tür und reichte Katie die Hand. »Der Abend wird allein dir gehören, meine Schöne!«, bemerkte er.

Melanie und Harry Dawson standen im Eingang des Restaurants und unterhielten sich angeregt mit Jack Martin. Als sie Katie erblickten, stieß Melanie Freudenschreie aus, eilte auf Katie zu und schloss sie in ihre Arme. »Du warst wunderbar, mein Schatz«, flüsterte sie. »Eine atemberaubende Vorstellung!« Harry grinste und gratulierte Katie mit einem herzlichen Händedruck. Selbst der ewig mürrische Jack musste zugeben, dass Katies Leistung außergewöhnlich gewesen war.

Katie griff verstohlen nach Chris' Arm und hakte sich unter, ehe sie nach mehrmaligem Luftholen den Festsaal betrat.

Abermals brandete Beifall auf, und gleich darauf war Katie von ihrer Familie umringt, von ihren Großeltern, ihren Eltern und Niall, die sie der Reihe nach an sich drückten und kaum ein Wort hervorbrachten. Katie schlang ihre Arme gerade um Niall, der sie auf beide Wangen küsste, als ihr Blick auf Fin fiel, der sich mit schrägem Grinsen im Hintergrund hielt.

»Fin!«, rief Katie entgeistert und löste sich aus Nialls Umarmung. »Fin! Wo kommst du denn her?«

»Vom Mond«, erklärte Fin spöttisch, doch als er Katie küsste, ergänzte er: »Glaubst du etwa, Dad hätte erlaubt, dass ich mir dieses Ereignis entgehen lasse?«

»O Fin!« Katie lachte. »Du bist unverbesserlich! Was für eine Überraschung!«

»Du hast alle umgehauen, Katie!«, ließ sich Tante Bridget vernehmen. Katie wandte sich zu ihr um und umarmte sie ebenfalls. »Und du siehst toll aus«, flüsterte sie ihrer Tante ins Ohr, die ein schmal geschnittenes grünes Seidenkleid trug und ihr rotes Haar zu einem üppigen Knoten aufgesteckt hatte. Sie wirkte außerordentlich elegant und verführerisch.

»Mom, hör doch auf zu weinen!«, bat Katie ihre Mutter anschließend, doch Maureen konnte ihre Tränen nicht zurückhalten.

»Ich bin so stolz auf dich«, flüsterte sie und wischte sich übers Gesicht. »Unsäglich stolz, mein Kleines!«

»Dad«, flehte Katie, »bitte, tu doch was, damit Mom nicht mehr weint! Ich fange sonst auch noch an.«

Michael Byrne schloss seine Tochter in die Arme. »Pass lieber auf, dass *ich* nicht anfange!«, sagte er mit belegter Stimme. »Du warst wunderschön anzusehen, mein Kind.«

»Hallo, Chris«, sagte Niall, »schön, dich wiederzusehen!«

Chris begrüßte Katies Familie und stellte sich denjenigen vor, die er noch nicht kannte.

Wenig später spürte Katie Chris' Hand auf ihrem Arm. »Wir haben noch eine kleine Überraschung für dich«, erklärte er und zog Katie zu einer Gruppe von Leuten, die sich bis dahin im Hintergrund gehalten hatte.

»Bravo!«, rief Xenia. »Du warst eine Wucht!«

»Einfach hinreißend!«, schloss sich Verity an.

»Du warst die Schönste von allen!« Lavinia grinste Katie mit leuchtenden Augen an.

»Meinen aufrichtigen Glückwunsch, Katie!«, erklärte

Rex Bellamy. »Du *warst* Emily Brontë!« Er legte seinen Arm um Katies Schulter und drückte sie an sich. »Und was für eine! Zuweilen war ich richtig ergriffen.«

»Meine Güte«, hauchte Katie. »Ich kann es nicht glauben! Wie seid ihr bloß alle hierher gekommen?«

»Na, mit dem Flugzeug«, gluckste Lavinia. »Was dachtest du denn?«

»Sie haben mir einfach keine Ruhe gelassen«, sagte Xenia. »Schließlich blieb mir nichts anderes übrig, als Melanie anzurufen und ihr noch ein paar Karten abzuluchsen. Ansonsten hätten diese Leute mir die Hölle heiß gemacht oder nie mehr mit mir geredet.«

»Ich danke euch«, erwiderte Katie gerührt. »Ihr wisst gar nicht, was es für mich bedeutet, euch heute Abend bei mir zu haben.«

»Na, siehst du!«, bemerkte Verity an Xenia gewandt. »Habe ich es nicht gesagt?«

Katie stellte ihren Freunden Chris vor, der Hände schüttelnd die Runde machte. Danach nahm Xenia Katie beiseite und flüsterte: »Da hinten steht mein Kunde Peter Thomas Roth mit seiner Frau. Sie plaudern gerade mit Melanie, doch sie möchten dich gern persönlich kennen lernen, Katie. Schau jetzt bitte nicht gleich hin!«

Doch Katie hatte sich bereits umgewandt. Sie hörte Xenia leise aufstöhnen. Gleich darauf stand Melanie mit dem Ehepaar Roth auch schon vor ihr.

»Darf ich dich mit Peter Roth und seiner Frau Noreen bekannt machen, Katie?«, fragte Melanie. »Peter ist einer unserer größten Investoren, und ich glaube, wir haben ihn heute Abend sehr glücklich gemacht.«

Peter Roth deutete eine Verbeugung an. »Sie waren wirklich überwältigend, Miss Byrne«, erklärte er.

»Und ich sehe Sie bereits bei der nächsten Verleihung der Tony-Awards«, setzte seine Frau hinzu.

Katie spürte, dass sie vor Freude errötete. »Vielen Dank«, murmelte sie verlegen. »Das ist überaus schmeichelhaft – ich weiß gar nicht recht, was ich darauf antworten soll.«

»Nun, Ehre wem Ehre gebührt«, beschied Noreen Roth mit freundlichem Lächeln.

Nachdem sie sich für eine Weile über das Stück unterhalten hatten, nahm Melanie Katie zur Seite. »Katie«, hob sie an, »ich weiß, dass dieser Abend etwas ganz Besonderes für dich ist – und wie schwer du es in der Vergangenheit hattest. Ich möchte dir von ganzem Herzen gratulieren! Du weißt hoffentlich, was ich damit ausdrücken will. Ich freue mich so für dich!«

Katies Augen begannen zu brennen. »Vielen Dank, Melanie«, antwortete sie, »ich weiß es sehr zu schätzen, was du für mich getan hast!«

Die beiden Frauen umarmten sich. Danach räusperte sich Melanie und erwiderte mit einem kleinen Augenzwinkern: »Aber auch ich habe dir zu danken, mein Liebes. Das Stück wird mir einen ordentlichen Batzen Geld einbringen. Jedenfalls sagt mir das mein Gefühl.«

Dass Chris in dieser Nacht bei Katie blieb, bedurfte keiner besonderen Abmachung. Als der Wagen vor Katies Wohnung anhielt, erklärte Chris dem Chauffeur, er brauche ihn nun nicht mehr.

Wortlos betraten die beiden den Aufzug und fuhren schweigend nach oben.

Als Chris im Flur die Eingangstür hinter sich schloss, lehnte er sich dagegen und schaute Katie erwartungsvoll an.

Für einen Moment sah Katie zu Boden, doch dann hob sie ihren Blick. Im nächsten Augenblick lag sie in Chris' Armen.

Chris hielt Katie fest an sich gedrückt, küsste ihren Hals, ihre Wangen, ihren Mund, zuerst zart, dann heftiger. Mit einem Mal hielt er inne. »Katie«, flüsterte er. »Ich habe das ernst gemeint, was ich neulich sagte: Ich brauche dich. Sehr sogar!«

»Das weiß ich«, hauchte Katie und strich mit ihren Hände durch sein Haar. »Du bist schließlich kein Lügner.«

»Ich bin furchtbar in dich verliebt, Katie.«

Katie lachte leise. »Das weiß ich auch.«

»Und du? Was ist mit dir?«

»Ich empfinde dasselbe für sich. Oder mehr noch: Ich liebe dich, Chris.«

Über Chris' Miene huschte ein Lächeln. Er ergriff Katies Hand und führte sie ins Wohnzimmer. Dort streifte er ihren Mantel ab, setzte sich auf das kleine Sofa und zog Katie erneut in seine Arme. »Komm, mein Schatz«, murmelte er zwischen seinen Küssen. »Komm zu mir!« Nach einer Weile setzte er hinzu: »Du bist das Beste, was mir seit langem widerfahren ist, Katie, ist dir das eigentlich klar?«

Katie schmiegte sich an ihn und legte ihren Kopf an seine Schulter. »Und du bist etwas ganz Besonderes für mich«, erklärte sie versonnen. »So wie noch keiner zuvor!«

Chris drückte sie enger an sich und überhäufte sie mit Küssen, die Katie hingebungsvoll erwiderte. Ihre Finger gruben sich in seinen Rücken. Chris stöhnte leise auf. Er erhob sich und reichte Katie seine Hand. »Komm«, sagte er noch einmal.

Im Schlafzimmer entkleidete Chris Katie behutsam, fuhr mit den Händen über ihr Gesicht und ihren Körper. Leidenschaftlich berührte sein Mund ihre Lippen. Katie seufzte, löste sich aus seinen Armen und schlüpfte unter die Bettdecke. Chris ließ seine Kleidung zu Boden fallen und legte sich zu ihr.

»Ich möchte dich anschauen«, sagte er und schlug die Bettdecke zurück. Gleich darauf fügte er hinzu: »Du bist so schön, Katie. Wunderschön!« Er beugte sich vor und küsste Katies Brüste. Katie drängte sich ihm entgegen. Er ist mir so vertraut, dachte sie. Es ist, als hätten wir das bereits unzählige Male getan.

Katies Hände fuhren über Chris' Rücken und über seinen Nacken, ihre Finger flochten sich in sein Haar. Chris spürte ihre Bereitschaft, die glatten, geschmeidigen Bewegungen ihres Körpers. Sie ist die atemberaubendste Frau, die ich jemals in meinen Armen gehalten habe, dachte er bei sich, noch nie habe ich jemanden so begehrt. Ich kann mir nicht vorstellen, jemals wieder ohne sie zu sein!

Er sagte jedoch nichts dergleichen, sondern fuhr fort, Katie zu küssen und ihren Körper zu erkunden. Seine Hand glitt über die Innenseite ihres Schenkels, und Katie bäumte sich auf.

Ihre Begierde steigerte sich. Es ist mehr als Leidenschaft, fuhr es ihr durch den Sinn. Ich sehne mich so sehr nach ihm. Seit dem ersten Augenblick habe ich mich nach ihm gesehnt, ich wusste gleich, dass er der Richtige für mich ist. Ich liebe ihn ...

Mit einem Mal hielt Chris inne und stützte sich auf seinen Ellbogen.

»Was ist?«, fragte Katie. Sie schaute Chris an und wollte ihn berühren.

»Scht«, machte Chris. »Ich will dich einen Moment lang ansehen, mein Schatz. Dein Gesicht ...« Er tastete nach der kleinen Lampe auf dem Nachttisch und knipste sie an.

Katies blaue Augen waren wie das Meer, in dem er zu versinken drohte.

Chris beugte sich vor. Seine Zungenspitze fuhr über Katies Lippen. Katie schloss die Augen, und ihr Mund öffnete sich.

Sanft drückte Chris sie auf das Kissen und legte sich auf sie. Er ergriff Katies Hüften und hob sie an. Wir sind ein Teil voneinander, dachte er, wir verschmelzen! Als er in sie eindrang, stieß Katie einen leisen Schrei aus, und dann sagte sie seinen Namen, immer wieder.

Katie war es, als seien all ihre Gedanken erloschen, um einzig und allein seinem Namen Platz zu machen. Sie hatte nicht gewusst, dass Begierde derart stark sein konnte. Ihre Arme schlangen sich wie von selbst um Chris und hielten ihn mit einer Kraft umfangen, als wolle sie ihn nie wieder loslassen. Sie merkte, dass sich ihr Rhythmus dem seinen anpasste, dass sie eins wurden, und in dem Moment, als der Sog ihrer Leidenschaft sie in die Höhe trieb, glaubte sie, ihr Herz würde zerspringen.

Kapitel 32

Die Fahrt von Manhattan nach Malvern hatte kaum zwei Stunden gedauert. Ein einsamer Rekord, dachte Katie zufrieden. Als sie den Wagen vor der Garage ihres Elternhauses abstellte, war es noch nicht einmal zehn Uhr morgens.

»Ich bin's, Mom«, rief sie, während sie die Tür des Seiteneingangs zuschlug und mit wenigen Schritten die Diele durchquerte. Sie betrat die Küche.

Als Maureen ihre Tochter erblickte, blieb sie wie angewurzelt stehen, ihr Gesicht ein einziges Fragezeichen. Sie legte das Messer ab, mit dem sie gerade Äpfel geschält hatte. »Katie«, rief sie, »wo kommst du denn in aller Herrgottsfrühe her? Ich habe dich noch gar nicht erwartet.« Sie warf einen Blick an sich hinunter. »Himmel, und ich stehe noch in der Kittelschürze da! Was wird Chris von mir denken, wenn er mich so sieht?«

Katie kicherte. »Ich fürchte, gar nichts, denn er ist nicht mitgekommen. Ich bin allein gefahren. Abgesehen davon glaube ich, dass er auch schon andere Frauen in Schürze gesehen hat, seine Mutter zum Beispiel. Die ist übrigens überhaupt nicht so vornehm, wie du vielleicht glaubst. Sie steht genauso in der Küche wie du und kocht für ihre Familie.«

Maureen runzelte die Stirn. »Warum ist er denn nicht mitgekommen? Er wollte doch mit uns zu Mittag essen. Jedenfalls hat er zugesagt, und ich habe versprochen, etwas Besonderes zu kochen. Was ist denn passiert?«

Katie legte ihre Jacke und ihre Handtasche auf einem Küchenstuhl ab und betrachtete ihre Mutter liebevoll. »Er musste kurzfristig nach Boston fahren, zu einer wichtigen Sitzung. Zuerst wollte er gar nicht hin, doch dann hat er seine Meinung geändert. Ich glaube, seine Kollegen haben ihn beschwatzt.«

»Wer sind denn diese *Kollegen*?«, erkundigte sich ihre Mutter argwöhnisch.

»O Mom!«, stöhnte Katie. »Sag das nicht in einem solch merkwürdigen Ton! Es sind die Leute, mit denen er zusammenarbeitet, weiter nichts. Es ist keine andere Frau, falls du das annimmst.«

»Es ist bestimmt *Greenpeace*«, schnaubte Maureen.

»Nein, Mom, die Organisation nennt sich *Planet Erde,* und Chris leitet deren Büro in Buenos Aires.«

»Na, gut«, brummte Maureen. »Dann eben *Planet Er-*

de. Allerdings weiß ich bis heute nicht, was Chris dort eigentlich tut.«

»Er setzt sich für die Rettung des Regenwaldes ein, Mom. Der ist nämlich wichtig für das ökologische Gleichgewicht der Erde. Dagegen kannst du doch nichts einzuwenden haben.«

»Nein«, gab Maureen zu. »Das habe ich ja auch nicht, im Gegenteil. Ich finde sein Engagement äußerst bewundernswert.«

»Na, siehst du«, entgegnete Katie.

Maureen wandte sich zum Herd. »Hast du Lust auf eine Tasse Kaffee, mein Schatz? Ich habe ihn gerade erst frisch aufgebrüht.«

»O ja, sehr gern«, antwortete Katie und ließ sich am Tisch nieder.

»Möchtest du auch etwas essen?«, wollte ihre Mutter wissen.

»Nein, danke, ich habe keinen Hunger, Mom. Ich möchte aber, dass du dich zu mir setzt und eine Tasse Kaffee mit mir trinkst.«

»Also, gut«, murmelte Maureen. »Die Zeit kann ich mir wohl nehmen.«

Sie schenkte ihnen Kaffee ein und setzte sich zu Katie.

»So, und nun heraus mit der Sprache!«, begann Katie. »Warum sprichst du so abwertend über Chris' Job?«

Maureen seufzte. »Ich habe mir Gedanken gemacht«, gestand sie. »Und – nun ja – es ist nicht seine Arbeit, die mich stört, ich finde es nur schade, dass er bald nach Buenos Aires zurück muss. Argentinien liegt nun einmal nicht um die Ecke.«

Katie rührte stumm in ihrem Kaffee. Sie konnte sich denken, was als Nächstes kommen würde.

»Ich mag Chris«, fuhr Maureen fort. »Ich mag ihn sogar sehr. Deinem Vater und Niall ergeht es ebenso.« Sie machte eine Pause. »Doch vermutlich sind unsere Meinungen für dich nicht besonders wichtig«, setzte sie hinzu. »Wenn man liebt, spielt es keine Rolle, was andere denken oder ob sie etwas dagegen haben. Wobei – in diesem Fall – nun, es hat ja niemand etwas gegen euere Beziehung. Wir alle finden, dass Christopher Saunders ein zuvorkommender und sehr umgänglicher junger Mann ist –«

»Aber?«, fiel Katie ihr ins Wort.

»Kein Aber. Das Problem besteht lediglich in der beträchtlichen Entfernung, die zwischen euch liegt«, sprach Maureen unbeirrt weiter.

»Das lässt sich nicht leugnen«, stimmte Katie ihr zu.

»Ja, aber wie stellt ihr euch das denn vor, Kind? Hat Chris denn die Möglichkeit, sich des Öfteren mal frei zu nehmen? Gerade war er für zwei Monate hier, doch wie schaut das in Zukunft aus? Kommt er denn häufig für längere Zeit nach New York?«

»Chris kehrt erst in zwei Wochen nach Argentinien zurück, Mom. Dann war er zwei Monate lang hier«, stellte Katie richtig.

»Hmm«, machte Maureen.

»Was bedeutet ›hmm‹?«, fragte Katie aufgebracht. »Und warum setzt du dabei so ein bekümmertes Gesicht auf? Ich will nicht, dass du dir Sorgen um mich machst!«

»Du liebst ihn, nicht wahr?«

»Ja.«

»Und *er* liebt *dich,* das ist offensichtlich. Tante Bridget ist das sofort aufgefallen. Bereits am Abend deiner Premierenfeier hat sie geschworen, dass Chris in dich verliebt ist. Und sie muss es wissen, deine Tante ist ja zur Expertin auf diesem Gebiet geworden. – Aber trotzdem geht Chris wieder zurück. Das heißt, er lebt in Argentinien, und du wohnst in New York.« Maureen seufzte. »Liebes«, sagte sie, »nimm es mir bitte nicht übel, doch ich stelle mir das nicht so leicht vor wie du. Du stehst am Anfang einer großen Theaterkarriere – die darfst du jetzt nicht vernachlässigen. Unter den gegebenen Umständen kann ich mir nicht vorstellen, dass sich eure Liebe richtig entfalten kann.«

»Sie hat sich bereits entfaltet, Mom!«

»Blumen müssen gedüngt und gewässert werden«, beharrte Maureen. »Sonst gedeihen sie nicht.«

»Das weiß ich«, erwiderte Katie. »Wir sprechen aber nicht von Blumen, sondern von Gefühlen.«

»Für die gilt dasselbe«, erklärte ihre Mutter. »Habt ihr überhaupt schon einmal über eure Situation oder über eure Zukunft gesprochen?«

»Noch nicht richtig. Ich glaube, Chris und ich umgehen das Thema bisher, weil wir wissen, dass es problematisch ist. Zurzeit genießen wir einfach das, was wir haben.«

»Gut, das verstehe ich. Realistisch finde ich es aber nicht.«

Nun war es an Katie zu seufzen. »Chris meint, manche Dinge im Leben regelten sich von allein.«

»Gewiss tun sie das«, erwiderte Maureen. »Leider aber nicht immer so, wie wir uns das wünschen.«

Als Katie schwieg und bedrückt in ihre Kaffeetasse starrte, ergriff Maureen ihre Hand. »Würdest du denn das Theaterspielen für ihn aufgeben? Würdest du Chris nach Argentinien folgen, um bei ihm zu sein und mit ihm zusammenzuleben?«

»Du weißt, dass das momentan nicht möglich ist, Mom. Ich habe einen Vertrag unterschrieben, der mich für ein Jahr bindet.«

»Weich mir nicht aus, Katie! Du weißt genau, worauf ich hinauswill.«

»Mag sein. Ich kann dir aber keine Antwort geben, weil ich sie selbst nicht kenne.«

Die Fragen, die ihre Mutter gestellt hatte, verfolgten Katie noch eine Stunde später, als sie am Steuer von Chris' Wagen saß und zum Krankenhaus fuhr. Moms Fragen sind durchaus berechtigt, dachte sie, doch sie hatte sie bislang sorgsam verdrängt. Chris vermied es ebenfalls, sich mit der Zukunft auseinander zu setzen, daran hegte sie keinerlei Zweifel.

Später, sagte sich Katie – später werde ich ausgiebig darüber nachdenken, im Augenblick will ich gar nicht an Chris' Rückkehr nach Argentinien denken. Jetzt war ohnehin nicht der richtige Zeitpunkt, schließlich war sie auf dem Weg zu Carly. Sie wollte sich ausschließlich auf den Besuch bei ihrer Freundin konzentrieren. Sie würde ihr von ihrer Premiere berichten und von der anschließenden Feier im *Tavern on the Green.*

Zwanzig Minuten später betrat Katie die Eingangshalle des Krankenhauses und eilte über die vertrauten Korridore auf Carlys Zimmer zu. Wie bei ihrem letzten Besuch stieß sie vor der Tür auf Schwester Jane. Sie tauschten ein paar freundliche Worte, und gleich darauf stand Katie auch schon an Carlys Bett, beugte sich über ihre Freundin und küsste sie auf die Wange.

Anschließend zog sie einen Stuhl heran, ließ sich am Krankenbett nieder und ergriff Carlys Hand. Im Gegensatz zu sonst war die Hand warm. Katie warf Carly einen forschenden Blick zu. Die großen veilchenblauen Augen standen offen, doch es war keine Regung in ihnen zu entdecken. Carlys Gesicht wirkte leer und leblos wie immer.

Katie hielt Carlys Hand und streichelte sie sanft. Dann begann sie zu erzählen.

»Carly«, sagte sie, »ich habe meine erste große Premiere hinter mich gebracht, und ich wünschte, ihr wärt dabei gewesen, du und Denise. Ihr habt mir unglaublich gefehlt! Ihr wärt sehr stolz auf mich gewesen und hättet euch mit mir gefreut, das weiß ich. Bevor ich auf die Bühne gegangen bin, habe ich mir unser Foto angeschaut, das von meinem sechzehnten Geburtstag, erinnerst du dich? Das hat mir geholfen, Carly. Es hat mich den ganzen Abend über begleitet. Ich wollte nicht nur für mich selbst alles geben, sondern auch für euch und unseren Traum. Zuerst hatte ich furchtbares Lampenfieber, du kannst dir nicht vorstellen, wie ich gezittert habe. Das habe ich selten erlebt. An dem Abend war ich für einen Moment wie gelähmt. Ich musste an Richard Burton denken und daran, dass er vor lauter Lampenfieber angefangen hat zu trinken ... Weißt du noch, wie wir damals in seiner Biografie gelesen haben, dass er vor jedem Auftritt ein Glas Brandy kippte? Damals hast du mir aus Spaß zur nächsten Schulaufführung eine Flasche Brandy überreicht, das heißt, es war nur schwarzer Tee ... Ich habe einen Schluck getrunken – und ihr habt mich ausgelacht. Oh, Carly, wenn du wüsstest, wie ich euch vermisse, und auch all die kleinen Witze und Streiche, mit denen wir uns amüsiert haben!«

Katie hielt inne und betrachtete Carlys Gesicht. Dann fuhr sie fort.

»Du hättest gestaunt, wenn du meinen Applaus gehört hättest, mein Schatz. Es ist ein unglaubliches Gefühl, wenn dir über tausend Menschen Beifall klatschen. Ich hatte eine richtige Gänsehaut, doch es war wundervoll! Oh, und dann mussten wir immer wieder auf die Bühne, ich weiß gar nicht mehr, wie oft der Vorhang aufging und fiel. Jedenfalls ist das Stück ein Riesenerfolg. Es ist für ein Jahr geplant, doch es könnte auch länger laufen. Melanie geht davon aus, dass es auch im nächsten Jahr noch aufgeführt wird. Die Kritiken waren großartig, und du würdest staunen, wie viele davon speziell auf mich eingingen. – Natürlich war meine ganze Familie da, das kannst du dir ja denken, Mom, Dad, Niall – selbst Fin kam extra aus Oxford angeflogen – und auch meine Großeltern und sämtliche Tanten, Onkels –«

Katie brach ab. Ihre Streichelbewegungen wurden heftiger und sie flüsterte: »Nur du und Denise, ihr konntet nicht dabei sein. Das war das Einzige, was meine Freude an dem Abend getrübt hat.«

Sie räusperte sich und legte Carlys Hand behutsam auf die Bettdecke. Dann lehnte sie sich zurück und fuhr fort: »Nachher gab es noch eine Feier im *Tavern on the Green.* Es war ausgesprochen vornehm, alle kamen in Abendkleid und Smoking. Ich trug ein langes schwarzes Samtkleid, das ich in einem furchtbar teuren Laden entdeckt hatte. Es war Liebe auf den ersten Blick. Ich dachte sofort, dass es auch Emily gefallen hätte, deshalb habe ich direkt zugegriffen. Du hättest es auch gemocht ... O Carly, wenn du doch nur wieder aufwachen würdest ... Oder wenn du mich wenigstens hören könntest! Glaub mir, ich gäbe alles dafür!«

Katie schluckte und schwieg. Schließlich erhob sie sich und trat ans Fenster. Die Sonne blendete sie, und Katie drückte den Knopf für die Jalousien.

»Kann ... dich ... hören ...«

Katie versteifte sich. Sie spürte, wie sich die Härchen auf ihren Armen und im Nacken aufrichteten. Reglos stand sie da und lauschte in die Stille.

Da war es wieder. Eine heisere, kaum vernehmliche Stimme, die sagte: »Kann ... hören ...«

Ungläubig wandte sich Katie um und starrte Carly an. Kurz darauf war sie bei ihr, beugte sich über sie und studierte die Miene ihrer Freundin. Sie erkannte, dass sich der Ausdruck in Carlys Augen verändert hatte. Sie schienen nicht mehr so starr, und Katie meinte einen Glanz wahrzunehmen.

Katie näherte sich Carlys Gesicht. »Hast du mit mir gesprochen, Carly?«, flüsterte sie eindringlich. »Zwinker mit den Augenlidern!«

Nichts geschah. Der Funke war verschwunden. Die Augen wirkten leblos wie zuvor.

»Hör zu, Carly«, sagte Katie. »Ich bin es, Katie. Zwinker mit den Augenlidern, wenn du mich verstanden hast!« Sie hielt ihren Blick unverwandt auf Carly gerichtet – und da war es, ein Flattern der Lider – Carly zwinkerte!

»Carly! Carly!«, schrie Katie. »Carly, du hast gezwinkert!«

Carly zwinkerte mehrmals hintereinander, öffnete den Mund, versuchte zu sprechen. »Ka-tie«, sagte sie.

»O mein Gott!«, stieß Katie hervor. »Carly! Du hast meinen Namen gesagt. O Carly! Ein Wunder – das ist ein Wunder!«

In dem Moment wurde die Tür geöffnet. »Ist etwas nicht in Ordnung, Katie? Haben Sie nach mir gerufen?«, fragte Jane.

»Nein, nein«, erwiderte Katie aufgeregt und wandte sich um. »Es ist nichts – oder doch! Carly hat gezwinkert! Sie hat mit mir gesprochen. Jane, glauben Sie mir – ich habe es gesehen – und gehört.«

Eine Mischung aus Zweifel und Verwunderung zeichnete sich auf Janes Gesicht ab. Sie trat näher, beugte sich über Carly und fragte: »Sind Sie sich ganz sicher? Ich finde, Ihre Freundin wirkt unverändert.«

»Ka-tie«, murmelte Carly.

»Allmächtiger!«, hauchte Jane. »Sie hat tatsächlich Ihren Namen gesagt, Miss Byrne. Unfassbar! Ich kann es nicht glauben.« Jane drehte sich um und starrte Katie entgeistert an.

»Jane, bitte holen Sie Dr. Nelson! Ich bleibe solange hier.«

Jane nickte und war im nächsten Moment auch schon verschwunden.

Katie umschloss Carlys Hand. Sie fühlte sich noch immer warm an. »Kannst du deine Finger bewegen?«, wisperte Katie. »Carly, mein Engel, bitte versuch es. Versuch meine Hand zu drücken!«

Wie gebannt beobachtete Katie, wie sich Carlys Finger unmerklich bewegten. Sie zuckten und versuchten augenscheinlich sich zu krümmen. Das Wichtigste war jedoch, dass Carly offenbar alles verstand, was Katie sagte.

Die Tür flog auf und Dr. Nelson kam herein. Seine Miene verriet leichte Besorgnis. »Katie, was ist passiert?«, erkundigte er sich. »Jane behauptet, Carly hätte geredet! Stimmt das?«

»Ja, Dr. Nelson. Carly hat gesagt, sie könne mich hören, und sie hat meinen Namen ausgesprochen.«

Dr. Nelson musterte Katie skeptisch, zog einen kleinen Leuchtstab aus seiner Brusttasche und richtete ihn auf Carlys Augen. Anschließend ergriff er Carlys Handgelenk und prüfte ihren Puls. Dann horchte er ihre Brust ab, um ihren Herzschlag zu kontrollieren.

Er wandte sich an Katie. »Bitte beschreiben Sie mir in allen Einzelheiten, was vorgefallen ist.«

Aufgeregt begann Katie zu berichten. »Zunächst fiel mir auf, dass Carlys Hand warm war. Normalerweise fühlt sie sich nämlich kühl an. Abgesehen davon war alles wie immer. Sie lag da und starrte ins Leere. Ich habe ihr von meiner Premiere erzählt und von der anschließenden Feier, doch Carly zeigte keinerlei Reaktion. Erst als ich aufstand, um die Jalousien herunterzulassen – nein, ich habe etwas vergessen. Vorher sagte ich zu Carly, ich wünschte, sie könne mich hören.« Katie schlug die Hände vors Gesicht. »Ich kann es nicht fassen, Dr. Nelson. Es ist einfach unglaublich! Ich stand da und schaute aus dem Fenster, als plötzlich eine kratzige Stimme ertönte. Es war nur ein Murmeln. ›Kann ... dich ... hören.‹ Mehr nicht. Ich bin sofort zu ihr gelaufen und habe sie angeguckt. Und dann bat ich Carly zu zwinkern, um mir zu zeigen, dass sie mich erkennt. Es hat ein Weilchen gedauert, doch dann klimperte sie mehrmals hintereinander mit den Lidern. Und schließlich hat sie sogar meinen Namen gesagt. Es klang abgehackt, ... Ka-tie ...«

Dr. Nelson schüttelte den Kopf. »Das ist mir ein Rätsel«, bemerkte er. »Das kommt äußerst überraschend.«

»Ich habe es ebenfalls gehört, Dr. Nelson«, ließ sich Jane vernehmen. »Sonst hätte ich es selbst nicht geglaubt.«

»Ka-tie ...«, sagte Carly auf einmal mit leiser, heiserer Stimme.

Dr. Nelson ergriff Carlys Hand. »Carly, wenn Sie mich hören können, drücken Sie meine Hand!«, forderte er sie auf.

Gleich darauf zuckten Carlys Finger.

»Meine Güte!« Dr. Nelson stieß hörbar den Atem aus. »Das ist phänomenal!« Er blickte Carly eindringlich an. »Carly, bitte zwinkern Sie, wenn Sie können.«

Es dauerte nur wenige Sekunden, bis Carly zwinkerte.

»Das hätte ich nie für möglich gehalten«, flüsterte Dr. Nelson. »Das ist eine Sensation!«

Er richtete sich auf. »Vollkommen außergewöhnlich«, erklärte er. »Dass jemand nach zehn Jahren – nach einer dermaßen langen Zeit – das Bewusstsein wiedererlangt, das ist ... nun, mir fehlen die Worte.«

»Was könnte es denn ausgelöst haben?«, fragte Katie.

»Tja, – wenn ich das wüsste! Wir haben nichts unternommen, nichts anderes als sonst ...« Dr. Nelson schaute nachdenklich vor sich hin. »Es sei denn ...«, begann er. »Es sei denn, das neue Mittel, das ich Carly zur Verhütung einer Lungenentzündung verabreicht habe ... ja, das könnte es bewirkt haben.« Er fuhr sich mit der Hand über die Stirn. »Dieses Mittel besitzt bekanntermaßen eine anregende Wirkung, doch andererseits ... Nein, ebenso kann es eine Art Blockade in ihrem Stammhirn gewesen sein, die sich unverhofft gelöst hat. Wir müssen das genauer untersuchen. Doch was immer dahinter steckt, das Ergebnis ist einzigartig! Das ist mir bisher noch nie ... nun, wie dem auch sei ...« Dr. Nelson gab sich einen Ruck, um sich zu konzentrieren. Katie stand mit erwartungsvoller Miene vor ihm. »Es ist ein großes Wunder geschehen, so viel steht fest, Katie. Vermutlich wird es noch eine Zeit lang dauern, bis wir Klarheit haben. Und ob Ihre Freundin vollständig wiederhergestellt werden kann, ist fraglich ...« Kopfschüttelnd überließ er sich abermals seinen Gedanken.

»Vielleicht lag es ja auch daran, dass wir Carly unermüdlich bewegt haben«, murmelte Jane. »Zweimal täglich haben wir Übungen mit ihr gemacht –«

»Das glaube ich nicht, Jane«, entgegnete Dr. Nelson. »Die Übungen haben lediglich verhindert, dass ihre Muskelkraft gänzlich schwindet. Das war eine reine Bewegungstherapie.«

»Vielleicht hat ihre Jugend dazu beigetragen«, mutmaßte Jane.

»Das werden wir noch erkunden«, antwortete Dr. Nelson. »Zurzeit lässt sich lediglich feststellen, dass Teile ihres Gehirns ihre Tätigkeit wieder aufgenommen haben. Vermutlich kehren nun auch nach und nach ihre motorischen Fähigkeiten zurück ... Wir müssen abwarten, inwieweit ihr Gedächtnis funktioniert und ob sich ihre Sprachkompetenz wieder einstellt.«

»Sie scheint immerhin zu wissen, wer ich bin«, erklärte Katie. »Insofern muss doch ein Bereich von Carlys Gedächtnis noch intakt sein, oder nicht?«

»Wenn das so ist – wenn Carly tatsächlich weiß, wer Sie sind, dann wäre das ein äußerst viel versprechendes Zeichen«, erwiderte Dr. Nelson. Er warf erneut einen Blick auf Carly und setzte hinzu: »Ich werde umgehend ihre Mutter verständigen. Mrs Smith ist die nächste Angehörige, sie muss sofort davon erfahren. Und danach werde ich mich schnellstens mit dem Direktor des Krankenhauses in Verbindung setzen.« Er nickte Katie zu. »Wenn Sie mich entschuldigen würden. Wir sehen uns später.«

Mit diesen Worten war Dr. Nelson bereits an der Tür, doch Katie eilte ihm nach. »Dr. Nelson, einen Moment noch!«

»Ja?« Dr. Nelson blieb stehen und schaute Katie ungeduldig an.

Katie öffnete die Tür und bedeutete ihm, ihr auf den Flur zu folgen.

Nachdem sie die Tür geschlossen hatte, flüsterte sie: »Dr. Nelson, Sie dürfen niemandem etwas davon erzählen. Dass Carly erste Regungen zeigt – das darf außer uns kein Mensch erfahren!«

»Aber warum denn nicht? Welchen Grund sollte es geben, diese Nachricht geheim zu halten? Worauf wollen Sie hinaus?«

»Der Grund liegt doch auf der Hand! Carly war damals Augenzeugin eines Mordes! Sie und meine Freundin Denise wurden überfallen. Bevor der Täter Carly niederschlug, hat sie ihn gesehen. Sie weiß, wer sie angegriffen und wer Denise getötet hat. Carly kann den Mörder von Denise identifizieren, verstehen Sie?«

Dr. Nelson runzelte die Stirn. »Natürlich«, murmelte er. »Das stellt tatsächlich ein Problem dar.«

»Dr. Nelson, wenn bekannt wird, dass sie zu sich gekommen ist, befindet sich Carly in großer Gefahr. Es darf nichts nach außen dringen – zumindest sollten Sie als Erstes die Polizei verständigen.«

Fünfundvierzig Minuten später saß Mac MacDonald zusammen mit Katie in Dr. Nelsons Büro.

»Sie haben genau richtig reagiert, Katie«, erklärte er zufrieden. Dann wandte er sich an Dr. Nelson und fuhr fort: »Ich danke Ihnen, dass Sie Katies Rat gefolgt sind und mich umgehend benachrichtigt haben, Dr. Nelson. Wie sieht es denn nun aus? Wird Carly wieder vollständig gesund?«

»Das kann ich leider noch nicht beantworten«, erwiderte Dr. Nelson. »Bisher habe ich kaum die Zeit gefunden mir zu überlegen, welche Schritte nun zu unternehmen sind. Alles ist möglich, doch eine Garantie gibt es nicht. Ehrlich gesagt, kann die Sache so oder so ausgehen.« Dr. Nelson machte eine Pause und fügte dann hinzu: »Ich bin jedoch optimistisch, weil Carly Katies Namen ausgesprochen hat, mehrmals sogar. Das könnte darauf hindeuten, dass ihr Gedächtnis funktioniert. Ein Teil ihres Gehirns muss intakt sein.«

»Lässt sich das Ihrer Ansicht nach auf das Medikament zurückführen, das Sie vorhin erwähnten. Wäre es möglich, dass eine höhere Dosis –«

Dr. Nelson winkte ab. »Für derlei Überlegungen ist es einfach noch zu früh. Tut mir Leid, wenn ich Ihnen da im Moment keine näheren Auskünfte geben kann.«

»Was mich natürlich besonders interessiert«, hob McDonald an, »ist die Frage, ob sich Carly an das erinnert, was damals in der Scheune und später im Wald geschah. Wird sie wieder wissen, wer der Mann war, der sie angegriffen hat?«

»Wie gesagt, es ist möglich«, entgegnete Dr. Nelson. »Andererseits war der Überfall dermaßen schrecklich, in physischer und psychischer Hinsicht derart traumatisch, dass Carlys Bewusstsein ihn gelöscht haben könnte. Für den Moment müssen Sie wohl oder übel akzeptieren, dass ich keine Prognosen stellen kann, so gern ich das auch täte.«

Mac schwieg eine Weile lang. Schließlich begann er erneut. »Ich werde zunächst einmal davon ausgehen, dass sie sich früher oder später erinnert, und ich werde die entsprechenden Schritte einleiten.« Er warf Dr. Nelson einen wachsamen Blick zu. Es lag auf der Hand, dass er keine Einwände zulassen würde. »Ich erwarte von Ihnen, dass Carlys veränderter Zustand unter allen Umständen geheim gehalten wird. Da draußen läuft nämlich noch der Mörder frei herum, und ich möchte nicht, dass ihm etwas zu Ohren kommt. Er wiegt sich inzwischen in der Sicherheit, einer Strafe entgangen zu sein. Die Erkenntnis, dass er womöglich doch noch entlarvt wird, könnte ihn zu einem Anschlag auf Carlys Leben verleiten. Das möchte ich unter allen Umständen vermeiden. Deshalb darf nichts von dem, was sich heute hier abgespielt hat, nach außen dringen.«

Dr. Nelson nickte widerstrebend.

»Ich weiß, dass Carlys Erwachen – wenn ich das einmal so nennen darf – medizinisch gesehen für Sie von größter Bedeutung ist«, erklärte McDonald weiter, »doch darauf kann ich keine Rücksicht nehmen. Für mich geht es vorrangig darum, Carly zu beschützen und für ihr Leben zu garantieren. Nicht die kleinste Verlautbarung darf an die Presse gehen.«

»Ich habe verstanden«, willigte Dr. Nelson ungehalten ein. »Es ist außerdem nicht so, dass –«

»Wenn die Presse Wind davon kriegt«, fiel MacDonald ihm ins Wort, »ist der Teufel los! Deshalb darf es in Ihrem Haus nicht eine undichte Stelle geben. Auch Ihr Personal muss entsprechend angewiesen werden. Als weitere Vorsichtsmaßnahme werde ich zwei Polizeibeamte vor Carlys Zimmer postieren. Sie wird rund um die Uhr bewacht, und –«

»Ich sagte bereits, dass ich Sie verstanden habe«, unterbrach Dr. Nelson ihn. »Es liegt durchaus auch im Interesse dieses Krankenhauses, dass Carlys nichts geschieht. Wenn Sie möchten, werde ich sofort mit dem Personal reden und die entsprechenden Vorkehrungen treffen. Von unserer Seite aus sehe ich keinerlei Probleme.«

»Um so besser«, erwiderte McDonald und erhob sich. »Dann werde ich nun Carlys Mutter aufsuchen, um ihr die Nachricht zu überbringen, und sie gleichermaßen zum Schweigen anhalten.«

»Danke, Mac«, sagte Katie leise. »Auch dafür, dass Sie so schnell zur Stelle waren.«

»Seit zehn Jahren warte ich auf diesen Augenblick«, brummte Mac. »Zehn Jahre lang habe ich davon geträumt, den Fall zu lösen. Und nun ist es soweit – hoffe ich zumindest. Mit Carlys Hilfe und einer Portion Glück werde ich den Kerl schnappen.« Er nickte Dr. Nelson zu und schickte sich an zu gehen.

»Ich begleite Sie ein Stück«, sagte Katie. »Warten Sie noch eine Sekunde, Mac.« Sie wandte sich an Dr. Nelson. »Vielen Dank für Ihr Verständnis, Dr. Nelson! Wenn es Ihnen recht ist, komme ich morgen Früh noch einmal vorbei.«

»Sie finden mich in meinem Büro«, erwiderte Dr. Nelson. »Vielleicht gibt es dann bereits weitere Neuigkeiten.«

Er stand auf und führte MacDonald und Katie zur Tür. Dort schüttelte er dem Detective die Hand und versprach: »Wenn eine Veränderung eintritt, gebe ich Ihnen umgehend Bescheid.«

»Besten Dank, Dr. Nelson!«, antwortete MacDonald und nickte dem Arzt noch einmal zu.

Auf dem Weg hinaus schwiegen Katie und MacDonald. Erst als sie im Freien standen, ergriff der Polizist das Wort. »Katie, ich nehme an, ich weiß, was du fragen möchtest, doch ich werde dir nicht sagen, wie es weitergeht. Ich kann dich nicht in meine nächsten Schritte einweihen. Im Übrigen muss ich dich bitten, auch deinen Eltern gegenüber kein Wort von dem zu erwähnen, was geschehen ist. Versprichst du mir das?«

Katie starrte ihn verdutzt an. Dann legte sie ihre Stirn in Falten. »Okay«, erklärte sie schließlich. »Ich verstehe, was Sie befürchten. Jedem kann schnell einmal ein unbedachtes Wort entschlüpfen, und zuweilen haben ja auch die Wände Ohren.«

»Besser hätte ich es nicht ausdrücken können«, lobte MacDonald. »Du bist sehr klug, Katie. Dein Vater hat wirklich allen Grund, stolz auf dich zu sein.«

Katie errötete ein wenig und schaute MacDonald verlegen grinsend an. Mit einem Mal fühlte sie sich wieder wie das kleine Mädchen von damals, und MacDonald wurde zu dem einschüchternden Ermittler, der Fragen stellte, Befehle erteilte und Entscheidungen traf. Bis auf die Silberfäden in seinem Haar und die zusätzlichen Falten um die Augen hat er sich kaum verändert, dachte sie bei sich. Natürlich war er auch vor zehn Jahren schon ein gut aussehender Mann, fuhr es ihr anschließend durch den Kopf, nur dass ich damals noch keinen Blick dafür hatte. Ihre nächsten Worte kamen völlig unbedacht aus ihrem Mund. »Was macht eigentlich Ihre Freundin?, fragte sie. »Die Gerichtsmedizinerin, meine ich.«

MacDonald stutzte. »Allegra?«, fragte er verwundert. »Ihr geht es gut. Sie wird sich ebenfalls freuen, die erfreuliche Nachricht zu hören. Sie ist wie ich äußerst erpicht darauf, den Täter zu überführen. Sie bewahrt noch immer die DNA-Probe auf, die wir damals entnommen haben. Falls Carly einen Namen nennen kann und wir denjenigen daraufhin finden und verhaften, wird Allegra es sich nicht nehmen lassen, die entsprechenden Tests höchstpersönlich durchzuführen, darauf kann ich wetten.«

»Halten sich DNA-Proben denn über derart lange Zeiträume hinweg?«

»Ja, meine Liebe. DNA-Proben haben kein Haltbarkeitsdatum.«

Kapitel 33

Katie schob mehrere Schminktöpfe beiseite, um auf ihrem Garderobentisch Platz für ihr Tagebuch zu schaffen. Sie schlug die nächste freie Seite auf, und ehe sie zu schreiben begann, sammelte sie sich kurz.

1. März, 2000
Barrymore Theater, New York

Heute findet wie an jedem Mittwoch eine Matineevorstellung statt, und da ich das Theater an solchen Tagen nie verlasse, habe ich endlich noch einmal Zeit, meine Gedanken festzuhalten.

In der letzten Zeit haben sich die Ereignisse überschlagen. Zunächst meine Premiere, von der ich annahm, sie würde das aufregendste Erlebnis dieses Jahres, doch wenig später trat etwas ein, das ich kaum noch für möglich gehalten hätte: Carly erwachte aus dem Koma! Wenn ich ehrlich bin, kann ich es noch immer nicht richtig glauben.

Als Carly mit einem Mal zu sprechen begann, dachte ich, ich würde träumen und mir lediglich einbilden, ihre Stimme zu hören. Schließlich wünschte ich mir nichts so sehr, doch ich war wach, und alles war Wirklichkeit.

Es klang gespenstisch, als Carly meinen Namen sagte – und dennoch war es vollkommen überwältigend. Ich bin überzeugt, sie hat mich erkannt, sie wusste, wer dort an ihrem Bett saß. Ich glaube fest daran, dass sie wieder ganz gesund wird. Vielleicht ist sie nicht mehr die alte Carly, doch ich fände es bereits wundervoll, wenn sie eines Tages in der Lage wäre, ein normales Leben zu führen. Dr. Nelson mochte zwar keine eindeutigen Prognosen abgeben, doch eine innere Stimme verrät mir, dass Carly es schafft. Als Arzt muss Dr. Nelson vermutlich vorsichtig sein, was seine Voraussagen betrifft. Außerdem war er in dem Moment selbst dermaßen überrascht, dass er zunächst gar keine klaren Überlegungen anzustellen vermochte. Allerdings hat er noch am selben Tag mit neurologischen Tests begonnen und die Sprach- und Bewegungstherapeuten gebeten, sich intensiv mit Carly zu befassen. Am Telefon erklärte Dr. Nelson mir, dass eine immense Herausforderung auf Carly wartet und noch niemand absehen kann, ob sie ihr gewachsen sein wird. Nun, ich baue ganz fest auf Carly, denn ich weiß, wie stark sie ist. Sie ist eine Kämpfernatur!

Ich werde sobald wie möglich zu ihr fahren, um ihr dabei zur Seite zu stehen.

Es war schrecklich, dass ich Mom, Dad und Niall nichts erzählen durfte. Als ich aus dem Krankenhaus zurückkehrte, wäre beinahe gleich alles aus mir herausgesprudelt, doch ich habe mich zusammengerissen und mir immer wieder vor Augen gehalten, dass nichts nach außen dringen darf. Die Gefahr ist einfach zu groß. Außerdem habe ich MacDonald mein Wort gegeben, und daran halte ich mich.

Als Mac Carly erblickte, reagierte er verstört. Das ist allzu begreiflich, denn Carly hat sich in den vergangenen zehn Jahren kaum verändert. Sie sieht noch immer aus wie ein junges Mädchen, mit ein, zwei zarten Fältchen um die Augenpartie. Es war offenkundig, dass Mac sie liebend gern sofort mit seinen Fragen bestürmt hätte, doch er hat sich zurückgehalten, wenngleich es ihm sichtlich schwer fiel. Allerdings blieb es bei den wenigen Worten Carlys, anschließend sagte sie nichts mehr, sodass Mac wohl oder übel einsah, dass er sich noch ein wenig gedulden muss. Er und Detective Groome werden jedoch augenblicklich zur Stelle sein, sollte Carly abermals Anzeichen einer Besserung erkennen lassen. Natürlich hoffen sie, dass Carly den Mörder identifizieren kann, dass sein Name in ihrem Gedächtnis schlummert ...

Wenn alles klappt, fahre ich am kommenden Mon-

tag nach Malvern. Falls Chris sein Auto benötigt, werde ich einen Mietwagen nehmen. Ich kann es kaum erwarten, Carly wiederzusehen, insbesondere da Dr. Nelson meine Anwesenheit für äußerst wichtig hält, denn immerhin war ich diejenige, an deren Namen sich Carly als Erstes erinnerte. Wer weiß – vielleicht hat sie mich in ihrem tiefen Schlaf ebenso wenig vergessen wie ich sie ... Wir waren früher so eng miteinander verbunden – wir waren und sind Freundinnen fürs Leben. Selbst Dr. Nelson gibt zu, dass solche Bindungen einen Schock, wie Carly ihn erfahren hat, überdauern können.

Der Abend meiner Premiere ist angesichts dieser Entwicklung ein wenig verblasst. Ich weiß allerdings noch, wie stolz Mom war, als ich das Tavern on the Green *betrat. Unter Tränen flüsterte sie mir zu, sie habe immer gewusst, dass ich es so weit bringen würde. Sie sah sehr hübsch aus – wie alle Frauen in unserer Familie ... Na ja, die Männer machten ebenfalls einen guten Eindruck, das muss ich ihnen lassen.*

Ich war an diesem Abend so glücklich ... Alles war perfekt: Die Kritiker lobten mich unentwegt und sagten mir eine glänzende Zukunft voraus. Und eine Überraschung wartete noch auf mich: Meine englischen Freunde waren ebenfalls gekommen! Ich sehe sie noch genau vor mir: Lavinia, die Audrey Hepburn wie immer aufs Haar glich. Sie trug ein schwarzes Seidenkleid, lange schwarze Handschuhe und glitzernde Ohrringe. Verity erschien in einem aufregenden, schmal geschnittenen Kleid aus schwarzer Spitze, zu dem sie schlichten Perlenschmuck angelegt hatte, und Xenia war in königsblaue Seide gehüllt und hatte dazu passende Ohrringe angesteckt – Saphire, vermute ich, obwohl sie das leugnete. Rex hielt sich ein wenig im Hin-

tergrund, doch er kann machen, was er will: Er ist dermaßen attraktiv, dass er sogleich auffällt.

Genau wie Chris.

Eigentlich möchte ich gar nicht über Chris schreiben, denn in dem Punkt sind meine Gedanken so verworren, und wenn ich ehrlich bin, will ich sie momentan noch gar nicht ordnen. Allerdings hat Mom dafür gesorgt, dass ich das Thema nicht so einfach unter den Tisch kehre ... Sie kennt keine Hemmungen – sie spricht alles an und stellt jedermann zur Rede. Das war schon immer so.

Chris und ich arbeiten in verschiedenen Ländern – das ist eine Tatsache. Die Frage ist, ob ich in Buenos Aires leben könnte. Doch woher soll ich das wissen? Chris behauptet, es handele sich um eine wunderschöne Stadt, gewissermaßen um das Paris Südamerikas. Das mag ja richtig sein, doch andererseits bin ich nun mal Schauspielerin und daher gezwungen, in Städten wie New York oder London zu wohnen, wo Englisch gesprochen wird. Was nutzt es mir, dass es in Buenos Aires hervorragende Theater gibt, wenn ich so gut wie kein Wort Spanisch beherrsche?

Gestern Abend habe ich Chris gefragt, ob er vorhabe, für immer in Buenos Aires zu leben. Er antwortete, das könne er noch nicht mit Gewissheit sagen. Dabei hat er mich so merkwürdig angeschaut, dass ich das Thema sofort wieder fallen ließ. Er wird mich heute Abend abholen, um mit mir essen zu gehen. Vielleicht ergibt sich ja dann etwas Neues ...

Ich weiß, dass ich feige bin, weil ich die Themen umgehe, die mit unserer Zukunft zusammenhängen, doch Chris verhält sich nicht anders. Er behauptet zwar, dass er mich liebt, dass er mich braucht und ohne mich nicht leben kann, doch von einer Heirat hat er noch nie gesprochen. Und ich? Will ich ihn heiraten? Ich weiß es nicht. Ich weiß nur, dass ich ihn liebe und dass wir uns unglaublich gut verstehen. Ich wünschte, er würde nach New York zurückkehren, doch wie es aussieht, bleibt er lieber in der Nähe seines geliebten bedrohten Regenwaldes.

Ich fühle mich Chris sehr nah, es ist, als würden wir uns bereits seit Urzeiten kennen – dabei handelt es sich gerade einmal um fünf Wochen! Chris ist allerdings der Meinung, der Zeitfaktor spiele in solchen Dingen generell keine so große Rolle, die ihm im Allgemeinen beigemessen wird. Vielleicht hat er ja Recht.

Tante Bridget behauptet, wir seien aus ein und demselben Holz geschnitzt. Das ist eine ihrer Lieblingsaussagen, wenn ein Paar ihrer Meinung nach gut zusammenpasst. Eine andere ihrer zahlreichen Lebensweisheiten lautet: Gut Ding will Weile haben. Normalerweise lache ich sie aus, wenn sie derartige Äußerungen von sich gibt, doch zurzeit bin ich dermaßen ratlos, dass ich für jeden Tipp dankbar bin. Vielleicht findet sich ja tatsächlich alles mit der Zeit. Ich hoffe es von ganzem Herzen!

Mit einer entschlossenen Geste klappte Katie ihr Tagebuch zu. Sie wusste, dass sie ihr Dilemma jetzt nicht lösen konnte, und beschloss, es erneut zu vertagen. Im Moment war es ohnehin viel wichtiger, dass sie sich auf die Abendaufführung vorbereitete, um mit klarem Kopf auf die Bühne zu treten, frisch und entspannt ...

Nachdem sie einen Schluck Wasser getrunken hatte, erhob sie sich und streckte sich auf der Liege aus, die in ihrer Garderobe stand. Ich muss mich ausruhen, sagte sie sich. Zwei Vorstellungen am Tag erforderten all ihre Kraft, da blieb keine Energie übrig, um über Probleme nachzudenken. Später vielleicht ...

»Wo möchtest du am liebsten essen?«, erkundigte sich Chris und hielt Katie die Tür des Taxis auf. »Hast du auf irgendetwas Bestimmtes Lust?«

»Eigentlich nicht. Warum fahren wir nicht zu *Fiorella's*? Das mögen wir doch beide gern.«

»In Ordnung.« Chris ließ sich auf den Rücksitz fallen und gab dem Fahrer Anweisungen. Dann ergriff er Katies Hand und drückte einen Kuss darauf. »Wie ist es heute Abend gelaufen?«, fragte er. »Wie war das Publikum?«

Katie betrachtete Chris zärtlich und schmiegte sich an ihn. Chris hatte mittlerweile mitbekommen, dass jedes Theaterpublikum vollkommen unterschiedlich war und die Vorstellung selbst beeinflussen konnte. Aber wenn man als Schauspieler seine Rolle gut spielen wollte, musste man sich darüber hinwegsetzen. »Das Publikum war großartig«, antwortete sie. »Sowohl während der Matinee als auch am Abend. Es gab überhaupt keine Probleme.«

Chris zog Katie enger an sich. »Ich habe heute übrigens mit Jamie Nelson telefoniert.«

Katie richtete sich auf und blickte Chris gespannt an. »Und? Was sagt er?« Sie hielt den Atem an. Ob sich Dr. Nelson wirklich an ihre Abmachung gehalten und Carlys Besserung unerwähnt gelassen hatte?

»Nichts Besonderes. Ihm geht es gut. Er erwähnte, dass er dich am vergangenen Montag getroffen hat.«

»Oh, richtig. Da war ich im Krankenhaus. Ich hatte ganz vergessen, dir davon zu erzählen.«

»Ich glaube, er würde dich gern einmal auf der Bühne

sehen. Ich habe ihn für Freitagabend eingeladen. Erst ins Theater und anschließend zum Essen. Ich hoffe, das ist dir recht.«

»Natürlich! Ich lasse ihm eine Karte hinterlegen. Oder bringt er noch jemanden mit?«

»Ich weiß es nicht. Ehrlich gesagt, habe ich ganz vergessen, ihn danach zu fragen. Aber das hole ich nach. Ich besorge auch die Karte, du musst dich nicht darum kümmern.«

»Das wirst du wohl kaum schaffen.« Katie grinste. »Dabei nutzt dir nämlich kein Geld auf der Welt etwas. Das Stück ist für die nächsten Monate ausverkauft, falls du das vergessen hast.«

»Ach, stimmt«, murmelte Chris dicht an Katies Ohr. »Jamie ist demnach vollkommen auf deinen guten Willen angewiesen.«

»Nicht nur Jamie«, flüsterte Katie. Sie richtete sich ein wenig auf, und Chris küsste sie auf den Mund.

Nachdem sie im *Fiorella's* Platz genommen hatten, bestellte Chris für sich und Katie einen Cocktail. Danach vertieften sie sich in ihre Speisekarten, gaben ihre Bestellung auf und lehnten sich zurück. Beide schwiegen für einen Moment.

Chris prostete Katie zu und trank einen großen Schluck von seinem Drink. »Katie«, hob er anschließend an, »ich habe heute mit den Leuten in Boston gesprochen. Am Sonntag muss ich fort.«

Katie setzte ihr Cocktailglas abrupt ab. »Wohin denn?«, fragte sie. »Nach Boston oder nach Argentinien?«

»Nach Argentinien, Liebling«, antwortete Chris mit verkrampftem Lächeln.

»Aha«, murmelte Katie. Anschließend räusperte sie

sich und erklärte: »Nun, irgendwann war ja damit zu rechnen. Wie lange bleibst du dort?«

»Sechs Monate. Im August bin ich wieder da. Vielleicht sogar für einige Wochen.« Chris streckte seinen Arm aus und ergriff Katies Hand. »Ich könnte zwischendurch für ein Wochenende herkommen. Oder auch für zwei. Wie sieht es bei dir aus? Glaubst du, du könntest gelegentlich ein langes Wochenende in Argentinien einrichten?«

»Wie denn?«, fragte Katie. »Oder besser: Wann denn? Wer soll meine Rolle übernehmen? Ich habe keine freien Wochenenden. Und das wird sich auch so schnell nicht ändern. Ich dachte, das hätte ich dir bereits mehr als einmal klar gemacht.«

»Oh, das hast du durchaus«, erwiderte Chris. »Ich bin nur davon ausgegangen, dass du vielleicht dennoch einmal eine Pause einlegen kannst, wenn du schon mehrfach in der Woche zwei Mal pro Tag auftrittst. Wie stellt sich Melanie das eigentlich auf Dauer vor? Hält sie dich für ihre Sklavin?«

»Chris, ich bitte dich! So ist es nun mal im Theater. Wenn ein Stück gut läuft, wird es durchgezogen und keineswegs zum Wochenende hin ausgesetzt, damit die Truppe Vergnügungsreisen unternimmt! Erst nach einer längeren Spielperiode können sich die Schauspieler einmal ein Wochenende frei nehmen. Doch vergiss nicht, dass wir gerade erst begonnen haben, am 20. Februar, um genau zu sein. Das ist noch nicht lange her, falls du dich erinnerst.«

»Meine Güte, Katie, nun sei doch nicht gleich so giftig! Ich habe nicht nachgedacht, das ist alles. So gut kenne ich mich beim Theater nicht aus, und –«

»Ich bin nicht giftig!«, fiel Katie ihm ins Wort. »Ich wollte dir lediglich etwas erklären.«

»Bist du doch!«, widersprach Chris. »Außerdem wirst jedes Mal so unerträglich defensiv, wenn es um Melanie und das Theaterstück geht.«

»Ach!«, fuhr Katie ihn an. »Woher kommt denn diese Einsicht auf einmal? Warum bezeichnest du mich als unerträglich defensiv, wenn ich dir einfach nur die Spielregeln begreiflich machen will? Außerdem möchte ich nicht, dass du Melanie mit in die Sache hineinziehst. Sie hat sich mir gegenüber sehr großzügig verhalten. Sie hat mir eine Chance gegeben, ohne die –«

»Ohne die du was?«, unterbrach Chris sie. »Du hättest es auch ohne Melanie geschafft! Du bist schließlich talentiert genug. Wenn Melanie nicht gewesen wäre, hätte dich eben ein anderer entdeckt.«

»Vielleicht ... Vielleicht aber auch nicht. Was meinst du, wie viele unentdeckte Talente sich in New York herumtreiben? Doch darum geht es gar nicht. Melanie hat sich als wahre Freundin erwiesen. Sie hat seit jeher auf mich gebaut, mir Rollen angeboten, war nie beleidigt, wenn ich sie abgelehnt habe –«

Chris machte eine abwehrende Geste mit den Händen. »Ist ja schon gut. Ich weiß, ich weiß, Melanie ist –« Er wollte noch etwas hinzufügen, doch in diesem Augenblick trat der Kellner an ihren Tisch und stellte die Teller mit dem Essen vor ihnen ab. Chris murmelte einen Dank und nickte dem Kellner zu. Danach machte er sich schweigend an seiner Lasagne zu schaffen.

Katie schnitt wütend ein Stück der Hähnchenbrust ab. Sie verstand nicht, warum Chris plötzlich darauf aus war, sich mit ihr zu streiten. Es war doch nicht *ihr* Fehler, dass ihr Vertrag sie an New York band. Chris war darüber von Anfang an im Bilde gewesen. Warum legte er es nun darauf an, ihr ein schlechtes Gewissen zu machen? Und warum ließ er seine miserable Laune an ihr aus? War es etwa ihre Schuld, dass er nach Argentinien zurückkehren musste?

»Du bist nervös«, erklärte Katie schließlich. »Und deshalb suchst du Streit. Ich habe aber keine Lust zu streiten. Nicht heute Abend!«

Chris legte seine Gabel ab und starrte Katie einen Moment lang an. Dann schnaubte er spöttisch: »Entschuldige, Katie, entschuldige bitte, dass mir heute Abend der Sinn nach Streiten steht und dass ich dich nicht gefragt habe, ob dir der Zeitpunkt passt! Wann wäre es dir denn recht? Sollen wir es auf morgen vertagen?«

»Chris«, erwiderte Katie erschrocken, »hör doch bitte auf! Ich will nicht, dass wir uns zanken. Weder heute noch sonst irgendwann.« Sie berührte seine Hand. »Ich möchte, dass wir uns vertragen und die paar Tage, die du noch in New York bist, genießen.«

Chris zog seine Hand zurück. »Na gut«, murmelte er. »Vertragen wir uns.« Er wandte sich erneut seiner Mahlzeit zu.

Während Katie in ihrem Essen herumstocherte, beobachtete sie Chris verstohlen. Er ist noch immer verärgert, stellte sie fest und betrachtete sein missmutiges Gesicht. Sie zwang sich, einen Bissen zu essen, doch in ihrer Kehle steckte ein Kloß. Ihr war der Appetit gründlich vergangen.

Nachdem der Kellner Chris' leeren und Katies halb vollen Teller abgeräumt hatte, trank Chris einen Schluck Rotwein, warf Katie einen prüfenden Blick zu und fragte: »Gehst du eigentlich davon aus, dass das mit uns klappt? Dass wir zusammenbleiben, wenn ich in Argentinien arbeite und du hier bist?«

Katie spürte, dass ihr Herz einmal kurz aussetzte und danach schnell und unregelmäßig zu hämmern begann.

»Warum denn nicht?«, antwortete sie. »Was spricht dagegen? Wir sind beide momentan sehr beschäftigt ... und im August sehen wir uns wieder ...« Ihre Stimme verebbte. Chris klang so aggressiv, und seine Frage hatte sich wie eine Drohung angehört. »Ich verstehe nicht, warum du mit einem Mal davon anfängst«, sagte sie beunruhigt. »Wir haben bisher noch nie über unsere Zukunft gesprochen, ich meine, du hast noch nie etwas von –« Katie brach ab.

»Noch nie etwas von Heirat gesagt?«, führte Chris ihren Satz zu Ende. »Nein, das habe ich nicht. Das ist doch selbstverständlich! Ich dachte, du wüsstest, dass ich dich heiraten will.«

»Dann nimmst du offenbar an, dass ich Gedanken lesen kann!«, entgegnete Katie hitzig.

»Keineswegs«, gab Chris zurück. »Ich nahm aber an, dass du in der Lage bist, dich auf einen Menschen einzustellen und dessen Gefühle zu erkennen.«

Katies Hände in ihrem Schoß verkrampften sich ineinander. »Das tue ich auch«, antwortete sie. Sie hob ihren Blick und schaute Chris an. »Ich hoffe, dass du *meine* Gefühle ebenfalls kennst. Ich liebe dich, Chris.«

Für einen Moment entspannte sich Chris' Miene. »Ich liebe dich auch, Katie«, sagte er, wurde jedoch abermals unwirsch und fügte hinzu: »Deshalb begreife ich ja auch nicht, wie du dir unser Zusammensein praktisch vorstellst. Fernbeziehungen sind nicht ohne weiteres aufrechtzuerhalten, und manchmal zerbrechen sie, ohne dass jemand etwas dafür kann.«

»So etwas Ähnliches hat meine Mutter auch letztens angedeutet«, entgegnete Katie. »Doch *ihre* Sorge kann ich verstehen, Chris, deine hingegen nicht. Warum hast du denn nicht schon früher davon angefangen?«

»Ich habe das Thema aus demselben Grund nicht angeschnitten wie du«, erwiderte Chris. »Ich empfand es als heikel und habe mich schlicht und einfach davor gedrückt.« Er beugte sich vor und ergriff Katies Hand. »Hör zu, Liebling«, hob er an, »dein Vertrag gilt für ein Jahr, und in diesem Jahr müssen wir eben mit der Entfernung leben. Ich besuche dich zwischendurch – und vielleicht findet sich für dich ja doch ab und zu eine Gelegenheit, nach Argentinien zu kommen, wer weiß ... Danach wird alles anders. Dann ziehst du zu mir, und dann leben wir zusammen in Buenos Aires.«

Katie blickte Chris sprachlos an. Wie konnte er dermaßen rücksichtslos und selbstsüchtig planen und über sie verfügen? Sie spürte, wie erneut die Wut in ihr hoch stieg und die Zornesröte in ihre Wangen schoss. »Ich bin Schauspielerin, Chris«, sagte sie mit großem Nachdruck. »Das ist mein Beruf, meine Identität – das bin *ich!* Wenn man mir das nimmt, bin ich nicht mehr Katie Byrne.«

»Das ist doch Unfug!«, entgegnete Chris. »Wer würdest du denn dann sein?« Er beugte sich vor und tätschelte Katies Arm. »Du bist und bleibst du selbst. Daran wird sich doch nichts ändern –«

»Alles würde sich ändern!«, rief Katie aufgebracht und riss ihren Arm zurück. »Ohne die Schauspielerei bin ich ein Niemand. Oder bestenfalls noch eine nette Frau mit roten Haaren und blauen Augen.«

»Mit wunderschönen blauen Augen«, betonte Chris. Er ahnte, dass ihm ein Fehler unterlaufen war, denn er hatte Katie bisher noch nie so zornig erlebt. Allerdings musste er sich eingestehen, dass es offenbar Seiten an ihr gab, die er noch nicht kannte – und womöglich auch nicht besonders schätzte.

»Hör auf, mir zu schmeicheln!«, erwiderte Katie. »Hör auf, mir um den Bart zu gehen, dafür ist das Thema viel zu ernst und zu wichtig. Abgesehen davon finde ich es ausgesprochen seltsam, dass du annimmst, ich müsse diejenige von uns beiden sein, die nach Ablauf ihres Vertrages ihren Wohnsitz wechselt. Ebenso gut könnte ich von dir verlangen, dass du hierher zurückkehrst.«

»Ich bitte dich, Katie«, erwiderte Chris. »Das ist doch etwas ganz anderes. Mein Beruf *zwingt* mich, in Südamerika zu leben.«

»Und meiner zwingt mich, in New York zu leben. Oder in London oder Los Angeles. Ich benötige eine englischsprachige Umgebung, eine Bühne und Zuschauer, die mich verstehen. Ich will schauspielern! Und wenn ich das nicht tue, bin ich nicht mehr die Frau, die du liebst, sondern nur noch ein nutzloses Geschöpf.«

»Tja, so ein Pech! Wenn du so willst, bin ich leider Ökologe, und wenn man mir *meinen* Beruf und die entsprechende Umgebung wegnimmt, bin ich auch nicht mehr der, der ich war. Hinzu kommt, dass ich meinen Beruf für ausgesprochen wichtig halte und fest an seine Notwendigkeit glaube.«

»Es hat keinen Sinn, dass wir uns weiter darüber unterhalten, Chris«, zischte Katie. »Ich lasse mich nicht dazu herab, die Bedeutung unserer Berufe zu vergleichen. Ich finde das ausgesprochen unfair.«

»Dann, fürchte ich, sind wir an einem toten Punkt angelangt«, erwiderte Chris kalt.

»Wie du meinst«, murmelte Katie.

»Das ist also dein letztes Wort? Du erwägst nicht, in einem Jahr nach Buenos Aires zu ziehen?«

»Ich kann nicht«, antwortete Katie.

Chris griff in sein Jackett, um seine Brieftasche hervorzuholen. »Ich habe keinen Appetit mehr«, erklärte er. »Das Dessert schenke ich mir. Vielleicht brechen wir lieber auf.«

»Gern«, erwiderte Katie. Sie erhob sich. »Wenn du nichts dagegen hast, besorge ich mir gleich ein Taxi. Nach den beiden Vorstellungen heute bin ich sehr erschöpft. Es ist besser, wenn ich diese Nacht allein verbringe.«

»Das kannst du machen, wie du willst«, gab Chris zurück. »Allerdings musst du es dir wohl oder übel gefallen lassen, dass ich dich nach Hause bringe. Ich möchte mir nicht vorwerfen lassen, ich hätte dich nachts allein mitten in New York ausgesetzt.«

In dieser Nacht weinte sich Katie in den Schlaf. Sie wusste, dass es aus und vorbei war! Chris würde sie nicht mehr anrufen. Und Dr. Nelson käme nicht, um sich ihr Stück anzuschauen und danach mit ihnen essen zu gehen. Chris war nicht mehr Bestandteil ihres Lebens.

Wie stur er gewesen war!, hielt sich Katie vor Augen und ihre Tränen versiegten für einen kurzen Augenblick. Wenn sie zurückblickte, war ihr diese Eigenart gleich zu Anfang aufgefallen. Er war ein verwöhnter Junge, der davon ausging, dass sich die Welt allein um ihn drehte, der stets darauf pochte, seinen Willen durchzusetzen, und andere nach seiner Pfeife tanzen ließ. Wahrscheinlich hatte das schon in seiner frühesten Kindheit begonnen, gewiss hatte seine Mutter bereits den Grundstein dazu gelegt – und seine Schwester, und nachher führten alle Frauen, die er kennen lernte, dieses Werk fort. Zweifellos war Chris ein überaus gut aussehender Mann, liebenswürdig, reizend, charmant, Eigenschaften, die vor ihr zahlreichen Frauen gefallen hatten ... Sie ließen ihn gewähren, fügten sich seinen Wünschen. Und nun gebärdete er sich wie ein verzogener Bengel!

Insofern gab es keinerlei Hoffnung. Es war zu Ende. Andernfalls würde Chris von ihr ebenfalls erwarten, dass sie sich seinem Willen beugte, und das würde sie niemals tun! Nicht für eine Minute dachte sie daran. Wenn sie wollte, versicherte sich Katie trotzig, konnte sie nämlich genauso stur sein wie er! Schließlich hatte es auch in ihrem Leben Menschen gegeben, die sich immer nach ihr gerichtet hatten. Wenn er es darauf ankommen lassen wollte, konnte sie ebenso die verwöhnte Göre spielen.

Wie hat er sich das bloß vorgestellt?, fragte sich Katie immer wieder und bekam erneut einen Wutanfall. Nicht allein, dass ihre Karriere ihn nicht interessierte, nein – er missachtete auch ihre Gefühle. Glaubte er eigentlich, dass sie Carly einfach im Stich ließ? Nur um einem Mann hinterher zu laufen? Verlangte er im Ernst, dass sie alles aufgab, was ihr lieb und teuer war? Ihre Freundin, ihre Familie, ihr gesamtes Leben?

Katie vergrub ihr Gesicht im Kopfkissen und schluchzte heftig. Sie würde sich niemals von den Menschen trennen, die ihr am liebsten waren! Sie waren das Wichtigste für sie, und wenn Chris das nicht einsah, passten sie ohnehin nicht zueinander. Insofern war es gut, wenn die Sache bereits jetzt zu Ende ging ...

Zu Ende! Ja, alles war zu Ende, dachte sie unglücklich und brach erneut in Tränen aus.

Kapitel 34

Es ist bereits richtig Frühling, dachte Katie, während sie im Garten ihrer Mutter umherschlenderte. An den Zweigen der Bäume und Sträucher zeigten sich die ersten kleinen Knospen, und zwischen den Grasbüscheln lugten Schneeglöckchen und noch geschlossene Krokusse hervor, die mit Sicherheit bald aufbrachen und sich entfalteten.

Die Luft an diesem hellen, sonnigen Apriltag war von frischen Düften geschwängert, sie vermittelten den Eindruck von Wachstum und Neuanfang, und Katie fühlte sich direkt besser, viel weniger bedrückt als in den Tagen zuvor. Zu ihrer Überraschung hatte Chris sie noch einmal angerufen, ehe er nach Argentinien aufbrach, um ihr Lebewohl zu sagen und ihr alles Gute zu wünschen. Es war ihr vorgekommen, als hätte er dabei nun doch ein wenig bedrückt geklungen, doch sie war kühl und unverbindlich geblieben, um ihm gar keine Gelegenheit zu geben, ihre schreckliche Diskussion erneut aufzunehmen. Seitdem hatte sie nichts mehr von ihm gehört.

Das war inzwischen einen Monat her. Seit einem Monat war Chris fort und hatte sich nicht mehr gemeldet!

Dann eben nicht!, dachte Katie zum wiederholten Male. Es war eben vorbei, genau wie sie es an jenem Abend geahnt hatte, und nun konnte sie auch nichts mehr daran ändern.

»Katie, ich bin wieder da!«, ertönte die Stimme ihrer Mutter. Katie machte kehrt und wanderte über den schmalen Gartenweg auf den Hintereingang zu, wo ihre Mutter wartete und ihr entgegenblickte.

»Das ging aber schnell«, bemerkte Katie, als sie vor ihr stand. »Du musst die Strecke ja förmlich geflogen sein. Wie geht es Großmama Catriona?«

»Ganz gut. Sie hat sich lediglich eine Erkältung zugezogen und lässt dir schöne Grüße ausrichten. Ich habe ihr erklärt, dass du mich nicht begleiten konntest, weil du dich unter gar keinen Umständen anstecken darfst.«

»O Mom, du brauchst mich nicht in Watte zu packen!« Katie lachte. »So zart und schwach bin ich nicht.« Sie machte eine ausladende Handbewegung Richtung Garten. »Es sieht alles wundervoll aus«, erklärte sie. »Wie es scheint, bist du auch mit den Rehen fertig geworden, denn keine Pflanze ist mehr angeknabbert.«

»Ich habe ein neues Mittel verwendet«, gab Maureen ein wenig kleinlaut zu. »Es tut mir zwar Leid um die Tiere, denn sie sind nun einmal hungrig, wenn der Winter lange andauert, doch andererseits möchte ich natürlich nicht, dass sie sich ausgerechnet an meinem Garten schadlos halten.«

»Typisch Mom!«, grinste Katie. »Voller Mitgefühl, aber letztlich doch pragmatisch.« Sie lotste ihre Mutter in die Küche. »Komm«, fuhr sie fort, »ich habe frischen Kaffee aufgesetzt. Lass uns eine Tasse trinken, bevor ich ins Krankenhaus fahre.«

»Ich finde es toll, dass du Carly so regelmäßig besuchst«, erklärte Maureen und entnahm dem Schrank zwei Becher. »Vor allem, weil das deine einzigen freien Stunden sind.«

»Ich war ein ganzes Jahr lang in London, Mom. Irgendwie habe ich das Gefühl, ich müsste das wieder gutmachen.«

»Soll ich dich nachher begleiten?«

»Nein, nicht nötig. Als ich fort war, hast du dich rührend um Carly gekümmert. Nun bin ich an der Reihe. Abgesehen davon besuche ich sie sehr gern.« Katie ließ sich am Küchentisch nieder und goss Milch in ihren Kaffee. Sie musste unter allen Umständen verhindern, dass ihre Mutter mitkam und erfuhr, dass sich Carlys Zustand gebessert hatte. Bisher war das Geheimnis streng gehütet worden, und so sollte es auch bleiben.

»Hast du noch einmal etwas von Chris gehört?«, erkundigte sich Maureen scheinbar beiläufig und setzte sich zu Katie.

»Nein, Mom, ich hätte es dir doch gesagt! Chris und ich sind nicht mehr zusammen, und daran wird sich auch nichts ändern. Du weißt ja, wie unser letzter gemeinsamer Abend verlaufen ist –«

»Es ist eine Schande!«, murmelte ihre Mutter. »Wir hatten ihn schon alle ins Herz geschlossen.« Sie seufzte. »Na ja, was nicht sein soll, das soll eben nicht sein!«, setzte sie hinzu, wobei sie verstohlen die Miene ihrer Tochter studierte.

»Was ist denn?«, fragte Katie gereizt. »Habe ich einen Schmutzfleck auf der Stirn oder an der Nase?«

»Nein, im Gegenteil. Eigentlich schoss mir gerade durch den Kopf, wie gut du aussiehst. Du bist eine richtige Schönheit geworden! Man kann dabei zusehen, wie du aufblühst, seit du in dem Theaterstück auftrittst. Und es liegt noch so unglaublich viel vor dir – eine großartige Karriere, neue Freunde ... Du musst dich wegen Chris nicht grämen, Liebes!«

»Ich gräme mich überhaupt nicht. Er fehlt mir zwar ... und ja, ich liebe ihn vielleicht auch noch, aber ich bin schließlich ebenso praktisch veranlagt wie du. Ich lebe mein Leben weiter. – Was bleibt mir auch anderes übrig?«

»Nichts«, bestätigte Maureen. »Ich bin froh, dass du das so siehst und einen klaren Kopf behältst. Und wer weiß, wer dir eines Tages über den Weg läuft? Irgendwo da draußen wartet gewiss der Richtige auf dich.«

»Das will ich doch sehr hoffen!«, entgegnete Katie und tätschelte die Hand ihrer Mutter. »Hör auf, dir Sorgen um mich zu machen.«

»Das tu ich doch gar nicht«, wehrte sich Maureen.

»Und ob! Du und Dad, ihr macht doch nichts anderes«, sagte Katie grinsend.

Als Katie eine Stunde später vor dem Krankenhaus parkte, erblickte sie Dr. Nelson, der mit flatterndem Kittel auf den Eingang zustrebte. Hastig ergriff sie ihre Tasche, stieß die Fahrertür auf und rief: »Hallo Dr. Nelson!«

Er fuhr herum, und als er Katie erkannte, hob er die Hand.

Gleich darauf war Katie auch schon an seiner Seite. »Ich fahre gleich nach New York zurück«, erklärte sie. »Zuvor wollte ich noch einmal reinschauen und mich bei Ihnen erkundigen, wie es Carly geht. Ich habe den Eindruck, dass es ihr gut tut, wenn ich sie besuche.«

»Ganz meine Meinung!«, bestätigte Dr. Nelson. »Sie hat übrigens wieder erstaunliche Fortschritte gemacht. Ist Ihnen das aufgefallen?«

»Natürlich! Ich dachte gestern, ich träume, als ich sie aufrecht sitzend im Bett vorfand.«

»Ich bin auch jedes Mal aufs Neue überrascht«, gab Dr. Nelson zu. »Mit einer derart zügigen Genesung hätte ich niemals gerechnet.« Er hielt Katie die Schwingtür auf. »Insofern gehe ich inzwischen davon aus, dass Carly während der ganzen letzten Zeit weitaus mehr mitbekommen hat, als wir jemals vermutet haben.«

»Heißt das, Sie sind optimistisch?«, erkundigte sich Katie vorsichtig.

»Durchaus. Im Moment glaube ich, dass Carly wieder gänzlich hergestellt wird. Sicherlich gibt es Herausforderungen, die sie nicht ohne weiteres meistern wird, doch die Chance, dass sie sich bewegen kann und sich auch ihre feinmotorischen Fähigkeiten einstellen, ist sehr hoch.«

»O Dr. Nelson!«, rief Katie erfreut aus. »Das ist wunderbar! Ich kann gar nicht beschreiben, wie glücklich mich das macht.«

Dr. Nelson lächelte, als er Katies leuchtende Augen sah. »Sie waren Carly die ganze Zeit über eine treue Freundin, Katie. Das Wunder, das nun geschehen ist, hat auch mit Ihrer Hingabe zu tun.«

Katie errötete. »Ich zeige ihr oft Fotos von früher«, erklärte sie leicht verlegen. »Ob das etwas nutzt, weiß ich nicht. Zuweilen spiele ich ihr auch die Musikstücke vor, die sie früher gern hörte ...«

»Na, bitte, da haben wir es!«, entgegnete Dr. Nelson. »Das sind genau die Dinge, die Carly jetzt benötigt. Machen Sie weiter so, Katie. Ich glaube, der Erfolg ist uns gewiss.«

Sie waren vor seiner Bürotür angekommen. »Ich nehme an, wir sehen uns nächste Woche«, verabschiedete sich Dr. Nelson. »Bis dahin alles Gute!«

»Vielen Dank und auf Wiedersehen!«, rief Katie und lief auch schon auf Carlys Zimmer zu.

Carly saß aufrecht im Bett. Ihr Kopf und ihr Rücken wurden von mehreren Kissen gestützt. Der Tropf war inzwischen entfernt worden. Dr. Nelson hatte für Carly eine Kost aus verschiedenen Breisorten angeordnet, die sie bereits selbständig zu sich nahm.

»Da bin ich wieder, Schatz«, begrüßte Katie ihre Freundin. Sie gab Carly einen Kuss auf die Wange, strich ihr übers Haar und schaute ihr in die Augen. Als sie den wachen Ausdruck darin wahrnahm, überströmte sie wie immer ein starkes Glücksgefühl.

Katie schluckte und flüsterte: »Du weißt gar nicht, wie froh ich bin, Carly. Du machst unglaubliche Fortschritte. Es geht alles viel schneller, als wir erwartet haben. Du bist sehr tapfer, weißt du das?«

Carly versuchte zu lächeln. Danach zwinkerte sie mehrmals. »Katie ... hi«, flüsterte sie zurück.

»So tapfer!«, wiederholte Katie. Sie ergriff Carlys Hand und spürte einen leichten Druck. »Wunderbar«, lobte sie. »Du wirst sehen, es dauert nicht mehr lange, und wir beide gehen draußen spazieren – oder in eine Disco, zum Tanzen.«

Carly nickte. Mit einem Mal verdrehte sie die Augen. In ihrer Kehle entstand ein seltsam gurgelnder Laut.

»Was ist los?«, fragte Katie erschrocken. »Geht es dir nicht gut?«

»De-nise ...«, stammelte Carly. »De-nise ...« In ihren Blick schlich sich ein Ausdruck von Panik, und an dem Zittern ihrer Hand spürte Katie Carlys Erregung.

»Was ist mit Denise?«, fragte Katie. »Willst du mir etwas sagen, Liebes?«

Carly zwinkerte heftig. »Denise ... o-kay?«, bemühte sie sich zu fragen.

O mein Gott!, fuhr es Katie durch den Sinn. Daran hatte bisher noch niemand gedacht. Als sie und Niall Denise gefunden hatten, war Carly ja bereits bewusstlos. Wahrscheinlich hatte sie gar nicht mitbekommen, dass Denise tot war. Sie weiß es nicht ... was soll ich bloß tun?, überlegte Katie aufgebracht. Sie befürchtete sofort, Carly könne einen Rückfall erleiden, wenn sie ihr die Wahrheit erzählte.

Schließlich drückte Katie beruhigend Carlys Hand. »Denise wurde verletzt«, erklärte sie.

»Ohhhh!« Aus Carlys Kehle drang ein Stöhnen. Ihre Miene wurde bekümmert, und in ihre Augen traten Tränen, die kurz darauf über ihre Wangen rollten. »Arme ... Denise ...«

»Ja, mein Schatz, arme Denise!«, wiederholte Katie leise und wischte sich verstohlen ihre eigenen Tränen fort. Sie griff nach dem Karton mit den Papiertaschentüchern auf Carlys Nachttisch, um Carlys Gesicht abzutupfen.

Danach schwiegen beide.

Katie hatte Carlys Hand ergriffen, und ab und zu streichelte sie tröstend darüber.

Mit einem Mal zuckte Carlys Hand. Katie betrachtete ihre Freundin forschend. Carly war offensichtlich sehr aufgebracht und bewegte zuckend den Kopf. »Denise ...«, begann sie. »Denise ... ich ... gerannt ... Katie!«

Katie überlief eine Gänsehaut, und ihr Griff um Carlys Hand verstärkte sich. »Ich weiß, Carly«, erklärte sie behutsam. »Du und Denise – ihr seid fortgerannt. In den Wald hinter der Scheune. So war es doch, nicht wahr?«

Carly zwinkerte nervös.

Katie holte tief Luft und fragte so gelassen wie möglich: »Vor wem seid ihr davongerannt, Carly, weißt du das noch?«

Carlys Miene wurde ratlos. Sie starrte Katie Hilfe suchend an. Ihr Mund öffnete sich, schloss sich wieder, und ihr Blick irrte flackernd umher.

»Ein Mann hat euch verfolgt«, hob Katie sachte an. »Weißt du noch, wer das war, Carly? Erinnerst du dich?« Sie umschlang Carlys Hand mit beiden Händen. »Ich bin bei dir, Schatz. Du kannst es mir ruhig sagen. Dir wird nichts geschehen.«

»Denise ... verletzt ...«

»Das ist richtig. Genauso wie du. Aber weißt du noch, wer der Mann war, der euch überfallen hat?«

»Ha-nk ... Hank ...«

»Hank?«, hakte Katie nach. »Hast du *Hank* gesagt?«

Carly nickte. »Hank ...«, wiederholte sie und ließ sich erschöpft in die Kissen zurückfallen.

Katie schaute Carly verblüfft an. Ihr fiel kein Mann mit diesem Namen ein. »Welcher Hank?«, versuchte sie nachzufragen. »Wie hieß er weiter? Kennst du auch seinen Nachnamen?«

»Hank ... Thur-lo.«

»Hank Thurloe?«, wiederholte Katie lauter, als sie beabsichtigt hatte. »Du meinst Hank Thurloe, der mit uns in der Schule war?«

»Ja ...«

»Allmächtiger!«, entfuhr es Katie. Sie lehnte sich zurück und blickte Carly sprachlos an. Danach riss sie sich zusammen und fragte noch einmal betont laut und deutlich: »Hank Thurloe hat dich und Denise überfallen?«

Mit sichtlicher Anstrengung nickte Carly. Dann bestätigte sie so klar, wie sie es vermochte: »Ja ... Katie ... Hank ... war ... es.«

Abermals eine Stunde später begrüßte Katie in Dr. Nelsons Büro nicht nur Lieutenant Mac MacDonald, sondern auch Detective Groome, der sich ein wenig steif verneigte und sagte: »Miss Byrne, ich bin sehr erfreut, Sie wiederzusehen.«

»Ach, du liebe Zeit!« Katie lachte. »Für Sie bin ich doch nach wie vor Katie, Detective.«

Detective Groome strahlte, und auch Mac musste schmunzeln. Er erklärte: »Tut mir Leid, dass es ein wenig länger gedauert hat, bis wir hier sein konnten. Der Verkehr war wieder einmal die absolute Zumutung. Wenn ich auf Dave gehört hätte, wären wir mit heulender Sirene losgerast.« Er schaute Katie erwartungsvoll an. »Weshalb hast du uns rufen lassen? Was gibt es denn so Dringendes?« Mit einem vorwurfsvollen Blick auf Dr. Nelson setzte er hinzu: »Der Doktor wollte mir ja am Telefon nichts verraten.«

»Gleiches Recht für alle«, brummelte Dr. Nelson vor sich hin, doch seine leuchtenden Augen verrieten, dass er nicht nachtragend war.

»Ich will Sie gar nicht lange auf die Folter spannen«, hob Katie an. »Carly hat sich an den Namen des Mannes erinnert, der sie überfallen hat.«

»Na, also!«, rief MacDonald triumphierend. »Ich wusste doch, dass es eines Tages so kommen wird. Wer war es, Katie?«

»Ein Mann namens Hank Thurloe.«

»Hank Thurloe? Wer soll das sein? Der Name sagt mir überhaupt nichts.«

»Er ist mit uns zur Schule gegangen, allerdings war er eine Klasse über uns und stand damals kurz vor dem Abschluss. Er war der Football-Star der Schule, gut aussehend, sehr von sich eingenommen – die Mädchen lagen ihm zu Füßen.«

»Gehörte Denise auch zu diesen Mädchen?«

»Nein, das hätte sie mir erzählt. Ich wüsste jedoch nicht, dass wir jemals über ihn gesprochen hätten – außer dass wir ihn vielleicht einmal erwähnten, nachdem wir bei einem Spiel zugeschaut hatten.«

»Was weißt du sonst noch über ihn?«

Katie runzelte die Brauen. »Nicht viel, fürchte ich. Seine Familie war reich, glaube ich ... Ja, seinem Vater gehörte die große Druckerei in New Milford. Die Thurloes selbst wohnten jedoch in Kent. Genau, jetzt fällt es mir wieder ein: Ihr Haus befand sich zwischen Kent und Cornwall Bridge. Es war ein ziemlich großes Anwesen, wenn ich mich recht entsinne.«

»Die Druckerei in New Milford gibt es noch«, ließ sich Detective Groome vernehmen.

»Dann handelt es sich womöglich noch um das Familienunternehmen der Thurloes«, bemerkte Katie.

»Wie sah der Junge aus?«, fragte MacDonald. »Fällt dir dazu noch etwas ein?«

»Hmm«, machte Katie. »Groß, athletisch natürlich, ein schwerer, kompakter Typ ... dunkelhaarig, wenn mich nicht alles täuscht. Die Augenfarbe weiß ich nicht, so genau habe ich ihn mir nie angeschaut.«

»Weiter«, drängte MacDonald. »Was weißt du sonst noch?«

»Nichts, fürchte ich«, entgegnete Katie seufzend. »Höchstens, dass er immer äußerst gut gekleidet war. Niall hat sich mal darüber lustig gemacht und Hank als Angeber bezeichnet. Er sagte, es sei total lächerlich, in unserer Gegend mit Sonntagsanzügen rumzulaufen.«

»Das würde passen«, bemerkte MacDonald nachdenklich und rief sich das Profil ins Gedächtnis, das Allegra damals entworfen hatte. Unter Denises Fingernägeln waren Kaschmirfasern sowie brünette Haare entdeckt worden.

»Lass uns Carly einen Besuch abstatten!«, schlug er Katie vor. »Ich will den Namen des Täters von ihr persönlich hören.«

In den folgenden Tagen war Katie äußerst angespannt.

Wenn es an der Zeit war, sich auf ihren Auftritt zu konzentrieren, atmete sie jedes Mal auf. Nur dadurch wurde sie abgelenkt, dachte nicht mehr an Carly und sorgte sich in dieser Zeit nicht um das Leben ihrer Freundin.

Es hatte nicht lange gedauert, bis MacDonald Hank Thurloe ausfindig gemacht hatte. Einen Tag nach Carlys Aussage rief er Katie in New York an, um ihr mitzuteilen, dass Hank Thurloe inzwischen verheiratet war, zwei Kinder hatte und mit seiner Familie ein wenig außerhalb von Litchfield lebte.

Mom hat Recht gehabt, ging es Katie anschließend durch den Kopf. Sie hat von Anfang an vermutet, dass sich der Täter in der Gegend von Malvern aufhält. Sie muss einen siebten Sinn haben.

Im großen Kamin in der Küche brannte ein helles Feuer, und die bunten Glaslampen verströmten ihr weiches Licht.

Katie und ihre Eltern saßen um den Tisch herum und tranken mit Mac MacDonald und Allegra Marsh Kaffee. Die beiden waren vorbeigekommen, um von den jüngsten Ergebnissen ihrer Untersuchung zu berichten.

»Hank Thurloe«, begann MacDonald bedächtig, »hat sich als Steuerberater niedergelassen und besitzt ein eigenes Büro. Die Druckerei wird inzwischen von seinem Bruder geleitet. Über ihn haben wir Hanks Aufenthaltsort erfahren und konnten ihn vernehmen.«

»Und wie war er so?«, erkundigte sich Katie neugierig. »Welchen Eindruck hat er gemacht?«

MacDonald überlegte einen Moment lang. »Nun ja«, erwiderte er, »auf den ersten Eindruck wirkte er durchaus normal, würde ich behaupten. Ich bin mit Dave Groome zu ihm gefahren, und nach den üblichen Höflichkeitsfloskeln erklärte ich ihm, wir stünden im Begriff, einen Fall neu aufzurollen, einen zehn Jahre alten Mord, für den nun neue Beweise vorlägen. Dann nannte ich ihm den Namen des Opfers –«

»Und was hat er da gesagt?«, unterbrach Katie ihn. »Er muss doch darauf reagiert haben.«

»Lass Mac doch erst einmal ausreden!«, schaltete sich ihr Vater ein. »Du lässt ihn ja gar nicht zu Wort kommen.«

»Entschuldigung«, murmelte Katie. »Erzählen Sie weiter, Lieutenant!«, bat sie.

»Tja«, fuhr MacDonald fort, »anfänglich bemühte er sich, unbeteiligt zu tun, war allenfalls ein wenig verwundert, nach dem Motto: Warum kommt ihr damit zu mir? Selbst als ich ihn fragte, ob er mit einem Bluttest einverstanden sei, willigte er nach kurzem Nachdenken ein.«

»Das kann doch nicht sein!«, entfuhr es Katie. »Er musste doch wissen, dass er sich damit um Kopf und Kragen bringt.«

MacDonald lächelte. »Tat er aber nicht«, entgegnete er.

»Ja, aber wie kam er denn dazu? Ist das Ihrer Meinung nach eine übliche Reaktion?«

»Warum nicht?«, gab MacDonald zurück. »Nicht jeder weiß, wie DNA-Tests zu Stande kommen. Dir war doch zum Beispiel auch nicht klar, dass die entnommenen Proben ewig halten, warum sollten andere Leute darüber Bescheid wissen? Hank Thurloe wird das für eine reine Formalität gehalten haben.«

»Vielleicht hat Hank nicht richtig aufgepasst, als das Thema in der Schule durchgenommen wurde.« Allegra grinste. »Jedenfalls konnten wir feststellen, dass die Proben übereinstimmen. Es handelt sich um Hanks Samenflüssigkeit, um seine Haut unter Denises Fingernägeln, um sein Blut, sein Schamhaar, sein Kopfhaar, und es war auch sein Speichel, den wir auf dem Zigarettenstummel im Wald gefunden haben. Auf diese Weise konnten wir ihn überführen.«

»Heißt das, er sitzt inzwischen im Gefängnis?«, fragte Katies Vater.

»Selbstverständlich! Die Anklage gegen Hank Thurloe ist bereits erhoben worden, und er wartet nun auf seinen Prozess. Er wird sich in nächster Zeit vor dem Richter zu verantworten haben.«

»Besteht die Gefahr, dass er sich irgendwie herauslavieren kann?«, erkundigte sich Maureen. »Ich meine, er kommt doch mit Hilfe eines guten Anwalts nicht am Ende noch davon, oder?

»Nein!« MacDonald lachte. »Keine Sorge, das ist gänzlich ausgeschlossen.«

»Ich weiß nicht«, murmelte Maureen. »Mir sind schon die unglaublichsten Geschichten zu Ohren gekommen.«

»Aber nicht, nachdem der Angeklagte gestanden hatte«, bemerkte MacDonald. »Hank Thurloe hat ein volles Geständnis abgelegt und unterzeichnet.«

»Was?«, rief Katie überrascht. »Er hat tatsächlich zugegeben, dass er Denise vergewaltigt und erwürgt hat? Das glaube ich nicht!«

»Das solltest du aber glauben«, entgegnete MacDonald. »Nur wenige Tage im Untersuchungsgefängnis haben den Mann mürbe gemacht. Während einer Vernehmung rastete er mit einem Mal aus und begann zu toben. Da war es plötzlich vorbei mit dem guten Benehmen, und wir konnten miterleben, wie hinter dem gelassenen ehemaligen Football-Helden ein Psychopath zum Vorschein kam. Es wird noch sorgfältige Untersuchungen erfordern, bis wir das Motiv herausgefunden haben, doch offenbar war er von Denise geradezu besessen. Oder vielleicht sollte ich es besser anders ausdrücken: Hank betrachtete Denise als seinen Besitz.« MacDonald machte eine Pause und setzte dann hinzu: »Hank Thurloe ist eine zutiefst gestörte Persönlichkeit.«

»Hat er denn erzählt, was an jenem Tag passiert ist?«, fragte Katie atemlos.

»Ja, zu einem gewissen Teil«, antwortete Mac. »Die fehlenden Stücke habe ich mir selbst zusammengereimt. Hank betrat die Scheune, um – wie er behauptet – mit

Denise zu sprechen, wobei ich mir nicht sicher bin, ob er nicht von vorn herein eine andere Absicht verfolgte. Wie dem auch sei, er war jedenfalls davon überzeugt, Denise zu lieben, muss wohl zuvor auch Schritte in dieser Richtung unternommen haben. Doch seine Bemühungen fruchteten nicht. Denise wies ihn jedes Mal ab. In der Scheune redete er offenbar erneut auf sie ein und wollte sie für den Abend einladen. Hank schwört, dass er ihr nicht das Geringste antun wollte. Er muss Denise jedoch am Arm gepackt haben. Sie stieß ihn zurück, woraufhin er sie sich abermals schnappte und zum ersten Mal gewalttätig wurde. Dann schaltete sich Carly ein, und zuletzt kam es zwischen den dreien zu einem Handgemenge, bei dem Hank kräftige Schläge austeilte, bis die Mädchen ins Freie flüchteten. Hank lief ihnen hinterher. Ich vermute, dass er spätestens da in Wut geriet und durchdrehte«, fuhr Mac fort. »Im Wald holte er als Erstes Carly ein, wollte sie angeblich nur aus dem Weg räumen, doch Carly hatte sich inzwischen mit einem schweren Knüppel bewaffnet und schlug auf ihn ein. Hank gelang es jedoch ohne große Schwierigkeiten, Carly den Knüppel zu entreißen. Um sie außer Gefecht zu setzen, verpasste er ihr heftige Hiebe auf den Kopf und ließ sie bewusstlos zurück. Anschließend machte er sich auf die Suche nach Denise. Er gibt zu, sie mit sexueller Absicht verfolgt zu haben –«

Katie war blass geworden. »Warum tötete er sie denn, nachdem er sie vergewaltigt hatte?«, fragte sie leise.

»Die Dinge seien einfach außer Kontrolle geraten, sagt er. Er glaubte mit einem Mal, er müsse seine Spuren verwischen und die Zeugen beseitigen. Hätte er Denise am Leben gelassen, wäre sie zur Polizei gegangen und er angeklagt worden. Dem wollte er natürlich entgehen. Hank war damals bereits mit dem Mädchen verlobt, das er später geheiratet hat. Er ist total ausgeflippt, hat die Nerven verloren, wie auch immer – jedenfalls hat er Denise erwürgt.«

»Er hatte also auch vor, Carly umzubringen?«

»Nun, er ist klug genug, um zu schwören, dass er sie lediglich niedergeschlagen hat, weil sie ihn mit dem Knüppel bedrohte und sich ihm in den Weg stellte. Er war hinter Denise her. Allein auf sie hatte er es abgesehen.«

»War ich jemals in Gefahr, Mac?«, fragte Katie.

»Wohl kaum. Hank dürfte erleichtert gewesen sein, als er dich nach Hause laufen sah. So hatte er leichteres Spiel.«

»Aber was hatte es denn mit unseren Schultaschen auf sich? Warum standen sie in einer Reihe?«

»Das hatte nichts zu bedeuten, nehme ich an. Ich sagte dir ja damals bereits, dass wir auf ihnen lediglich deine Fingerabdrücke und die der anderen beiden Mädchen fanden. Hank hat die Taschen nicht berührt.«

»Er hätte doch Handschuhe tragen können, oder nicht?«

»Ja, doch dann wäre er nun in noch größeren Schwierigkeiten, als er es bereits ist. Denn dann handelte es sich um vorsätzlichen Mord. Ich gehe davon aus, dass deine Freundinnen deine Tasche entdeckt und sie zu den anderen gestellt haben, um sie dir später vorbeizubringen.«

»Möglich«, gab Katie zu. »Hielt sich Hank denn noch im Wald auf, als Niall und ich nach Denise und Carly suchten?«

»Ja. Insofern habt ihr Carly tatsächlich das Leben gerettet. Hank war noch in der Nähe, er hörte euch, woraufhin er rasch den Knüppel auflas und flüchtete. Ich fürchte, er hätte Carly sonst erschlagen.«

»Warum hat er später nie versucht, sie umzubringen?«, wollte Michael wissen. »Er muss sie doch fortwährend als Bedrohung empfunden haben.«

»Er wusste ja, dass sie im Koma lag. Er rechnete nicht damit, dass sie je wieder zu sich kommt.«

»Dasselbe haben wir bis gestern ja auch geglaubt«, ließ sich Maureen vernehmen. Sie warf Katie einen leicht vorwurfsvollen Blick zu.

»Tut mir wirklich Leid, Mom«, sagte Katie schnell. »Aber ich hatte es Mac nun einmal fest versprochen.«

»Hat er später eigentlich noch einmal getötet?«, fragte Michael.

»Das glaube ich nicht.« MacDonald schüttelte den Kopf. »Hank ist kein Serienmörder.«

»Woher wollen Sie das wissen?«, erkundigte sich Maureen.

»Wir haben seine DNA-Resultate in eine nationale Datenbank eingegeben, und es ist zu keiner Übereinstimmung gekommen, die darauf hingedeutet hätte, dass er noch andere Frauen umgebracht hat.«

»Muss ich eigentlich vor Gericht aussagen?«, fragte Katie.

»Ja«, erwiderte MacDonald. »Und auch Carly, sofern sie bei Prozessbeginn dazu in der Lage ist.«

»Wie konnte das überhaupt geschehen?«, fragte Maureen. »Ich begreife noch immer nicht, wie sie mit einem Mal erwachen konnte – und warum nicht bereits früher.«

»Nun, anfänglich befand sie sich im Koma«, entgegnete Allegra. »Das dauert in der Regel sechs bis acht Wochen, obwohl uns auch Fälle bekannt sind, in denen dieser Zustand jahrelang angehalten hat. Allerdings sind danach irreparable Schädigungen des Gehirns zu erwarten. Ich teile daher Dr. Nelsons Ansicht, nach der sich Carly in einem Wachkoma befand, das heißt, sie nahm Dinge um sich herum wahr, doch sie vermochte nicht, darauf zu reagieren. Letzteres hing vermutlich tatsächlich mit einer Blockade in ihrem Stammhirn zusammen, sodass sie sich weder artikulieren noch sich bewegen konnte. An jenem Tag, als sie mit einem Mal zu sprechen begann, hat sich die Blockade gelöst. Allerdings sind das lediglich Theorien, mit Sicherheit können wir das nicht sagen.«

»Kann es nicht doch an dem Mittel gelegen haben, dass Dr. Nelson Carly verabreichte?«, fragte Katie.

»Das Amantadin mag dabei eine Rolle gespielt haben«, stimmte Allegra zu. »Zumindest werden wir die Möglichkeit eines Zusammenhanges weiter überprüfen.«

»Jedenfalls wäre Hank davongekommen, wenn Carly nicht erwacht wäre«, sagte Katie.

»Ja«, pflichtete MacDonald ihr bei. »So ungern ich das zugebe, doch davon müssen wir wohl ausgehen.«

»Was geschieht nun mit Thurloe?«, hakte Michael nach. »Was glaubst du, für wie viele Jahre er hinter Gitter wandert?«

MacDonald zuckte die Achseln. »Ich weiß es nicht. Wenn es nach mir ginge, bekäme er lebenslänglich.«

Später am Tag fuhr Katie ins Krankenhaus, um Carly zu besuchen. »Weißt du was?«, begann sie, als sie an Carlys Bett saß. »Eben war Lieutenant MacDonald bei uns.«

Carly schaute sie fragend an.

»Er hat Hank Thurloe verhaftet«, fuhr Katie fort. »Er sitzt jetzt im Untersuchungsgefängnis.«

Carlys Mund verzog sich zu einem Lächeln.

»Du musst keine Angst mehr haben«, sagte Katie. »Niemand kann dir mehr etwas zu Leide tun.«

Carly nickte und schaute Katie mit klaren, leuchtenden Augen an.

Für einen Moment war Katie versucht, ihrer Freundin

zu erklären, dass Denise tot war, doch dann überlegte sie es sich doch noch anders. Es gab eigentlich keinen Grund, Carly zu diesem Zeitpunkt damit zu belasten. Die Nachricht würde warten müssen, bis sich ihr Zustand weiter stabilisiert hatte.

Katie beugte sich zu Carly vor. »Siehst du«, erklärte sie, »nun ist der Täter doch noch gefasst worden. Jetzt wird alles wieder gut.«

»Ja, Katie«, erwiderte Carly ruhig. »Alles wird wieder gut.«

Kapitel 35

Der Applaus wollte kein Ende nehmen. Immer wieder hob sich der Vorhang, und die Schauspieler traten vor, um sich vor dem Publikum zu verneigen. Es war eine grandiose Aufführung gewesen.

Katie wusste, dass sie *alles* gegeben hatte. Ihr gesamtes Talent war an diesem Abend in ihre Emily geflossen, hatte aus ihr ein lebendiges Wesen gemacht, eine Frau, die im düsteren Pfarrhaus von Haworth über die Leidenschaften der Seele schrieb, die einsam lebte und dennoch die Sehnsucht des Herzens erkannte. Für zwei Stunden war Katie Emily gewesen.

Sie hatte einen besonderen Grund, sich an diesem Abend besonders anzustrengen, denn unter den Zuschauern befand sich Carly.

Niall und ihre Eltern saßen ebenfalls im Publikum. Sie hatten Carly hergebracht, doch Katie hatte allein für Carly gespielt.

Nachdem sie sich ein letztes Mal verbeugt hatte, lief Katie rasch in ihre Garderobe, um sich abzuschminken und umzuziehen. Mit ihren Eltern hatte sie abgemacht, dass sie sich anschließend im *Le Cirque* trafen. Sie konnte es kaum erwarten, zu ihnen zu stoßen. Vor allem wollte sie wissen, was Carly zu dem Stück sagen würde – und zu ihrer Darstellung der Emily.

Nachdem sich Katie von ihrer Schminke befreit hatte, bürstete sie ihr Haar, streifte ein weißes T-Shirt über und stieg in ihren hellgrauen Hosenanzug. Anschließend zog sie eine warme Wolljacke an und hängte sich ihre schwarze Ledertasche um. Sie nickte ihrem Spiegelbild zu, verließ die Garderobe und warf die Tür hinter sich ins Schloss.

Im Laufschritt eilte sie durch den Seiteneingang und prallte auf der Straße gegen einen Mann, der anscheinend dort gewartet hatte. Katie wich erschrocken zurück und wollte sich entschuldigen. Doch ihr Atem stockte.

Vor ihr stand Christopher Saunders.

»Wie sich die Dinge doch wiederholen!«, erklärte er. »Beim ersten Mal war allerdings ich derjenige, der dich umgerannt hat.«

Katie wollte etwas erwidern, doch dazu kam sie gar nicht, denn Chris hatte sie bereits in seine Arme geschlossen und küsste sie nun stürmisch auf den Mund.

Schließlich gelang es Katie, sich zu befreien. Ein wenig atemlos bemerkte sie: »Mann, du hast wirklich Nerven! Glaubst du, du kannst monatelang nichts von dir hören lassen und dann einfach hier auftauchen und genau da weitermachen, wo du aufgehört hast?«

»Offensichtlich ja.« Er grinste.

»Ich hasse dich!«, sagte Katie.

»Oh, und ich dachte, du liebst mich.«

»Das könnte dir so passen.«

»Sicher. Aber abgesehen davon stimmt es doch auch.«

»Woher willst du das wissen?«

»Unter anderem von deiner Mutter.«

»Von meiner *Mutter?* Was hat sie damit zu tun?«

»Nun, sie hätte mich gern als Schwiegersohn, vermute ich.«

»Ich dich aber nicht als Mann. Ich würde dich nie im Leben heiraten!«

»O doch, das willst du doch lieber heute als morgen!«

»Warum kehrst du nicht in deinen Regenwald zurück und lässt mich in Frieden?«

»Weil ich meinen Regenwald aufgegeben habe.«

»*Was?* Warum das denn?«

»Aus Liebe.«

»Weil du den Regenwald liebst?«

»Genau. Andererseits liebe ich auch die Everglades, die ebenfalls bedroht sind und darüber hinaus den Vorteil haben, dichter an New York zu liegen als der Regenwald.«

Katie hatte es die Sprache verschlagen. Stumm betrachtete sie Chris und musste zugeben, dass er einfach blendend aussah. Der dunkelgraue Seidenanzug stand ihm hervorragend.

»Begreifst du denn nicht, Katie?«, fragte Chris nun und zog sie erneut an sich. »Ich kehre nach New York zurück. Ich bleibe hier bei dir – sofern du mich noch willst.«

»Oh.«

»Sag nicht *oh!* Sag *ja*!«

»Ja.«

Daraufhin bedeckte Chris Katies Stirn, ihre Wangen und ihren Hals mit Küssen. »Meine Süße!«, flüsterte er. Dann ließ er Katie los. »Heißt das, dass du mich heiraten willst?«

Katie nickte. »Natürlich. Das war dir ja wohl klar.«

»Oh«, sagte Chris nun.

»Was hat dich umgestimmt?«, wollte Katie wissen. »Warum hast du deine Meinung geändert?«

»Deinetwegen.«

»Ach, auf einmal?«

»Komm, mein Schatz, ich erkläre es dir auf dem Weg.« Er legte seine Hand auf ihren Rücken. »Ich war im Mai noch einmal hier. Und natürlich wollte ich dich sehen. Ich wusste aber, dass es keinen Zweck hatte, dich anzurufen. Du hättest ohnehin nur gesagt, ich solle mich zum Teufel scheren. Deshalb habe ich eine Stippvisite im Theater gemacht. Da verstand ich endlich, was du mir an jenem Abend erklären wolltest, und ich begriff nicht, wie ich jemals erwarten konnte, dass du die Schauspielerei aufgibst. Ich weiß inzwischen, was es für dich bedeutet. Es wäre im höchsten Maße selbstsüchtig, dich davon abhalten zu wollen. Das ist deine Welt, Katie, und du bist unglaublich gut in deinem Job. – Ich hoffe natürlich, dass ich dir in meinem Beruf nicht nachstehe. Doch im Gegensatz zu dir kann ich ihn an vielen Orten ausüben, zum Beispiel in den Everglades. Ich habe mich um eine Versetzung bemüht. Und es hat geklappt. Jetzt bin ich hier, und ich bleibe.«

»Oh«, machte Katie noch einmal. Dann blieb sie stehen. »Wohin gehen wir eigentlich?«, fragte sie.

»Na, ins *Le Cirque*!«

Katie lachte auf. »Meine Güte«, bemerkte sie, »ihr habt euch also hinter meinem Rücken zusammengetan und euch verschworen. Ihr steckt alle unter einer Decke.«

»Na und?«, erwiderte Chris. »Komm, beeil dich! Ich habe ein Taxi bestellt, es wartet dort drüben auf uns.«

Als Katies Eltern ihre Tochter mit Chris auftauchen sahen, strahlten sie um die Wette. Auch Niall grinste.

»Sieh mal, wer da kommt!«, sagte er und zwinkerte Carly zu.

Carly fuhr ihren Rollstuhl ein Stück zurück und wandte sich zu Katie um. »Du warst ... prima, Katie. Große Klasse!« Ihre Sprachfähigkeit hatte sich mittlerweile deutlich gebessert. Dr. Nelson ging davon aus, dass ihre Therapie in einigen Monaten erfolgreich abgeschlossen sein würde.

»Vielen Dank, mein Schatz!«, murmelte Katie, beugte sich zu Carly herab und gab ihr einen Kuss. »Das war alles für dich«, flüsterte sie ihr ins Ohr.

Carly nickte. »Weiß ich«, antwortete sie. »Du warst ... ja immer die Beste von uns.«

»Wir waren alle gleich gut. Du, Denise und ich – wir waren die Besten.«

Carly drückte Katies Hand. »Du aber der ... Star.« Sie lächelte glücklich.

»Wir haben Champagner bestellt«, ließ sich Maureen vernehmen. »Zur Feier des Tages.«

Michael gab dem Kellner ein Zeichen, der daraufhin mit einer Flasche Dom Pérignon herbeigeeilt kam. Der Korken knallte, und kurze Zeit später perlte das Getränk in den Gläsern.

Katie hatte sich neben Chris niedergelassen. Sie schaute in die Runde. Alle, die ihr am Herzen lagen, hatten sich versammelt. Sie ergriff Chris' Hand unter dem Tisch und verschränkte ihre Finger mit den seinen. »Heute gibt es tatsächlich einiges zu feiern!«

Danksagung

Ich möchte diejenigen dankend erwähnen, die mir beim Schreiben und bei den Nachforschungen zu diesem Roman hilfreich zur Seite gestanden haben. Insbesondere möchte ich Lieutenant Eric C. Smith, der das Western District Major Crime Squad Connecticuts leitet, für seine kriminaltechnischen Hinweise im Zusammenhang mit Gewaltverbrechen danken. Ebenso danke ich Bette Bartush von der Connecticut State Police für ihre Schilderung allgemeiner Polizeiaufgaben. Arthur H. Diedrick aus dem Gouverneursbüro des Bundesstaates Connecticut gilt mein Dank für seine einschlägigen Informationen über das Land, Fran Weissler danke ich für die Kenntnisse der Theaterwelt des Broadways, Rosemarie Cerutti und Susan Zito von Bradford Enterprises für ihre Unterstützung bei verschiedenen Aspekten dieses Buches und Liz Ferris für ihren Schreibmarathon, der zügig und genau durchgeführt wurde. Meine Lektorinnen Deb Futter von Doubleday, New York, und Patricia Parkin von HarperCollins, London, betrachte ich als Leserinnen und Kritikerinnen *par excellence.* Schönen Dank auch an sie! Vor allem danke ich jedoch meinem Mann Robert, der an mein Talent zum Kriminalromanschreiben glaubte, und für seine diesbezügliche Ermutigung.